指紋のない男

出口臥龍

幻冬舎MC

指紋のない男

目次

※東日本大震災によって亡くなられた方々へ衷心よりお悔やみを申し上げるとともに、
現在なお被災地で苦難な生活を強いられている皆様にお見舞いを申し上げます。
　またこの物語で取り上げた国家、組織、団体、人物、事件などは、いずれも作者の
創造による産物で、実在のものとはいっさい関係のないことをお断りします。

第一部　元中国人スパイ・呉《ご》春《しゅん》源《げん》、日本人偽装工作

序章　すべては「バラバラ死体」から始まった

携帯電話の、くぐもった着メロが鳴った。

呉春源《ごしゅんげん》は、革ジャンの内ポケットに手を突っ込んだ。発信者を確かめる。待ちに待った電話だ。昂《たか》ぶる動悸《どうき》を抑えつつ、受信ボタンを押す。

「仙台の後藤やけど、呉さんかいな。大きな地震やったけど、あんたにとったら、好都合《こうつごう》やったな。行方不明になった、あんたの身替わりな、津波のせいにできるがな」

潰れた声が妙に馴《な》れ馴れしいが、有無を言わせぬ威圧感がある。後藤《ごとう》剛《つよし》。広域暴力団の枝《えだ》の頭《かしら》だ。組の北上作戦で仙台に拠点を置き、数年になる。

「相変わらず悪知恵の働く人だな。俺は、そんな気分には、全然なれないな」

黒檀《こくたん》のテーブルに投げ出していた足を戻し、春源はソファに深く座り直した。

「今夜にでも、あんたの身替わりの遺体を届けたいが、都合は、どうや」

「仙台から車で来るんだろうが、だいたい何時ごろになる？」

味方のはずだが、いつ敵になるか知れない相手だ。春源は平然を装って訊いた。

「ブツがブツだけに、早いほうがええんと違《ちゃ》うか。儂《わし》は、これから出ようと思うが……」

春源は壁時計に目をやった。二〇一一年三月十四日、午後四時半。

東日本大震災から三日目。恐怖に慄《おのの》いた人々の心は、まだピリピリしている。

「午前一時にこっちに着くように、出てもらえないか。他人目《ひとめ》に曝《さら》したくない」

「東北道で五時間は掛かると見て、八時に出りゃええんやな。よっしゃ、約束の五千万円、引き換えで頼むでぇ」

商売人のような愛想よさだ。カネには汚いと聞いてはいたが、深い付き合いは、絶対にしたくない連中だ。

＊

中国名、呉春源《ウー・チュン・ユアン》。文化大革命さなかの一九七二年生まれ。三十九歳。

上海市共産党幹部の一人息子。旧日本租界《そかい》で育つが、隣家の客家《ハッカ》人・彭金標《ペンジンビャオ》爺さんの影響を強く受けた。

国防大学出の秀才で、英語と日本語にずば抜けた才能を持つ。カンフーの達人でもある。

人民解放軍・総参謀部第二部、すなわち中国スパイ組織の諜報部《ちょうほうぶ》に配属。

春源は上官殺しと元恋人殺しの廉《かど》で軍と下部組織の工作員に追われる。北京、南京、紹興、厦門《あもい》、台湾、沖縄と逃げ延び、十四年前に北千住《きたせんじゅ》に辿り着いた。

オモテ社会では生きてはいけない。中国人密入国者のなかで、債権回収業をやって凌《しの》いでいる。倒産会社に乗り込み、物件を転売するヤクザ稼業だ。

仲間内では、呉さんと畏敬《いけい》の念を込めて呼ばれている。

＊

奇妙な建物だった。外観は三階建てなのに、内部は四階建てで、地下室が付いていた。

一階は中華料理屋の《梅華鎮《メイファーツェン》》。店名は、上海の有名料理店《梅龍鎮《メイロンツェン》》をもじった。

上海にある春源の実家は、戦前には村田家が住んでいた。

その縁で、北千住の村田家が建て替えの際、春源が出資した。名義上のオーナーは村田兄弟の兄の息子、村田義雄だ。密入国者の春源は、登記できない。

客席の奥に調理場があり、その一角から地下室への階段が降りている。

地下には肉の解体所、大型冷蔵庫、従業員更衣室などの小部屋が配されている。

二階以上は、正面玄関からは上がれない。建物の周囲の犬走りを通って裏に回る。観音開きの鉄扉《てっぴ》を開けると、コンクリートの階段がある。上りきると、もう一つ鉄扉があり、なかは大部屋になっている。七人いる子分衆の溜まり場だ。

大部屋の奥に階段があり、三階へは、この階段でしか上がれない。三階は子分衆の個室がずらりと並んでおり、その一室に四階への隠し階段が設けてある。

四階建てビルなのに、外観は三階建てだから、普通は目の高さにある窓が足許《あしもと》にある。

春源の居室は四階だ。洋風の居間は三十畳もある。中央には大きなシャンデリアがぶら下がっている。調度品は、どれもこれも、カネの掛かった物ばかりだ。

暖炉の上には十数個の八音盒《オルゴール》が並んでいる。金属製や、なかには木彫りの物もある。春源の、唯一といえる趣味だ。

辛いときや思い出に耽《ふけ》るとき、この部屋に籠《こも》って八音盒《オルゴール》を聴く。

暖炉の前に移り、お気に入りの蓋を開く。『早春賦《そうしゅんふ》』の掠《かす》れた旋律《メロディー》が流れる。幼いころ、彭《ペン》爺さんが譲ってくれた物と同じ形だ。

彭爺さんは上海の有名料理店で、特級厨師《とっきゅうちゅうし》として腕を奮っていた。特級厨師は調理師の頂点だ。八音盒は日本に来てから骨董屋《こっとうや》で見つけた。

彭爺さんが、手渡してくれるとき、

「もともと日本人が聴く音楽だ。周りに人のいないところで聴くんだよ」と囁《ささや》いた。

謎めいた口振りが、幼い春源の好奇心を掻き立てた。文化大革命のあとで、他人前《ひとまえ》で日本の唄を聴く行為は憚《はばか》られた。木彫りの八音盒《オルゴール》だった。

春源は手許の八音盒《オルゴール》を手に取った。蓋《ふた》の裏に小さな鏡が貼ってあった。覗き見ながら髭《ひげ》の伸びかかった頬を撫でた。一直線の眉、大きな目、筋の通った鼻梁《びりょう》。なかなかの優男《やさおとこ》だ。

〈もうじき、この顔とも、この名前とも、お別れだな〉

十四年間も肩に覆い被《かぶ》さってきた重い荷が、ようやく下りる。

〈これで、やっと総参謀部第二部の追跡を躱《かわ》せる〉

国防大学の友人や彭爺さんの親戚を辿《たど》って、北京から沖縄に至る逃避行が、コマ落としの映像となって瞼《まぶた》に浮かぶ。見ず知らずの母子に親切に匿《かくま》われたり、逆に信頼を寄せた男に裏切られたりしたときには、人間というものが分からなくなった。

彭爺さんが口癖のように話していた。

〈人間というやつは、通り一遍で見ちゃあ、いかん。世のなかには善人もいなければ悪人もいない。善と悪があるだけじゃ。一人の人間のなかに、善と悪が同居している。その人間の住む社会によって、善と悪が引っくり返る場合もある〉

文革で殺されかけた彭爺さんの人間観だ。三十九歳になって初めて春源には理解できた。

＊

翌三月十五日午前一時過ぎ。北千住の外れに、黒いメルセデスが音もなく停まった。足許にある窓をわずかに開け、監視していた子分が、声を潜めて春源に告げた。

脇から春源は覗いた。永年の願望の叶うときが、ようやく目の前までやってきた。

日本人として、他人目《ひとめ》を憚《はばか》ることなく、天下の王道を歩ける。

「ようし。皆、スタンバイしろ」春源は子分に告げた。

表では、二人の若い衆に続いて後藤が車外に出た。深夜の下町は静まり返っている。

「ひょーっ、冷えるのう」ブロック塀の前に立ち、後藤が放尿をした。

三月半ばとはいえ東京の夜は寒い。大きな身体を、ブルっと震わせた。裏社会を伸《の》し歩く男の、コケティッシュな動きが、まるで幸運を運ぶ道化師みたいだ。

昂《たか》まる胸の鼓動を静めようと、春源は大きく息をした。期待と不安が交錯《こうさく》する。ほんとうに遺体を持ってきたのだろうか？

　スーツケースを抱えた若い衆二人に続いて、後藤が裏口に回ってきた。二階への階段を上る。監視カメラに、恰幅《かっぷく》のいい後藤と、スーツケースを抱えた大男二人が、身体を硬直させて映っている。ブザーが鳴る。

「チョト、お待ちくだはい」春源の子分の一人が返事をした。

　モニターのなかの後藤が、そっとドアの後ろに身を潜めた。こちらが騙《だま》し討ちを懸けると思ったのだろうか？　後藤も怖がっていると分かって、春源は苦笑いした。

　ギィーッと音を立てて扉が開く。

「相変わらず、警戒心が強いのう」後藤が部屋のなかを隅から隅まで睨《ね》め回した。

　この期《ご》に及んで、まだ疑ってやがるのか？

「奴らのしつこさが、あんたらには分からない」腹立たしさを抑えて春源は答えた。

「早《はよ》うブツを、お見せせんか」後藤が口を尖《とが》らせて若い衆に命じた。

　スーツケースを開くと、白い煙が、ぼわぁーっと舞い上がった。不意を突かれ、春源も子分衆も後じさった。ドライアイスの蒸気だった。

　蒸気のなかから現れたのは、三十歳前後の男の全裸バラバラ死体だった。頭、胴体、四肢が切り離され、バラした操り人形のように、長方形のスーツケースにきっちり収められている。

「なんで、バラバラにした？　一人の人物なのかどうか、これじゃあ、分からない」

「棺桶に入れると、目立ちやすいやろ。疑うんやったら、切り口を合わせてみぃ」

後藤が語気を強めた。そんな小細工なんか、するものか、という不貞腐《ふてくさ》れた顔だ。

「すまない。疑っているわけじゃない」怒らせてはならない。素直に、春源は詫《わ》びた。

後藤が瞬時に商売人の顔に戻った。わざわざケンカするために来たわけではなかろう。

「呉さん、ホンマにあんた、運の強いお人や。三十絡みで、頭の骨相、身体の骨格があんたに似通っていて、前科のない男いう条件やろ。儂《わし》らも、えらい難儀したんやで」

上体を乗り出し、春源の目を覗き込みながら後藤が、にんまり笑った。

遺体は、春源より十歳くらい若い青年だった。半グレでも暴走族でもない、ごく普通の青年のように見えたのが、春源には意外だった。

「顔は整形できても、頭の形や背格好は、どうにもならんからな」春源は嘯《うそぶ》いた。

「一週間も前に身柄をパクって、倉庫に放り込んどいたら、三日前の震災やろ。人も家も、きれいさっぱり、津波に流されてもうたわ」

神妙な面持ちで、後藤が呟《つぶや》いた。やはり一度は現地に足を運ぶべきだろう。

「身許を証明するものは、あるのか？」

春源が欲しかったのは遺体ではない。裏付けのしっかりした〈身許《みもと》〉だった。

後藤がアルマーニの内ポケットから封筒を取り出した。なかにはA４の紙が入っていた。

「ええか、読むで……本籍、宮城県石巻市渡波町《わたのはちょう》〇丁目〇番、大門吾郎《だいもんごろう》。ほれ、市長のハンコも押してあるわ」

戸籍謄本を後藤が差し出した。受け取った春源は謄本を目に近づけたり、照明に翳《かざ》したりした。ニセモノを摑まされたりしたんでは、元も子もない。

後藤が、封筒から大門の運転免許証を取り出し、春源の足許《あしもと》に抛《ほう》り投げた。春源の片腕の楊佳《ヤンチャ》が拾い、死体の顔と見比べた。楊佳は春源の懐刀《ふところがたな》。台湾で春源が日本語塾をやっていたときの生徒だ。歳は七つ下で三十二歳。小柄だが、俊敏《しゅんびん》で度胸《どきょう》がある。

「老板《ラオバン》、間違いないです」

「疑われるんなら、この取引は、止めや」後藤が不貞腐《ふてくさ》れた。

相手は極道《ごくどう》だ。敵に回すと、どんな報復手段を採るか、分かったもんじゃない。

遺体と身許すら一致すれば、いちゃもんをつける筋合いはなかった。

「すまない」あくまでも春源は控え目だ。「この男の素性を聞いておきたい」

「暴走族上がりの半グレや。組に属した経験は、ない。海産物の加工工場へ人足の斡旋《あっせん》をやっとった。つまり、手配師やな。儂らにとっては、邪魔くさい存在やった」

後藤が両肩を竦《すく》めて、追従《ついしょう》笑いをした。

「係累《けいるい》は？」うまく化けた心算《つもり》でも、親兄弟だけは騙せない。

後藤が、ポカンと口を開けた。意味が通じてないのだろうかと春源は訝《いぶか》った。

「家族とか親戚は、健在なのか」春源は言葉を変えた。

「お前さん、難しい日本語を知っとるのう。戸籍さえあれば、完全な日本人や。親兄弟は、あの津波やからのう。すぐ現地に若い衆を走らせたが、家も加工工場も、ごっそりやられとったそうや。酷《むご》いことよのう。あんたにしたら、好都合やろうが」

柄にもなく、後藤が、しおらしげに目を伏せた。

人殺しが商売の極道にも、良心があるのだろうか。

「これも言うとかなあかんが、目の見えへん女《スケ》がおる。悠木《ゆうき》マリいう名前やが、福祉施設に入っとった。その娘《こ》の消息が、分からんのや」

「目は、ぜんぜん見えないのか」春源は、心のなかで小躍《こおど》りした。

目が見えなければ、路頭で出くわしても、気付かれない。

「あぁ。大門の暴走族時代に、パトカーに追われた悠木マリが、接触事故を起こしてな。電信柱に頭をぶつけて、失明した。これも、あんたにとったら、好都合やな」

恋人の存在は春源にとって恐かった。本人の分からない仕種や口癖も、恋人は欺《あざむ》けない。

「念を押すが、補導歴、逮捕歴は、ないだろうな」

「警察にも探りを入れたが、ない」

後藤は開き直った。春源には信じ難い話だった。まさか警察内部にスパイを潜入させているわけではなかろうが……。

「そんなところにまで、情報網を張っているのか？」

「持ちつ持たれつ、やがな、お巡りさんとは」と後藤が豪快に笑った。

なにやら胡散臭《うさんくさ》い男だとは思いながらも、ここは信じるしかない。

「例のもの、持ってこい」春源は楊佳に命じた。

「いいんですか、それで」考え事から急に現実に引き戻された表情で、楊佳が頷いた。

楊佳が眉を寄せて三階に上がり、バッグを手に提げて戻ってきた。

春源はテーブルの上で、バッグを引っくり返す。厚みが一センチほどもある一万円札の束が五十個、テーブルにばらけた。

「検《あらた》めてくれ」五千万円もの現金がテーブルに小山を作った。空気が引き締まる。

後藤が、じっと春源の瞳を見据えた。小細工なんか弄《ろう》するものかと、微動だにせずに、春源は見返した。

「まぁ、ええやろ」用件が済むと、挨拶もそこそこに、後藤一行が引き上げた。

「急げ。あとは、打ち合わせどおりだ」春源は命じた。

「いったん渡しておいて、奪い返すんですか。恨みを買いそうな気がしますが」と愚痴《ぐち》りながら、腑《ふ》に落ちない表情を、楊佳が見せた。

「そうじゃない。カネからアシがつく危険を防ぐためだ」春源は捩《ね》じ込んだ。

「結局、ツケは俺に回ってくるんだけどな」楊佳が恨《うら》めしそうに呟いた。

楊佳をはじめ三人の子分たちが、風のように走り出た。

春源は四階の自室に戻った。肩の力がすうーっと抜けた。応接セットの牛革張りソファに、ごろんと横になるなり、深い眠りに落ちた。

十四年余り続いた重苦しい束縛から、一気に解き放たれた気分だ。もうこれで、夢のなかで魘《うな》される心配もない。春源の素性がばれる懸念は、なくなった。

＊

メルセデスのスピードに遅れを取らないようにと、日本国籍を持つ子分がＢＭＷを借りてきた。子分二人が前の席に座り、楊佳は後部座席に横になって頭から毛布に潜り込んだ。前の二人は野球帽を目深に被り、サングラスを掛け、大きなマスクをしている。後藤組に気付かれないため、というよりスピード違反を摘発するオービスやＮシステムを欺《あざむ》くためだ。Ｎシステムは運転手の顔や車両ナンバーを記録する装置で、高速道路のみならず幹線道路の至るところに設置されている。

毛布のなかから、楊佳は「後藤のメルセデスを、決して見逃すな」と声を掛けた。

「大丈夫です。メルセデスのテールランプは間隔が広いんで、すぐ分かります」

運転する子分が自信を持って答えた。

「七、八十メートルの距離を置いて。奴らに覚《さと》られないように、な」

楊佳は座席下の足場に置いてあるスポーツバッグに手を触れた。金属製のひんやりとした感触が伝わってくる。散弾銃とサイレンサー、二十八センチのバスケット・シューズ、ゴム草履、スコップ、軍手、着替えなどが、スポーツバッグには入っている。二十八センチものバスケット・シューズは、警察の捜査を攪乱《かくらん》するためだ。

いつもなら、ガラ空きの東北自動車道だが、今夜は、やけに混んでいる。大震災被災地へ救援物資を運ぶトラックやボランティアの車だろう。

北千住を出発して三時間、車が減速を始めた。カチッカチッと方向指示器の音がする。

「兄貴《ターコー》、奴らのメルセデスがSA《サービス・エリア》にいま、入るところです」助手席の子分が伝える。

「どこのSAだ？」

「那須高原ですね。でも、車がいっぱいで、駐車スペースがないみたいですよ」

楊佳は、毛布の下から頭を擡《もた》げた。

光の洪水が一気に流れ込んできた。深夜でも飲食店が営業しているSAでは、人影が絶えるときはない。トイレの前に停まったメルセデスから三人の男が飛び出した。用を足すと、メルセデスはふたたび緩やかに滑り出した。

「駐車スペースが見つからなかったようです。ションベンをしたら、また走り出しました」

「被災地行きの車で混んでいるんだな。見失わないよう、すぐに追え」

楊佳は座席に横たわったまま、地下足袋《たび》をバスケット・シューズに履き替えていた。

しばらく走って、またもメルセデスは側道に逸《そ》れた。

「今度は白河PA《パーキング》です。ここも仮眠の車で満杯です。那須高原に駐車できなかった連中でしょう。どうやらパスするみたいです。ナンバーを見ると全国から集まってますね」

すぐにつぎのPA《パーキング》だ。またしてもメルセデスは、PA《パーキング》に入った。

「ここはガラ空きです。奴ら、ここで仮眠を摂るんでしょう」

「何というPA《パーキング》だ？」楊佳にとっては願ってもない展開だ。

「阿武隈《あぶくま》と書いてあります。トラックが二台、停まっているだけです。乗用車スペースは三十台分はありますが、一台も停まっていません」

「俺は、ここで降りる。お前たちは、このまま花巻まで突っ走れ。一時間ほど休んで東京に戻れ。マスクやサングラスは、決して取るなよ」

楊佳は側道に降り立った。売店とトイレがあるだけの小さなPA《パーキング》だ。東北道からは丸見えだが、都合のいいことに、二台のトラックが幕の代わりになっている。

雪は、PA《パーキング》の周辺に掻き上げた根雪が、わずかに残っている程度だ。売店の裏は、こんもりとした林で、逃走路としては格好の条件が揃っている。

楊佳はしばらく茂みに身を潜めて様子を窺った。二台のトラックはエンジンを掛けっぱなしにしている。暖房にして、運転手は眠りこけていることだろう。

やがてメルセデスの室内灯が消えた。防犯カメラの死角を選びながら、楊佳は移動した。

スポーツバッグから散弾銃を取り出し、サイレンサーを装着した。実包を込める。帽子を深めに被り直し、マスクをして、バイカー用のゴーグルを掛けた。

トラックの様子を確認する。動きはない。小走りにメルセデスに近づく。

ボンネットの前に立ち、腰を据え、散弾銃を構える。引き金を絞る。

ガシャッという音がした。トラックを振り返る。動きはない。血を入れたゴム袋に穴を開けたように、三人の身体からはヒューッと鮮血が噴き出ている。

楊佳は軍手を嵌《は》めた。フロントガラスの穴から手を突っ込み、ドアロックを解除した。五千万円入りのバッグは助手席にあった。バッグを取り出し、メルセデスの傍を離れた。

依然《いぜん》、トラックの動きはない。売店の裏に回り、生垣の戸を出た。東北道に沿って砂利道がある。途中で舗装道路に替わった。ここで楊佳はゴム草履に履き替えた。

舗装道路は右に折れ、東北道の下のトンネルを潜って上り車線側に出た。大きな池があった。散弾銃とサイレンサー、予備の実包をそれぞれ別な方角に投げ込み、スポーツバッグの隙間に五千万円を捩じ込んだ。池の周りを東に進む。国道四号線に出る。

再度バスケット・シューズに履き替える。目立つ道路上を避け、四、五メートル林のなかに入って仙台方向に歩いた。

三十分も歩くと、ローカルバス会社の停留所があった。始発まで一時間ほど余裕がある。スポーツバッグを担いで山に入った。灌木の茂みに、スコップで深さ四十センチほどの穴を掘った。なかにバスケット・シューズ、ゴム草履、変装用のマスク、帽子、ゴーグルを投げ込み、もとの地下足袋《たび》に履き替えた。スコップで土を被せる。

ＢＭＷに乗ってきたままの姿になり、なに食わぬ顔でバス停に戻った。楊佳はスコップを担いでバスに乗り込んだ。乗客は工員風の男二人だ。楊佳は土木作業員に成りきった。

阿武隈ＰＡ《パーキング》の近くを通りがかったが、騒ぎの様子はない。

ＪＲ白河駅に入るバスだったが、長距離運送トラック用ドライブインの前で停めてもらった。ようやく緊張が解けた。腹の虫がぐぅーっと鳴った。傘立て横にさりげなくスコップを放置した。食堂の暖簾《のれん》を潜《くぐ》る。金属製のテーブルと四足の丸椅子が雑然と並んでいた。点けっぱなしの大型テレビが、相変わらず被災地の惨状を報じている。天麩羅饂飩《てんぷらうどん》を食べながら、楊佳は、他の客の品定めをした。

一人は六十年配の小太りの男。この道四十年といった実直そうな風情だ。

二人目は、まだ二十歳前後のヤンキー風だ。脅せば話に乗りそうだが、口が軽いのも、このタイプ。三人目は、五十絡みの元ヤクザといった感じだ。

蛇《じゃ》の道はヘビ。この男なら、カネによってどうにでも転ぶと、楊佳は踏んだ。

焼き魚定食を食べ終えたヤクザ風が、調理場に声を掛けた。

「カアさん、ごっそさん。風呂も頂いていくよ」と勘定を済ませた。

楊佳は、ヤクザ風に賭けた。ふと思った。台湾も中国も、男女を問わず他人前《ひとまえ》で素っ裸になる習慣がない。温泉ですら大浴場はなく、湯船と畳一枚分の個室になっている。

ころあいを見計らって楊佳はヤクザ風のあとに続いた。食堂の裏手に仮眠室と風呂場がある。風呂場の引き戸を開けると、ヤクザ風がちょうど上半身裸になったところだった。背中に見事な昇り龍が彫ってある。会釈をして楊佳は、ヤクザ風の隣に立った。

「立派な彫り物ですね」目を細めて楊佳は声を掛けた。

「若気の至りよ」満更《まんざら》でもなさそうに、ヤクザ風が笑った。

「兄さん、これから、どちらへ?」楊佳は訊いた。

「関東だよ。野菜を運んでんだが、料金が騰《あ》がって、高速は走れねぇ」

渡りに船だと、楊佳は喜んだ。東北道は、すでに緊急配備《きんぱい》が敷かれたに違いない。

「じつは、俺も東京に行くんですが、乗せてもらえませんか?」

「オメエさん、ワケありだな」ヤクザ風の目が光った。じっと楊佳を見据えた。

「十万で、どうです」楊佳は捩じ込んだ。ふふっと、ヤクザ風が笑った。

「口止め料込みの、前払い二十万で頼みます」楊佳はドスを効かした。

「オメエ、よほどのヤマぁ踏んできたな。よかろう、ひと肌、脱いでやらあ」

「安心しました。食い掛けの饂飩、食ってきますわ」楊佳は、ほっと胸を撫で下ろした。

食い掛けの天麩羅饂飩《てんぷらうどん》を平らげ、駐車場に出た。

ヤクザ風はすでに運転席に戻り、煙草を喫《す》っている。トラックはアルミ製の箱型だ。

「野菜のダンボール箱の隙間だが、構わねえかい。風呂も、まだだろ。入ってきな」

シャンプーの液を多めに掌に取り、頭髪をごしごし洗った。鼻や耳の穴も洗った。

衣類はすべて着替えと取り換え、旧いものは、ゴミ箱に放り込んだ。これで、硝煙《しょうえん》反応が出る惧れはないだろうと、楊佳は思った。

＊

東日本大震災直後、『中央テレビ』のワイドショーを担当するディレクターの鴨野純造《かものじゅんぞう》は、キャメラマン、録音、助手二人の総勢五人で、被災地に乗り込んだ。報道部が空撮を担当し、鴨野一行は被災者の生の声を拾った。今日三月十五日で五日目になる。

鴨野は三十七歳、独身だ。肩まで伸びた長髪は物臭《ものぐさ》なため。クソが付くくらい真面目な性格だが、おっちょこちょいで、人格的重みとか威厳《いげん》とかからは、ほど遠い。通称「カモちゃん」で、後輩から通称で呼ばれても意に介しない。親しまれていると思っている。

初め報道部に配属された。取材対象に入れ込む性質《たち》で、大スクープをモノにした経験もあれば、ガセネタを摑まされて大失態を演じた苦い思い出もある。

〈お前には、報道部は向かない〉と、ワイドショー番組のディレクターに回された。

＊

五人は廃墟を徘徊《はいかい》した。戦争体験はないが、空襲の跡もかくあらんと思った。

災害は、亡くなった当人ばかりでなく、残された遺族や恋人、友人などにも拭い難い心の疵を齎《もたら》す。赤ん坊からお年寄りまで、世代を問わず犠牲者が、瓦礫《がれき》の下から身体の一部を覗かせている。鴉《からす》が群がって腐肉を啄《ついば》む。悍《おぞ》ましい地獄絵だった。

「カモちゃん、あんまりにも惨《むご》たらしくて、放映できねぇよ」

ベテランのキャメラマンが及び腰になっている。

「構わん。どんどんキャメラを回せ。僕らはいま、歴史の生き証人なんだ。この惨たらしさを、そのまんま後世の人々に伝える義務がある。放送分は、編集に任せればいい」

荒涼とした風景のなかを五人が彷徨《さまよ》っていると、瓦礫《がれき》のなかで呆然と立ち竦んでいる五十代の女性に出会った。目の下が黒ずんでいる。

「幸い家族は無事だったんだけど、見てのとおり、お祖父ちゃん、お祖母ちゃんの遺品やら、写真やら、想い出やら、なあんにもなくなってしまいました。せめて位牌だけでも、と探しに来たけど、このざまですわ」投げやりな口振りだ。

「お気持ちは察しますが、ご家族が無事だっただけでも、よかったですね」

「私は、まだ自分で探しに来られますが、同僚に、恋人を探している、盲目の若い女性がおります。人伝えの情報だけだから、身も心も千切れそうだと言ってます」

「これから回ってみましょう」鴨野は目でスタッフに合図した。

特別養護老人ホーム『あじさい苑』は仙台市の南部にあった。盲目の介護師、悠木マリを訪ねた。『あじさい苑』は地震の被害は受けたものの、津波は免《まぬが》れた。

寒気が流れ込むのを防ぐため、玄関は二重ドアになっている。いきなり大ホールだが、二百坪はある。食堂兼娯楽室になっていて、窓際の大型テレビが震災の様子を流し続けている。森閑《しんかん》とした大ホールに響き渡るテレビの大音響が空々しかった。

職員に来意を告げて大ホールの一角で待っていると、マリが出てきた。まるで目が見えているかのような、しなやかな動きだ。

長い髪をバレッタで束ねた小柄な女性だった。額《ひたい》から鼻先に流れる鼻梁《びりょう》と細く長い眉が気品を醸《かも》し出している。青いタートル・ネックのセーターの上に、よれよれの男物ダウン・ジャケットを羽織っている。何日も着替えてないのか、古着の匂いとわずかな体臭が漂ってくる。

「『中央テレビ』の鴨野と言います」マリの細い手を取って、名刺を握らせた。

「石巻の沿岸部を取材していたら、悠木さんの同僚の方にお会いしました。ご家族を失われたうえ、恋人の方が行方不明だから力になってやって欲しい、と頼まれまして」

マリは、見えてはいない目をパッチリと開き、遥か彼方を眺める視線になった。充分に眠っていないのか、白目の部分が赤く充血している。

「目さえ見えれば現地に乗り込んでいけるのに、それができないもどかしさ」

自分に言い聞かせる語りで、区切り区切り訴える口調が印象に残った。

「私にできる助力なら、なんでもして差し上げたいが、まったく手掛かりがないとね」

東日本大震災。盲目の美女。行方不明の恋人。これらはワイドショーの格好のネタだ。テレビの視聴者は〈感動のドラマ〉を求めている。目の前に特上のネタが転がっているのに、あいにく切り口がない。このままでは、料理の方法がない。鴨野は唸《うな》った。

「皆さんとお知り合いになれただけでも、慰めになります」

か細い声でマリが呟いた。鴨野の名刺を胸に当て、両方の掌で、しっかり押し付けた。

鴨野は、マリの華奢《きゃしゃ》な指先を見詰めながら、無力感を噛み締めた。もともと取材対象にのめり込みやすいとは思っていたが、今回は、ひときわ強く惹き付けられている自分を感じた。

＊

肩から背負った鴨野の無線機の呼び出し音が、突然、甲高く鳴った。

ワイドショー担当のプロデューサーだ。

「ご苦労さんだが、早朝、東北道の阿武隈ＰＡ《パーキング》で殺しがあった。至急、現場に回ってもらえんだろうか」

「ニュースは報道部の担当でしょう」現場の苦労も分からずにと、鴨野は盾突いた。

「報道部は被災地の空撮をやってるうえに、福島原発事故がすっぱ抜かれてててんやわんやだってんだよ。カモちゃんなら元報道だしって、報道部長じきじきの要請なんだ」

報道部長の顔が浮かぶ。

鴨野は『中央テレビ』の入社式を思い出した。入社式のあと、所属部署ごとに懇親会が持たれた。入社式での社長、副社長の、まるで政治家のような挨拶とは違って、報道部長の挨拶は、いきなり乗り込んできた大工の棟梁《とうりょう》みたいな強烈さだった。

「おめでとう諸君。だが、念願の大会社に入社できて、これで一生、安泰に暮らしていけるなんて思っている奴がいたら、即刻ここから出ていけ」

お祝いの席である。祝賀ムードが、どっちらけだ。〝棟梁〟が嗄《しゃが》れ声で続けた。

「我が『中央テレビ』報道部に入った以上、軍隊に入ったと心得よ。私が伝えたいメッセージは、ただ一つ、上意下達《じょういかたつ》に尽きる。たとえば新聞を開いて、二面と三面で論調が異なっていた。こんな新聞を誰が相手にする。方向付けは、幹部がやる、諸君は兵隊さんとして邁進《まいしん》していただきたい」

四年後、鴨野はある地方支局で、公共事業の不正入札をキャッチした。丹念に調べて編集局に送稿したが、「没《ボツ》」になった。大手広告代理店から「手」が回り、揉み消されていた。

このときかなり執拗《しつよう》に、鴨野はデスクと渡り合った。だが、スポンサーの犯罪を暴露《ばくろ》した記事が、画面に出るはずもない。鴨野が人生で、初めて味わう挫折《ざせつ》だった。報道部には、とうとういられなくなった。苦く辛い経験だった。

報道部は向かないと鴨野が更迭《こうてつ》されたときに、ただ一人、庇《かば》ってくれたのが、当時は先輩記者だった報道部長だ。ご指名とあれば、嫌とは言えない。

車で移動中、カー・ラジオを点けた。他社のニュースは、つねに把握しておく必要がある。ちょうど後藤組長殺害事件のニュースに入ったところだ。

〈……今日深夜から午前五時ごろにかけて福島県白河市の東北自動車道、下り阿武隈《あぶくま》PA《パーキング》内で、暴力団の抗争と思われる事件が発生しました。被害者は、仙台市に根拠地を置く後藤組の後藤剛組長と、組員二人。ベンツの車内で襲われ、三人とも即死しました。PAの売店従業員が午前六時過ぎに出勤して発見、一一〇番通報しました。三人は前夜、東京に出掛け、帰りに同PAで仮眠を摂っていたと見られます〉

被疑者は、まだ挙がっていない。鴨野は事件の概要《がいよう》を頭に叩き込んだ。

上り線阿武隈PAに車を駐車した。東北道を挟んだ下り線のPAは、進入禁止の現場保存テープで閉鎖されている。売店の裏口から東北道沿いに少し戻ると、東北道の下を潜って下り車線に抜けられると聞いたが、途中から現場保存テープに遮《さえぎ》られた。

トンネルは犯人の逃走経路に使われた形跡があるのか？　右手の池の周りを警察犬が行き来している。鴨野は身分証明書を提示した。警察官が鴨野ら一行を誘導した。

現場は異様な雰囲気だった。ちょうど、白い布を被せた三つの遺体が三台のバンに積み込まれるところだ。鑑識課員が手分けして、メルセデスの床に溜まった血液を採取したり、足痕《あしあと》を撮影している。誰も口を利かない。ふだんの決まった作業の塩梅《あんばい》で、手際よく進められている。蜘蛛《くも》の巣状にフロントグラスを割られたメルセデスが、レッカー車の到着を待っていた。

五十絡みの小柄な男が、腕を組んで作業を見詰めていた。

「被疑者の遺留品は、出ましたか？」鴨野は名刺を差し出しながら訊いた。

男は鋭い一瞥《いちべつ》をくれてから、意外な目付きで鴨野を見直した。なにかと言うと〈知る権利〉を振り翳《かざ》す社会部記者とは、一味も二味も違うと思われたのだろう。相好《そうこう》を崩して、名刺をくれた。〈白河署刑事課巡査長、神作幸一《かみさくこういち》〉とある。

「僕、津波の取材で来ていたワイドショー担当なんです。福島原発事故が併発《へいはつ》したために助っ人で駆り出されたんです」鴨野は言い訳した。

「ウチもそうなんだよ。儂《わし》みたいなロートルまで、現場に出されてな」にやりと笑った。

このやり取りで二人は、すっかり打ち解けた。

「これは、やっぱり暴力団同士の抗争でしょうかね？」

「派手な手口を見る限りな。ただ、かなり緻密《ちみつ》な計画を練っている。二十八センチのバッシューを履いてるが、小忠実《こまめ》に履き替えているしな」

「凶器は、発見されましたか？」

「警察犬が出動しているので、じきに出てくるだろう。バッシューが見つかれば、汗で犯人のDNAが割り出せる。該当記録があれば、一発逮捕で幕引きだ」

「トラックが二台、駐車していますが、目撃者は、いないんですか？」

「救援物資を積んで、広島から十六時間ずーっと運転してきた、寝入り端《ばな》だったそうだ。まったく気付かなかったと言ってる」

「だとすると、サイレンサーを使ってますね」

若い捜査員が足早に近づいてきた。何事か耳打ちした。警察犬が容疑者の跡を嗅ぎ回っている。遺留品でも、出てきたのだろうか。

「こんな非常時だ。お前さんも頑張りな」と顔の片側で笑って、若い捜査員のあとを追った。

＊

春源が目覚めたのは、三月十五日午前七時を回ったころだ。とりあえずテレビを点《つ》ける。相変わらず、四日前に発生した東日本大震災のニュースで持ちきりだった。

当初、大丈夫だといわれた福島原発から大量の放射能が漏れていた、と二日後の日曜日、新聞社の号外がすっぱ抜いた。ニュースの中心は大震災から放射能災害に移りつつあった。酸鼻《さんび》を極めた被災地の現場中継の合間に、小さなニュースが挟まった。

仙台を拠点とする暴力団・後藤剛組長ほか二名が、今日の未明、東北自動車道下り、阿武隈PA《パーキング》内で射殺された、との内容だった。

「よおし、やったぞ」春源は叫んだ。十四年余り続いた重苦しい束縛《そくばく》から一気に解き放たれた気分だ。もう、これで、夢のなかで魘《うな》される心配もない。

大門を殺《や》った一味も消した。この事件もうやむやになって、今後、素性がばれる惧《おそ》れはないだろう。夕方になって楊佳たちが帰ってきた。

「細心の注意を払ったので、証拠は残してないと思います。老板、お土産です」

楊佳が笑顔で差し出したのは、血糊《ちのり》のべったり付いたバッグだった。五千万円が、そっくり戻ってきた。

春源は、カネに拘《こだわ》る男ではなかった。だが、札束からアシが付く場合もありうる。

「中国語はもうよせ。オレは、これから日本人〈大門吾郎〉だ」

バッグから札束を二つ取り出し、楊佳に手渡した。

「ご苦労だった。皆で分けてくれ」一人一人の肩を叩いて労を犒《ねぎら》った。

「老板、いや組長。スーツケースの死体は、どうします？」媚《こ》びるように楊佳が訊いた。

「いろんな角度から顔写真を撮れ。その後、地下の肉解体所に持っていって、タロとジロに食わせろ。骨は、豚の骨と一緒に叩き割って処理だ」

タロとジロは〈大門吾郎〉の飼い犬で、シベリアン・ハスキーだ。

＊

翌々日、木造の仕舞屋《しもたや》風の民家が建て込んだ路地に、〈大門吾郎〉こと呉春源の下駄の音が響きわたった。からんころんと軽やかな足取りだ。

この街は大きな二つの川に挟まれた中洲に載っかっている。大雨のあとには水捌けが悪くなり、路地という路地には水溜まりができた。正方形をしたコンクリート製の敷石が、狭い路地の中央に並べられており、下駄で歩くと谺《こだま》した。

路地を通るたびに〈大門〉は生まれ故郷の上海を思い出す。長江と黄浦江に囲まれた旧日本租界の弄《ろう》と呼ばれる袋小路は、木造の民家が密集し、この街の風情《ふぜい》とそっくりだった。

路地の奥に、なんの変哲もない木造二階建てがあった。ガラスの引き戸の脇に『石橋整形』という俎板《まないた》のような看板が掛かっている。〈大門〉は玄関の前に足を止め、ひとわたり家全体を見回した。二階は、小部屋が三つあった。すぐには帰れない患者のための部屋と、付添いのための部屋だろう。

玄関を入る。室内灯は消えている。左手に応接間があり、待合室に改造されていた。木製ドアの奥が診察室のようだ。人気《ひとけ》がない。ドアの脇に小さな窓が切ってある。受付け窓だろう。覗いてみるが無人だ。

ドンドンと〈大門〉はドアを叩いた。四十代後半の看護師が、診察室のさらに奥から出てきた。黒木桂子という名札を胸につけている。頰から項《うなじ》にかけて紅潮している。どこか知的な感じも漂っているが、めくれた赤い唇が淫《みだ》らな印象だ。桂子は両手の爪先で、白衣の上から下着のゴムを抓《つま》み、左右に尻を振って引き上げた。

「受診ですかあ」間の抜けた声を出し、頷く〈大門〉に問診票を差し出した。

「呼ばれるまでに、これに書き込んでください」

問診票に答え、〈大門〉は鈴木健一と署名した。台湾で使っていた偽名だ。

診察室に灯りが点き、桂子が〈大門〉の名を呼んだ。医師は短躯《たんく》ながら、肩幅の広い五十歳くらいの男だ。鼻からはみ出た鼻毛が、性格のだらしなさを物語っている。威厳こそ医師の象徴だと自慢せんばかりに、大股を開き、椅子にふんぞり返っていた。

「で、なにをしたいんだね」横柄《おうへい》に訊いた。この手の患者には関わりたくない顔だ。顔を天井に向けたまま、見下すように〈大門〉に目をくれた。魚眼《ぎょがん》レンズみたいな眼鏡《めがね》の奥で、臆病そうな、つぶらな瞳が揺れた。医師の心の動揺を、〈大門〉は見逃さなかった。

「顔を変えたい」医師の心の間隙に鋭いメスを捩《ね》じ込む語調だ。デジカメで撮った手札サイズの写真を取り出した。

死んだ男の顔が、正面、右側面、左側面、上、下と撮り分けてあった。

「こりゃ、死人だ。あんた、人を殺《あや》めてきたのか」医師は後《あと》じさった。

「俺が殺したわけじゃねえ。なんか、悪いか」

「悪いとは言わんが……、術前の写真は、撮らせてもらうよ」

「それは、断る」威厳は見せかけだけで、脅しに弱い性格だと、〈大門〉は睨《にら》んだ。

「断るって……、法律で決まっている」おどおどした言い訳が〈大門〉の逆鱗《げきりん》に触れた。

「ナニオーッ！　お前にも、世間に知られたくない脛《すね》の傷があるだろうが」

医師の机に置いてあった陶器の灰皿を取り上げ、〈大門〉はガラス張りの書類棚に投げつけた。バリーッという音とともに、ガラスが砕け散った。

「なにが法律だっ。貴様が無免許で開業医やっていることも、調べ上げてあるんだ」

医師は見栄も体裁もかなぐり捨て、診察室の隅に立ち竦《すく》んで、ぶるぶると震えた。

この類《たぐい》の男は威厳が崩れ去ると、瞬時に人格の卑しさまで曝《さら》け出す。〈大門〉は、今度は桂子に向き直った。

「サカリの付いた牝豚《めすぶた》が……。真っ昼間からスケベ爺いといちゃつきやがって。これが亭主にばれりゃ、家庭も崩壊だなあ」紅潮していた桂子の顔が、さっと蒼ざめた。

＊

麻酔から醒めたとき、春源はベッドに横たわっていた。手術は成功したんだろうか。どんな顔になったんだろうか。不安がよぎる。

ふと浅草のバー《クスクス》の、雑然とした店内が思い浮かんだ。北千住に居付いてから遊びはいつも浅草に足を運んだ。映画館やストリップ劇場を覗《のぞ》いているうち、偶然に見つけたのが《クスクス》だった。引退した役者や現役の芸人、演劇青年などの溜まり場だ。《クスクス》に行くと元恋人の李碧霞《リー・ピーシャー》の想い出に浸ることができた。

〈そういや、もう半年も無沙汰しているな。変わった顔を見破られるかどうか、訪ねてみよう〉ママや花子の反応を思い描きながら目を瞑《つぶ》った。

第二部　米中諜報戦の狭間で翻弄される春源

第一章　呉春源の少年時代と『早春賦』

少年宮での舞踊《ぶよう》の稽古《けいこ》が終わって、旧日本租界にある家に春源が戻ると、隣家の彭爺さんが、ピカピカの自転車を磨いていた。春源は「彭爺ちゃん、なにしてるの」と尋ねる。革の鞍座《サドル》を撫でながら、おもむろに彭爺さんが振り返った。

「春坊の父ちゃんに頼んでおいた、鳳凰牌《ほうおうぱい》の自転車だよ」

彭爺さんが大黒天《だいこくてん》のような満面の笑みを浮かべた。なにがそんなに嬉しいのか、不思議だ。

庶民の交通手段は公共汽車《バス》か自転車だ。なかでも自転車は人気商品で、注文しても半年は待たされた。ハイライザーという車種で、車体を真っ黒に塗った実用車だ。金色の鳳凰マークが、あたりを睥睨《へいげい》するかのように輝いていた。

党の幹部で鳳凰社の役員だった春源の父が裏で差配したのだろう。憧《あこが》れの自転車を手に入れ、彭爺さんは大満足の表情だ。塗り立てのフレームに布きれでさらに磨きを掛ける。

「春坊は、いくつになる?」と福建省訛《なま》りの抜けない言葉で訊いた。

「五歳」と、親に何度も教え込まれているとおりに、はっきり答えた。

「そろそろ社会見学をしないとな。この自転車で、明日から爺ちゃんが連れて回るぞ」

なぜか彭爺さんは、春源を我が子のように可愛がってくれた。草花や虫の名前を教えたり、絵本を読んで聞かせたりした。ときには自分の生い立ちを話すこともあった。

幼い春源は戦争映画の戦闘シーンを思い浮かべながら、手に汗を握って聞き入った。

「儂《わし》はね、福建省の厦門《あもい》で生まれたんだ。地元の小学校を卒業して調理師になろうと広州に出た。ろくな働き口はなかった。やる以上は一流の調理師になりたいと思ったんだよ」

公園のベンチに腰を降ろし、彭爺さんが問わず語りに話し始めた。春源に話すというより、自分の人生を振り返っているふうだった。

「それから、上海に出てきたの？」

「小さな大衆食堂で皿洗いをやりながら先輩に相談したら、一流になりたいなら上海か北京に行かなきゃダメだと言われてな。上海に出稼ぎに出ていた知人を頼って、フランス租界の食堂で働くようになった。二つの店を転々としたあと、南京路の有名店、四川料理の《梅龍鎮酒家《メイロンツェン》》に潜り込んだんだ」

「アッ、その店、ボク行ったことある」と春源は興奮して叫んだ。

父母に連れていってもらったのを、思い出した。旧《ふる》い、大きな建物だった。

「そうかい、そうかい」微笑みながら彭爺さんが続けた。

「住み込み、食事付き、給料なしの厳しい待遇だったが、休日返上で働いた。仕事は相も変わらず皿洗い。客の食い散らした皿の出汁《だし》を指で掬《すく》って舐め、味付けを覚えたんだ」

「彭爺さんって、偉い人なんだよね。母さんも言ってた」

春源は尊敬の目で彭爺さんを見上げた。

「三十年ものあいだ、牛や馬みたいに働いて、国から調理師として頂点と認められた。ところが文革では、若者たちに吊《つる》し上げられ、死に追いやられる寸前だった。特級厨師《とっきゅうちゅうし》は、特権階級だったんだ」

「文革って、なーに？」春源には分からない言葉だらけだ。

「もうじき、分かるさ。大勢の紅衛兵たちが、連日わんさか押し掛け、自己批判しろと、ほざきやがる。この若造らと同じ歳のころに故郷を捨て、毎日、雑巾のように働いてきた。血と汗と涙で手にした特級厨師の称号だ。なにを自己批判することがあるもんか」

「文革って、悪い奴らなんだね」

春源は映画の日本兵を思い返した。映画館では日本兵が登場するたびに怒号が起きた。

「儂《わし》は死を考えるようになった。儂ら夫婦を匿《かくま》ったのが、梅龍鎮の馴染《なじ》み客だった、上海日本総領事館の一等書記官、河野岩男さんだった」

「日本人のなかに、いい人もいたの？」

「一九七二年だから春坊の生まれた年だな。中国と日本が突然『中日共同声明』を発表したんじゃ。戦争の憎しみを忘れ、これからは援《たす》け合っていこう、とな。日本総領事館の設立準備のために、河野さんは上海に来ていた。開館前から、調理師として儂ら二人を総領事館に迎えてくれたんじゃ」

「中国と日本は、戦争していたんだね」

「一九七六年、足掛け十一年に及んだ文革は終わった。晴れて娑婆《しゃば》に戻り、大手を振って歩けるようになった。新たな住まいになったのが、春坊の家の隣。ちょうど一年前だ」

「もう誰も、彭爺ちゃんたちを苛《いじ》めなくなったんだね」

「総領事館を出るとき、総領事の奥さんに呼び止められてな。奥さんは深く腰を折って、『彭さん、ほんとうにご苦労さまでした。これは私が日本から持ってきた品です。日本人の心と思って聴いてください』と仰《おっしゃ》った」

「奥さんって、優しい人だったんだね」

「手渡されたのは木彫りの八音盒《オルゴール》で、蓋を開くと『早春賦』の旋律《メロディ》が流れてきた。知らない曲だったが、心に沁《し》みいる旋律で、儂《わし》は直立したまま溢れる涙を止められなかった」

「八音盒《オルゴール》っていうの？　ボク、聴いてみたい！」

＊

春源の祖父は浙江省紹興《せっこうしょうしょうこう》の出だ。毛沢東の共産党軍に身を投じて数々の戦功を挙げたが、国民党軍との戦闘で戦死した。

清華大学を卒業した父は、争いよりも読書を愛する物静かな性格で、一九四九年の中華人民共和国建国後、共産党幹部に登用された。父はよく、「僕は親の七光りだから」と謙遜《けんそん》したが、新生中国政府は、軍人よりも能吏《のうり》を必要とした。

近くの公園を、春源は父に手を引かれ散歩した。あるとき鳳凰号に跨《また》がり、颯爽と走る彭爺さんを見掛けた。鳳凰とは不死鳥《フェニックス》のことだ。

「彭さんは不死鳥のように甦《よみがえ》ったね。文革の十年を取り戻そうとしているんだよ」

しんみりと父が呟いた。春源は彭爺さんから聞いた数々の悲劇を思い出した。

「ねえ、文革って何のこと？」春源は訊いた。

「春源には、まだ分からないかな」父が優しく笑った。

生きていることが、こんなにも愉しかったといわんばかりに、彭爺さんが、あちこちを走り回っていた。文革という、意味の分からない言葉と、子どものように元気に走り回る姿に、どんな繋がりがあるのだろうと春源は思った。

グリップを握り締め、懸命に脚蹬子《ペダル》を漕《こ》ぐ彭爺さんの姿は、まるで鳥のようだった。

「春坊、外灘《わいたん》に行ったことは？」と彭爺さんが、謎掛けでもするような目で訊いた。

「分かんない。でもボク、行ってみたい」

彭爺さんが春源を抱え上げ、愛車鳳凰号の後部荷台に乗せた。鞍座《サドル》の下にはバネ状の輪が二つ付いている。

「いいかい、ここをしっかり握るんだぞ」

彭爺さんの自転車に跨《またが》ると春源の好奇心はどんどん膨らんだ。狭い路地を右に折れたり左に折れたりして蘇州河の川岸に出る。蘇州河は、すぐに黄浦江に吸収されるが、蘇州河との合流地点に長い鉄の橋があった。二つの拱《アーチ》を繋げた長くて広い橋――外白渡橋《ガーデン・ブリッジ》だ。

「春坊。よく見ておきな。これが有名な外白渡橋じゃ。上海に住み着いた外人が造って、《犬と中国人、渡るべからず》という看板を掛けてあったんじゃ」

ふだんは柔和な顔をしている彭爺さんの顔が強張《こわば》った。なぜ、犬と中国人が渡ってはいけないのか、なぜ、彭爺さんが怒り出したのか、春源には理解できない。

「橋って、人が渡るもんじゃないの？」

鉄橋を渡りきると左が公園だった。植え込みと芝生の欧風庭園だ。春源を荷台に乗せ、彭爺さんが公園のなかに自転車を乗り入れた。

「ここは黄浦公園だが、ここにも儂《わし》ら中国人は、入れなんだ」

またしても、彭爺さんの顔が怖くなった。彭爺さんも春源も中国人だ。中国人が入れない中国の公園って、なんのための公園なんだろう？

「なんで中国人は、入ったらいけなかったの？」

公園の端には混凝土《コンクリート》の土手があった。二人は手を繋いで土手に上がった。最初、春源は大きな池かと思った。川面から吹き上げる風が春源の前髪を掻き上げた。

「これが黄浦江じゃ。どうじゃ、大きな河じゃろう」

初めて見る黄浦江だった。外国航路の巨大な客船のあいだを、帆を張ったジャンク船が水馬《アメンボ》のように行き交う。襤褸《ぼろ》布で継ぎ接《は》ぎした帆だったが、こっちのほうが活々《いきいき》していた。外灘は、別名《波止場《ザ・バンド》》とも呼ばれ、阿片《あへん》戦争の後、イギリスが清国から租借《そしゃく》した。長江の下流、なにもない寒村だった。黄浦江は川底が深く流れが緩やかだった。この天然の良港に、列強は目を付けていた。日本が江戸時代だったころだ。

春源は鉄の柵に顎《あご》を載せて対岸を見た。川辺に平屋の家がびっしりと並んでいた。

「こっちを見な。残念ながら、これも外人がこさえた建物じゃ」

彭爺さんは鉄柵に寄り掛かって、反対側を向いていた。全景画《パノラマ》のように弧を描いて並ぶ石造の建物に、春源は心の底から驚いた。石造の建物は、いつか絵本で見た皇帝の家みたいで、川向こうの瓦屋根の平屋は、犬小屋にしか見えなかった。

さきほどまで怒っていた彭爺さんの顔は、いつしか萎《しお》れた花みたいになっている。なぜなのかを問うのは、いけない行為のように思われた。

米粒のように並ぶ対岸の民家と石造のビル群。押し潰されそうな平屋に比べて、ビルは大きな城塞《じょうさい》のようだった。ふたたび二人は鳳凰号に跨《また》がった。河岸を南に下って右に折れる。

上海一の目抜き通りの南京路は、大勢の人でごった返していた。鶯《うぐいす》色の人民服と帽子。ほとんどが同じ服装だが、ときどき紺や灰色の上下を着た人が目に入る。

老人たちは路側帯に腰を下ろし、若い男女は道路を行ったり来たりしている。なにかの目的があるようには見えない。ただ、ぶらぶらと歩いて時間潰しをしているふうだ。

南京路は、逛馬路《きょうまろ》とも呼ばれていた。ぶらぶら通りという意味だ。《第一商場》という百貨公司《デパート》に入った。天井が高いせいか、なかは薄暗い。商品は、ショーケースのなかに見本が展示されているだけで、子どもの興味を惹《ひ》くような品は見当たらなかった。

＊

天気の悪い休日の午後は、母と少年宮に行った。中華民国時代に、少年や幼児のための文化施設として始められた。書道や絵画、音楽などを教えたが、簡単な器械体操や舞踊のクラスもあった。春源は幼児だったから集団舞踊、つまり、お遊戯を習った。

顔に大きな傷のある五十前後の女先生が叫んだ。

「今度、皆さんの演技を見物に来る外国友好団は、日本人といいます。皆さんのお祖父ちゃんやお祖母ちゃんのなかには、日本人に殺されたり苦しめられたりした方も、大勢います。私の顔の傷も、日本人によって付けられたものです。でも、皆さんは、この人たちを温《あたた》かくお迎えしましょう」

春源の頭に、日本人という語感がしっかり刻み込まれた。人種だとか国籍などは春源には分からない。ただ日本人が、中国人にとって特別な存在だと鮮明に記憶された。

少年宮の近くに劇場はあった。発表会の当日は、七組か八組の中日友好団で満席だった。舞台の袖から客席を覗いた春源は、吃驚《びっくり》した。日本人は皆、中国人と同じ黒髪だった。全員が怒ったような強張《こわば》った顔をしている。

春源たちの演技が終わると、観客は総立ちになって、いっぱい、いっぱい拍手した。彭爺さんと同じ年恰好の小母さんたちは、一様に手絹《ハンカチーフ》を鼻に当てていた。

日本人がなぜ泣くのか、春源には分からなかった。ただ大人社会の不可思議な内側を、垣間《かいま》見た気がした。

＊

春源の家は、住宅の入り組んだ路地にある。細い道を挟んだ向かいの家とは額《おでこ》をくっつけて睨《にら》み合っている塩梅《あんばい》だ。隣家ともなると、夫婦喧嘩まで、筒抜けになる。戦中までは、日本人が肩を寄せ合って住んでいた。

日本人の遺した習慣だろうか、細い路地は洗濯物や鉢植えや夕涼み用の縁台でさらに狭くなっている。そのうえ、お年寄りは安楽椅子を持ち出して新聞に目を通し、幼い子どもたちは輪になって飯事《ままごと》をした。この雑然とした雰囲気が、春源は大好きだった。

共産党幹部だからか春源の家は二階建ての上下を宛《あて》がわれていた。隣の彭爺さんの家は、一階部分のみ。部屋が二つだけで台所も便所もない。二階は無関係の若夫婦が住んでいる。飯を炊くときも大小便をするときも、共同使用である。大便所は、仕切り板もなければドアもない。老いも若きも毎朝、電線の雀のように、鈴なりになって用を足す。住宅難の時代で、屋根の下で寝られるだけでも、よしとしなければならない。

春源は、よく彭爺さんの家で遊んだ。奥の部屋に床《ベッド》が二つ、手前は居間になっていて、傷だらけの木製机と椅子が二つ、真ん中に置かれている。

壁の汚れを隠すためか、新聞紙がべたべたと貼ってあった。剥がれかかった新聞を、あるとき春源は剥いでみた。なかなか見慣れない文字が出てきた。奥さんの彭太太《たいたい》が「それは日本人が貼ったもんだ」と呟いた。太太は夫人を意味する。

*

ある日、日本総領事館の河野岩男一等書記官が二人の日本人を連れ、彭爺さんの家を訪れた。河野は長身で痩せぎす。職人風の、実直そうな顔立ちをしている。

西装《スーツ》の下の衬衫《ワイシャツ》には、バリッと熨斗《アイロン》掛けがしてあった。二人の日本人も西装《スーツ》に領帯《ネクタイ》姿だが、なぜだか、コチコチに委縮《いしゅく》している。

「こちらは、日本から友好訪中団でお見えになった、村田さんご兄弟です。お二人はね、終戦までこの旧日本租界に住んでおられた。お父さんはすでに亡くなられ、お母さんは病《びょう》床《しょう》にあります。今回の訪中団で、三十数年ぶりに上海に戻ってこられたんです」

河野が畏《かしこ》まって続けた。

「日本の外務省から照会があって、お二人の住んでいた家を探してくれという依頼でした。古い地図を持ち出して探すと、ちょうど彭さんのお宅あたりなんですね。ご迷惑でしょうが、お家を拝見できないでしょうか」

彭爺さんは大袈裟な身振りで、三人を招き入れた。

弟はショルダー・バッグから視頻照相机《ビデオカメラ》を取り出し、家のなかを撮影する。ちょこまかと動き回る弟の姿が、春源には大道芸人のように思われた。

たった二部屋しかない家だ。兄は路地に出て通りを眺めて首を傾《かし》げた。家のなかと路地を二度、出入りした。彭爺さんの目を憚《はばか》るように、兄は河野に耳打ちする。

「ちょっと違う気がする。お隣だったように思いますが……」と河野が通訳した。

「隣は、春坊の家だ。儂《わし》が頼んでみよう」

春源を含めた六人が、ぞろぞろと隣に移った。呉家のドアを入ったとたん、兄の目が、うるうるになった。少年宮で見た日本人と同じだと、春源は思った。

「ここだ。間違いない。ここでいつも母さんが飯を炊いていた」右手に竈《かまど》が残っていた。

さっそく弟が、舐《な》めるように撮影を始める。初めは怪訝《けげん》な目で一行を見ていた春源の母も、彭爺さんの話に耳を傾けるうち、しおらしくなった。

もしかしたら、日本人の兄弟は可哀想な人たちなのかもしれないと、春源は感じた。

「二階を見せてもらって、いいでしょうか」

兄が恐るおそる訊いた。母が率先して階段を上ろうとしたが、春源が先を越して上った。春源は、自分の家になにか宝物でもあるような気がして、嬉しくてならない。

二階は春源の部屋で、兄が柱になにか見つけた。

「これ、見てごらんよ」と、兄が柱についている傷を指差した。傷があるのを春源は知っていた。黒鉛筆と赤鉛筆で柱に線を刻んであり、何だろうと不思議に思っていた。

兄は柱の前にしゃがんで、指先で線をなぞった。

「毎年、父さんが、僕らをここに立たせて線を引いたんだよね。赤い線が僕の背丈で、黒い線がお前だよ。父さん母さんに見せたかったな。どんなに喜んだことか」

無表情に照相机《カメラ》を操っていた弟の顔が、くしゃくしゃになった。兄もまた、弟に引かれるように目頭を押さえた。この光景を春源は、まじまじと見詰めた。

第二章　女優志願の転校生・李碧霞《リー・ピーシャー》との邂逅《かいこう》

虹口《ホンキュウ》公園が魯迅《ルーシュン》公園と改称されたのは一九八八年で、呉春源は高校二年になっていた。浙江省紹興出身の魯迅が春源の祖父と同郷の人と知り、何度も魯迅記念館に足を運んだ。あるとき、館内の薄暗いコーナーで、若い女とぶつかりそうになった。

「漂亮《ピャオリャン》……いきなり仏像が現れたかと思いました」

思わず、綺麗《きれい》だという言葉が口を突いて出た。

女は「ごめんなさい」と目を伏せた、弥勒菩薩《みろくぼさつ》のような顔が綻《ほころ》ぶ。

痩せてスラリとした肢体に顔が載っていて、九頭身に見えた。着ているのは、古着を何度も仕立て直した粗末なスーツだ。髪を頭頂部で結わえてお団子ヘアにしているから、襟《えり》足《あし》の白さがひときわ目立っている。

一瞬、棒立ちになった間《ま》の悪さを取り繕《つくろ》おうと、春源は声を掛けた。

「観光ですか？」緊張のあまり、ぶっきら棒な口調になってしまった。

「いいえ」と答え、女は大人びた品を作って付け加えた。「私、転校生なんです」

「高校生なの？」なんとか女の気を惹《ひ》きたい下心もあった。

女は、おどけた表情になって、こっくりと頷いた。ずっと年上かと思っていた春源は驚いた。しかも、同じ学校の同学年生だった。

「李碧霞《リー・ピーシャー》といいます。紺碧の碧に霞と書くの。名前負けよね」と、はにかんだ。

「碧《あお》い霞《かすみ》かぁ。綺麗な名前だね。僕は呉春源。春節の春に源泉の源」

二人はすぐに打ち解けた。公園に出た。芝生を植えた広大な運動場を、木々の植え込みが囲んでいる。慣れない学校生活について、碧霞が質問し、春源が答えた。

碧霞は一月《ひとつき》前、東北地方の斉斉哈爾《チチハル》から移ってきた。潤んだ切れ長の目が蠱惑的《こわくてき》だ。やや青みがかった瞳が憂いを湛《たた》えている。白系ロシアの血が入っていると春源に打ち明けた。

ベンチに腰を下ろし、将来の夢を語り合った。「軍人になりたい」と答えた春源に対し、碧霞は恥らいながら「俳優」と呟いた。

「夢に終わるかもしれないけれど」と、綺麗な顔を少し歪ませて補足した。

「俳優になるには演劇学校を出なければダメだよね。そのために斉斉哈爾《チチハル》から来たの？」

「違うわ。ウチの一族は、祖父母、父母と私、叔父夫婦の七人が、朽ちた煉瓦小屋に住んでいたの。祖父母は国営企業を定年退職し、郊外で農業の真似事《まねごと》を始めたんだけど、土地が痩せていて、酪農と、少しばかりの穀物を栽培しているんです。崩れた煉瓦《れんが》を補強するにも混凝土《コンクリート》がなくて、粘土や羊の糞で塞いでも、すぐに罅割《ひびわ》れるの。夏はともかく、気温が零下になる冬は寒さで眠れないのよ」

「ずいぶん厳しい生活をしていたんだね。そんな風には見えないけれど」

「人伝えに、沿岸部じゃ工場が乱立し、人手不足で困っているという噂が入ってくるでしょう。毎日、夕餉《ゆうげ》のひとときには、出稼ぎが話題になったわ。革命が成功して、餓死する人こそなくなったものの、生活は一向に楽にはならないってね」

「それで碧霞は、ご両親と一緒に上海に出稼ぎに来たんだね」

「祖父母の年金、二組の夫婦の収入で、そこそこの五斗柜《タンス》預金はあったの。それを私たちの交通費、当座の生活費に投資するか否かで、議論が始まる。このままではダメになると主張する父、危ない橋は渡らずとも良いと横槍を入れる祖父。結局、私たち一家が先行して上海に出る結論になったってわけ」

「ご両親はどんな仕事をしているの？」立ち入った話は避けるべきと思ったが、口に出た。

「台湾系の食品工場で働いているの。郷鎮《ごうちん》企業より給料が高いんだって。工場は二十四時間フル操業で三交代制。製品はすべて輸出。いくら造っても需要に追い付かないって話よ。

本人の希望があれば残業もできるらしいわ」

「つまり働けば働くだけ収入も増えるんだね」

台湾の大手企業が進出してきて生産性を上げている噂を、春源は父から聞いていた。『空白の八十年代』は終末期を迎え、中国経済が大発展期に突入する、ちょうど夜明け前だ。

＊

《すべての国民が平等に》という目標は中国革命によって実現した。

どうにかこうにか、十億の国民が食っていける社会にはなった。だが、平等に貧しくても意味がない。平等に豊かになるには、どう工夫すればいいか。

政府は、《農業は大寨《ダーサイ》に学べ、工業は大慶《ダーチン》に学べ》と大躍進の標語《スローガン》ばかり囃《はや》し立てる。だが、生産効率は、思ったほどには上がらない。

人間の欲望は、《他人《ひと》よりも楽に、他人より豊かに》という負の向量《ベクトル》で動く。指導部がどんなにやきもきしても、人間の持って生まれた本能はやすやすと変わりはしない。

欲望は欲望として、ある程度までは認めざるを得ないと考えたのが、実権派と呼ばれた指導者だ。大躍進政策が下火になるに従い、実権派が跋扈《ばっこ》してくる。この《修正主義》を根刮《ねこそ》ぎに打破しようとしたのが、毛沢東の『文化大革命』だった。

しかし、この大手術は、あまりにも多くの犠牲を残した。一九七六年、周恩来、朱徳、毛沢東ら革命の英雄たちが相次いで逝去した直後、文革をリードしてきた四人組が逮捕。

実権派の代表格、鄧小平が翌一九七七年に復権し、文革は幕を閉じた。

その翌年、日本の国会にあたる『三中全会』で、はやばやと改革開放政策が採択された。私有財産を認めようという大方向転換だった。利益を出し、税金さえ納めれば、あとは山分けしてよいのだから、機械の陰で昼寝していた輩《やから》までが血眼になって働き出した。

六年目の一九八四年には、人民公社解体の方針を決め、国営企業も、基幹産業を除いて民間に移した。代わりに雨後の筍《たけのこ》のように出てきたのが郷鎮企業だ。外国からの注文も取った。海外企業が我先にと中国に殺到し始めた。

原材料費、人件費が吃驚《びっくり》するくらい低かった。中国から製品を買い付けるだけでなく、中国へ工場を移す外国企業が相次いだ。工場が移転してくれば、その国の文化までもが、くっ付いてくる。人々は諸外国がどんなに豊かなのか、垣間見る機会にもなった。

沿岸工業地帯と内陸農村地帯の所得に格段の開きが出てくる。高らかに謳い上げたはずの平等は三十年にして潰《つい》えた。内陸部の人々は土地を捨て、蟻のように大都市に集まった。住居もない人々が大都市の駅前広場に住み着いた。浮浪民は「盲流《マンリュウ》」と呼ばれた。

＊

放課後、春源と碧霞は落ち合って映画館に行くようになった。

映画は庶民の唯一の娯楽だ。上映されるのは、戦争物や時代劇が多い。いつ行っても満員だ。この日の映画は中日戦争が題材だった。悪辣《あくらつ》の限りを尽くす日本兵を、共産党軍が駆逐《くちく》する叙事《ストーリー》だ。

「いい映画だったね。農夫を庇《かば》って死ぬ娘役の女優、碧霞によく似ていた」

劇場を出ると、春源は肩を怒らせた。

「私は、青年将校をカッコいいと思った。人民解放軍に入った春源を連想しちゃったよ」

碧霞の頬が、ほんのり紅く染まっている。紅みは項《うなじ》まで伸びている。

初めて感じる女の色気だ。鼻の奥が、むずむずした。一人の女性に惚れる初めての経験によって、自分がまったく新しい存在に変わっていく、不思議な感覚を味わった。

「でも、あんな惨たらしい殺戮《さつりく》って、ホントにあったのかな。僕の持ってる日本人のイメージと、ちょっと違うんだけどね」いつも泣いてる日本人に、春源は話題を変えた。

「斉斉哈爾《チチハル》のお祖父ちゃんから聞いたのは、だいたい、あんな感じだったみたいね。でも全部が全部、悪い人じゃあない。親切な家族もいた、って……」

「彭爺さんも同じこと言ってたなぁ。日本人に命を救われた経験があるとかって」

「誰、その人？」碧霞が興味深そうに春源を見た。

「南京西路にある梅龍鎮《メイロンツエン》って四川料理屋を知ってる？　その料理長をしていた人だよ」

「梅龍鎮って、あの梅龍鎮酒家の人？　知ってるわよ、なかに入った経験はないけど」

それがどうした、と揶揄《からか》い半分で春源は頷いた。

「すっごーい、どこに行けば会えるの」碧霞が爪先を立て、ピョコピョコと跳びはねた。

愛くるしい兎のようだと、春源は思った。柔らかい兎の身体を抱き、全身を愛撫できたら、どんなに気持ちいいだろう。

「ウチの隣だ」意気込む碧霞の鼻先に、春源は〈人参〉を吊るした。

演劇青年なら誰もが知っていた。梅龍鎮は一九三八年、上海在住の舞台俳優や文化人が交流の場として創業した。京劇『遊龍戯鳳《ゆうりゅうぎほう》』のなかで、明《みん》の武帝《ぶてい》が他人目《ひとめ》を避けて通い詰めた料理屋の名に因《ちな》んでいる。有名な舞台俳優が出入りしていたとあって、若い演劇志望者にとっては梁山泊《りょうざんぱく》のような場所でもあった。

「すぐにでも、お会いしたい。春源の知り合いなら、是非ぜひ会わせて」

碧霞が胸の上で両手を握り締めた。碧霞の心を摑めるかなと思った。堅苦しさの残っていた二人のあいだが、急に縮まったと、春源は感じた。

「今夜は、もう遅いから明日の放課後に訪ねてみよう。大丈夫、逃げやしないから」

逸《はや》る碧霞を春源は抑えた。碧霞に対して昂ぶってくる感情の変化を、扱いあぐねていた。公園に連れ込む手も、ある。だが、下心を見透かされる不安もあった。彭爺さんをネタに、心の絆《きずな》を、もっとしっかり作ってからだ。

＊

「ほう、役者志望かな」老人が、じろっと碧霞を一瞥した。

彭爺さんがどんな対応をするか、春源は落ち着かない。碧霞を落とせるか否かは、彭爺さんの応対いかんだ。

「死んでも役者になりたいんです。才能があるかどうかは、分かりません」

緊張の面持ちで碧霞が答えた。何事かを一途に思い詰めている人間の姿は神々しい。

彭爺さんが、春源を見て、にっと笑った。下心を、先刻しっかり見抜いている笑いだ。でも、自分にとっては大事な女《ひと》なんだよと、春源は祈る気持ちだった。

「まず、なりたいと思う動機が才能じゃ。才能が開くかどうかは、運が決める」

彭爺さんは、神妙な顔をして床《ベッド》に座っていた。膝に掛けた布団の上に大きな皿を置いて眺めている。直径が六十センチもある丸皿で、呉須《ごす》で描いた青龍が、丸い枠から跳び出さんばかりに、のた打ち回っている。龍は皇帝の象徴だ。

「店には有名な役者さんたちが、楽屋に出入りするみたいに集まったんでしょうね」

碧霞は床《ベッド》サイドの丸椅子に掛け、顔を紅潮させていた。しゃんと背筋を伸ばし、緊張している。高校生そのまんまだ。

春源はぷっと吹き出しそうになった。無垢《むく》な赤ん坊を見ると、穢《けが》してみたくなる気持ちにも似ている。一つの目標に一途になれる人間って、こんなにも、いたいけなものか。

「そうさなあ、あの事件が起きるまではね。文革で一人が自殺してからは、誰も寄り付かなくなっちまった」と彭爺さんが丸皿に息を吹き掛け、紗布《ガーゼ》で磨いた。

「ほれ、この皿は景徳鎮《けいとくちん》だが、毎晩のように豪勢な料理を盛り付けたもんさ」

癖のある目付きで、にたりと笑った。得意満面のときの彭爺さんの目だ。こういう目つきをするときの彭爺さんは、いつだって機嫌がいい。

「個性的で、魅力溢れる人たちばかりだったな」

「老彭《ラオペン》は、役者になるには、どんな心得や修練が必要だと思われますか？」

彭爺さんの目を碧霞が凝視《ぎょうし》した。こんなに真剣な顔の碧霞を、春源は初めて見た。胸がキューンと締まる思いだ。愛《いと》おしさのあまり、抱き締めてやりたいと思った。

誰か他人のために、これほど真摯《しんし》な気持ちになっている自分にも、驚いていた。

「人間を磨け、感性を磨け。ときには女帝になり、ときには貧者の心の痛みを分かる、幅の広い人間になれ」彭爺さんの目から鋭さが消えた。

「満漢全席《まんかんぜんせき》ってのを知っているかい？」

「本で読んだ記憶があります」碧霞の目がキラキラと輝いている。穢《けが》れのない少女の目だ。なんとしても役者になりたい碧霞の熱意が痛いほど伝わってくる。

碧霞の願望を叶えるために、自分にもなにかできないか、真剣に考えた。

満漢全席は、清《しん》の乾隆帝《けんりゅうてい》が始めた宮廷料理だ。熊の掌《てのひら》、猿の脳、岩燕《いわつばめ》の巣など、山海の珍味を、数日かけて味わった。

「暇とカネと好奇心の塊《かたま》りみたいな連中だからね、一度なんとか再現してみよう、という話になった。袁桂芳《ユアン・グイファン》たちが元気だったころだ。儂《わし》は、まだ修行中の身だったなあ」

彭爺さんが景徳鎮の大皿を、両膝頭のあいだにできた布団の窪みに、そっと置いた。

「紫禁城《しきんじょう》の厨房で働いていた老人を北京に訪ね、厖大《ぼうだい》な資料を、儂が手書きで写したもんだ。たいへんな文化遺産だったと思う。だが、文革のガキどもが、目の前で焼いてしまった」

「ひどい奴らだね。文化財の重要さが分からない連中だったんだ」春源は拳を握り締めた。

彭爺さんが目を瞑《つむ》り、一つ深呼吸をした。消えかかっていた心の疵《きず》が蘇ったのかもしれない。大皿に目をやりながら、いま、在る命のありがたさを嚙みしめているのだろう。

「彭爺さん、その大皿も、なんか曰《いわ》くがありそうだね」春源は訊いた。

「大きな声じゃ言えんが、紫禁城で使われておったもんじゃ」

柔和な顔に戻り、声を潜めて囁《ささや》いた。

春源も碧霞も、ぶっ魂消《たまげ》た。彭爺さんの股間に載っている皿が、紫禁城の財宝だと打ち明けるとは。彭爺さんの、こんな〈役者ぶり〉が、春源は大好きだった。

「紫禁城の宝物は、蔣介石《しょうかいせき》一派が船に積んで台湾に持ち去ったんでしょ」春源は訊いた。

「いやいや清王朝の末期には、皇帝の力も地に落ちてしもうた。皇帝を取り巻く宦官《かんがん》や女官、日本軍閥《ぐんばつ》の奴らが、勝手に持ち出しては、売り捌いたのよ」

宦官とは、後宮に仕える男の役人だ。女官に手出しせぬように、睾丸を抜かれている。

「いつの日にか満漢全席を再現しようと、梅龍鎮の料理長をやっていたとき、ヤミで買い集めた食器の一つだよ」悪戯《いたずら》っ子のようにニタッと笑い、ふたたび声を潜めた。

「日本の軍閥も、ワルだったんだ」ここぞとばかりに、春源は身を乗り出した。

「残念な話だが、清王朝の末期は、日本人の言いなりだった」

日本人の話になると、彭爺さんの視線は揺らぐ。

「昨日、碧霞と観た映画では、日本兵が中国人を虐殺していたよ」

「それも、ホントの話じゃ」彭爺さんは胸に鬱積《うっせき》していた思いを、吐き出すように喋った。

「日本人が侵略戦争を始め、中国人を虐殺したのは紛れもない事実じゃ。ところが連合軍に敗れ、日本人も地獄の苦しみを味わった。日本人が泣くのを春源が見たのは、いつだ？」

「最初は、少年宮での歓迎会かなあ。村田さん兄弟が来たときも泣いてたね」

「かつて虐げた人々を訪ねて行って、逆に歓迎されてご覧。たいていの人間は、慚愧《ざんき》の念に駆られるはずじゃ。《歓迎日本同胞》なんて垂れ幕が掛けてなかったか？」

「赤い大きな垂れ幕が掛けてあって、幕を見ただけで泣き出す人もいたよ」

「無邪気な幼子が歓迎の踊りを見せてくれると聞いただけで、胸が熱くなったに違いない。日本の首相が中国に来て、周恩来総理と『中日共同声明』を発表したのが、君たちの生まれた年じゃった」

「一九七二年です。僕らは中日友好の申し子なんだね」春源は碧霞に目配《めくば》せした。

「中国政府は〈中日両国民の友好のために、日本国に対する戦争賠償《ばいしょう》の請求を放棄する〉

という項目を盛り込んだんじゃ」

自慢げに彭爺さんが強調した。ときには中国人として、ときには日本人に成り代わって、大向こうを唸らす。千両役者だなと、春源は舌を巻いた。

しばらく黙っていた碧霞が興味津々の表情で口を開いた。

「それから六、七年目ですか、日本から旅行団が来るようになったのは。瀋陽《しんよう》とか長春《ちょうしゅん》にも、いっぱい来ました。最初に来た人たちは、石でも投げられる覚悟だったんでしょうね」

「だからこそ日本人は、中国人の好意的な応対に感激したんじゃ」

彭爺さんの目が光った。二人は大きく頷き、碧霞が、しかつめらしく口添えした。

「どんな悪い人だって、他人から恩義を受けると感動しますよね」

「そこなんじゃ。春源には昔、言った覚えがある。儂は善人が善行をし、悪人が悪事を働くのは当たり前と思う。でも、善人が他人目《ひとめ》を忍んで悪事に手を染めると微笑《ほほえ》ましくなり、悪人が人助けをすると、嬉しゅうて堪らん。人間というやつは通り一遍で見ちゃあいかん」

「僕たちの観た映画は、物事の一面なんだね」春源は、幼児のころ、自宅を訪れた日本人の兄弟を思い起こした。

「映画を観てないのでなんとも言えんが、極悪非道の殺人鬼が被害者という場合もある」

「ええーっ。加害者がじつは被害者でもありうるって？」そんな馬鹿なと春源は思った。

「人間は、見てくれじゃ、分からん。悪《わる》の日本兵も、日本では働き者で親孝行の農夫かもしれんじゃろ。ホントの悪は、表には出てこない。芸者を抱いて酒を食らってる政治家や将官のほうが、ホントは悪かもしれん」

確かに、村田兄弟が悪い人間だとは、春源には思えなかった。

柱に掛けてある振り子時計が、ぼーん、ぼーんと十回、鳴った。

「彭爺さん、そろそろ帰るよ」春源は立ち上がろうとした。

「最後に言っておきたい用件がある。儂《わし》は、もう永くはない。お前の後ろの水屋《みずや》に引き戸があるじゃろ」

春源は振り返って、引き戸を開いた。小さな木彫りの箱があった。開いてみると、キンコンと甲高い旋律《メロディー》が流れた。

「それは、儂の命の恩人がくれた品じゃ。八音盒《オルゴール》という。文革の若造に殺されかかったとき、儂ら夫婦を匿ってくれた上海日本総領事の奥方が、記念にくれたんじゃ。美味しい料理をありがとう、と言ってな」彭爺さんの目から涙が零《こぼ》れそうになった。

「僕が会った日本人には、悪い人はいなかった」彭爺さんを、春源は慰めた。

「お前たちの言う極悪非道の日本人に、儂ら夫婦は命を救われたんだよ」

二人は目を見交わした。

「この世のなかに、善人も悪人もいないってことだね」春源は呟いた。

「この八音盒を春源にあげる。『早春賦』という日本の曲じゃ。いまだに日本に反感を持っている中国人も多いから、あまり人の多いところでは聴かないほうがいいだろう」

彭爺さんはここで、隣の部屋にいた彭太太《たいたい》を呼んだ。

「例の品を出しておくれ」

押入れの奥のほうから、彭太太は布に包んだ小瓶大のものを取り出した。

「これはな、宋時代の青磁《せいじ》の香炉《こうろ》じゃ。開いてみなさい」

香炉は三つの足の付いた鵞鳥《がちょう》の卵大の焼き物だった。胴周りには微細で精巧な透かし彫りが施してある。上部に蓋《ふた》があり、蓋の上を龍が這っている。

全体に施した鶯色《うぐいすいろ》の釉薬《うわぐすり》は、深い湖水の色で、春源は吸い込まれそうに感じた。

「ひょっとしたら、これも紫禁城の財宝なの？」春源は動悸《どうき》の昂ぶりを覚えた。

「そうじゃ。闇市場に流出した品を、儂が買っておいた。ちっぽけな焼き物だが、家一軒が購《あがな》える。困ったときに換金すればいい」

「そんな高価な品を、僕が貰っていいの」皇帝の持ち物を所有する興奮を春源は味わった。

「お前の父さんには言い尽くし難いほどのお世話になった。でも父さんに渡すと、あらぬ嫌疑《けんぎ》を掛けられる。だから、父さんには内緒にしておけ」

彭太太が、感謝の気持ちを込めて語り掛けた。

「この家に入居できたのも、あんたの父さんのお蔭なんだよ」

「じつは儂らは客家《はっか》なんじゃ。ヒトは、カネに汚いといって客家を嫌うが、信義を重んじ律儀なのも、客家じゃ」

「朱徳将軍や鄧小平も、客家だよね」春源は口を挟んだ。

「香炉のなかに儂の故郷、福建省厦門《あもい》の住所を書いた紙が入れてある。将来もしなにか困った事態に遭遇したときには、相談してみなさい。儂の弟一族がお前を守ってくれるじゃろう」

龍を股座《またぐら》に挟んだまま、彭爺さんは床《ベッド》に横になり、静かに目を閉じた。

「老彭、ありがとう」春源は香炉を貰ったお礼よりも、碧霞の心を摑めた幸運を感謝した。

「いいお話を聞けました。一日も早く両親を楽にしてあげられるよう頑張ってみます」

碧霞の満足げな顔が、春源は、なによりも嬉しかった。

＊

彭爺さんの家を出てから、碧霞が浮き浮きしながら春源の手を握った。

「今夜は晩《おそ》いから、送っていくよ」

「まだ帰りたくないわ」駄々を捏《こ》ねる女児のような上目づかいで、碧霞が呟いた。春源と別れたくないのか、なにか家庭に問題を抱えているのか、碧霞の言葉の真意を測りかねた。

「家がとっても狭いの。部屋が二部屋だけなの」

ちょっと首を傾げてから、碧霞が言いにくそうに付け加えた。

「漆喰《しっくい》が剥げ落ちた家だったけど、斉斉哈爾《チチハル》の家は広かった。でも、こっちの家は二部屋しかなくて、このあいだ、両親のアレを見ちゃったの」

暗い表情になって、碧霞が目を伏せた。

若い女性にとって、両親の濡れ場を見た衝撃は、いかばかりだったろう。男の自分だって、父と母が性行為をしている現場なんて、考えただけでも、ぞっとする。

ましてや若い未婚女性にとっては、大きな休克《ショック》だったに違いない。

「ずいぶん辛い思いをしたんだろうね。……少し歩こうか」

碧霞の気持ちを忖度《そんたく》して春源は声を掛けた。まるまる一部屋を宛《あて》がわれている自分の贅沢さを後ろめたく思った。できることなら、代わってあげたい。

他人目《ひとめ》を避けて、二人は魯迅公園のほうに歩いた。子どものあいだで、魯迅公園がサカリ公園と呼ばれていたのを、春源は知っていた。

暗闇のなかに、あちこちで人の気配がする。押し殺した、女のあがき声も聞こえる。

「怖いわ。人が呻《うめ》いている。なんか、あったんじゃないかしら」

碧霞が春源の胸にしがみついた。事件でもあったと勘違いしているのか。

「大丈夫だよ。上海はね、人が多すぎて住宅難なんだよ。だから……」

碧霞が不安そうな面持ちで春源を見上げた。

「だから、なんなの？　まさか、こんなところで生活している人でもいるの？」

「分かっちゃいないんだな。ご両親を責めちゃいけない、ってことさ」

春源は、指先で碧霞の頭を小突き微笑んだ。

「えっ、そうなの。こんなところで、ほんとに？　……春源って優しいのね」

二人の目が合った。碧霞の眼差しが、春源の心の奥に入り込む。二人の心に絆が結ばれたと思った春源は、両手の掌《たなごころ》で碧霞の頬を優しく包んだ。すべすべの肌が温かかった。

「いいかい？　ご両親と同じ行為を、僕らもするんだよ」

碧霞がしっかりと春源を見詰め、大きく頷いた。春源にとっても初めての経験だ。うまくできるか、ちょっぴり不安になった。春源は、しなやかな碧霞の身体を抱き締めた。

「でも、こんなところじゃ、いや。暗闇のなかに、他人《ひと》が大勢、潜んでいる気がする」

春源は腕時計を見た。十一時半を回っている。目を瞑《つむ》って、家の様子を想像した。

「どうしたの？」碧霞が不安げに訊いた。

「いやね。オヤジもオフクロも、もう寝たかと思ってね」

「なあんだ、そんなこと。でも、春源のご両親にめっかったら、私、なんて言えばいいの」

「心配ないよ。ウチは朝が早いから、二人とも、もうぐっすり眠っているさ。それに男友達を、深夜に連れ込むのはしょっちゅうだしな」

春源は碧霞の首周りに腕を回し、身体をぴったりと、くっ付けて歩いた。

「碧霞は女優になりたいって、なんか切っ掛けでもあったの？」

「中学の修学旅行で、私たち、長春の映画撮影所に見学に行ったの」

碧霞は夢見る少女の目になった。楽しかった思い出の断片を、掻き集めているのだろう。

「日本人が造った撮影所だね。満州映画とかってね」

「とっても広い撮影所でね、いろんな布景《セット》を組める天井の高い倉庫が、いく棟も建っているの。背景の音楽を演奏する交響楽団の建物もあって、静かな曲が流れていたわ」

「いまでも、長春で映画製作が続いているんだね」

春源は碧霞の首を抱き、指先で耳朶《みみたぶ》を愛撫した。碧霞が、うっとりした眼差しになった。

「排練《リハーサル》をやっていて、真っ暗な建物のなかに、病室のセットが組まれていたわ。負傷した兵士と恋人が面会している場面に、天井の一角からスポットライトが当たっていた」

碧霞の頰に移した春源の手が濡れた。碧霞の目から涙が流れていると、春源は思った。

「暗闇のどこかから、キミのお母さんが亡くなったシーンをイメージしろと、ハンドマイクを通した監督の低い声が響いてくるの。舞台でも映画でもいい。私の仕事は、これ以外にないと確信したわ」

碧霞が切れ長の目を半ば閉じ、すでに女優に成りきった表情をした。

「碧霞だったら、きっとなれるよ。大切なのは自分を信じることとさ」

「斉斉哈爾《チチハル》の農村に戻ったときは、夢のなかから無理やり現実の世界に引き戻された気分だった。煉瓦を積み上げた荒ら屋《あばらや》に、夜遅くなって泥まみれの父母が帰ってきた。〈どうだった、長春の街は？〉と母が訊いたわ。でも私は、なにも答えられなかった」

碧霞を慰める言葉を、春源は探した。どう慰めていいか、春源は分からなかった。

春源の家の近くまでやって来た。狭い路地のなかに、形の似通った家がびっしりと並んでいる。二軒分をぶち抜いた家が、ひときわ目立つ。

「あれが僕の家だ。昔は日本人が住んでいたんだって」

「うわーっ、立派な家なんだぁ。なんだか足が竦《すく》んじゃいそう」

及び腰で碧霞が呟いた。怖気づいたのだろうか。

「ちょっと待ってて。なかの様子を窺《うかが》ってくるから」

春源は自宅に向かって駆け出したが、玄関の五、六歩前から忍び足になった。そろりそろりと引き戸を開く。

中国の一般家庭に玄関はないが、この家には入口と居間とのあいだにドアがある。人の気配はない。深夜、友人を連れ込んだ経験は多いので、親がわざわざ起き出してくるとは思えない。玄関から上体を出して親指を立て、碧霞にＯＫの合図をした。

碧霞の顔が、吊り橋を渡りきったみたいに、パッと明るくなった。

二人は一階の居間の脇にある階段を二階に上った。

「いいわねェ、自分の部屋があるなんて。羨《うらや》ましいな」

碧霞が部屋のなかを見渡している。本棚に目が留まる。

「へぇー、春源って難しい本を読んでるんだ。見せてもらっていいかしら？」

上目づかいに春源の顔を覗いた。自分の書棚を見られるのは、心のうちを覗かれると同然だ。碧霞なら、覗かれてもいいと春源は思った。

「どうぞ。女性が喜びそうな本は、持っていないんだけどね」

碧霞が日本語の本を取り出した。

「これ、日本語だわね。すごいな、春源って日本語が読めるんだ。なんの本なの？」

尊敬の眼差しで春源を見た。

「日本の間諜《スパイ》小説だよ。親父が持って帰ったもんさ。漢字を追っていけば意味は分かる」

「へー、日本語って中国語を使っているのね。でも、これって昔の字体だよね」

近眼の気でもあるのか、碧霞が本のなかに顔を埋《うず》めるように屈んでいる。恋愛小説に夢中になっている少女みたいだ。碧霞と共通の話題を持てるなと春源は北叟笑《ほくそえ》んだ。春源は後ろからそっと近づき、碧霞を抱き締めた。碧霞の足許《あしもと》に日本語の本が落ちた。

「あっ」と声を上げ、碧霞がしゃがんで本を拾った。立ち上がりざま、春源は前に回り込んで碧霞をしっかり抱き締めた。碧霞の手からふたたび本が足許に落ちた。

「君を欲しい。僕の恋人になってもらいたいんだよ。一つになりたい」

「でも私、初めてなの。避孕套《コンドーム》もないし、なんだか怖いわ」

「避孕套は持っている。でも、僕も初めてなんだ。どんなふうにするのか分からないんだ」

「クラスの人たち、ほとんど経験済みみたいで。じつをいうと、重荷になっていたの」

「胸罩《ブラジャー》のホックって、どうやって外すの」

「いいわ、自分で外すわ。さきに床《ベッド》に入って」

開き直って碧霞が大胆になった。胸罩のホックを器用に外し、内褲《ショーツ》もスルッと抜き取った。真っ白い壁に、黒い蝶が止まっていた。

「碧霞って着痩《きや》せするんだね。気後《きおく》れしちゃうよ」

「身体は大人でも、心は、まだ初《うぶ》なのよ。ゆっくり、ゆっくりやってね」

碧霞にリードされている感じだ。処女を失うのに、この落ち着き払った余裕はなんだ。男の俺のほうが狼狽《うろた》えていると春源は思った。

「女性の身体って、すごく柔らかいんだね。まるで筋肉がないみたいだ」

「男の身体って、なんでこんなにゴツゴツしているの」

「おっぱい、おっきいんだね。吸ってみていいかい？」

「柔らかく、柔らかく。焦《あせ》らないで。女って準備に時間が掛かるの」

急ぐ春源を、碧霞が眉を寄せ、もどかしそうに窘《たしな》める。

「なんだか熟れた果物みたいになってきたね。足を開いて」

「痛い。そこじゃないわ、もっともっと、下のほうよ」

「ごめんね、よく分からないんだ。見せてもらって、いいかな」

「待って。電灯を点けるまえに顔を隠させて。恥ずかしい」碧霞が毛布を被る。

「綺麗《きれい》だよ。熟《う》れた桃みたいな、綺麗な色をしている」

「ゆっくり、ゆっくり、入れてね」

「なかなか入らない。足をそんなに踏んばらないで、力を抜いてごらん」

春源には力の加減が分からない。

「うううううっ、ゆっくり、ゆっくり、焦らないで」

「いけね。もう終わっちゃった。……どうしたの？　涙が出てる」

碧霞が、しっかり春源に抱きついた。

「春源と一つになれたのが嬉しい。これでホントの恋人になったんだよね」

＊

親密な関係になってから以降、春源は放課後、魯迅記念館で碧霞とデートする機会が多くなった。ここだと昼間、上海人はほとんど来ない。ときどき外国人の団体がぞろぞろと訪れるだけだ。だいたい碧霞がさきに着いて、春源が汗を拭いながら駆けつける。

この日も春源が遅れてやってくると、碧霞の顔は強張《こわば》り、歪んでいた。

「貴方、天安門事件のニュースを観た？　とうとう学生デモに人民解放軍が発砲したわ」

「ここに来るまえに、ちょっと観たけれど、まるで暴動だね」唾棄《だき》するように決めつけた。

「暴動って貴方、相手は無防備な学生たちよ」憤然《ふんぜん》と碧霞は抗議した。

「民主化、民主化って騒いでるけど、いままさに民主的時代なのに。清王朝を倒して、外国勢を追っ払って、誰にも支配されない中国人の国家ができ上がった」春源は開き直った。

「違うわ。民主化って国民が政権を選べることよ。いまは共産党独裁でしょ」

「それは社会主義の理念が正しいからさ。騒いでる連中は反革命分子だよ」

「社会主義にはなったとはいっても、貧富の差は広がるばかりだし」

碧霞が首を項垂《うなだ》れた。春源は碧霞の家が貧しいと思い起こした。反論する言葉がなかった。一九八九年六月四日だった。

*

夏になった。夏は中国では卒業、進級の季節だ。春源は北京の国防大学に、碧霞は上海戯劇学院に進学した。国防大学は人民解放軍直属の、戯劇学院は演劇のエリート校だった。

春節、夏休みのたびに、呉春源は北京から上海に戻った。待ち受けていたように連絡を取りあって、春源と碧霞は再会を喜んだ。魯迅公園のベンチに座って話しが弾む。

大学の話、政治の話、文学の話、演劇の話は途切れることもない。しかし、碧霞は、逢《おう》瀬《せ》を重ねるたびに落ち込んでいく風で、愚痴が多くなった。

「人民解放軍も狭き門だろうけど、演劇の世界って、もっと凄いのよ。十億からの人間がいる中国だからね、俳優になれるって何十万人に一人くらいじゃないかしら」

愁いを帯びた碧霞の端正な横顔に翳《かげ》が宿る。

「全国から優秀な人たちが集まってくる。私なんか、大部屋にさえ残れるかどうか……」

「演劇って、そんなに難しいの？　美男美女なら誰でもなれるって、僕は思っていた」

蔑む目をして碧霞が睨《にら》んだ。

「それは最低の、必要条件なの。私の真似をしてみて」と碧霞が両腕を前に突き出した。

「そのまま腕を振って波のうねりを表現してください」

眉間に縦皺を作り、男の声色で命じた。春源は言われるとおりにやってみた。

「だめだめ。波は、そんなにぎこちなくないわ。皆、人間だから、イメージするのは一緒なのね。でも、できる子は、身体の柔らかさとリズム感が、ぜんぜん違うの」

「そんなもんかなぁ。指先だけでも演技できるんだね」

碧霞が両足を前に抛《ほう》り出した。投げやりになっているのかなと感じた。

「私は、ぶきっちょだから、どんどん遅れていく。演出家や制作部に残れる人は、まだまだいいほうなのよ。九割がたは水商売に流れていくんだから」

空を見上げた碧霞の目から涙が溢れ、頬を伝わった。

「碧霞、決して人生を投げるべきじゃないよ。もしも女優にはなれなくったって、それだけの美貌を活かす仕事って、いくらでもあるだろう」

どう慰めればよいものやら、春源も途方に暮れた。

二人の逢瀬《おうせ》は、だんだんと減った。碧霞の焦りは手に取るように分かる。だが、会ったとしても、なにもできない自分の無力感を噛みしめるばかりだった。

最後に会ったのは春源の部屋だった。永いキスだった。碧霞が春源の唇に舌を差し込み、絡《から》めてきた。春源は碧霞に新しい同伴《パートナー》ができたのかなと感じた。

「僕はなにもしてあげられない。この八音盒《オルゴール》は彭爺さんに貰ったものだけど、君にあげるよ」

「えっ、そんなに大切なものを。これ、日本製なんでしょ？」

「中国語の歌詞を付けておいた。行き詰まったときに聴くと、とても爽やかになる」

「ありがとう。辛くなったときは、春源を思い出すわ」

かれこれ四年目となる春節には連絡すら取れなくなった。とことん思い詰めると、投げやりになる危なさが、碧霞にはある。

いてもたってもいられなくなって、春源は碧霞の家を訪ねた。小さな家がぎっしりと並んだ口琴《ハーモニカ》長屋だ。積み上げた煉瓦《れんが》の上に塗った漆喰《しっくい》が、あちこち剥げ落ちている。

家のなかは寒々としていた。春源が名乗ると、碧霞の両親は親しげに招じ入れた。

母親には碧霞の焦りは手に取るように分かる。だが、母親もなにもできない無力感に陥《おちい》るばかりだったようだ。

母親は碧霞にそっくりの、地味な人だった。口数も少ない。

「貴方の話は、碧霞からよく聞かされました。いつも自分のことのように自慢しておりましたよ」ほっほっと母親は初めて笑った。

話し込んでいるうち、春源は気付いた。家具がほとんどない。食器や衣類は、どこにしまってあるのか。家のなかが整然としすぎている。それが寒々しい印象の原因かと思った。失踪の理由も行先も、両親にすら分かっていなかった。

「生きていてくれればいいと、近ごろでは、それればかり考えてます」

母親の頬は、げっそりと痩せ細っていた。父親が神経質そうに煙草を喫《す》い続けている。碧霞の悩みについては、春源は話す心算《つもり》はなかった。言ったところで両親にはどうなるものでもない。これ以来、碧霞の消息は、ぷっつりと途絶えた。

第三章　米大使館員コワルスキーの秘密

春源の青春は順風満帆《まんぱん》だった。追い風が、ぐいぐい押してくる感じだ。

三年間ですべての単位を取得し、余った時間は、昼は外語大、夜は体育大での《補習》を認めてもらった。とくに英語と日本語に、優れた能力を見せた。標準の言葉以外に、訛《なま》り、俗語、隠語など、二度か三度ほど聞けば覚える。

スポーツでは武術に秀でていた。カンフーの腕は、体育大でも右に出る者がなかった。武術は力ではない。一瞬の相手の隙《すき》に切り込む運動神経だ。カミソリ春源と噂された。

国防大学を終えると人民解放軍だが、在学中から幹部候補生といわれた。戦略、戦術に興味を持っていたが、人民解放軍で配属になったのは総参謀部第二部だった。諜報部門、平たくいえば、間諜《スパイ》組織だ。

情報にはオモテ情報、ウラ情報がある。噂を含めたゴチャ混ぜの情報のなかから帰納《きのう》的に『真実』を導き出す。その『真実』が国益を損なう場合、破壊活動も辞さない物騒《ぶっそう》な側面もある。

ただ、間諜《スパイ》映画にあるように、諜報部員が直接、破壊活動に手を出すことはない。ダーティーな部分は、工作員《コマンド》が請け負うのが普通だ。だから黒道や黒社会とも繋がっている。

総参謀部第二部に回されたのには、わけがあった。優秀な語学力が買われた。

直属の上司は粘国強《ニィエン・クォチャン》だ。担当はアメリカ。中肉中背の筋肉質だ。年齢四十二歳。にこやかな表情ながら、グラデーションの掛かった色眼鏡《めがね》の奥の目が、据わっている。誰とでも和《なご》やかに交わるが、ホンネは決して口にしないタイプだ。

勤務先は、北京市郊外。なんの変哲もない建物だ。周辺の人間ですら、なにをやっているのか知らない。通ってくるのも、私服の、目立たない人ばかり。軍服は守衛だけだ。仕事はテレビ、ラジオ、新聞、雑誌などオモテ情報のチェックから始まった。

つぎに、アメリカから入ってきたり、アメリカに向けて出てゆくＦＡＸ、メールなどのうち、網に掛かったもの――ウラ情報のチェックだ。暗号文らしきものはすべて引っ掛かる仕組みだ。

中国内に拠点を置く大使館、総領事館職員の写真と経歴。これは何度も見せられた。大使館員、総領事館員は、ほとんど諜報員と見做されている。

田野調査《フィールド・ワーク》もやった。尾行の方法。尾行を撒く方法。工作員との接触法。変装。陽動作戦。アメリカから進出してきた酒店《ホテル》や餐館《レストラン》にも、よく通った。アメリカ人の習慣や応対や思考傾向に慣れるためだ。酒店《ホテル》の咖啡《コーヒー》ショップに陣取ってアメリカ人客の会話に耳を傾ける。

「ところで、なぜ、ここまで徹底してアメリカ情報をチェックする必要があるんですか？中国とアメリカは友好国でしょう？」

隣のアメリカ人客が席を立ったあと、春源は粘に尋ねた。

「一九七二年だから、君の生まれた年だな。大統領が北京にやってきて『中米共同声明』を発表したんだ。これには吃驚《びっくり》したね。電撃的に、昨日の敵は今日の友だからな」

「アメリカは、ずっと台湾国民党政府の後ろ盾でしたね」

『中米共同声明』後も、アメリカは台湾とのパイプを維持し続けた。両面作戦だよね」

「中国政府はアメリカを信用していないのですか？」

「ニクソンの『中米共同声明』をお膳立てしたのがキッシンジャーだって事情は知っているね。彼が、いみじくも言っているが、国際外交は権力平衡《バランス・オブ・パワー》なんだよ」

「つまり、国と国との勢力均衡ですね」

「政権が替われば政策も変わるしね」

「いつ替わってもいいように、相手の内情は押さえておくんですか」

「僕はね、中国とアメリカの交流は経済から始まったと見てるんだよ。最初、アメリカ経済界は台湾に目を付けた。生産成本《コスト》が半分くらいだからね。量販店のバイヤーが積極的に動いた。奴らの嗅覚は、中国の成本《コスト》がさらに低い実態を嗅ぎつけた」

「労働力も有りあまるほどですからね」

「肝腎なポイントは、貿易決済による厖大《ぼうだい》な米ドルがいま、中国に流れ込んでいる状況だ。中国が、かつてのソ連に匹敵する大国になると、新たな冷戦が始まる」

「中米対立ですか」

「そうだ。アメリカは血眼《ちまなこ》になって、中国の情報を掻き集めている。とくに軍事面のね」

飯店《ホテル》を出ると、春源は天を突き刺す飯店《ホテル》の全容を見上げた。アメリカという超大国がいまにも覆い被さってきそうだった。

二人して人ごみのなかを歩いていると、六十歳くらいの痩せて貧相な男が、粘に寄り添ってきた。禿げた頭頂部を胡麻塩《ごましお》の長髪で隠している。どす黒い不健康な顔色だ。

男は粘と歩調を合わせて歩き、小声で二言か三言の言葉を交わして挨拶もなしに離れた。

「なんです、いまの……」春源は尋ねた。

「コマンドだよ。鮑風珍《バオ・フェンツェン》という。若いときは幇《パン》の幹部だった」

どんよりした空気が胸を締め上げるような日だった。

「今日は遠出をしよう」粘が春源の席にやってきて、ぶっきらぼうに声を掛けた。

地下の駐車場に待機していた車は、エンジンが掛かっていた。運転席には、先日、路上で会った男が座っていた。粘が後部座席に乗り込み、春源には助手席に乗るよう指示した。

車が動き出してから、粘が運転手に語り掛けた。

「鮑先生。呉春源だ。若いが、なかなか動ける。仕込んでやってくれ」

鮑風珍は、人民解放軍とはなんの関係もない。下部組織の人間だ。だが粘は、ある種の敬意を込めて「鮑先生」と「さん」付けで呼んだ。なにか特別な因縁があるのだろうか。

車は市街を抜け、東に向かった。行く先は天津だ。

北京から天津へは、高速道路一直線で一時間強。ところが名うての濃霧地帯で、ひどいときには三メートルさきが見えない。ヘッドライトを点け、クラクションを鳴らしながらの走行となる。真昼間なのに、窓外は黄昏時《たそがれ》のようだ。

「じつはなぁ、鮑先生がどえらい大物を引っ掛けちまってな。胡散臭《うさんくさ》いアメリカ人が一人で天津のバーに出入りしている。本部に戻ってコンピューターを開いて、ぶっ魂消たよ」

粘が、運転席に聞こえる声で、春源に語り掛けた。春源は後部座席を振り返った。

「まあ、聞け。どっちみち、この天候だ。時間は、たっぷりある」

粘は胸ポケットからA4の紙を取り出し、おもむろに読み始めた。

「在中アメリカ大使館一等書記官、ゲーリー・コワルスキー、五十四歳。CIA職員。ペンシルヴァニア州アレンタウン出身、ハーヴァード大学卒。ポーランド系アメリカ人だ」

鮑が誇らしげに頷いた。粘が満足そうに続ける。

「天津の塘沽《タンクー》は知っているな」若い春源に探りを入れた。

「渤海湾《ぼっかいわん》に面した経済特区ですね。行った経験はありませんが」

「外資系企業がどんどん出てきているから、風俗店もやりたい放題だ。バー、カラオケ、売春宿……もう、なんでもありだ」粘が吐き捨てた。

「コワルスキーが入り浸っている店がある。いま、その店に向かっている」

霧は天津市に近づくに連れ、薄らいだ。天津の旧市街は、土塀造りの街並みを留めた旧跡だ。新築の高層ビル群が旧市街を取り囲んで林立し、周囲を外環道路が囲んでいる。

三人の乗った車は旧市街には向かわずに、外環道路の北辺を掠《かす》めて、塘沽に針路を採った。塘沽までは、まだ五十キロメートルもある。

「春源。僕は面《めん》が割れているので、鮑さんと一緒に店に入ってくれ。今日は様子を探るだけでいい。たぶん女に入れ込んでいるんだと思うが、一応、相手は友好国の大使館員である事実を、忘れないようにな」と粘が念を押した。

「一つ、お訊きしていいですか？　僕みたいなチンピラが、こんな大役を仰せつかって、いいんですか」畏まって、春源は粘を振り返った。

粘が笑った。「チンピラだから、いいんだよ。たぶん君は、相手方のリストにも載っていない。大物が動いて、もしばれてみろ。友好国どころか、国際問題になるぞ」

肩の荷が多少は軽くなったと、春源は感じた。

「なにか、注意する事項は、あるか？」

粘が遠慮がちに鮑に声を掛けた。鮑はチラッと横目で春源を見た。

「コワルスキーとは絶対に目を合わせるな。儂が日本人のバイヤーを接待しているように振る舞え。女の股座《またぐら》に手を突っ込んでも構わん。奴らには中国人、韓国人、日本人の区別がつかない。いちばんスケベなのが日本人だと思い込んでいる」

塘沽は遠浅の海で、昔は魚介類が豊富に獲れた。海鮮料理屋が軒を連ね、天津や北京からの客で賑わったものだ。

ところが北京に近い利便性から、海上交易の拠点となり、近年、遠浅の海が埋め立てられ、経済開発区に大変貌した。区画整理され、輸出製品の生産工場がつぎつぎに建てられた。外資との合弁企業や、外資の直営企業も増えた。人とカネの集まるところには、かならず闇社会が蔓延《はびこ》る。かつて海鮮料理屋が繁盛した場所は、性風俗の砦となった。

「この路地の前方右側に、人参《にんじん》のイラストを描いた看板があるだろ。横文字でキャロットと書いた……」

＊

この界隈《かいわい》だけ、ネオンサインが交錯して昼間のように明るい。粘と春源は色めき立った。白鉄皮《トタン》貼り二階建て倉庫だった。粘を車に残し、鮑と春源の二人はキャロットに向かった。

「ひでぇ荒《あば》ら屋だな。なかに入るのは、儂《わし》も初めてなんだ」

鮑が謎めいた声色で囁く。トタンは一部が錆び、継ぎ接《は》ぎしてあった。手前の外壁に、鉄骨の階段が剥き出しで取り付けてある。わざわざ仕舞屋《しもたや》を選んで目立たないようにし、なかで秘密ショーでもやっているのだろうか。春源はぞくぞくした。

階段下に蛍光看板が輝いていた。キャロットは倉庫の二階らしい。階段を上ると、鉄骨がギーギーと泣いた。

一歩、踏み込むと、予想を裏切る光景だった。外観の見窄《みすぼ》らしさとは裏腹に店内は高級クラブそのものだ。毛足の長い赤絨毯《あかじゅうたん》。二分（百二十平方メートル）はあるフロアの中央に円形の舞台が設《しつら》えてある。その真ん中から天井へ、不鏽鋼《ステンレス》製の手摺《てすり》が立ててあった。

ホステスは粒揃い。色とりどりのネグリジェ姿だ。

鮑と春源は出鼻を挫《くじ》かれ、入口脇の桌子《テーブル》に、とりあえず腰を下ろした。客は外資系企業の幹部風がほとんどで、けっこう混んでいる。鮑が顔を動かさずに囁いた。

「右手の奥に白人がいる。コワルスキーだ」

春源は視線を移しながら、指示された男を何度か捉えた。

大柄だが、痩せて神経質そうな顔だ。前頭部から頭頂部にかけ、綺麗に禿げ上がっている。頭蓋骨に段差ができ、前頭部が異様に盛り上がっている。眼窩に落ち着きのない目があった。影の薄い男だった。

やがて、店内の照明が落ちた。灯りは、各桌子《テーブル》の上の蝋燭《ろうそく》だけ。ショータイムだ。一人のホステスが舞台に立った。スポットライトが当たる。音楽に合わせ、衣類を一枚ずつ脱いでいく。ぬめっとした客の視線がホステスの白い裸体に纏《まつ》わりつく……。

ショーが終わると、四人の男たちがホステス四人を引き連れて、裏口から出ていった。

「また台湾人のやつらだ。工場んなかの宿舎にホステスを連れ込んで、朝までやりまくろうって魂胆《こんたん》だぜ」

隣の桌子《テーブル》の中国人客が毒づいた。額をくっ付けるかのようにコワルスキーと向き合っていたホステスが、チラッと横を向いた。

春源は瞬間、心臓の鼓動が凍《い》て付かんばかりの衝撃を感じた。こんな偶然が、あっていいものだろうか。思考の回路が崩れ落ち、真っ暗な迷路に嵌り込んだみたいだ。李碧霞だった。コワルスキーの情婦《おんな》……碧霞だったのだ。激しい悪寒が全身を貫いた。

高校生のときより遥かに洗練されている。妖艶な美しさだ。かつて抱いた女の肌の感触が戻ってくる。嫉妬か。いや、そればかりではない。元恋人を底辺に貶《おとし》めた自責の念が込み上げ、穏やかに座っていられる心境ではなかった。

「鮑さん、やばい。ここを出よう」

そっと立ち上がって春源は店を出た。粘の待つ車に戻った。

「スミマセン、この任務は、降ろしてください」押し殺した声で春源は呻《うめ》いた。

「どうしたんだ？」ただならぬ雰囲気に、粘が訊いた。

春源は黙ったまま、歯を食い縛った。人の運命の恐ろしさに震えた。

碧霞にどんな数奇な試練があったかは、分からない。人生の目標が打ち砕かれたからといって、売春婦に身を持ち崩すとは。春源に対する当て付けだろうか。それとも、生きていくための、やむを得ない選択だったのだろうか。

数分後、鮑も店を出てきた。運転席に乗り込むなり、摑み懸からんばかりに毒づいた。

「いったい、どうしたんだよ。ホステスのなかに捨てた女でもいたのかよ、春源！」

今度は粘に向き直った。

「とんでもねェ店ですぜ、キャロットは。売春バーですよ」

後部座席に寝そべっていた粘が姿勢を正した。静かな口調で春源に声を掛けた。

「詳しい事情を、話してくれないか」

しばらく衝撃に打ちのめされていたが、春源はホステスの一人が元恋人だと打ち明けた。

聞くうちに粘の据わった目が爛々と輝いた。話が終わると、粘が春源の肩に手を掛けた。

「そうか、よく話してくれた。辛い思いをさせたな。今日のところは、引き上げよう」

と慰めながら爬虫類《はちゅうるい》のような目で微笑《ほほえ》み、車を出すよう鮑に命じた。

港を行き交う輸送船がたがいに所在を知らせ合うのか、ぶぉーっ、ぶぉーっと霧笛《むてき》を鳴らす。慟哭《どうこく》のような音が、春源の胸を締めつけた。悪魔が、お前の所為《せい》だ、お前の所為だ、と責め立ててくる。

＊

ふたたび春源は厖大《ぼうだい》な情報の山と格闘を始める破目になった。一方では、第二部の幹部たちが慌ただしく動き出した。

〈でも、自分には関係のない騒ぎだ〉

目は情報のチェックをしながら、思いは碧霞の人生に回帰していく。

〈役者になる夢に、あんなに大きな志を抱いていたのに、なぜ碧霞は蹴躓《けつまず》いたのだろう〉

自ら順風満帆の海路を走っているだけに、碧霞が不憫《ふびん》でならない。才能がなかったのか。いや、なにかに夢中になれることが才能だと、彭爺さんは言っていた。コネか、カネか、チャンスか？　いやいや、そんな単純に割り切れる問題ではなかったろう。

人は自分がなりたかった職業に就《つ》けないほど、辛《つら》い試練はない。芸術家であれば、才能を輝かせたい思いは、なおさらであったろう。それにしても、売春バーとは。

自分にはなにもできなかったのだろうか。自責《じせき》の念ばかりが、繰り返し繰り返し襲ってくる。コンピューターの画面を追ってはいても、目は字面を滑っていくだけだった。

デスクの電話が静寂を破った。第二部長室からだ。直接なんて、かつて一度もなかった。訝《いぶか》しく思いながらも受話器を取る。

「呉春源か？　部長室に来てくれ」もの静かな響きだ。

「えっ、いつもの会議室ではなくて、部長室ですか？」

「そうだ。私の部屋に直接だ。大事な話がある」

部長が直に受話器を取っている。一瞬〈なにか、しくじっただろうか〉と思った。部長室なんぞ、覗いたこともない。部長じきじきとなると碧霞の一件に違いない。

ノックをしてドアを開くと、大きな空間があった。一分半（約九十平方メートル）はあるだろうか。窓際に大きな桃花心木《マホガニー》の執務机。背面に木製の戸棚。手前に欧州製の黒い牛革貼り応接セットがある。広い部屋の壁面には、幅広の木製椅子が、ずらっと並んでいた。春源のいるフロアがスチール製品ばかりなのに、こちらは、すべて木製の調度品だ。応接セットには、部長を含む三人の幹部が座っている。

「遠慮しないで、こちらに掛けたまえ」

部長が招いた。五十絡みの肩幅の広い男だ。几帳面《きちょうめん》に櫛を入れた白髪が前から後ろに流れている。黒縁眼鏡《めがね》が、一見すると学者風の雰囲気を醸《かも》し出していた。

「コワルスキーの件では、ご苦労だったね。君の恋人がコワルスキーの情婦だったとは、我々も驚いている」

悠揚迫らぬ物腰だ。春源の反応を確かめながら、ゆっくり話す。

「俳優になるのが夢だと言っていたんですが」

「大きな休克《ショック》を受けたとは思うが、それを承知のうえで、君に頼みたい件がある」

「李碧霞の話でしたら、この任務は降ろさせていただくよう、お願いしたはずですが……」

「君は、志願して人民解放軍に入ったんだったね」

「そうです」部長がなにを切り出すのか、ハラハラしながら春源は頷いた。

「軍の任務とはなんだね」息子に語り掛けるような優しい訊き方をした。

「国家を守ることです」意気込んで春源は答えた。

「いま、中国とアメリカは、友好関係にある。現在の中国に力が足りないがゆえに、アンバランスな友好関係に成り立っている。ところが欧米向けの輸出で、厖大《ぼうだい》な米ドルが中国に入ってきた。我が国は、かつてのソ連のような大国に、遠からず、なるだろう」

春源は頷いた。部長が続ける。

「米ソ冷戦がなし崩しになったあと、アメリカにとっての脅威は、中国なんだ。中国は大量の米ドルでアメリカの国債を買い込んでいるが、それを第三国に放出されると、どういう事態になるか。基軸通貨を君は知っているね？」

「国際貿易の決済に使われる通貨ですね」

「いまは米ドルだが、それは米ドルに威信《いしん》があってこそだ。世界各国が米ドルを信用しなくなってごらん。通貨膨張《インフレ》が起こって、アメリカ経済は、たちまち破綻《はたん》する」

「そんな事態が、ありうるんですか」

「ありうる。もう一つ、アメリカにとっての脅威は、中国の軍事力だ。中国はいま、稼いだ米ドルで、どんどん防衛力を強化している。それが心配でならない。アメリカの仮想敵国は中国なんだよ。だからこそ、我々は、コワルスキーの動きに注目してきた」

「そういう話を聞けば、なおさら、この任務は私には荷が勝ちすぎます」

「君は国家を守るため、人民解放軍に入ったと言ったね」

部長の声色が是非を言わせぬ重みを帯びた。軍の思惑《おもわく》は分かっている。碧霞と縒《よ》りを戻して、コワルスキーを二重間諜《スパイ》に仕立て上げる算段だろう。

姿勢を正した春源の目に、壁面に掲げた毛沢東主席の肖像画が映った。

「考えさせてください」軍を辞めるか、碧霞を裏切るか、春源は崖っぷちに立たされた。

気まずい静寂があたりに漂った。春源は席を立ち、敬礼をして部屋を出た。

＊

翌日、コンピューターの画面を眺めていると、粘が春源の肩を叩いた。春源の心中を思い遣る眼差しだった。

「さあ、天津に出掛けようか」さりげなく粘が誘った。

「任務を引き受けるかどうか、まだ返事をしておりません」きっぱりと春源は告げた。

「軍隊はね、上意下達《じょういかたつ》がすべてなんだ。命令に従わないなら、去るしかないんだよ」

咄嗟《とっさ》に春源は覚《さと》った。

〈軍は、徹底的に碧霞を利用する心算だ。ぼろぼろになるまで扱《こ》き使って、都合が悪くなれば切り捨てるに違いない。ならば逆に、どっぷり嵌《はま》り込んでやる。いざというときには、僕が碧霞を救出するしかない〉

「分かりました。行きましょう」開き直って、春源は快活に返事をした。

前回と同様、鮑が車のエンジンを掛けて、駐車場で待っていた。違ったのは、粘が、「春源は後ろに乗れ」と指示した点だ。今後は春源が主役になることを意味した。

車は天津に向かった。道すがら粘が、この数日間の経緯を説明した。

「李碧霞の身上は、鮑さんが調べ上げた。碧霞は、天津で一人暮らしだ。公寓大廈《マンション》の名義は別人だから、借家だろう。塘沽の店には、車で通っている。碧霞が経営者だが、雇われママだと我々は睨んでいる。カネヅルは、コワルスキーだろう」

「まるで碧霞は、犯罪人扱いですね」冷ややかに笑いながら春源は皮肉った。

「これは、任務なんだ」怒気を含んだ声で粘が窘《たしな》めた。

天津に至る高速道路は、よく晴れていた。見通しはよい。車の前を、鼬《いたち》に似た小動物が横切った。鮑は避けようともせず、「くそっ」と叫んで轢《ひ》き殺した。この男の残忍さを、まざまざと見せつけられた。

「天津市の北部に、回教徒の居住区がある。しばらく、君には、そこに住んでもらう」

有無を言わさない口調で粘が告げた。

「えっ、もう、決まっているんですか」

「賃貸契約は済んだ。君が断っても、誰かがやる」毅然《きぜん》とした態度だ。

「で、なにをやるんですか、僕は。まさか毎日キャロットに通え、なんてんじゃあ」

「おちょくるんじゃない。まず、旧交を温《あたた》めるんだ。時間を掛けてね」

粘の計画は、こうだった。偶然の再会を喜び合って、恋人だったときの太いパイプをふたたび作る。機密を漏らさない程度に、軍の情報を適当に流す。すぐにコワルスキーが反応するはずだ。機密情報の入手を望むだろう。軍が捏造《ねつぞう》したガセネタを渡し、アメリカを撹乱《かくらん》する。

「それじゃ、友好国を騙《だま》すってことでしょう」

「いまごろ春源、なにを言ってるんだ？　諜報とは国家と国家が〈ウラの掻きっこ〉をする駆け引きでもあるんだよ」

この一言で春源は黙り込んだ。どこまで引き摺り込まれるか知れない恐怖心に駆られた。

車は、やがて広大な食品超級市場《スーパー》の駐車場に入った。

「碧霞は毎日、この時間帯に仕入れに来る。碧霞の後ろに回り込んで、偶然に遭ったように振るまえ。成り行きで、碧霞の公寓大廈《マンション》に行ってもいい。我々は、いつまでも待って、最後に君をピックアップする」

春源が頷いたのを確認し、粘が続けた。

「ただ、キャロットには、行くな。コワルスキーには、まだ君の存在を知られたくない。あくまでも君には、碧霞の友人として登場してもらう」

春源と鮑が車を降りようとした。

「今回の作戦は、キャロットの頭文字をとって『C作戦』と名付ける。成功を祈る」

粘が片目を瞑《つむ》った。渤海湾から吹き上げる風が氷のように冷たい。

二十分ほど身体を揺さぶっていると、春源の肩をポンと鮑が叩いた。

向こうにいるのは碧霞だ。黒いダウン・ジャケットの背中が膨らんでいる。

身体全体が丸みを帯び、成熟した女の色香が漂っている。地味な衣類を身に纏《まと》ってはいても、さすが元女優志願だ。身のこなしやオーラがひときわ目を惹く。

なにげない振りで、二人はあとを尾《つ》けた。野菜売り場で足を止め、碧霞が白菜を手に取って、品定めをしている。鮑が春源の肩を押した。背後からゆっくりと碧霞に近づき、二メートルの距離を置いて立ち止まった。

「あれっ？　キミは、碧霞だろう」春源は、わざと大声を上げた。

面《おもて》を上げた碧霞の瞳が輝いた。だが、つぎの瞬間、引き攣《つ》るように顔が強張《こわば》った。便器に跨《またが》っていて、突然、ドアを開けられたときの狼狽《ろうばい》ぶりだ。

掌に載せていた白菜が混凝土《コンクリート》の床に落ち、グシャッと潰《つぶ》れた。

「碧霞だろう。心配したぞ」

碧霞が、なおも逃げる気配を見せた。だが、春源は二の腕をしっかり握り締めている。碧霞が呆然と突っ立って顔を伏せた。伏せた瞼のあたりに、妖しげな魅力が溢れている。かつては、春源の所有だった魅力が。

やがて観念したらしい。碧霞の身体から力が抜けた。

「ごめんなさい……いつかは、こうなるだろうと、懼《おそ》れていたわ」

「ここじゃなんだから、車のなかで話そう」春源は碧霞の腕を取った。

「そちらの方は？」心配そうに鮑を見た。

「僕の先輩で鮑風珍さん、天津を案内してもらっている」

「鮑風珍です。よろしく」柄にもなく愛想笑いをした。

「鮑風珍さん？　覚えやすいお名前ですね」

「元気そうで、なによりだ」春源は手放しで喜ぶ振りをした。

「会わせる顔がなかったのよ」蠱惑《こわく》的な瞳が揺らぎ、潤んだ。

「演劇は、諦《あきら》めたのか」あれほどのめり込んでいた夢を放棄したからには、よほどの疵《きず》を引き摺っているに違いない。春源には、碧霞の心の痛みが自分の痛みのように感じた。

「結局、役者に残れるのは一握りの人間だった。演出に移れれば、まだラッキーなほう。振付師になったり、教師になったり。ほとんどの女性は、水商売に流れていく」

気持ちが吹っ切れたのか、碧霞の口数が多くなった。蟠《わだかま》りも消えたらしい。

「春源は希望どおり、人民解放軍に入ったの？」

「でも、想像と現実は大違いさ。鉄拳制裁なんて、しょっちゅうだしな。碧霞、いまはなにをしているの」詰問調にならないように訊いた。一瞬、碧霞の表情が固まった。

「クラブを経営している」さすがに売春バーとは言いかねたのだろう。

「そりゃあ、凄いね。経営者か」

「とは言っても、パトロンが付いているんだけどね。なんなら、私の家に寄ってみる？」

春源は後ろに回した指を一本、さりげなく立てた。鮑とはここで別れて春源一人が付き合う、との合図だ。

碧霞の車は、年代物のパブリカだった。

碧霞の公寓《アパート》は旧市街の北の外《はず》れにあった。鉄筋混凝土《コンクリート》の四階建ての二階だ。

ドアを開けると、いきなりダイニング・キッチンだ。中国の民家に、玄関という概念はない。下足でそのまま室内に入る。だが近ごろでは、ドアのそとで靴を脱ぎ、拖鞋《スリッパ》に履き替える家庭が増えてきた。春源は靴のまま入室しようとした。

「これに履き替えて」と、碧霞が真新しい拖鞋《スリッパ》を差し出した。

すぐ左手に広い居間。間仕切りはない。居間の左右に、十五畳くらいの寝室が二つある。

ダイニング・キッチンの奥は、浴室とトイレ。湯船に浸かる習慣が中国人にはないから、便器の脇にシャワーが付いているだけだが、広い。独身女性の家にしては広すぎる。

〈そうか、ここは、コワルスキーの妾宅だったのか〉

「まるで御殿だな。碧霞、王朝貴族みたいな生活してるんだね」

褒めながら、春源は複雑な思いがした。水商売はしていても、決して落ちぶれちゃいないと元恋人に見せたかったのだろう。奥の寝室は科隆香水《オーデコロン》の強い香りがした。

「こっちに来て座ってよ」居間から碧霞の呼ぶ声がする。

応接セットは、第二部長の部屋にあったのと同様の鶯色の牛革貼りだ。桌子《テーブル》は透明なガラス製。中央にクリスタルの灰皿が置いてあった。煙草の吸殻《すいがら》が残っている。

「碧霞、いつから煙草を喫《す》うようになったの？」

「あっ、いけない。お友達が残していったものだわ」

女ではない。女なら、濾器《フィルター》に口紅が付く。コワルスキーの吸殻に違いない。

春源がキャロットに行った事実を、碧霞は、まだ知らないはずだ。いましがた超級市場《スーパー》で偶然出会ったと信じ切っている。碧霞が茶器のセットを整えに台所に立った。

春源はティッシュ・ペーパーを抜き取り、吸殻を一つ包《くる》んで、ポケットにしまった。

〈許せ、碧霞。お前を守るためだ〉

砂を嚙む思いだった。吸殻から、コワルスキーの血液型やDNAを採取できる。軍を欺《あざむ》くには、軍での点数を上げておく必要があった。

中国式の茶のもてなしには独特の作法がある。万古焼に似た、朱泥を焼いた盃《さかずき》に、飲んでは注ぎ、飲んでは注ぎしつつ、会話を楽しむ。

「これ、鉄観音だよね。いいお茶を飲んでるんだね」

生活レベルは、かなり高い。春源はあらためて居間のなかを見渡した。

韓国ブランドの大型テレビの脇には、サイドボードが置いてある。杰克丹尼《ジャックダニエル》などの高級ウィスキーやグラスが整然と並んでいる。

一隅に八音盒《オルゴール》があった。あまりの懐かしさに、春源は立ち上がって手に取ってみた。

木彫りの蓋を開くと『早春賦』の旋律《メロディー》が流れた。

「大切にしてくれているんだね。この木箱に碧霞の苦しみと悲しみが凝縮されているんだ」

「辛くてどうしようもないときに、蓋を開けるのよ。そうすると、彭爺さんや春源の顔が鏡のなかに現れて、元気づけてくれるの」

「彭爺さんは去年の春に亡くなった。怖い人だったけれど、信念の人だった」

曲に合わせて、春源は哼唱《ハミング》した。

♪春は名のみの風の寒さや
　谷の鶯　歌は思へど
　ときにあらずと　声も立てず
　ときにあらずと　声も立てず

「旋律《メロディー》は、とてもいいと思うんだけど、内容がもう一つ、よく分からないのよ」

歌詞を翻訳した紙切れを取り出して、申し訳なさそうに碧霞が呟いた。

「僕の翻訳が下手なんだろう。ただ、原文も日本の旧い文章なので、僕にも分からないところがあるんだ」

碧霞は翻訳文を春源に手渡した。

「人は皆、春だ春だと騒いでいるが、ホントは寒い風が吹き荒《すさ》んでいる。鶯でさえ、啼こうとは思っているけれど、いまは時期尚早《しょうそう》だと憚《はばか》っている。ま、そんなような意味かな」

碧霞は、目を瞑《つむ》って聴き入った。数年来の碧霞の波乱に満ちた人生を、春源は想像した。

ふと春源は窓のそとに目をやった。芝生の上に夜の帳《とばり》が降りてきた。

なぜか、運転席で苛々している鮑風珍の横顔が、目に浮かんだ。高速道路で小動物を轢き殺したときの表情だった。

「さぁ、もう帰らなければ。せっかく会えたんだから、山ほど話があるんだが」

「春源は、どこに住んでいるの」化粧の下から高校生のつぶらな瞳が恋人を見詰めた。

「いまは、まだ北京の寮だよ。近く天津勤務になるので、今日は下見に来たんだ」

「じゃあ、北京行の公共汽車《バス》乗り場まで送るわ。私も、これから出勤なのよ」

公共汽車《バス》終点站《ターミナル》で碧霞と別れると、鮑の車がすぅーっと近づいてきた。

「ずいぶん時間が掛かったな。なにか収穫は、あったか？」

「碧霞の公寓《アパート》には、コワルスキーと見られる男が出入りしています」

「それは、鮑さんが確認している。だから、碧霞の住居と分かったんだ」

「これはコワルスキーの残したものと思われます」

春源はポケットからティッシュの包みを取り出した。粘が開く。

「碧霞は、煙草は喫いません」

「ということは、コワルスキーの……でかしたぞ、春源」粘が爬虫類の目で微笑んだ——。

「あとは、じっくり時間を掛けて、碧霞を《ディープ・スロート》に仕上げていくんだ」

「なんですか、そのディープなんとかって」

「間諜《スパイ》かな。ニクソン大統領の《水門事件《ウォーターゲート》》を新聞記者にリークした男だ」

碧霞がコワルスキーの性器を喉の奥に呑み込んでいる場面を想像し、吐き気を催した。

「ただ、彼ら二人は、身体だけの繋がりじゃない。同志関係でもある。罷《まか》り間違えば、こちらがカモになる。じゅうぶん注意してくれ」

＊

春源は天津市で下宿生活を始めた。任務はコワルスキーの動向調査とキャロットの見張りだ。といっても四六時中、張り付くと、気付かれてしまう。コワルスキー不在の昼間、碧霞宅に電話する程度だ。

春源に、家の周りをうろちょろされるのを、碧霞が嫌った。白人が出入りするのでさえ目立つのに、二人目の男ができたなんて噂されたくなかったのだろう。三度に一度くらいは碧霞が天津の旧市街に出向いた。

「申し訳ないけど、ホントは会いたくないの。世間体もあるしね」と拗《す》ねながら、いそいそと出掛けてくるところが碧霞らしかった。土塀で囲まれた旧市街を、碧霞が案内した。

「《狗不理包子《コウブリパオツウ》》という点心の専門店があるけど、寄ってみる？」

悪戯《いたずら》っぽい笑みを浮かべて訊いた。他人の恋人であっても、碧霞を抱き締めたくなる。

狗不理とは〈犬も相手にしない〉の意味だ。さぞかし不味《まず》い包子を出すのだろう、と思いきや、これが何百年も続く老舗《しにせ》で、しかも連日、客足の絶えない繁盛店だ。

軒を連ねた商店街の一角にあるが、潰れた隣の店を買い取り、四階建ての各階に、人一人が通れるほどの壁穴をぶち抜いてある。家二軒はそのままだから、それぞれの階段が二か所に残った。まるで蟻の巣みたいな迷路がまた、この店のウリでもある。

客席も、四階まで上がると、人影もまばらになる。

「ここ、いいね。ときどき、ここで会おうよ」春源は提案した。

「ときどきね」迷惑そうな素振りで、碧霞も同意した。さすがに元役者志望だ。人の出入りの多いところは、存外、他人目《ひとめ》からの死角になる。人影のまばらな公園などは、他人の目にはかえって印象に残りやすい。

「春源は、人民解放軍のどんな部署に所属しているの」

碧霞が春源の目を、じっと見詰めた。ホステスに身を窶《やつ》してはいるけれど、元恋人は人民解放軍のエリートだと、心の支えにしている眼差しだ。

「まだペエペエだからね。これから、適性によって配属されるんだろうな」

口が裂けても、諜報部員とは言えなかった。胸を引き裂かれる思いだった。

「貴方は優秀な人だから、重要なポジションだと思うわ」

碧霞が注意深く探りを入れてきた。

「まだまだ先の話さ」碧霞の思いが分かるだけに、心が痛む。

「国の軍事費がどれくらいか、なにか資料みたいなもの、あるの？」

まさか春源がコワルスキーを知っていようとは、思ってもいない。

「碧霞は、面白い質問をするんだね」

「台湾人のお客さまに訊かれて、困っているのよ」

〈いよいよ来たぞ〉と春源の胸の鼓動が昂《たか》まった。元恋人とはいえ、職務は職務。ここは、狐と狸の化かし合いだ。

「そんな資料ってあるのかな。一応、当たってみるが……」

「お願いするわ。たくさんおカネを注ぎ込んでくれるお客さまだから、私も恩返しと思って」

*

春源は、すぐさま粘に電話した。

「よくやった、春源。これで糸口が摑めた。資料は、我々が準備する。ただ、これは『C作戦』の第一ステップにすぎない。これから第二ステップに入る」

気分が高揚すると、粘は声が高くなる。粘の小躍りするさまが、目に浮かんだが、春源は嫌な予感がした。

「いよいよ、本丸攻めですか？」奥深い蟻地獄にどんどん足を囚《とら》われていく感覚だ。

春源は、刻々と忍び寄る碧霞の危機を意識し、肚《はら》を括《くく》った。

「資料ができ上がったら、私がそちらに出向いて詳細を話す」

第四章『キャロット作戦』が失敗、碧霞を殺《あや》める鮑

一週間ほど経って、満面の笑みを浮かべて粘がやってきた。

春源の公寓《アパート》は市の北部、回教徒の居住区にある。ひときわ高い玉葱型《たまねぎ》の清真寺《モスク》が、あたりを睥睨《へいげい》するかのように建っている。清真寺《モスク》に付随した尖塔のスピーカーから古蘭《コーラン》の読経《どきょう》が響き渡った。読経は幾重にも木霊《こだま》して、心地よいハーモニーを奏《かな》でた。

「ここも、文化大革命のときは、迫害を受けたんだろうな」

ぽつりと粘が呟いた。粘も心に、なにかしら重い疵《きず》を背負っているのかもしれない。

「たまには烤羊肉串《シシカバブー》でも、どうですか、先輩？」

「いいねぇ。お前の行きつけの阿拉伯《アラビア》料理店でもあるのかい」

大通りに面した店に入り、窓際の桌子《テーブル》に陣取った。礼拝《らいはい》の時間のせいか、客は、二人だけだった。店の奥から羊肉の匂いが漂ってくる。

おもむろに粘が書類鞄《かばん》のなかからコピーの束を取り出した。

厚みが、一センチ以上もある。表紙には「極秘」という印とともに、なにを書いてあるのか判読できない、五センチ四方の木版が、でえ〜んと押してある。

春源は手に取ってパラパラめくってみた。項目と数字が、びっしりと並んでいる。

「これ、本物ですよね？」コピーの束の圧倒的な存在感に気圧《けお》されて、素っ頓狂《とんきょう》な声で春源は訊いた。粘が、うんざりした表情になった。

「あのねえ、春源。いまさらなにを言ってんだよ。本物なわけないだろうが」

「へえ～っ、偽造したんですか」春源は上体を後ろに倒し、驚いて見せた。

「これを作るためにスタッフがどれだけ苦労したか、想像してくれたまえ」

〈もし、これが偽物とばれたら、碧霞はどんな目に遭うだろうか？〉

春源は思いを巡らせた。こんな資料を碧霞に依頼したからには、コワルスキーは碧霞の友人が軍人だと知ったはずだ。

いっぽう〈アメリカ大使館員コワルスキーの情婦が碧霞だ〉という事実を、中国側に知られたとは、コワルスキー本人は勘づいていない。偽物と分かった段階で、明晰《めいせき》なコワルスキーは、中国が意図的に「ガセネタ」を流したと思うだろう。探りを入れた事実を抹消するために、碧霞が追及される惧《おそ》れは、ないだろうか。

碧霞に危害が及ばないかどうか、気も漫《そぞ》ろだ。

「どうしたんだ。なにか気掛かりでも？」上の空になっている春源に、粘が気付いた。

「いえね、碧霞がアメリカ側に絞られないかと思って」

「国交樹立以来、一応アメリカは友好国だから、そこまでは、しないだろう」

「友好国なら、軍事費くらい教えてもいいと思いますが」

「厄介なのが、台湾の存在なんだよ。中国と国交を樹立したときに、アメリカは台湾との国交を断絶したんだが、じつは、表向きだけだったんだ」

忌々《いまいま》しそうに、粘が煙草を灰皿に押し潰した。

「つまり、政略的に中国とは結婚したが、前の女房とも、ときどき会って、一緒に寝てるって意味ですよね」

「お前、うまい表現をするな。結局、中国という国は、四千年もの歴史を持ちながら、阿《あ》片《へん》戦争以来、列強にいいように弄《なぶ》られてきた。アメリカなんて、たかだか二百二十歳余りの国に、手玉に取られている。それは、なぜだと思う？」

「経済力ですか」あてずっぽうに春源は答えた。

「軍事力なんだよ。太平洋戦争末期に、アメリカは日本に原爆を投下した。その威力を目《ま》の当たりにして、毛沢東主席は軍事力強化に全力を挙げたんだ」

「だから、軍事力の実態は、公表したくない……」

「アメリカに匹敵する軍事力を持つまでは、ね。この百数十年、雌伏《しふく》に甘んじてきた」

共産党が建国した中国（中華人民共和国）と国民党が建国した台湾（中華民国）は、犬猿の仲だ。台湾海峡を舞台に、一触即発《いっしょくそくはつ》の危機が、何度も繰り返されてきた。

台湾の援軍として、米軍空母が武力介入しようとした一九九五年、中国人民解放軍幹部がアメリカを恫喝《どうかつ》した。

「中国を核攻撃するなら、やってみろ、即座に洛杉磯《ロサンゼルス》をぶっ潰してやる」

猫だと思っていたら、いつの間《ま》にか虎になっていた。いちばん驚いたのはアメリカだろう。相手が強いと見ると、掌《てのひら》を返す変わり身の早さが、アメリカにはある。アメリカ政府高官が頻繁に、中国を表敬訪問するようになった。

窓のそとに二トン載貨汽车《トラック》が停まった。荷台に三十頭もの生きた羊が積まれている。料理店の店主が、围裙《エプロン》で手を拭きながら表に出てきた。

よく肥えた生きのいい一頭を選んだ。羊売りは羊を引き摺り下ろし、店頭で捌《さば》いた。抜いた血はポリバケツに受け、ばらした肉を調理場に運んだ。

二人は、しばらく解体作業を眺めていた。中国ではどこでも目にする光景だった。

「動物の解体だって、野蛮だ、といいちゃもんをつける。いったいお前らは何を食ってるんだと言いたいよ」唾棄《だき》するように粘が嘲《あざけ》った。

「アメリカが台湾を重視する理由って、何でしょうね」

烤羊肉串《シシカバブー》を頬張りながら春源は訊いた。

「戦略基地なんだよ。中国がソ連から原爆製造技術を受けた時点で、アメリカは中国を仮想敵国と見立てた」

「台湾は、中国の喉元に当てた匕首《あいくち》ですか」

「だからアメリカは、台湾を重視する」

「ところで『C作戦』の第二ステップって、何ですか」

しばし眉を寄せて、粘は言い淀んだ。

「コワルスキーを抱き込んで、二重間諜《スパイ》に仕立てるんだ」

「そんな危険な冒険が、できるんですか」ふたたび春源は仰《の》け反《ぞ》った。

「こちらの切り出すカード次第でね」にたりっと、粘が不気味に嗤《わら》った。

＊

「どうも、資料が偽物だと見抜かれたようです」恐るおそる、春源は粘に電話した。

「いいんだよ、それで。見抜かれることは最初から想定済みだ。対外的に作ったものだから、敵サンも騙されたなんて思っちゃいないだろう。大事なのは、これから先だ」

鷹揚な声で粘は答えた。粘の計画は、こうだ。

コワルスキーとの〈パイプ〉はできたのだから、これから交流を深めていく。こちらも真相を小出しにしながら、甘い汁をたっぷり吸わせて、抜き差しならぬ関係を築く。

「唐突に入っていくと、敵も警戒する。春源はまず、碧霞の口から、キャロットの所在地を訊き出せ。もちろん分かっているんだが、あくまでも碧霞から訊き出してくれ」

コワルスキーの来店を待って、粘と春源は酔った振りをしてキャロットにしけ込む。

＊

翌々日、春源は《狗不理包子》に碧霞を呼び出した。

一階の入口を入って左手に、持ち帰り客用のカウンターがあり、奥が食堂だ。食堂の入口に不審な男がいた。袖にウールマークの付いた、よれよれのスーツを着ている。青白い顔をした痩せた男だ。ぼんやり突っ立って煙草をふかしているが、入ってくる客を一人一人チェックしている。

春源と合いそうになった視線を、すぐに逸《そ》らせた。春源は苦笑した。

〈オレにも、尾行が付くようになったか〉

ウールマークの男がコワルスキーの回し者だと、春源は気付いた。碧霞をマークさせれば、春源の素性を特定するのは容易《たやす》い。

落ち合うのは、いつも四階だ。階段をここまで上ってくる客は、さすがに少ない。

「なんとか準備した資料だが、役に立たなかったようで、申し訳ない」

「お客さまも、そんなに大きな期待は、してなかったみたい」碧霞が笑顔を作って慰めた。

ニセの軍事費資料によって、碧霞が咎《とが》められたとは思えなかった。春源は、安堵《あんど》した。

「碧霞の勤め先は、どこにあるの。いつも車で通っているようだけど」

分かっているのに、とぼけて訊いた。

「港のほうの経済特区よ」

「へぇー、たいへんだね。片道一時間は掛かるんじゃないのか？」

「渋滞すると、もっと掛かるわ」眉を寄せながら、碧霞がぼやいた。

「店の名前、聞いといて、いい？」軽い調子で春源は訊いた。

「キャロット」指輪を弄《いじ》りながら、コケティッシュな笑みを浮かべた。

「人参か。可愛い名前だね」碧霞らしい店名だ。コワルスキーが付けたのだろう。

「正直いって、あまり来て欲しくはないんだけど」碧霞は上目づかいに笑った。

小一時間も雑談をして二人は席を立った。たまには回り道をと、二つある階段を交互に下りてみた。下に行くほど混んでいる。

一階に下り、ぶち抜き壁を潜ろうとすると、出会いがしらに男とぶつかりそうになった。ウールマークの男だった。血相を変えていた。

春源だと分かったとたん、元の血色の悪い無表情に戻った。ケモノの〈臭い〉がした。

＊

キャロットに張り付いていた鮑風珍から電話が入った。本部に来ていた春源と打ち合わせをしていた粘が、銜《くわ》え煙草で受話器を取った。

「ナニーッ、コワルスキーがキャロットに入店したーっ」煙草を灰皿に捻じ付けた。

粘が腕時計に目をやった。午後七時二十分。

「すぐ、こちらを出る。そのまま、見張りを続けてくれ」

椅子の背凭《せもた》れに掛けてあったブレザーを鷲掴《わしづか》みにして、春源を促した。

「コワルスキーが来た。キャロットに急行だ」

ギィーッという金属音を上げて、地下駐車場から車は発進した。運転は春源だ。

「九時までには、店に入りたい。もっと速率《スピード》を上げろ」

「速率《スピード》違反になりますよ」すでにメーターは百キロを超えている。

「戯言《たわごと》を抜かすな。速率違反なんぞは、あとで揉み消しできる」

到着したのは九時五分前だった。腕時計を見ながら、鮑が近づいてきた。

「ご苦労さん。なにか変化は」粘の目が赤く充血している。

「ありません。あっ、そういやぁ日本人の団体が十四、五人ほど入りました」

鮑が車に残り、粘と春源は錆びた鉄骨階段を上った。

春源は先に入った。一番奥の席に、コワルスキーと碧霞が向き合って座っている。とりあえず入口付近に腰を下ろし、ホステスの一人に耳打ちした。

「呉春源というんだが、ママに取り次いでもらえないか」

日本人の団体客は四十代、五十代の男ばかりだ。すでに、かなり酒が入っている。

碧霞は、すぐにやってきた。上目づかいに春源を睨んだ。

「歓迎は、しないわよ」語気を荒らげながらも、仕方なさそうに笑顔を作った。

「軍の先輩が久しぶりに訪ねてくれたんで、碧霞にも紹介しておこうと思って」

「あらっ、嬉しい」碧霞の顔がパッと明るくなった。演技か本心かは、分からない。

「オレ、こういう店ってよく知らないんだけど、スコッチをキープすると、いくらになる？」

強張《こわば》った面持ちで、粘が訊いた。こちらは演技だ。

「杰克丹尼《ジャックダニエル》の赤で、二千元です」

「それ、いただこう」粘が胸を張ったが、目の下の弛《たる》みが、ひくひくと引き攣《つ》った。

「おっ先輩、太っ腹ですね。まさか、軍のカネ使い込んでないでしょうね」

「バカ言え。オレは、身銭でしか、酒は飲まん」

この辺のやり取りは、コワルスキーを欺くための脚本《シナリオ》どおりだ。

日本人たちの一団から嬌声が上がった。ショータイムだ。

「なに、アレ」春源は顎《あご》を刳《しゃく》った。春源の脳裡に残る、おどおどとした日本人ではない。

「日本人の観光客よぉ。年間三千人は送り込むから格安でツアーコースに入れてくれって、旅行社が言うもんだから。チップを弾んでくれるから我慢するけど、どうかと思うわ」

ダンサーが例によって、一枚一枚、衣装を脱いでいく。そのたんびに日本人の大声が響き渡る。まるで貸切客の横柄さだ。春源の思い出に残る日本人とは、異なる人種だった。

一人の男が舞台に駆け寄り、ダンサーのバタフライに、百元札を捩《ね》じ込む。七、八人が続く。なかにはダンサーのおっぱいに頬擦《ほおず》りをする豪傑までいた。またも大歓声が上がる。

顔を歪めた男がいた。奥の座席にふんぞり返ったコワルスキーだった。腕を組み、眉間に皺を寄せている。

「奥の外人さん、どなた？」さりげなく訊くと「常連さんよ」と碧霞が、さらっと答えた。

「もしかして〈軍事費〉の人？」春源は畳み懸けた。

「あら、いい勘してるわね」意味ありげに碧霞が微笑《ほほえ》んだ。

「紹介してもらえないかな、少しはお役に立てるかもしれないし。ねェ、先輩」

粘を振り返りながら、春源は演技した。

「それもそうだな」このあたりも脚本《シナリオ》どおりだ。

「ちょっと待ってね。本人に訊いてみるわ」碧霞はもとの席に移った。

こちらに、ちらちらと視線を送っていたコワルスキーが、目を剥いた。

ほんの一瞬だった。さすがに歴戦の強者。まえにも増して、にこやかな顔に戻った。ま
さか、いきなり本丸に乗り込んで来ようとは、思ってもいなかったのだろう。

「お連れするように、と言ってるわ」碧霞が、ゆったりした歩調で戻って告げた。

粘と春源は視線を交わし、席を移った。

「初めまして」粘が片言の英語で挨拶した。

「どうぞ、北京語でお話しください」

にこやかな笑みを湛えて、コワルスキーが会釈した。第一関門はなんとか突破した。

ショーが終わり、コワルスキーは、ポーランド出身の貿易商だと自己紹介した。

世界各国の兵器を、三角貿易で扱っている。アメリカ製の兵器を第三国経由で中国に納

入する荒業《あらわざ》も不可能ではない、と吹聴《ふいちょう》した。

「だから、人民解放軍の年間予算を、正確に知りたいのです」

流れるような北京語だ。粘も春源も、コワルスキーが在中アメリカ大使館員である事実は百も承知。しかし、手のうちは曖《おくび》にも出してはならない。

「そうでしょうとも」粘がいかにも嬉しそうに相槌を打つ。

「我々は実戦部隊だから、予算の内情は、あまり分かりません。ただ、時間さえあれば、軍幹部を引っ張ってくることくらいは、できます」

粘と春源の素性を突き止めようと、コワルスキーも躍起《やっき》になっている。ここでコワルスキーの疑心暗鬼《ぎしんあんき》に油を注いでは、元も子もない。

「兵器については、中国は他国に大きく遅れをとっています。貴方にお会いできて、またとない幸運です。我々のできる範囲の協力はなんでもします」

心にもない嘘《うそ》をすらすら言えた自分に、春源は吃驚《びっくり》した。

突然、ホステスが嬌声を上げた。日本人が内褌《ショーツ》のなかに手を入れたと、叫んでいる。

コワルスキーの顔が一変した。眉間に縦皺が刻まれ修羅《しゅら》の顔になった。立ち上がろうとするコワルスキーの肩を春源は押さえ、自ら日本人たちの一団に歩み寄った。

「ここはいろんな国の人たちが、憩《いこ》いを求めに来る店です。日本人は礼儀を弁《わきま》えた教養の高い方々と聞いていています。それとも、お国でもこんな破廉恥《はれんち》な行為をされるんですか？」

日本語で春源は語り掛けた。水を打ったように、一団は静まり返った。誰かが声を掛け、全員がぞろぞろと店を出て行った。錆びた鉄階段がいまにも崩れ落ちそうに悲鳴を上げた。

席に戻った春源に、コワルスキーが不思議そうに尋ねた。

「上手《じょうず》に追っ払ってくれました。なんて言ったんですか？」

ありのままを春源は再現した。コワルスキーが毛むくじゃらな手を差し伸べた。

「賢明な人だ、貴方は」とコワルスキーは満足げだった。

＊

コワルスキーと気心が通じてから以降、春源は頻繁に《キャロット》に出入りした。コワルスキーの目を避けて《狗不理》で待ち合わせする必要もなくなったし、ウールマークの男に付け回される鬱陶《うっとう》しさもない。なによりコワルスキーの警戒心が薄れたのが嬉しい。きわどい「注文」も出るようになった。次期主力戦闘機の購入計画なんて、春源の力量をハカリに掛ける「注文」もあった。粘を通じて、ある程度まで正確な数字を提供した。

諜報とは《諸刃《もろは》の剣《つるぎ》》だ。核心の情報を摑むためには、ときとして自らも血を流さねばならない。コワルスキーから難題を吹っ掛けられたとき、春源がかならず口にする言葉があった。

「アメリカと中国は友好国ですから、両国友好のため力を尽くしましょう」

しかしこのころ、米中関係は最悪の局面にあった。火種は中台関係だ。中国からの《独立》を標榜《ひょうぼう》する台湾。この動きを牽制するため、人民解放軍はたびたび南シナ海で軍事演習を重ねた。これに対抗して、アメリカも台湾海峡に艦隊を派遣する。アメリカは中国の思惑が気になってならない。

中国政府にとって、喉から手が出るほどに欲しい兵器があった。原子力空母だった。原子力空母はアメリカが十隻、フランスが一隻を保有しているが、中国にはない。最新型原子力空母の設計図がなんとしても欲しかった。

人民解放軍は陸軍が主力だった。国内戦が中心だったから、それでよかった。ところがアメリカが敵となると、そうはいかない。海軍力の拡充《かくじゅう》が急がれた。

アメリカは地球の反対側だ。普通の空母では原子力空母に太刀打ちできない。燃料補給、長距離航海などで雲泥の差がある。いくら米ドルを持っていても、なんにもならない。

アメリカと互角に戦うためには、一日も早く原子力空母を建造したい。設計図を入手する手っ取り早い方法として、コワルスキーを誑《たら》し込む。

＊

「人民解放軍幹部が、会ってもよいと言っていますが……」

粘が水を向け、コワルスキーの顔に、一瞬、光が射した。

桌子《テーブル》の上の尊尼获加《ジョニーウォーカー》が、赤から黒に変わっていた。《キャロット》へ、人民解放軍もそれなりにカネを注ぎ込んでいる。

コワルスキーはこれまでの経緯を細かく検証しているふうだった。断る理由などなかった。いや、こんなに早く計画が進もうとは思わなかった。

「ぜひ、お伺いしたい」鷹揚《おうよう》にコワルスキーが答えた。

会談は北京飯店貴賓室で行われることになった。北京市の中心部。紫禁城と天安門広場のあいだの目抜き通りに面している。相手は大使館員である事実を秘匿《ひとく》している。本物の軍幹部を連れ出すわけにはいかない。

会談が拗《こじ》れた場合、本物だと国家の威信に疵《きず》が付く。粘の同僚という名目で第二部長に立ち会ってもらい、人民解放軍の『影の大物』には鮑風珍が扮する作戦になった。

「軍幹部には鮑先生に扮してもらいましょう。なんといっても歴戦の勇士ですからね」

提案したのは春源だ。元マフィアだから顔に凄味がある。『影の大物』という以上、老将の風格が不可欠だ。品のなさは化粧で補える。

「鮑先生こそ嵌《は》まり役だ」第二部長以下全員が絶賛《ぜっさん》した。

鮑にはさんざん粘が言い含めた。コワルスキーになにを聞かれても、けっして答えるな。返事は第二部長か自分がする。にこやかに笑っていればよい、と。

北京飯店は中国を代表する豪華飯店《ホテル》だ。貴賓室の会議用桌子《テーブル》の上座に、こちこちになった鮑が座った。胡麻塩《ごましお》頭をリキッドで固めて櫛を入れた。口髭をつけ黒縁眼鏡《めがね》を掛けると、多少はインテリっぽく見えた。

「馬子《まご》にも衣装っていうけれど、鮑さん、よく似合いますよ」春源は冷やかした。

「馬子とはなんだ。好んでやっているわけじゃない」

本気で怒った鮑の鼻下から、付け髭がポロッと落ちた。とたんに鮑の顔から威厳が消え去り、ただのマフィアに成り下がった。慌てて粘が窘《たしな》めた。

「ホレホレ春源、おちょくるもんじゃない。本番で髭が落ちたら、どうするんだ」

コワルスキーが上下とも白の西装《スーツ》で現れた。こちらは馬子どころか目を瞠《みは》る紳士だ。身形《みなり》で、まず相手を威圧する。さすが大使館員である。

昼食を摂りながら会談を進める段取りで、ホテルの並びの北京烤鴨《ダック》店に出前を頼んだ。

とりとめのない和やかな日常会話から、会談は始まった。家族の話、子供の教育、習慣の違いによる失敗談など。

宴もたけなわとなったころあいを見計らって、第二部長が切り出した。

「ミスター・コワルスキーは世界中に広範囲な人脈をお持ちのようだ。中国はまだ経済的には発展途上国です。どうです、我々の一員となって働いていただけませんか」

〈いよいよ本題だな〉コワルスキーは居住まいを正した。

コワルスキーが示した関心を確認して、第二部長が続けた。

「もちろん現在の生活を上回る報酬は保証させていただきます」

緊迫した空気が座を包んだ。

「貴方《あなた》たちは私になにを期待されますか？」

「コワルスキーさんは兵器にたいへんお詳しいそうで……」

「具体的にはなにを」コワルスキーは憮然《ぶぜん》とした表情になった。

第二部長が一瞬、言葉を詰まらせた。深呼吸を一つすると、一気に勝負に出た。

「原子力空母の設計図」

「わっはっはっは」コワルスキーが大仰《おおぎょう》に嗤った。

浮いた足で、ドンと床を蹴った。北京ダックを口に捻じ込んでいた鮑の鼻下から、付け髭が落ちかかった。見せかけの品格をかなぐり捨て、鮑が狼狽《ろうばい》した。

「どうやら、なにか仕掛けがありそうですな。貴方たちは、私が五角大楼《ペンタゴン》の職員だと勘違いしておられる。私は一介の武器商人です」もとの穏やかさを取り戻して呟いた。

「でも、五角大楼にお知り合いがおられるでしょう」

崩れかかった形勢を、なんとか立て直そうと第二部長が踏ん張った。

「それは、間諜《スパイ》をしろという意味ですか？」コワルスキーが気色《けしき》ばんだ。空気が凍った。

わずか十数秒が何分間にも感じられた。コワルスキーが椅子を引き、立ち上がろうとした。

「コワルスキーさん、ちょっとお待ちください」

第二部長がドスの効いた声で引き止めた。粘に目配せした。粘がポケットから封筒を取り出し「ご覧ください」とコワルスキーに手渡した。

封筒のなかみは、キャビネ版の写真だった。裸の人間が絡み合っている。両サイドが黒く潰れている。窗帘《カーテン》の隙間を通して、一〇〇〇ミリの望遠レンズで撮影したものらしい。床《ベッド》に四つん這いになり、苦悶《くもん》の表情をしているのは碧霞だ。後背位で碧霞に接しているのは、紛れもないコワルスキーだった。コワルスキーの顔が真っ赤になった。

「どういうことだ」怒りに声が震えた。最悪の事態だと春源は慌てた。

「我々の協力者になっていただきたいんです」

声は穏やかだが、第二部長の目は据わっていた。

粘が別のポケットから、二組のシャーレを取り出した。

「我々はこんなものも用意しております。そこに写っている床《ベッド》脇のゴミ箱から、貴方と相方のDNAを採取させていただきました。写真が合成だなんて言われないようにね」

止《とど》めを刺すように下品な笑顔を粘が作り、コワルスキーの顔からあらゆる感情が消えた。

「断れば、どうなる」コワルスキーは虚勢《きょせい》を張った。

第二部長とのあいだに、目に見えない何万ボルトもの電流が交錯《こうさく》した。

「どうにもなりません。だが、互联网《インターネット》上に、写真を流す不届き者が出るかもしれません」

にこやかな口調で第二部長が答えた。

「コワルスキーさん、どうか我々の気持ちをご理解ください。我々はあなたと、よき関係を守りたいのです」

「考えさせていただこう」写真を細かく細かく破りながら、コワルスキーが返事をした。端正な顔とは裏腹に、執拗《しつよう》な写真の破り方が、千々《ちぢ》に乱れる心の動揺を物語っていた。

写真と精液は、最後の切り札だった。
＊

コワルスキーが貴賓室を出ていくのを待ち構えていた、別の魂が炸裂《さくれつ》した。

「貴様らなんだ。碧霞を犠牲にするのか」

まるで自分が辱《はずかし》めを受けたかのごとく、春源は狂った。卓子《テーブル》を引っくり返した。

「呉春源、君と李碧霞に対しては、まことに遺憾《いかん》に思っている。だが我々は、コワルスキーという人物を追っかけていて、その情婦が君の元恋人だったんだ。最初から君の元恋人を狙ったのでは、決してない」

春源を宥めるように第二部長が語り掛けた。

「これは神が仕組んだ悪戯《いたずら》なんだよ。原子力空母は、我々にとっては不可欠な兵器だ。近く予想される米中決戦で、原子力空母抜きに、アメリカに勝てるとは思えない。国家が存続できなければ、君も李碧霞も生存できないんだよ」

第二部長の顔は悲痛に歪んでいる。だが春源は追及の手を緩める気はなかった。

「国家のためには、国民の一人や二人、犠牲になっても構わんと言うのか。貴方は」

「呉春源、中国がどんな道を歩んできたか、君には分かっていない。四千年もの歴史と文化を持ちながら、一世紀以上にわたって欧米列強や日本に嬲《なぶ》りものにされてきた。それを覆したのが、毛沢東主席の共産主義革命なんだよ」

第二部長の目に涙が光った。

「中国の人口は間もなく十二億を超える。十二億もの国民が、飢餓もなく食っていけるのはたいへんな進歩なんだ。また十二億もの人間を、束ねていくのも並大抵ではない。共産主義という枠組は、なにがなんでも守らなければならないんだよ」

「コワルスキーが協力しなければ、例の写真を互联网《インターネット》上に流すと、貴方は言いましたね。ネットに出れば、間違いなく碧霞は、自殺しますよ」春源の怒りは収まらない。

「ネットの件は、ブラフにすぎない」

*

当分のあいだ、北京の第二部で謹慎するように、春源は命令された。

穏やかな数日間が過ぎた。四日目の夕刻、粘の机上の電話が、大部屋の静寂を劈《つんざ》いて響きわたった。かったるそうに受話器を取った粘が、バネ仕掛けの人形のように立ち上がった。

「ナニーッ。コワルスキーが出国したーっ」

顔が真っ青になり、膝が、がくがくと震えている。

「天津から首爾《ソウル》経由でシアトル行きの票《チケット》を買った？　すぐに身柄を拘束しろ」

粘の剣幕に、第二部の幹部たちが寄ってきた。

「ナンダトオーッ。外交特権があるので、中国当局の強権発動は、できない？　屁理屈《へりくつ》を抜かすな。そんな建前は、どうにでも揉み消せる」

電話の相手は鮑だ。数日前、北京飯店の会談で失態を演じている。粘を中心に第二部の幹部たちが、部長室に集まった。

〈碧霞が危ない〉春源は、咄嗟《とっさ》に思った。理由はない。直感が走っただけだ。トイレに行く振りをし、地下駐車場に急いだ。盗難の惧《おそ》れがないから、キーはつねに差し込んである。全速力で天津に急行した。

コワルスキーの逃亡によって何が起きるか、ハンドルを握り締めながら推測を巡らせた。中国が原子力空母の設計図を狙っている事実は、ただちに中央情報局（ＣＩＡ）に報告されるだろう。二重間諜《スパイ》になっていないかどうかを警戒し、ＣＩＡはコワルスキーの中国における行状を、徹底的に洗うはずだ。そこで李碧霞が浮かび上がる。スキャンダルの証拠隠滅を図り、碧霞を抹殺して《キャロット》の存在を抹消する。

中国サイドの動きはどうか。『Ｃ作戦』は完全に失敗した。中国が欲しかった原子力空母の設計図は、より入手しにくくなった。失敗した以上、『Ｃ作戦』そのものを隠蔽《いんぺい》しなければならない。《キャロット》と碧霞は、アメリカにとっても中国にとっても厄介な存在だ。

問題は、これらの背景を、碧霞がまったく知らない点だ。〈碧霞が殺される〉と焦った。〈身に危険が迫りつつある状況を、なぜ碧霞に耳打ちしておかなかったのだろう。コワルスキーとの会談の結果、こういう展開もありうると、なぜ気付かなかったのだろうか。オレが、オレが碧霞を殺す結果になる〉春源は悔いた。

アクセルを踏み込んだ。車の直前を鼬《いたち》が横切った。グキッという嫌な音がした。

普段だと手当てをする春源だったが、その余裕はない。超級市場《スーパーマーケット》のなかをぶらぶらと散策する碧霞が、目に浮かぶ。米中の刺客がじわりじわりと間合いを詰めていく。

〈碧霞、生きていてくれ〉

天津市を取り囲む環状フリーウェイの手前で、夕刻の渋滞に捕まった。通常でさえ混み合う環状線に、北京から戻る車が割り込んでくる。わずかずつ進みはするが、輪胎《タイヤ》がひとまわり回るほどではない。

〈死ぬなよ、碧霞〉気持ちは急《せ》く一方だが、車はとうとう道路に貼り付いたままになった。首筋を、脂汗《あぶらあせ》が滴《したた》る。走ろうかとも考えた。だが、環状線を渡るまでに二キロメートルもない。二キロを超えれば、車を捨てた行為を悔いる結果になるだろう。

結局、わずか二キロに二時間を要した。古都はすっかり暮れなずんでいた。碧霞の公寓大廈《マンション》に到着したとき、一台の車が急発進した。あたりは暗く、運転者を確認することはできなかった。

玄関の鉄扉は音もなく開いた。居間に碧霞が倒れていた。

〈しまった。遅かった〉玄関から碧霞の倒れている居間まで、血の帯があった。

春源が抱き起すと、碧霞は虫の息だ。胸を刃物で刺されている。呼吸のたびに、肺から出る血が、ごぼごぼと泡になって溢れ出る。泡のあいだから「逃げて」と微かに聞きとれる。

「誰がやった」春源は訊く。

「ア、オ、フェン……」

懸命に喋《しゃべ》ろうとするが、気管が血の泡で塞がれているのか、声にならない。息をするたびに傷口からも血が溢れる。黒目がひっくり返って白くなる。失血による酸素欠乏だ。

残ったすべての力と神経を集中し、碧霞はサイドボードの上の八音盒《オルゴール》を指差して、こと切れた。碧霞の死を悔やむ余裕は、なかった。

すぐに、つぎの行動に移らねばならない。悲しみに浸るのは、いつだってできる。

確かに碧霞は「逃げて」と告げた。つまり春源も狙われている。敵は誰か？　アメリカが動くにしては早すぎる。第二部だろうか。

コワルスキーが国外逃亡した、と電話連絡が入ったのは、今日だ。証拠隠滅のため、まず碧霞を始末したのは分かる。だが、すぐに春源が狙われるとも思えない。

第一、春源が第二部から抜け出た行動すら、気付かれたかどうか？　コワルスキー逃亡で、第二部は上を下への大混乱のはずだ。まずは、至急、北京に戻らねばならない。

＊

高速道路上り北京方面は、ウソみたいに空いていた。誰が碧霞を殺したかを詮索《せんさく》するのは後回しだ。だが、拭っても拭っても、碧霞の姿が現れる。

魯迅公園で出会ったときの碧霞。少女のような目で役者になる夢を語った碧霞。春源の部屋でおたがいの身体を確かめ合ったときの碧霞。それらが、スライド・ショーのように現れては消えた。涙が止まらない。でも碧霞の思い出に浸ってはいられない。

敵が誰なのか、どこにいるのか分からない。見えない敵ほど怖いものはない。

借りたままになっている北京の公寓《アパート》に戻った。黴《かび》の臭いが、つんと鼻を突いた。机の抽斗《ひきだし》から青磁の香炉を取り出し、毛巾《タオル》に包んで、背包《デイパック》に入れた。身分証明書、写真、手紙の類《たぐい》も一緒に放り込んだ。

ふたたび車に飛び乗り、第二部に向かった。春源を認めて、守衛が敬礼した。まだお尋ね者には、なっていない。地下駐車場に車を放置した。

すでに夜十時を回っている。事務所に人影はなかった。自分の机から手紙や住所録などを抜き取り、これらも背包に詰めた。

無駄だと知りながら、机や抽斗《ひきだし》の周辺を手絹《ハンカチ》で拭った。〈そんなことをしたって、入隊のときに十本の指すべての指紋は採られている〉自嘲せざるを得なかった。

歩いて武器庫に向かった。まさかと思ったが、スーッとドアは開いた。室内灯も、点いたままだ。開いた戸棚には黒光りした手槍《トカレフ》が、ずらりと並んでいる。国内でライセンス生産しているソ連の拳銃だ。

ついいましがたまで、誰かがここにいた感じだ。鍵が掛かっていないのは、すぐ戻る心算なのか？　拳銃は一丁ずつ、壁面に施された型に嵌め込まれていて、抜き取ると、すぐに分かる。他の手槍《トカレフ》とは明らかに異なる一丁が、棚の手前に無造作に投げ出されていた。銀色にメッキされている。手に取ってみた。

〈これが噂に聞く『ギンダラ』か〉

純正ではない模造品だから、仕上げが粗っぽい。それを隠すために鍍《メッキ》してある。

〈なんだか、ドーランを塗りたくった大年増《おおどしま》みてぇだな〉

銃弾も込めてある。背後に人の気配がした。

「呉春源、なにをしている」威圧的な声だ。粘だった。

振りむきざま、春源は『ギンダラ』を構えた。撃つ心算《つもり》など毛頭なかった。正規の手槍《トカレフ》なら扱いに慣れていたが、つい指先に力が入りすぎた。『ギンダラ』は暴発し、粘の顔面を、ぶち抜いた。なんと『ギンダラ』には、安全装置が付いていなかった。

罪悪感は、まったくなかった。動揺も感じない。職業軍人とは人殺しのプロだ。人一人を殺したくらいで、良心の呵責《かしゃく》を感じていたのでは、軍隊に留まる資格はない。碧霞を殺った組織が第二部かどうか、いまは断定できない。諜報戦にはなんの関わりもない碧霞を、死に追いやった奴らの片割れが、粘である可能性は大きい。

無意識のうちに抽斗《ひきだし》を開け、銃弾五、六十発分のマガジンをポケットに捻じ込んだ。さらに手榴弾二個を手に、建物裏手の階段に急いだ。階段の踊り場の窓を開いた。手榴弾のヒモを引き、左右に投げ分けた。ドン、ドンと大きな炸裂音が響き渡った。

ゆっくりと春源は階段を下りた。守衛所では、若い警備員が引き攣《つ》った顔で銃を向けた。

「何ごとだ」怒鳴りつけるように春源は訊いた。

「分かりません。いま、四人が裏に回りました」

「よし。お前も裏を偵察してこい。ここは、オレが見張る」

「了解」若い警備員は駆け足で建物の裏に回った。

悠然とした足取りで、春源は第二部のそそり立つ砦をあとにした。

*

ホテルに泊まるとアシが付く。中学校の体育館に忍び込み、器械体操のマットに包《くる》まって寝た。粘の死体は、警備員がすぐに発見するだろう。春源の面は割れている。

自ら出頭し、『ギンダラ』が暴発したと主張する手もあった。だが、そんな甘っちょろい言い訳が通る組織とも思えない。上官殺しの罪状が、すでに春源に付いているに違いない。これからは、時間との勝負だ。

夜明けを待って、北京市の繁華街・王府井《ワンフーチン》に潜入した。いずれ縁があるだろうと目星をつけていた骨董《こっとう》屋には、国宝級の陶磁器、書画、貴金属、宝石などが整然と展示されていた。

奥に入ると、番台が設《しつら》えてある。鼻眼鏡《めがね》の肥った親父《おやじ》が、なにやら帳簿に書き込んでいた。

「これを換金したいんだが」青磁の香炉を背包《デイパック》から取り出し、番台に置いた。

眼鏡越しの親父の目が、一瞬、ぬめっと光った。

春源の風体を改めて眺め、面倒くさそうに香炉を手に取った。

「いくら借りたい？」小馬鹿にした口調だ。

「カネを借りに来たんじゃない。売りに来たんだ」

「まぁ、三百元ってとこかな」鼻眼鏡を擦《こす》り上げながら親父が嘯《うそぶ》いた。

「ナニーッ、オレを舐めてんのか。正真正銘の宋代の骨董だ」

「贓物故買《ぞうぶつこばい》って手もあるでな」木で鼻を括《くく》った言い方だ。盗品と知って売買する犯罪だ。

「オレの先祖が西太后から下賜《かし》された品だ」

「三千元でどうだ」なかなか強《したた》かな親父だ。

「甘く見るなよ」やおら背包《デイパック》から『ギンダラ』を取り出すと、親父が仰《の》け反《ぞ》った。

「分かったよ。三万元でどうだ。それ以上の現金は、銀行で下ろすしかない」

怯えながらも威厳だけは保とうとしている。〈あさましい奴だ〉春源は蔑《さげす》んだ。

「いいだろう。いますぐ用意しろ」親父が立ち上がり、奥の事務室に移った。

『ギンダラ』を構えて春源は従った。身の丈を超える鉄製の金庫がふんぞり返っている。ギギーッと音を立てて扉が開いた。金のインゴットが何層にも積み上げられ、鈍い光を放っている。中国人は紙のカネを信用しない。政権が変われば紙屑同然になる。纏《まと》まったカネはインゴットで保管する。

喉から手が出るほどに欲しかったが、奪えば強盗になる。粘殺し以上の罪状を重ねたくなかったし、インゴットの重みが、これから続く逃亡の手枷足枷となる。

毛沢東の百元札が百枚で一万元。帯には、中國銀行の検印が押してある。それが三束で三万元、親父が春源に押し付けた。当座の逃走資金としては、じゅうぶんだ。春源は一枚だけ抜き取り、札束を背包《デイパック》に収めた。尾行が付いていないか確認してから骨董屋の裏口を出た。宋代の青磁香炉を撫でながら、にんまりと北叟笑《ほくそえ》む親父の顔が目に浮かんだ。

＊

これから長途の逃避行だ。まずは腹ごしらえをしなければならない。胡同《フートン》の鄙《ひな》びた食堂に入り、水餃子とおかず三品を注文した。安物の丸桌子《テーブル》の端に新聞が拡げてあった。見るともなく目を流していた春源は、吃驚《びっくり》した。自分の名前が出ている。

「昨日夕方から夜にかけて、人民解放軍兵士によると見られる殺人事件が、天津市と北京市で起きた。容疑者は六一〇〇〇部隊所属の呉春源（二十五歳）。胸を刺されて死亡したのは、飲食店経営の李碧霞さん（同）。天津市内の自宅で殺害された。その後、所属の六一〇〇〇部隊に戻り、武器を奪って上官の粘国強さん（四十二歳）を殺害して逃走した。なお、呉容疑者は現在、北京市内に潜伏中と見られる」

春源は食い入るように記事を読んだ。〈こんなバカな話があるものか〉春源は怒りに震えた。粘殺害の犯人と書かれるのは仕方ないとしても、碧霞殺害はまったく関係ない。

そういえば碧霞は、八音盒《オルゴール》の曲『早春賦』の歌詞に拘《こだわ》った。歌詞の意味を知りたいと、熱心に春源に尋ねた。

「人は春だ春だと囃し立てるが、実際には、こんなに寒い風が吹いている」の歌詞をどう解釈すればいい？　言葉を発せられないのに、なんとしても春源に伝えたかった言葉とは。

碧霞は最期の力を振り絞って、八音盒《オルゴール》を指差した。なぜか？　八音盒《オルゴール》に、どんな重要なメッセージを託しているのだろうか？

碧霞の今際《いまわ》の言葉を思い出した。碧霞は「逃げて」と囁いた。

「誰がやった」との春源の問い掛けに、確かに「ア、オ、フェン……」と答えた。

その場の状況を頭に思い描いてみる。碧霞は胸を刺され、気管支を上ってくる血液が泡となり、ごぼごぼと口から溢れ出ていた。

「ア、オ、フェン……」とは、バオ、フェンではなかったろうか。

　バオ、フェンと呟いてみる。バを発音するには力が要る。呼吸が満足にできないから、濁音が正確に出せなかったのではないか？

　アオ、フェンツェン……。バオ、フェンツェン。鮑風珍。

「春は名のみの風の寒さよ」春を春源、風を風珍に入れ替えてみたら、ピッタリ符合する。超級市場《スーパーマーケット》で、初めて鮑に会ったとき、碧霞が「鮑風珍さん？　覚えやすいお名前ですね」と呟いた。やはり碧霞を手に掛けた犯人は鮑風珍だった。

　命令を下したのは第二部の幹部だろう。春源を犯人に仕立てて、新聞社にネタを流した。碧霞がそれを予測して、春源に「逃げて」と促した。

第五章　呉春源の逃避行が始まる

　雲を摑むような、なにか得体の知れない恐怖感に、春源は捉われた。『C作戦』なんて、人を陥れる作戦を組んでおきながら、失敗に終わると、作戦そのものの存在を打ち消そうとする。隠蔽工作を企み、関係者まで抹殺する。

　国家という巨大な権力が、こんな卑劣《ひれつ》な悪事を働こうとは思ってもみなかった。

　一方では、敵が姿を現したことから、動きやすくもなった。なんせ敵の内部にいたのだから、弱点もまた知り尽くしている。組織が大きすぎて、小回りは利かない。諜報機関の体裁は成していても、建国年数が浅いので、ノウハウや電子機器の整備が遅れている。共産主義国という特殊な性格上、他国の諜報機関との連携が取れていない。

春源自身が国家と闘う。奇妙な闘争心すら、芽生えてきた。

逃走経路は、南下を考えた。北に行けばシベリアだ。酷寒の地で生きていけるとも思えなかった。南に向かい、敵対国の台湾まで行けば、あとは、どうにかなるはずだ。

上海の実家はすでに包囲網のなかだろう。とりあえずは祖父の生家、紹興を目指そう。

飛行機や旅客車は避ける。春源の写真を手にした公安が目を光らせているに違いない。移動は貨物列車の貨車や運送会社の載貨汽車《トラック》が安全だろう。個人の車という手もある。

十二億強の人間のなかから、たった一人の人間を探すのだから、敵もたいへんだ。米櫃《こめびつ》のなかから米虫を探すのとは、わけが違う。胡同《フウトン》を伝いながら北京駅の操車場に向かった。途中、自分の服装に気付いた。真新しい衬衫《ワイシャツ》にチノパン。靴も新しいバッシューだ。いかになんでも目立ちすぎる。民家の前に、竈《かまど》に残った灰を掻き集めて捨ててある。

春源は灰を、顔や衬衫《ワイシャツ》、バッシューに塗りたくった。何者かの視線を感じ、ハッとした。植木鉢の牡丹《ぼたん》の葉に止まった蟷螂《かまきり》が、首を傾げたまま、じっと見ていた。

駅構内の喧騒とは裏腹に、操車場は静けさのなかに沈んでいた。猫一匹いない。扇子の竹軸のように拡がった引き込み線には、出番を待つ貨車がいまかいまかと手薬煉《てぐすね》を引いている。貨車の胴体には行先を書いたプレートが貼られていた。そのプレートを丹念に見て歩いた。

『南京』という文字を見つけた。引き戸を開けると、小麦粉の匂いがした。

中国の米作地帯は長江流域から南側で、北は小麦を作っている。食生活が多彩になるに連れ長江以南の小麦粉需要も増し、小麦粉の袋を満載した貨車が毎日、南に向かっていた。

天井とのあいだに一メートルほどの空間があった。春源は積み上げた袋の上によじ登った。興奮のために熟睡できなかった皺寄せか、横になると、すぐに眠りに落ちた。

＊

何時間ぐらい寝込んだろうか。ガチャンと施錠する音で目覚めた。十時間もじっとしていれば南京に着くだろうと、タカを括っていた。大きな間違いだった。

貨物列車は主要な駅で、目的地別に連結し直される。他方面から来る列車が遅れると、引き込み線に入れられ、何時間でも待たされる。引き戸の隙間から洩れ込んでくる光で、昼と夜を見分けた。まさか二昼夜も掛かろうとは、思ってもみなかった。

吸湿性のある小麦粉だから、湿度はどんどん下がっていく。さらに昼間は太陽光が天井の鉄板を焼く。口と喉がカラカラになり、熱気を吸っているみたいだ。サウナに閉じ込められた感じで、呼吸ができない。

頭が発熱でふらふらするのに、身体だけガタガタ震えた。小便、大便は垂れ流しだ。このまま野垂れ死にするのが、なんといっても悔しかった。

駅員が各貨車を開錠する音が聞こえた。助かったと思った。荷下ろしの作業員が来るまでに逃げなければ、と思うが、身体が動かない。

肩や足首を揺すって、筋肉を弛緩《しかん》させる。身体が、ようやく動きを思い出した。引き戸を開けると大量の光線が脳を襲う。目が開けられない。撮影用の何十キロワットものライトを一斉に浴びた感じだ。軍隊に包囲されたと考えたが、この貨車に潜んでいる事実は誰も知らないはずだ。

やがて視力を取り戻した。あたりには人っ子一人いなかった。ゆっくりと貨車から降りた。大便が内股を伝わって、地面に落ちた。引き込み線の外《はず》れに叢《くさむら》が見える。よろよろとした足取りで辿り着くと、どおっと倒れ込んだ。

〈生き延びた〉と思った瞬間、涙が溢れ出た。空気を胸いっぱいに吸ってみる。清流のような、冷たく爽やかな空気が指の先まで滲み渡った。

人の気配がした。頭を持ち上げると、足許に男の子が立っていた。七、八歳だろうか。服はぼろぼろ、髪はザンギリ頭。鼻から二筋、洟水《はなみず》を垂らしているが、口はしっかり閉じている。切れ長の目が利口そうだ。

「オッチャン、なにしてんの」不思議そうな眼差しを向けてくる。

「水をくれないか」喉が干からびて、声が掠《かす》れた。

「オカン、呼んでくる」

やがて少年は、母親を伴って戻ってきた。目の窪んだ痩せた女だ。春源より少し年上だろうか。着ている服は少年より、もっと酷かった。

春源の姿を目にするなり、「あっ」と声を上げて怯《ひる》んだ。額に手を当てる。

「四十度近い熱がある。家なんて言える家じゃないけれど、雨風は凌《しの》げるわ」

春源の上体を起こし、左の脇下に頭を潜らせた。

「あんたも手伝いな」と少年を促し、母親が春源のベルトの右腰あたりを握り締めた。

少年が春源の前に回り、バックルを摑んだ。一、二の三で腰を浮かせると、長身の春源がふわっと持ち上がった。痩せている割に、母親の力が強い。

操車場の端に朽ちた木造の小屋がある。昔は貨物作業員の休憩所だったのだろうか。いまは伽藍堂《がらんどう》だ。小屋の一角を寄せ木で囲い、小部屋が造ってある。人の頭ほどの石を組んで竈《かまど》にしていた。貨車に残った石炭の屑を駅員から貰い受け、燃料にしているのだろう。

小屋の真ん中に春源を仰向けに寝せた。欠けた茶碗に入れた水を、少年が少しずつ、春源の口に含ませた。

高熱はなかなか下がらない。母親が、近くの井戸から冷たい水を汲んできて、濡れた布きれを春源の額に当ててくれるのだが、すぐに乾く。合間に、春源の汚れたズボンと下着を井戸端で洗ってくれた。とうとう母親は、一晩中、井戸に通う破目になった。

奇妙な夢だった。春源は女の子を追っていた。女の子の顔は碧霞だった。碧霞は鬼ごっこでもしているふうで、追いついては消え、追いついては消えた。

〈ダメだ、碧霞。そっちは米軍基地だ。捕まると殺されるぞ〉と何度も叫ぶのだが、碧霞が逃げ続けた。目が覚めたとき、春源は全身に汗をかいていた。

翌朝ようやく平熱に戻った。春源の発した初めの言葉は、「なにか食いたい」だった。

「ごめんなさい。私たち、こんな粗末な食事しか摂ってないの」

母親が用意してくれたのは、わずかな米の粥に、野草を入れた雑炊《ぞうすい》だった。母親が口に入れてくれた。塩味だけだったが、春源には涙が出るほどに美味《うま》かった。身体を起こそうとするが、脳髄が、ずきずきと痛む。

「まだ、無理しないほうがいいよ」母親が窘《たしな》める。

春源にも、周囲に気を配る余裕が出てきた。母親の言葉に知的な匂いがある。

「なぜ、こんな場所に住んでいる？」母親が口を噤《つぐ》んだ。官憲の臭いを感じたのだろうか。

「あんたは、なぜ、こんなところに倒れていたの」警戒心の籠《こも》った目で春源を見た。

いかがわしい母子ではない。カネで人を売る類《たぐい》の人間ではないと直感した。

「オレは、軍や公安に追われている。北京から逃げてきた」

「私たちもよ」同じ追われる身である偶然が、親近感を生んだ。

「犯罪に関わったのか？」しばし沈黙があった。

列車の通りすぎる音が静寂を破った。

「天安門事件を覚えている？」躊躇《ためら》いがちに母親が口を開いた。春源は高校生だった。

「忘れもしない六月十四日の夜、愛人《アイレン》は天安門広場に駆けつけていった。そのまま帰ってこなかった」愛人とは、配偶者《はいぐうしゃ》だ。

「そのころ、私たちは、精華大学の学生だった。お腹には、この子がいたわ。軍を訪ねても、公安に調べてもらっても、生きているかどうかさえ、分からない」

母親が淡々と語った。もう、流す涙も涸《か》れ果ててしまったのか。

「酷い目に遭ったんだね。高校生だった僕には、なにがなにやら分からなかった」

「そのうち、逆に私が呼び出され、公安の取り調べを受ける破目になった。この子は公安の医務室で生まれたのよ。生まれたばかりの、この子を抱いて、ここまで逃げてきたの」

「公安がそこまでやるとは。僕には、ちょっと信じがたい話なんだが……」

天安門事件を知ったとき、春源は軍の出動を当然だと思った。国民が一丸となって創り上げた理想の国家を、力で壊そうとする暴徒だ。武器を使ってでも、排除せねばならない。春源は、革命の指導者たちを尊敬していた。毛沢東主席、周恩来首相、朱徳将軍たちに憧れた。自分もそうなりたいと思ったからこそ、人民解放軍を志した。

しかし『改革開放政策』を経て、ＩＴ文化が広まり、資本主義社会を知る層が増えた。一部の若者は、政治の自由化を求めた。アメリカを初めとする資本主義国が若者を煽《あお》った。

だが、共産党政府はけっして「民主化」なる悪弊《あくへい》を認めるわけにはいかない。なぜなら、共産主義こそ人類平等の根源だからだ。天安門事件は起こるべくして起きた。

春源は不思議な気分に包まれた。かつて天安門の暴徒を取り締まる立場にあった自分が、被害者の母子に援けられた。長居をしすぎた。そろそろ潮時だと思った。

背包《デイパック》を開いて、百元札の束から半分を抜き取った。

「世話になった。これを受け取ってくれ。汚れたカネじゃあない」

母親に手渡そうとしたが、受け取ろうとしない。

「こんな小屋に住んでるけど、私たち乞食《こじき》と違うわ。誇りだけは、失ってない心算《つもり》よ」

固い表情が、さらに固まった。

「オカン、おカネを貰おうよ。僕、普通の家に住みたい」

口を一文字に結んで、様子を見ていた男の子がねだった。切れ長の目から一粒の涙が零《こぼ》れ、桃のような頬を伝わった。

「乞食なんて思ってはいない。命を救ってくれたお礼だ」

母親の手を取り、二つ折りした札束を載せ、上下から自分の掌でギュッと押さえた。引き攣《つ》っていた母親の顔が、ぐしょぐしょに崩れた。春源は男の子を抱き上げた。

「坊や、一所懸命に勉強して、オカンを助けるんだぞ」

背包《デイパック》を担いで、春源は引き込み線の鉄条網を潜った。

＊

南京は、かつて、たびたび訪れた。国防大学の同期生・陳永昌《チェンヨンチャン》の実家があった。長期休暇のたびに、永昌の家を尋ねた。土地勘は、ある。

駅の南に広がる玄武湖の西岸を、てくてく歩いた。病み上がりの身体に、湖面を滑る風がやわらかい。湖の南から南西に五、六キロ進むと、思い出深い莫愁湖《ばくしゅうこ》公園に至る。莫愁《ばくしゅう》は父親と二人暮らしの優しい娘で、父の死後、身を売って葬儀代を出したと語り継がれている。

湖畔に横座りになった莫愁の姿が、碧霞と重なった。二人とも蜻蛉《かげろう》みたいに存在感の薄い女性だった。春源は、遠くを見詰める莫愁の横顔に、胸を引き裂かれる思いだった。

莫愁湖公園で露店の散髪屋の親父に髪を切ってもらい、長めの頭をスポーツ刈りにした。北京から着たきりの、いまの服装では目立ちすぎる。一か所の洋品店ですべての衣類を替えると、店員の記憶に残るので、何店舗かに分けてカジュアル・ウエアに取り替えた。さらに野球帽を深めに被り、太陽眼鏡《サングラス》も掛けた。

南京の街は、ずいぶん変わった。派手な看板がずらりと並び、街全体が垢抜けてきた。

永昌の家の近くまで来たが、それらしき家が見当たらない。周囲に馴染《なじ》まない店構えが目に飛び込んできた。なにやら怪しげで、悍《おぞ》ましい感じだ。ショー・ウィンドーには西洋人の女のピンナップが貼ってある。

〈へぇー、中国政府も変わったもんだなぁ〉と春源は足を止め、しばしヌード宣伝画《ポスター》に見入った。入口には黒い乙烯树脂《ビニール》幕が張ってある。真っ昼間なのに、店内にはスポットライトが点いていた。去ろうと踵《きびす》を返したとき、店内から呼び止められた。

「おい、ちょっと待て」官憲かと思った。逃げようと思った瞬間、片腕をグイと摑まれた。

「やっぱり、春源だ。オレだよ、オレ」陳永昌だった。

口数の少ない生真面目《きまじめ》な男だった。永昌は春源を店に引っ張り込んだ。

店内は薄暗く、スポットライトは、いずれも腰から下にのみ当てられている。展示台に置かれているのは、男女性器の張形《はりがた》や電動小芥子《こけし》などだ。

反対側の書棚には写真集が並べられている。タイトルは『女体芸術』という類《たぐい》ばかり。わざわざ芸術と入れているのが、卑猥感《ひわいかん》を強めている。

「よく分かったな」感慨深げに永昌が叫んだ。

「これ、お前の店か？」春源は驚いて見せた。几帳面《きちょうめん》で謹厳な永昌のイメージとは、あまりに懸け離れている。ちょっと恥じらいの表情を見せながら、永昌は頷いた。

「たいした持て成しはできないが、しばらく滞在してくれ」

「ありがたいが、そうもいかないんだ。急いで杭州に行きたい」

「そうか。でも、昼メシくらいは付き合えよ。ちょっと待っててよ」

なにか心当たりでもあるのか、永昌が奥の間《ま》に移った。電話で誰かと話している。

〈誰と話しているんだろう〉春源は不審に思った。

「さあ、春源、再会のお祝いだ。メシにしよう」永昌が先に店を出て鍵を掛けた。

大通りを数十メートルほど歩いて路地に曲がった。袋小路の奥に小さな仕舞屋《しもたや》がある。戸の上に《人民小吃《レンミンシャオチィ》》と看板が出ている。人民食堂という意味だ。

ガラス戸のそとに奇怪な人物が待ち受けていた。七十歳くらいか。人民解放軍の軍服を着ているが、赤い襟章が威張りくさっている。階級は中尉だ。片足がない。真っ白の髪は七分刈りだ。鋭い目で二人を認めると、両手を振り子のように振って近づいてきた。義足に体重が掛かるたんびに、ギーと音がした。

「周《ツォウ》爺さんだよ」爺さんが春源を品定めし、口の端で笑った。

無愛想に、大きく腕を振って店に招いた。春源の腰を後ろから押しながら永昌が囁いた。

「周爺さんはね、傷痍軍人。革命の英雄なんだよ」

粗末な鉄パイプの桌子《テーブル》と椅子が五セット、無造作に並べてある。永昌が年代物の紹興酒と包子を注文した。周の姓と紹興酒から、周恩来首相も紹興市の出身だと思い出した。

「永昌は、あんな店をやっていて、ちゃんと許可は取ってあるの」

「営業許可は、取ってあるさ」

「ずいぶん政府も軟化してきたもんだね、吃驚《びっくり》したよ」

「欲望を抑えるだけじゃ民衆は従《つ》いてこないって、ようやく気付いたんだろ」

「よりによって、堅物の永昌がね。キミの選択にも驚いているんだ」

「変わったといえば、お前も変わったぞ。なんだ、その恰好は。チンピラかと思ったぜ」

春源は自分の服装をあらためてチェックした。少々力みすぎたかもしれない。

「事情があってね。イメチェンのやりすぎかな」と照れ笑いしながら、春源は言い訳した。

理由は、詮索されたくない。話題を、南京駅の引き込み線の母子に切り替えた。

「天安門事件の犠牲者に、この南京で出会ったよ」

ちょうど周爺さんが水餃子の鉢を運んできた。軍人の権化《ごんげ》のような爺さんの前で、話題が不適切だったかと、春源はたじろいだ。だが、爺さんは意外な反応を示した。

「ったく近ごろの軍は、なっちょらん。人民を守るべき人民解放軍が、人民を弾圧するなんて、もってのほかじゃ」

「ほらほら、周爺さんの毒舌が始まった。そんなに怒ったって、時代が変わったんだから」

「なんじゃお前は、今日に限って。儂《わし》ら人民解放軍には、人民主権の国を創るという、高《こう》邁《まい》な理念があったはずじゃ」爺さんが永昌を睨みつけた。

「爺さん、国家や軍の理想が高すぎたんだ。人民のほうが、あまりにも実利的で、狡猾すぎたんだよ。人間ってやつは、本質的に私利私欲に向かって進んでいくもんなんだ」

爺さんの暴走を抑えようと、永昌が遮《さえぎ》った。

「だからって、素手の人民を、武装した軍人が嬲《なぶ》り殺していいとは言えんぞ」

とうとう爺さんは顔を真っ赤にして、厨房に戻っていった。

「社会主義は結局、絵に描いた理想論だったんだよな。二十世紀は、壮大な実験と迷走の百年だったわけさ」ぽつりと永昌は呟《つぶや》いた。

「オレは、まだ、そこまでは割り切れない」と反論はしたものの、春源にも確信はない。

「鼓腹撃壌《こふくげきじょう》という言葉があるだろ。中国人の国民性は、まさにアレだよ。西太后に平伏《ひれふ》す一方で、毛沢東万歳を叫ぶ。でも、誰が天下を取ろうと、どっこいオイラは生きている、ってね」永昌が渋面《じゅうめん》を作った。

「まるで、周爺さんと永昌みたいだな」

「そういえばお前、杭州まで急ぐと言ってたな。オレが送っていくよ」

杭州まで車なら遠くはなかった。勘定を済ませて二人がそとに出ると、周爺さんが追いかけてきた。本物の足と義足の長さが違うのか、足を前に出すたびに胴体が大きく左右に揺れ、片足のない蠑螈《いもり》が泳ぐみたいだった。爺さんは紙の手提げ袋を持っていた。

「もう会う機会もないと思うが、達者でな。日持ちのする包子を入れてある。負けるなよ」

紙袋を爺さんは春源に手渡した。爺さんの目は潤んでいた。

「あっ、はい」意外な成り行きに、春源はどう返事をすべきか、分からなかった。

永昌の車は、店の裏手の空き地にあった。軽く五十万キロは走っているポンコツだ。部分的にボディが錆び、塗料が腫物《はれもの》のように盛り上がっている。

春源は、周爺さんが最後に言った「負けるなよ」という言葉に拘《こだわ》っていた。爺さんは、あるいは春源がお尋ね者だと、知っていたのかもしれない。

「周爺さんが、いまだに共産軍の軍服を着ている理由は、なんだろうね」

ガタガタ揺れる車の窓から、農村風景に目をやりながら、春源は訊いてみた。

「そりゃ、やっぱり、現政権と軍に対する〈当て付け〉だろうよ。自分たちは高邁《こうまい》な理想国家を実現させた。ところが人民中国は、平等どころか、やれ天安門事件だ、貧富の格差だと、蛇行し続けている。……あの世代は、理想主義一辺倒だからね」

無錫《むしゃく》から蘇州《そしゅう》への見慣れた太湖《たいこ》を、今回は南側から眺めている。風のない穏やかな日で、湖水は鏡のようだった。

赤いゴムボール状の夕陽が、西空に穿《うが》たれた穴に見える。穴が水平線に触れたとたん、どろどろに熔《と》けたマグマが、さぁーっと湖面に拡がった。

「永昌は、国防大学じゃ、トップクラスだったよな。そのお前が、なんで性具の店なんかやっているんだよ」

永昌が、ちょっと嫌な顔をした。

「天安門事件が起きたときは、なにがなにやら分からなかった。でも、時間が経つに連れ、そんなバカなと、思い始めたんだ。その点では、周爺さんと同じ立場だ。オレは大学を出ても、軍には入らなかった。幹部候補生が、人間の欲望の象徴、性具の店をやる。軍に対するオレなりの反語《アイロニー》だと思ってくれ」

「しかし、天安門の暴徒が、資本主義国に煽動《せんどう》されていた、という確かな情報もあるんだよ」春源は反論した。

車は杭州市内に入った。公共汽車《バス》センターの近くで永昌が車を停めた。

「しばらく、なかで待っていてくれ」

永昌はどこに行ったのだろう。まさか公安を引っ張ってくるんじゃないだろうか。

まだまだ春源は、永昌を信じきっているわけではない。いみじくも永昌が譬《たと》えに挙げたが、人間は私利私欲で動くものだ。

意外にも、十分ほどで永昌が戻ってきた。

「いかん。ここは、公安がうじょうじょいる」

「永昌！　……お前、知っていたのか？」

「うん。だから、周爺さんの店にも連れていった」

「周爺さんも知っていた……」激しい衝動が、喉元を突き上げてきた。

「安心しろよ。周爺さんもオレも、お前の味方だ」

つぎからつぎに涙が零れ落ちる。

「すまない。最初は二人を疑っていた。でも、断じて言うが、新聞報道は捏造《ねつぞう》だ」

「分かっているよ。国家が国体を維持するための、常套《じょうとう》手段だ」

永昌が目的地まで送ると言ってくれる。だが、春源が指名手配中だと知っている以上、今度は、永昌も逃亡幇助罪《ほうじょ》に問われる。永昌を巻き込むわけにはいかない。紹興まで五、六十キロ。春源は三輪の簡易出租車《タクシー》を拾った。別れ際に永昌が百元札を二十枚、春源の手に握らせた。

「負けるんじゃないぞ」周爺さんと同じ励ましの言葉をくれた。

たとえ一瞬にしろ、友を疑った罪を春源は深く恥じた。

＊

田園地帯を通り、紹興に入る。紹興は呉越戦争で有名な越の都。呉は現在の蘇州だから、目と鼻のさきだ。ともに運河の上に浮いたような街で、環境もよく似ている。

呉越同舟なんて、仲の悪い者同士がかち合う譬《たと》えだが、越の国のど真ん中、紹興に住んだ春源の先祖もさぞかし苦労しただろう。

幼いころに何度か来た記憶はあるが、はっきりとは覚えていない。運河に映る瓦屋根と白壁の対比や、長閑《のどか》に行き交う烏蓬船《うほうせん》のあざやかな舵取りに、目を奪われた。

祖父の家は魯迅故居の近くだった。簡易出租車《タクシー》で、そのまま乗りつける愚行は避け、魯迅ゆかりの《咸亨酒店《シャンヘン》》あたりで降りた。春源は人ごみを潜り抜けて、開放路を北上した。白壁に沿って歩いていると、交差点に差し掛かった。

ほんの一、二歩の誤差だった。途切れた白壁の角から突然、三人の男が飛び出してきた。

吃驚《びっくり》して春源は仰《の》け反《ぞ》ったが、ほんとうに驚いたのは直後だった。

二人の若い兵士を連れ、先頭を歩いていたのは、鮑風珍だ。とんでもないところで知人に遭ったとき、人は頓珍漢《とんちんかん》な反応を示す。敵、味方を忘れ、思わず声を掛けようとした。

確かに鮑がちらっと、春源に目をくれた。謝るどころか、不愉快そうに眉を寄せ、そのまま歩き去った。変装が春源を救った。春源の背中を、だらぁーっと冷や汗が流れた。大きな蛭《ひる》が背中に這い蹲《つくば》った感じだ。まさか、観光に来たわけではあるまい。

〈なぜ、鮑風珍が、こんなところに……〉

若い兵士を連れているからには、春源を見つけしだい、処刑する心算だろう。李碧霞と粘国強の二人を殺害した犯人と報道しておいて、裁判抜きで私刑《リンチ》に掛ける肚《はら》だ。

コワルスキーの一件をはじめ、春源はあまりに多くを知りすぎた。春源の口封じを命じたのは、第二部長だろう。軍の凄《すさ》まじい殺意を、ひしひしと感じる。

それにしても祖父の田舎、紹興にまで手が回るとは。しかも鮑風珍自身が刺客となってくるところを見ると、鮑の執念も計り知れない。いま鮑が春源の祖父の家に向かっている。

〈紹興の街を離れなければ〉踵《きびす》を返し、春源は《咸亨酒店《シャンヘン》》に急いだ。いましも二台の大きな観光公共汽車《バス》が到着し、百人近い観光客を吐き出した。春源は観光客のなかに紛れ込んだ。

『改革開放政策』が効を奏して、沿岸地域の住民は豊かになった。万元戸と呼ばれる大金持ちが、あちこちに生まれた。生活が安定すると、つぎは娯楽だ。国内の名所旧跡を訪れる公共汽車《バス》観光ツアーが大流行した。

観光客は、ぞろぞろと《咸亨酒店》に入った。広い店内はシンプルでなかなか品の良い造りだ。三十卓くらいの桌子《テーブル》が配してある。公共汽車《バス》の乗務員があとから入ってきて、入口近くの桌子《テーブル》に陣取った。

公共汽車《バス》のナンバー・プレートを見ると、数字の前に『閩D』という符号が付いている。これは福建省厦門の車を示す。福建省を閩南《ミンナン》というが、それを略している。福建省の省都・福州だと『閩A』だ。北京は『京』、天津は『津』、上海は『滬』、広州は『粵A』となる。

春源は妙案を思いついた。乗務員の桌子《テーブル》に近寄り、恰幅《かっぷく》のいい運転手に声を掛けた。

「どちらから来られました？」

「福建省の厦門だよ」強い訛りのある閩南語だが、聞き取れなくはない。

「これから江南の観光ですか」

江南は長江の南一帯を指す。蘇州、無錫などの景勝地が周遊コースになっている。

「いやいや、一週間を掛けて回って、ここが最後だよ」

「ちょうどいい。僕はこれから厦門に向かうんだが、便乗させてもらうわけにはいかないだろうか。もちろん、カネは払う」

運転手が春源を舐めるように見た。

「儂《わし》は構わんが」眉を寄せ、にたにた笑いながら車掌小姐《バスガイド》を見た。

「旅行社の添乗員が嫌がるんじゃないですか」車掌小姐が白々しい声で半畳《はんじょう》を入れた。

「ウチの交代運転手と言っときゃいいが」これで決まった。

春源は運転手の掌に千元を握らせた。運転手は笑いを噛み殺しながら、クギを刺した。

「ただ、その太陽眼鏡《サングラス》は、外してもらわんとな。柄が悪く見えていかん」

春源が〈袖の下〉を渡した現場を、車掌小姐が薄目を開けて、じっと見ていた。

「厦門に着いたら公共汽車《バス》終点站《ターミナル》の手前で降ろしてくれ」と春源は運転手に頼んだ。

紹興から厦門まで約七百キロメートル。公共汽車《バス》は一晩中ひたすら走り続けた。執拗《しつよう》な追跡を躱《かわ》し、春源は公共汽車《バス》の座席にへたり込んで、久しぶりに熟睡した。

*

厦門に着いたのは、翌日の正午近くだった。

公共汽車《バス》を降りた春源の顔を、むっとする熱気が包んだ。

阿片《あへん》戦争のあと、厦門はイギリスに占領され、イギリス租界や共同租界が造られた。天然の良港に恵まれ、貿易が盛んとなり、欧州風の瀟洒《しょうしゃ》な洋館がつぎつぎに建設された。

〈上海と、よく似ているなぁ〉と春源は懐《なつ》かしく思った。

観光客と思われたか、風体の怪しげな男たちが声を掛けてくる。白タクの運転手だ。みんな色浅黒く小柄だが、なんとなく、ひと癖ふた癖ありそうだ。

青磁の香炉に彭爺さんが入れてくれた住所書きは、背包《デイパック》に大切にしまってあった。穏やかそうな男を選んで、住所を見せた。

「客家村《はっか》だね」閩南訛りの強い普通話《プートンファ》だ。

「いくらで行ってくれる」料金を決めておかないと、観光地では例外なくぶったくられる。

「そうさなぁ。帰りは空《から》だから二百元は貰わんとな」

「そんなに遠いのか」

車はポンコツの乗用車だった。どこから入るのか、車内に排気ガスが充満し、喉がひりひりする。繁華街を抜け山間部に入ったが、どうやら大きく迂回している感じだ。

山間《やまあい》の奥まったところに、異様な物体があった。岩肌を剥き出しにした崖かと思ったが、近づくと、そうではない。土を固めた五階建ての円形ビルだ。ローマのコロッセオに似ている。外敵に応戦する迎撃用の窓が、最上階に穿《うが》ってある。城塞のように見えた。客家の集合住宅、土楼《どろう》だ。

彭一族の土楼に着いた。約束どおり、春源は二百元を支払おうとした。

「旦那ぁ。これだけ走らされて、二百元はないぜ」運転手が開き直った。

「お前が勝手に遠回りしたんだろう」春源は、せせら嗤った。

「四百元は貰わねえとな」ケツの穴の小さい男なんだろうが、一人前に啖呵《たんか》を切った。

善意の人には惜しみなく与えるのに、理不尽な要求には、ガンとして応じないかたくなさが春源にはあった。座席に二百元を置いて、さっさと白タクを降りた。

「ケッ、客家のドケチ野郎が」運転手は毒づいて去っていった。

騒ぎを聞いて、門のなかから若い衆が二人、顔を出した。

「なにか、ありましたか」普通話だが、客家訛《なま》りがある。

「いやいや、料金の支払いで揉《も》めていただけです」

「白タクでしょ。よくあるんですわ。で、なにか？」

「上海の呉春源といいます。長老の彭さんにお会いしたいんですが」

若い衆の一人がニタッと笑い、ふたたび門を閉めた。快く受け入れてくれればいいが。不安感がよぎる。五分ほど待たされ、観音開きの門が全開した。思いのほかなかは広い。綺麗に耕され、野菜が栽培されている。

通された部屋の正面は壁全体が仏壇になっている。金の仏具や装飾品で満艦飾《まんかんしょく》の艶《あで》やかさだ。土楼ではあらゆる無駄を削ぎ落とした質素な生活だが、仏壇だけは贅《ぜい》を極める。

やがて長老が現れた。小柄で痩せている。七十前後だろうか、ときどき目が光る。二百人を超える一族を、双肩に背負っている凄みとでもいうのだろうか。

春源は丁寧に挨拶をし、厦門に至る経緯を話し始めた。長老は目を瞑《つむ》って聞いていたが、さきほど門で出迎えた青年が口を挟んだ。

「私は孫の秀全《シュウキュアン》といいます。祖父は普通話《プートンファ》でも聞き取れるのですが、客家語のほうが楽です。姉の秀美《シューメイ》を呼んできます。しばらくお待ちください」

中国で標準語として使われる普通話は、最後の王朝、清国が公用語として用いてきた北方系の言葉だ。

秀全が連れてきたのは細身の女だった。弥勒《みろく》菩薩のような顔をしている。三十二、三歳だろうか。会った瞬間、春源は碧霞を連想した。似ているとはいえないが、印象が同じだ。一途《いちず》な気丈さを感じた。

「孫の秀美です。普通話教育を受けた世代ですが、お役に立ちますかどうか」

春源は話を続けた。秀美が客家語に翻訳する。話し終わるまでに二時間を要した。

「ふむふむ。つまり『親友殺し』は濡れ衣で、『上官殺し』は事故だったんだな」

長老は腕を組み、春源にジロリと目をくれて、大きく頷いた。

「何年かまえに上海の兄から、あんたを紹介する手紙を貰った。新聞やテレビで、いろいろ報道されているが、儂《わし》は兄の推薦を重んじたい。自分の家だと思って寛《くつろ》ぎなさい」

長老が部屋を出ていった。春源は、ほっと胸を撫で下ろした。

「たいへんな目に遭ったのね」秀美が細い目で春源を見詰めた。顔は優しいが、姉御肌だ。

「一応、内部を案内しとくわ。従《つ》いておいで」普段から男を顎《あご》で使っている口調だ。

「土楼のなかを見るのは初めてです、よろしく」姉御肌は、立てておくに限る。

土楼はルーレットのように等間隔に仕切られ、一階が炊事場、二階が居間、三、四階が寝室になっている。各戸の入口も窓も中庭に向かって開いている。客家は漢民族の流れを汲む流浪民で、土着の民とは諍《いさか》いも多い。一族が外敵から身を守る生活の知恵でもあった。長老を筆頭に子、孫、曾孫の四世代が円形住宅に蠢《うごめ》いている。庭の一角に独立した棟があるが、共同で使用する浴室だ。井戸から水を汲み上げ、洗濯に余念のない女たち。幼子はいくつかのグループに分かれて遊んでいる。内部を歩きながら秀美が、いささか棘《とげ》のある口振りで話し出した。

「客家っていうと、カネに汚いとかって、よく言われるけどね。もともと、定住地を持たない流浪《るろう》の民なのよね。畑がないから、安定した収入がない。でも、貧しいからこそ、工夫に工夫を重ねて、価値を創り出していくのよ。一族が力を合わせてね」

「素晴らしい結束ですね。中国にこの結束があれば、もっと違った国になったろうにね」

サークルのなかが、外界とは異なる周期で動いているように、春源には感じられた。

＊

春源と秀美は、中庭の一隅に置かれたベンチに腰を下ろしていた。楼内の静寂を突き破って、どーん、どーんと門を叩く音がした。若い衆が覗き窓を開けた。

「公安だーっ。殺人犯隠匿《いんとく》の疑いで捜査する。門を開けろ」

「しまった」と春源は慌てた。公安にタレ込んだのは、白タクの運転手に違いあるまい。

確かに「殺人犯」と決めつけたからには観光公共汽車《バス》の車掌小姐《バスガイド》も一枚噛んでいるはずだ。たかが四、五百元のカネを惜しんだわけではないが、思わぬ墓穴を掘ってしまった。不気味な笑みを浮かべながら、いまごろは鮑も厦門に急行しているだろう。春源は悔やんだ。

秀美が素早く反応した。春源の腕を引っ張り、門とは反対の方向に走った。浴場のなかのシャワー室に導き、内側から秀美が錠を下ろした。脇に蛇口と小椅子、鏡があった。髭剃りや洗顔に使うのだろう。

「壁に掛けてある鏡を、外《はず》してみな」

人が腹這いで通れるほどの細い横穴があった。なかに懐中電灯が置いてある。

「二メートル進むと竪穴があるから、梯子《はしご》を伝って地下室で待ってて」

つぎつぎに指示を出しながら、秀美は洋服を片っ端から脱いだ。

痩せぎすに見えたが、出るところは出ている。蝋《ろう》のような、妖しく光る肌だった。

「なにを見てんのよお。早く逃げな」茫然《ぼうぜん》と立ち尽くす春源に、秀美が怒鳴った。

竪穴を下りるとき、キャーと秀美の悲鳴が聞こえた。公安がシャワー室のドアを抉《こ》じ開けたのだろう。なかなか機転の利く女だ。

地下は四畳半ほどの部屋だった。天井から裸電球が下がっている。

なにか動く物体を感じて灯りを点けると、壁面のところどころに蚰蜒《ゲジゲジ》が這っていた。竪穴のほかに、人間一人ようやく歩ける隧道《トンネル》が二方向に向けて掘ってある。

「そうか」春源は合点した。ここは要塞だ。

地下はいくつかの部屋が隠されており、蟻の巣状に通路で結ばれている。いつ外敵に攻撃されても耐えられるように、秘密シェルターになっていた。

ドタバタと軍靴で駆け巡る音が聞こえていたが、やがて静寂が戻った。公安は諦めて帰ったのか。

通路の奥でコトコトと音がした。秀美だった。衣服を着て、髪をひっつめにし、輪ゴムで束ねている。化粧を落としたスッピンの秀美は、高校生当時の碧霞を思い出させた。

「あんたの機転で助かった。俺一人のために、土楼まで巻き込む破目になってすまない」

「奴ら、帰ったわ。従《つ》いておいで」秀美が出てきた通路を、逆戻りした。

蚰蜒の部屋の倍くらいの部屋があった。武器庫らしい。散弾銃や拳銃、青龍刀などが整然と並べられている。春源が初めて見るアメリカ製の機関銃やコルトもあった。

〈これは、ただのシェルターではない。完全武装基地だ〉春源は慄《おのの》いた。

台湾の攻撃から身を守るためか。それとも単に外敵の攻撃を防ぐためか。厦門の目と鼻のさきには台湾・金門島の軍事基地がある。大金門島を含む十二の島嶼《とうしょ》から、中国へは最短距離で二・一キロにすぎない。

金門島は中国の喉元に突きつけられた匕首《あいくち》だった。一九五八年と一九六〇年の二度、人民解放軍は大規模な金門島砲撃を行なったが、失敗している。

武器庫の中央には桌子《テーブル》と椅子が四脚あった。長老と秀全が悠然として待機していた。

「やあ、無事でよかった。いったんは帰ったが、また来るだろう。見張りも付いているはずだ」長老の厳しい顔が綻《ほころ》んだ。

「せっかく来ていただいたのに、ここも危ない。台湾に渡るという手は、どうですか」

秀全が上目づかいに水を向けた。

「えっ、そんな裏技ができるんですか？　中国を仮想敵国と見て戒厳令を敷いています」

「元諜報部員が、なにを言います」呆れ顔になって、秀全が笑った。

「中国と台湾が争っているのは、アタマのほうだけです。民間レベルじゃ自由に往来してますよ。福建省の漁船と台湾の漁船が、台湾海峡で貿易をやってます。私ら洋上貿易なんて言ってますが。ほら、ここにあるアメリカ製武器も、台湾経由で、なんぼでも入ります」

「中国は台湾を併合したいほうだから〈おいで、おいで〉なのよね。香港で中国護照《パスポート》を造って、深圳《しんせん》の自社工場に通ってる台湾人なんて、いくらでもいるわ」

「それって二重国籍でしょう！　台湾政府がそんな違法を認めているんですか？」

「台湾の政府高官がカナダの護照《パスポート》を持っていますよ」秀全が含み笑いをした。

三人の話にじっと耳を傾けていた長老が、おもむろに口を挟んだ。

「台湾ではな、もともと住んでいた原住民と、のちに福建省から移住した民を合わせて、本省人と呼ぶ。太平洋戦争後、共産軍に敗れて大陸から逃れてきた国民党の一派を、外省人と呼んで区別する。だから、福建人と台湾の本省人は、親戚みたいなもんじゃ」

「同じ中国人でも、北に住んでいると、そのニュアンスが分かりません」

「密貿易の漁船で台湾に逃がすのが、一番じゃないかしら」秀美の提案に秀全が賛成した。

「それなら、朱さんがいい。電話してつぎの出発日を……」

上海の彭爺さんが可愛がっていた、ただそれだけの理由で春源を救おうとしている。国家を欺いて、犯人隠匿《いんとく》罪に問われるかもしれない。もし軍がこの土楼を包囲したら、武装して応戦する心算《つもり》だろうか。おそらく数分も保《も》たないだろう。

〈一つの国家のなかに、独自の規範を持った一団が存在する。しかも、国家の軍隊を当てにすることなく、自ら武装している〉

三人の計画を聞きながら、春源は別な疑問に囚《とら》われた。

〈国家って、いったい何だろう。人民の生命と生活の安全を守る組織だ。共産党による一党支配は、なにがなんでも死守せねばならない。不満分子は早いうちに芽を摘め。人民解放軍は民を守る組織ではなくなった。不満分子を粛清《しゅくせい》する死刑執行人になった。すなわち天安門事件だ。ならば、この俺の存在は……〉

「……という段取りでどうですか、呉先生」秀全が声を掛けた。春源は、ハッと我に返った。

「つまりね、厦門の漁船と台湾の漁船を乗り継いで、台湾に逃げるのよ」

秀美が、じれったそうに口添えした。

「これ以上、ここに留まるわけにはいかない……。その方法が、ベストだと思う」

「ときに春源、逃走資金は持っておいでか」長老が心配した。

春源は背包《デイパック》を開いた。人民元は一万六千なにがし残っていた。

「彭爺さんにいただいた骨董《こっとう》を、売ったカネです」

「中国元は台湾でも両替できるが、かなり割安になる。秀全、あれを」

秀全は、いったん、地下室を出て、掌に収まるほどの金の仏像を持ってきた。

「これを台湾で換金しなされ。しばらくは食っていけるじゃろう」

春源の胸に熱いものが込み上げてきた。

「彭爺さんのお世話になった者が、御一族にまでご迷惑を掛けていいものかどうか」

「最後の食事は、ここで摂ろう」長老と秀全は通路の奥に消えた。

「出発は、いつになったの」春源は秀美に訊いた。

「あんた、聞いてなかったね。明朝未明にここを出て、お祖父ちゃんの知り合いの朱さんを訪ねるのよ」

「今夜は、どこで寝たらいいのかな」

「地上は危険よ。ここで寝てちょうだい」男勝りの姉が、情けない弟を窘《たしな》める口調だ。

「この地下室は、蚰蜒《ゲジゲジ》が棲《す》んでるよ」

「あんた、大きな身体して蚰蜒が怖いの？　大丈夫、シャワー室の地下にしかいないわ」

料理が運ばれてきた。円い桌子《テーブル》が皿でいっぱいになった。長老が厳粛《げんしゅく》な顔になって、口を切った。

「客家菜だから、碌《ろく》なものはないが」

「こんなに心のこもった料理をいただくのは、初めてです」

確かに、珍しいものや高価な食材はない。でも、いろんな野菜にやや濃いめの味付けがしてあり、じゅうぶんに楽しめた。逃亡の話は出なかった。梅龍鎮料理長だった彭爺さんの数々のエピソードを、春源は披露し、長老と二人の孫が懐かしそうに耳を傾けた。

翌朝が早いからと、夕食も早々に切り上げた。春源の床《ベッド》は、秀美が鉄パイプ製の折り畳み床《ベッド》を持ち込んで、組み立てた。

一人で地下室に残された春源は、なかなか寝付けなかった。中国大陸の南の果てまで逃げてきたが、これからは、いよいよ国外逃亡だ。いったいどこまで逃げるのだろうか。

時計はすでに十一時を回っているが、逆に目は、だんだん冴えてくる。通路の奥から人の足音が聞こえた。公安か。春源は身構えた。

「蚰蜒《ゲジゲジ》だじょーん」秀美だった。おどけた仕種で、にっと笑った。

「眠れないでしょ」と揶揄《からか》いながら春源の隣に潜り込んだ。

「心配しないで。私、出戻りなの。旅のはなむけ」春源は秀美の頭の下に腕を回した。永い永いキスをした。秀美が身体をくねらせ、睡衣《パジャマ》を脱いだ。下着は穿《は》いていない。

「春源の初体験は、いつなの」上目使いに睨んだ。

「高校生のときかな。秀美によく似た綺麗な人だった」

「うふっ、あんた、女心を擽《くすぐ》るの上手《じょうず》だね」悪戯《いたずら》っぽく微笑んだ。

痩せぎすだと思っていたのに、乳房は手に余った。じゅうぶんに熟《う》れきった肉塊に春源は埋没していった。

＊

春源は短時間でよく眠った。溜まっていた澱《おり》を一気に吐き出したせいか。緊張を秀美が抜き取ってくれたのだろう。

早朝、長老と秀全が地下に降りてきたときには、春源もすっかり身繕《みづくろ》いを済ませていた。倉庫にあった古着を選り分け、漁師の作業着、ゴム長、ハンチング帽になっていた。

「見張りは、まだいるんじゃないですか」春源は警戒した。

「もちろん、いるよ。でも、この通路は裏山の雑木林《ぞうきばやし》に繋がっている」

秀全が微笑《ほほえ》みながら説明した。山の斜面に出ると、土楼が下のほうに見えた。外で待っていた秀美が、素っ頓狂《とんきょう》な声を上げた。

「こりゃ、アカン。こんな色白の漁師なんていやしない。ちょっと待って」

自分の部屋に戻り、化粧クリームと絵具を持ってきた。茶色の絵具をクリーム容器に入れ、指先でよく掻き回した。それを春源の顔、項《うなじ》、喉、両腕に塗りたくった。日焼けした精悍《せいかん》な漁師ができあがった。

「儂は、もう歳じゃ。ここで失礼する。朱船長の家には、秀全と秀美が連れていく」

「お宅に後難が掛からないかと、心配しています」

長老は、おもむろに、ポケットから紙切れを取り出した。

「台湾に着いたら、台中の山際に、東勢《ドンシー》という客家の村があるから、張大山《ツァン・ダーシァン》という人を訪ねなされ。政界にも黒社会にも通じた男じゃ。きっと力になってくれる」

港に着くと朱船長が待っていた。船は七メートルほどの漁船だった。秀美が項鏈《ネックレス》を外して、春源の首に掛けた。春源は二人の掌を、しっかり握り締めた。

「お守りよ。どこまでも逃げるのよ」

「この海峡を渡りきれば、もう追っ手は来ないでしょう。むしろ、皆さんが心配だ」

秀美と秀全は急いで防波堤の先端に回った。両手を大きく振る二人の姿が、だんだん小さくなっていく。

海風が強くなり、打ち寄せる波も高くなってきた。

＊

中国大陸の南東にぶら下がった、草履虫《ぞうりむし》の形をした台湾。面積は九州よりわずかに小さい。大陸と台湾のあいだに抉《えぐ》られた台湾海峡は、最も狭いところで百三十キロメートル余りだ。深さは五十メートルにすぎない。しかし中国人、台湾人にとっては、血を血で洗う怨念と、断ちがたい血の絆が逆巻く深い深い溝だった。

太平洋戦争で日本が敗退したあと、大陸では毛沢東率いる共産党軍と、蔣介石率いる国民党軍の激しい内戦となった。アメリカの支援を受ける国民党軍も、共産党軍の人海戦術のまえには、なす術もない。

国民党軍は海路敗退し、台湾島に新たな拠点を築いた。だが、台湾には先住民族のほかに、台湾人（本省人）が住み着いており、蔣介石一派（外省人）とのあいだに新たな火種が生まれた。現役軍人を中心とした外省人と、本省人の抗争が全島に拡がった。

先住民族をも巻き込んだ殺戮が、絶えなかった。権力に翻弄《ほんろう》される民族間での痛ましい悲劇だった。加害者である外省人でさえ、家族や親戚を大陸に残し、その大陸と矛先《ほこさき》を交えざるを得ない犠牲者でもあった。

＊

厦門の漁港を出て暫く経つと、朱船長は首を傾げた。

「なんだか雲行きがおかしい。この時季、天気の急変が多いでな。身体を縄《ロープ》で縛って、波《なみ》除《よけ》の鉄輪に繋《つな》いでおけ」

「たいていの訓練には耐えてきましたが、時化《しけ》の海を渡るのは、初めての体験です」

島影を縫って外洋に出ると、沖合から真黒い雲が海面を這《は》ってくる。雲と海面のあいだが、薄墨色に塗り潰されている。

「こりゃ、いけねぇ。雨まで降っているぞ」

「戻ったほうがいいんじゃ……」春源は、恐るおそる訊いた。

「いまさら戻っても、同じだ。台湾に乗り上げたほうが、まだマシだ」

「台湾の官憲に捕まりませんか。海峡を渡ってくる者に、台湾のほうが、より厳しいとか」

「そんときは、そんときてぇことよ」朱船長がふてぶてしく嘯《うそぶ》いた。

横風が吹き、波が高まってきた。船は笹舟《ささぶね》みたいに弄《もてあそ》ばれる。十分程度の間隔を置いて、大波が突き上げてくる。六階くらいまで上がった升降机《エレベーター》のワイヤーが切れ、一階まで墜ちる感じだ。骨格が崩れ、身体が潰れるかと思った。

船長は、波に対して船を直角に維持するため、舵輪と身体を縄《ロープ》で結わえつけ、大きく股を開いて全身で舵輪にしがみ付いている。

暗闇のなかの大波に揉まれながら、春源は複雑な思いに囚われていた。同じ中国人の造った国。いま、そのあいだに横たわる海峡を渡っている。すでに台湾の領域に入ったに等しい。

台湾海峡の制海権は台湾側にあった。永い内戦で共産党軍の歩兵部隊は強靭な力をつけたが、逆に海軍力は、遅れをとった。アメリカの支援を得た台湾軍が、海峡を支配した。〈もう人民解放軍も鮑風珍も、追ってきはしないだろう〉

春源は、いったんは胸を撫で下ろしたものの、いままた新たな危機に突き進んでいた。海は荒れ狂ってきた。船首をグイと持ち上げ、大波の斜面を一気に登る。波を突き抜けると、剥き出しになった船底が、バシッと海面を叩きつける。操舵室のなかで、一瞬、身体が宙に浮く。衝撃で内臓がひっくり返る。

台湾領に入った以上、中国の国内法で春源を捕縛はできない。だが、台湾当局は、どう受け止めるだろうか。春源は一般人ではない。中国人民解放軍総参謀部第二部の人間だが、軍に追われる身だ。しかも間諜《スパイ》崩れの複雑な立場だ。

縦揺ればかりでなく、十数メートルの上下動が加わる。蹦极《バンジージャンプ》で墜落するときの無重力感が、断続的に襲ってくる。胃の底から胃液がぐわーっと込み上げる。

堪《こら》えきれずに、操舵室の戸を開けた。胃液を吐き出したとたん、小山ほどもある縦波が船首に覆い被さった。船は大きく傾き、甲板上にあった漁具類は海に飲み込まれた。

春源は翻筋斗《もんどりう》打って舷側に頭を強打し、意識が飛んだ。

第六章　楽天地・台湾も〈終《つい》の棲《す》み処《か》〉ではなかった

俯《うつぶ》せとなった片方の頬が暖かい。白砂から立ち上る熱が顔を包む。節くれだった掌が頬を打つ。いったん、抜けた魂が戻った。脳髄がギリギリと疼《うず》く。不思議な感動が春源を包んだ。ぼろぼろと流れる涙のさきに、色黒の平べったい顔があった。

「しっかりしろ」捻じり鉢巻をした四十絡みの男だ。声が潰《つぶ》れている。

暴風明けの台湾は、目に痛いほどの美しさだ。澄みきった蒼い空と、海底の白砂を映す青白い海。そのあいだの真っ白い砂浜に、春源は臥《ふ》せていた。昨夜の、地獄の体験を潜り抜けてきた春源は、天国にいる心地だった。

「ここは、どこです」汐を飲んだ喉が、ひりひりする。

「苗栗縣《びょうりつけん》の通霄《つうしょう》海水浴場だ」男が呟いた。男の肩越しに朱船長の窶《やつ》れきった顔が見えた。

「船長。無事でしたか」春源は語り掛けた。船長の顔が綻《ほころ》んだ。

「この人が台湾船の船長だ。一晩中、海岸線を探し回ってくれたそうだ」朱船長が答える。

「もうダメかと思いました」春源は、ようやく胸を撫で下ろした。

首を起こすと、昨夜の船が浅瀬に乗り上げている。

「なぁ、兄さん、その北京語は気を付けろ。土地の人間の喋る北京語と、ちょっと違うぞ」

訝《いぶか》しげに薄ら笑いを浮かべて、台湾人船長が注意した。

思い当たるフシがあった。厦門の彭秀美の北京語だった。本人は正統派の北京語を自認していたが、やはり不自然な部分があった。

「はっきり分かりますか」言葉の違いまで、春源は考えなかった。

「中国に入っていく台湾人に、中国政府は鷹揚《おうよう》だが、台湾に潜入する中国人に、台湾政府は神経をピリピリさせている。間諜《スパイ》かもしれんしな」片目を瞑《つぶ》ってニヤリと笑った。

春源は、どきっとした。背包《デイパック》を開いて、濡れた人民元を五十枚ほど取り出した。

「お二人にお礼と、船の修理代です」生きている奇跡が、まだ信じられなかった。

「そんな気遣いより、早く儂《わし》らと別れたほうがいい。なんせ、儂らは〈札付き〉だからな」

朱船長が、ようやく相好《そうごう》を崩して笑った。

「人民元を両替するところはありますか」上陸しても一文なしでは身動きできない。

「大きな街の時計屋とか貴金属の店に入ると、奥に小さい隠し部屋があるよ。喜んで両替えしてくれるさ」

中国の新聞に顔写真は出たし、いずれは、台湾当局の網にも掛かるだろう。台湾当局がどう扱うか。中国が送り込んだ間諜《スパイ》と見るか。中国での報道通りの反逆者と見て、逆に中国情報の収集に利用するか。いずれにしても台湾側の出方がにわかに気掛かりになってきた。

「ところで、東勢《ドンシー》という街をご存知ですか？」

「あの河が大安渓《だいあんけい》で、左岸一帯が台中県だ。大安渓を、そうさなあ、四十キロも遡《さかのぼ》ると、左手が東勢の街だよ」

＊

浜辺からは広い広い畑が続いている。福建省の、赤土だらけの痩せた土地とは対照的に、穀物や野菜をふんだんに実らせる豊穣の土地だ。畑の畔には芒果《マンゴー》や番木瓜《パパイヤ》の黄色に熟れた実が、枝もたわわに、ぶら下がっている。春源は芒果の実を一つ、くすねて食ってみた。ジューシーな果肉が香ばしい。芒果の実一つで、台湾という国が理解できる気がした。

東勢は大安渓の河原から山の中腹に広がる客家村だった。福建省で見た土楼の共同住宅はなく、個々の民家が密集している。大安渓もこのあたりでは川幅が拡がり浅瀬になっていた。台中市に向け長い長い橋がかかっている。

橋の袂で、川に石を投げて遊んでいる男の子がいた。春源はこの子を呼び、厦門の彭さんがくれたメモを見せた。

「この人を知っているかい」東勢の族長、張大山《ちょうたいざん》の住所と名前が書いてある。

「もちろんだい。オイラが連れてってやらあ。従《つ》いてきな」子どものくせに目が鋭い。

「君は学校には行かないのか」変わった子だなと訝《いぶか》りながら、春源は訊いてみた。

「学校なんか面白くねえ」小柄だから子どもだと思ったが、大人びた物言いだ。

一軒の食堂の前に止まった。「ここだよ、張さんの家は」

「俺は呉春源だ。君は？」と、船長に貰った十元硬貨を五枚、握らせた。

「楊佳《ヤンチャ》だ」少年は走って戻っていった。

張大山は客家村の長老だった。名前から悠揚迫らぬ大人《たいじん》をイメージしていたが、落差があまりに大きすぎた。張は、小柄で色浅黒く、頭髪のほとんどない痩せた老人だった。表向きは客家料理屋をやっているが、政治にも浅からず関わっている。

料理屋の奥の古ぼけた民家で張が寛《くつろ》いでいた。家は古いが調度品は立派だ。食器棚は、彫刻を施した重厚な品だし、応接セットの桌子《テーブル》は厚さ五センチもある大理石だ。桌子《テーブル》には茶器セットが置いてあり、朱泥《しゅでい》の急須にお湯を入れ、御猪口《おちょこ》状の湯呑みに茶を注いだ。茶は年代物の凍頂烏龍茶《とうちょううーろんちゃ》だ。

愛想のいい男ではない。ときどき疑い深そうに、上目使いで春源の表情を窺《うかが》う。

「台湾に定住するお心算《つもり》か」

「将来の計画は決まっておりません。中国官憲の手の届かない国と思って逃げてきました」

「それにしても、その北京語は、まずいな」

「日本語なら、話せますが……」

「ホントか」日本語で張が訊いた。ぱっと張の顔が明るくなった。

「日本人並みには、話せます」春源は日本語で答えた。

涙を流さんばかりに張が喜んだ。この世代は日本統治下で育った。日本が太平洋戦争で敗れるまで五十年余り、台湾は大日本帝国だった。張にとって、北京語より日本語のほうが遙かに話しやすい。

「呉春源といったな。君は今日この瞬間から、鈴木健一と名乗れ。日本人になるんじゃ」

「日本人に多い名前ですね」

「ほんの十年前まで台湾は戒厳令を布《し》いておった。中国を敵国と想定してな。だいぶん緩くなったとはいえ、いまでも臨戦態勢に変わりはない」

日本語を学んだ春源にとって台湾は、馴染《なじ》みやすい国だった。半世紀にわたって日本だっただけに、日本の文化や習慣が色濃く残っている。小父さんのことは「オイサン」だし、出租車《タクシー》の運転手は「ウンチャン」で通じる。

中華系の国で、刺身を平気で食べるのは台湾だけだし、饂飩《うどん》はいまでも日常食だ。台中の街なかには、日本人が造った瓦屋根の民家が残っていて、大和《やまと》村なんて呼ばれている。

春源の住まいは、張大山宅近くの親戚の屋上が宛がわれた。鉄筋二階建てだが、屋上に六畳くらいのバラックが組んである。放り込んであった古い家財道具を処分してくれた。

居心地のいい台湾で、定住しようと春源は思い始めた。工場にでも勤めて、現地の女性と結婚し、台湾人に成りきってもいいと考えた。

でも、この考えは甘かった。台湾には国民一人一人に通しナンバーを付した厳格な国民番号制がある。身分証明書がなければ、飲食店の従業員であっても、雇っては貰えない。戒厳令が永く続き、中国人の潜入を防ぐためだったのだが、一見、暮らしやすそうに見えた台湾も、戸籍にはうるさい。戸籍という身份认同《アイデンティティ》に、市民がいかに守られ、また逆に縛られているか、春源は痛感した。

春源の東勢滞在は数ヵ月に及んだ。二十代後半の若者が毎日、遊んで暮らすのは異常だ。〈あの男、ほんとうに日本人か？〉どこからともなく陰口が聞こえてくる。

張も気に懸けていた。誰かが官憲にタレ込めば、人民解放軍諜報部員という春源の経歴は、間違いなく問題になる。春源を匿った張大山も、あらぬ嫌疑を掛けられる。

「仕事もしないで台湾でぶらぶらしているのは、ちょっと目立ちすぎやしないか」

あるとき、張が遠慮がちに声を掛けた。

「なんか噂でも出ていますか」

「悪意の噂はまだないが、訝《いぶか》しく思っている人間は何人かいる。なあ、春源、台湾に思い入れがあるなら別だが、ここまで来たんだから、いっそ、日本に潜入する手もあるが」

日本潜入は、春源も考えないではなかった。カネさえ出せば、福建省あたりの蛇頭《シェートウ》が日本へ密入国させてくれる。事件を起こさなければ、日本の中国人社会で、誰にも憚《はばか》らずに生きていける。しかし〈前科〉のある春源は、法外な報酬を要求されるに違いない。

「なんか、いい方法がありますか」

「日本への密入国なら、儂にもコネがある。野柳《イエリョウ》の漁師に頼み、遭難を装えばいい」

二人のあいだを沈黙が支配した。おたがいに相手の思惑を探っている。

「儂の知り合いに劉俊仁《リウ・ジンレン》という男がいる。台湾の政財界や黒社会ばかりでなく、日本の政財界、右翼、暴力団まで幅広い交友関係を持っている」

厦門の彭爺さんなら素性が知れている。張大山を疑うわけではないが、どこで誰と誰が連《つる》んでいるか、分かったもんじゃない。交友の間口は、あまり拡げないほうがいい。

「台湾官憲にも知り合いがいるんですね」

「フィクサーと言えばいいのかな、ちょっと得体の知れない裏の顔がある。表向きは車の部品を造っているが、世界市場でのシェアが途轍《とてつ》もなく高い。財産は無尽蔵と言われている。どうじゃ、会ってみるか」

フィクサーという言葉に、春源は逡巡《しゅんじゅん》した。眼光鋭い、鬼瓦みたいな風貌を連想した。〈危ない橋も一度は渡れ〉の譬《たと》えもある。とにかく、会ってみよう。

アポイントメントは四日目に取れた。張の梅賽徳斯賓士《メルセデスベンツ》で出掛けた。

「すごい車ですね。戦車みたいだ」中国では、目にした経験もない。

「ドイツの車で、台湾では賓士《ビンスー》というんじゃ。台湾人は、ちょっと技術を身につけると、独立して自分が老板《ラオバン》になろうとする」老板とは、ご主人様、社長のことだ。

「ほれ、ご覧。賓士がやたら走ってるだろ」

高速一号線は山裾を貫いているため、小振りの山が連続している。道路は、ほぼまっすぐだから、見通しが良い。賓士やBMWなどの外国車を運転するのは、三十代後半の男たちだ。後部座席には、バイヤーと思しき白人男がふんぞり返り笑顔を振り撒いている。低速車を嘲《あざけ》るかのごとく、びゅんびゅんと追い越してゆく。

「奴らを庶民が『午後三時の賓士』と揶揄《やゆ》するんだ。手形決済日の午後三時、友人知人から現金を借りまくって、閉店ぎりぎりに銀行に駆け込む。力のないモンが見栄を張るから、そんなザマになる」

台中県、彰化《しょうか》県、雲林《うんりん》県と南に下って、車は嘉義《かぎ》県の出口で一般道に降りた。

なにやら騒々しい一団とすれ違った。先頭の二トン積み載貨汽車《トラック》の荷台には、『民進党』と大書された白幕が張られ、十数人の男たちが愛想笑いをしながら手を振っている。一人がハンドマイクで演説しているが、春源には台湾語はまったく聞き取れない。

後ろに十数台の乗用車が連なり、すべての窓を開いて、投げキッスなんぞをしている。

「何ですか、あれは」春源にとって初めて目にする光景だった。

「民進党の街宣車だよ。台湾には国民党と民進党という二大政党があるんだ」

「国民党と民進党の違いは、何ですか」春源には政党のイメージが摑みにくい。

「国民党は中国寄り、民進党は中国からの完全独立じゃ」

一九九六年から、台湾の総統（大統領）選挙は、国民による直接選挙になった。次回の二〇〇〇年は、民進党がやや優勢だ。国民党は外省人、民進党は本省人が支持母体だ。

車は山間部に向かった。山裾に公園のような囲いがあった。

「劉俊仁の屋敷だ」張が、ぼそっと呟いた。

「これが個人の家ですか」あまりの広さに、春源は度肝を抜かれた。

門前に混凝土《コンクリート》が打ってある。右手は来客用の駐車場だろうか。四、五十台はらくに駐車できそうだ。左手の屋根付きは自家用車の車庫だろう。開いたシャッターのなかに劳斯莱《ロールス》斯汽車《ロイス》が二台、ほかに梅賽徳斯《メルセデス》のスポーツカーが並んでいる。

日本式の歌舞伎門《かぶきもん》には格子戸が嵌められている。

植え込みに隠れて、門から母屋は見えない。玄関だけで、十五畳はあるだろう。

すぐ脇の応接間に通された。大理石の桌子《テーブル》を囲んで、革張りの椅子が配してある。背凭《せもた》れの付いた、大きな木彫りの回転椅子が、全体を見渡せる位置に据えてあった。春源と張は革張りの椅子に掛けた。

大きな水槽がひときわ目を惹く。幅三メートル、奥行一メートルはあるだろう。七十センチもある柿色の熱帯魚が、目だけで来客を値踏みしている。アロワナという高級魚だ。

やがて劉俊仁がやってきた。きさくに挨拶をして、木彫りの回転椅子に浅く腰掛け、足を組んだ。予想を裏切って、痩身《そうしん》、総白髪の物静かな紳士だ。黒縁眼鏡《めがね》を掛けているのが、端正な顔立ちを、ことさらに強調している。

Tシャツに半ズボンの出で立ちは普通の台湾人だが、装飾品が違った。周囲にダイヤモンドを埋め込んだピアジェの腕時計を嵌めている。劉俊仁がパイプに煙草の葉を詰め、大理石の棒で押し込んだ。

煙をゆっくり燻《くゆ》らせながら、回転椅子を右に左に回して弄《もてあそ》んだ。口数は少ない。目を瞑り、張大山の話に耳を傾ける。ただときどき、春源を見遣る視線には、ねじ回しをぐいぐい挿し込んでくる重みがあった。

「で、君の希望は、日本への入国だな」

「可能でしょうか」

「世のなかにはオモテもあればウラもある。正規の護照《パスポート》を持って堂々と入国もできる」

なにやら考えるふうの劉俊仁だったが、腕時計に目をやった。

「ちょっと約束の電話をする時間だ。しばらく待ってもらえないか」

「私は、構いませんが」春源は答えたが、立ち上がりざま、劉俊仁が含み笑いをしたのを、見逃さなかった。

＊

応接室に戻った劉が、屈託《くったく》のない顔を装って微笑んだ。

「硬い話はこれくらいにして、儂《わし》の持て成しに付き合っていただこう」

「えっ、話はまだ終わっておりませんが」春源は不服だった。すぐに張が窘《たしな》めた。

「ま、いいではないか。乗りかかった船だ」

水槽の脇に金魚鉢があった。二百匹ほどの金魚が蠢《うごめ》いている。無造作に劉が右手を金魚鉢に突っ込み、十匹ほどの金魚を鷲掴みにした。水槽に投げ込む。

死んだように動かなかったアロワナが、目にも留まらぬ速さで呑み込んだ。ぬめっとした劉の目が怪しく光る。春源と目が合った。劉の顔は、人間からあらゆる感情を絞り取った悍《おぞ》ましさだ。春源の視線を察知して、劉が元の顔に戻った。劉の変わり身の素早さに、春源は不穏な空気を感じた。

玄関から大理石の飛び石を渡りながら、三人はさきほどの駐車場に出た。使用人とも用心棒ともつかない男が、梅賽徳斯《メルセデス》のエンジンを掛けて待機していた。

嘉義《カギ》の繁華街で車は停まった。竜宮城を模した建物の前だ。升降机《エレベーター》で最上階に上がり、宴会場の一室に通された。畳が敷いてあり、三人分の卓袱台《ちゃぶだい》が置いてある。

日本風の座布団に腰を下ろすと、若い女が五人入ってきた。色気だけがウリの女たちだ。卓袱台の前に膝を崩して座り、お酌をする。

ポンと劉が柏手を打つと、女たちが、一斉に下がった。四、五分ほど経った。ふたたび現れたが、全員がスッ裸だった。五人は膝を崩して座った。

「日本人が残していった『お遊び』じゃ。硬くならんでいい」雰囲気を盛り上げる心算《つもり》か、劉が磊落《らいらく》な口振りで唳《けしか》けた。

＊

数日後に張が、劉俊仁の計画を伝えてきた。

「総統の直接選挙が近づいているが、民進党の優勢が続いている。このままでは次期総統は民進党に奪われる。この流れを覆すために、ある人物を消して欲しいそうだ」

見返りとして日本でもアメリカでも、好きな国に入国させる条件付きだ。悪い話ではない。もともとが軍人に志願したくらいだから、人を殺すのに抵抗はない。

「決行の日は、追って知らせると伝えてきた。嫌なら断ってもいいんだよ」

と、張が奥歯に物が挟まった言いかたをした。

＊

嘉義から戻って、数ヵ月が過ぎた。

毎日、遊んでいるのもどうかと、春源は町内の子どもを集めて日本語教室を始めた。都市部では語学塾が大流行で、英語、日本語の順に生徒数が多かった。

語学塾だと納税義務が発生し、素性がばれる。授業料なしのサークルとした。国民小学校五年、六年の児童が対象だが、日本語だけでなく日本の文化や習慣なども教えた。

小学生に交じって、不良っぽい中学生の少年、楊佳《ヤンチャ》が来るようになった。いつも後ろの席に座って、春源の話を興味深そうに聞いている。〈来る者は拒まぬ〉考えの春源は、冷やかしに来ているのだろうと、気にも留めなかった。ノートも鉛筆も持たない楊佳が、教室の掃除を始めた。話してみると、意外に素直な少年だった。

「君は、どうして学校には行かないのか」

「オレは、学校は嫌いだ。でも、先生の話は面白い。いつか、日本に行きたいんだ」

やがてプリント作りなど、授業の手伝いも始めた。なんせ無料で日本語を教えてくれるとあって、親や近所の人たちの評判は良くなった。食品だとか衣料品などを差し入れしてくれる人が、一人また一人と増えていった。

一方では、「収入もないのに、どうやって暮らしているんだ。胡散臭《うさんくさ》いウラの顔があるんじゃないか」などの陰口も増えてきた。

この手の情報は、夜遅くまで春源を手伝う楊佳が伝えてくれる。

「人間はな、善い人も悪い人もない。善いと思われている人が、普段は善いことをしながら他人目《ひとめ》を盗んで悪いこともする。悪いと思われている人が、悪いことをしつつも、ときどき善いこともする」上海時代の彭爺さんの言葉を反芻《はんすう》した。

「先生の考え方が好きだな。オレ、学校に行くと乞食の子って呼ばれるんだぜ」

あるとき、楊佳が気掛かりな情報を持ってきた。春源は身構えた。

「ぜんぜん知らないオイサンから、先生についてしつこく聞かれたよ。身体の特徴とか、クセとかだけど」

〈いよいよ台湾国防部が動き出したか〉と考えた。このまま台湾に留まっても、いずれ台湾国防部の手に懸かり、厳しい取り調べを受ける。人民解放軍であれ台湾国防部であれ、もう追われるのは真っ平だ。できれば永住したかった台湾だが、考えが甘かった。

中国と敵対国だから安全だろうとの見込みが、そもそも的を外れていた。敵対国だからこそ、相手の国から潜入する人間には神経を尖らせる。

その日は夜遅くまで、つぎの授業の準備にてんやわんやだった。楊佳が帰ったのは、午前零時を回っていた。

寝入り端《ばな》、ドゥオオーン！　と凄まじい大音響が襲った。人民解放軍の導弾《ミサイル》が着弾したと思った。だが、直後、大きな揺れが起きた。揺れ幅は優に二メートルはあった。いったんは立ったが、耐え切れず床《ベッド》の脇に腹這いになった。

揺れのたびにプレハブが軋《きし》み、とうとうキャラメルの箱を潰した状態になった。不気味な静寂があたりを支配した。二発目の導弾《ミサイル》に構える戦慄《せんりつ》にも似ていた。

やがて鼠の蠢《うごめ》きのように、空気がざわざわと動き出した。春源は、身体の上に覆い被さった建材を退けていった。どうやら怪我はない。壊れたのは三階の預制式房屋《プレハブ》だけで、鉄筋の二階建ては形を留めていた。

街は暗闇の底に沈んでいた。一点の灯りもない。真っ暗な階段を手探りで下りた。

そとに出ると近所の人たちが、手を取り合って無事を喜んでいた。睡衣《パジャマ》で革靴を履いた滑稽《こっけい》さが、悲劇の甚大さを物語っていた。

電気も点かない。テレビも点かない。なにがなにやら分からない人々は寡黙《かもく》だった。

機転の利く男がいて、「車のラジオなら聴けるだろう」と家に戻り、キーを持ってきた。鍵穴に差し込むと、車の室内灯が点き、アナウンサーの甲高い声が響き渡る。東勢から遠く離れた台北や高雄で、高層ビルが倒壊していると、ニュースは伝えた。犬の遠吠えが、ひときわ人々の不安を掻き立てた。

——一九九九年九月二十一日午前一時四十七分。台湾中部、南投県の集集鎮《ジージーツエン》付近を震源とする地震が発生した。震級《マグニチュード》七・六。台湾全土でビル、家屋が倒壊するなど大きな被害が出た。『九・二一台湾大地震』だった——

しばらく様子見をしていた人々も、三々五々、真っ暗な我が家に引き上げた。春源は張の家で仮眠した。三時間も経ったころ、張の鋭い呼び声で起こされた。

「春源、手を貸してくれ。どえらい被害が出ている」

夜が白みかけていた。明るくなるにつれ、地震の爪痕《つめあと》が露わになってきた。二階建ての普通の民家にあまり被害はなかったが、ところどころに建つ公寓大廈《マンション》が、酷かった。

大安渓の河岸に建つ公寓大廈は、姿勢はなんとか保持しているものの、駐車場だった一階部分が、そっくり消えている。駐車してあった車が、ぺしゃんこになっていた。

そのころ『秀吉御殿』なんていう、日本語で売り出される高級公寓大廈《マンション》が流行《はや》っていた。

不思議に、骰子《サイコロ》型の公寓大廈が、四十五度に傾いていた。安定の良い立方形の建物が、なぜ四十五度も傾いたのか？

「なかに子どもが残っています。助けてください」

髪をぼさぼさにした若い母親が、野次馬の誰彼となくしがみ付いて泣き叫んでいる。たとえ部屋に辿り着けたにしても、家具の下敷きになって生きているとは思えなかった。

「先生、大丈夫でしたか」楊佳が顔面蒼白になって駆け寄ってきた。

「私は大丈夫だが、新築の高級公寓大廈が倒れているね」春源は答えた。

「ひどい話ですよ。『秀吉御殿』に入ってみたんだけど、混凝土《コンクリート》の柱のなかに、ビールやコーラの空き瓶を詰め込んであるんですよ。高くつく混凝土の量を惜しんで」

楊佳の目が、怒りに据わっている。

「台湾人のモラルって、そんなに低いのか」春源も義憤《ぎふん》に駆られた。

〈楊佳が火事場泥棒で『秀吉御殿』に潜入したのではないか〉春源はちらっと思ったが、その疑惑には触れずにおいた。

「お前、呉春源だよな」背後から、凄味《すごみ》のある男の声が掛かった。

劉俊仁の屋敷から嘉義の繁華街まで、梅賽徳斯《メルセデス》を運転した男だった。

「これから桃園県に行って《仕事》をしてもらう。そのまま国外逃亡だ。貴重品があったら、いますぐ取りに行ってこい」

「こんな非常事態のさなかに、か」

「戯けたことを言うな。警察も右往左往して手薄になっている。願ってもないチャンスだ」

「逆に警備態勢が強化される場合もありうるぞ」

貴重品と言われても、なにもない。厦門の彭さんに貰った金の仏像は、小物入れに仕舞ってベルトに縛ってある。

呆然としている春源を、男が背後からワンボックス・カーに押し込んだ。

大安渓に架かる長い橋は、途中で崩れていた。橋は渡れないので右岸沿いを下った。

台湾を南北に貫く高速一号線まで来ると、向かいの山が、頂上からごっそり削げ落ちている。夕べの地震が山をも砕く規模だったのかと、あらためて、ぞっとした。もしこの山の麓にいたとしたら、いまごろは生き埋めになっていたに違いない。

高速一号線の上りに入ったが、地震による道路の損壊《そんかい》は、ほとんどなかった。右手の山間に、ところどころ土砂崩れが見えた。ワンボックス・カーは桃園《とうえん》で高速を降りた。街並みを外れ、桃園国際空港の方角に向かった。前方に国際線の航空機が離発着している。

「空港は動いているのか？」春源は訊いた。

「ラジオのニュースによると、自家発電機を使っている。射殺は飛行機の離発着時に合わせろ。銃声が消される」ぶっきら棒に男が怒鳴った。

「飛行場のそばとは、お誂え向きだな」春源は皮肉った。

大きな家があった。台湾ではあまり見ないモルタル製二階建ての瀟洒《しょうしゃ》な家だ。

ワンボックス・カーが止まった。広い庭には、番木瓜《パパイヤ》の巨木が植えられていた。大きな番木瓜が鈴なりに実っている。山を砕くほどの地震に耐えたのが、不思議だった。

「この家だ。県会議長の莫財宝《モウ・カイバオ》がいるはずだ。名前を確認して、殺せ」

「お前に指図されるまでもない」春源は憮然《ぶぜん》として言い放った。

ケースに入った散弾銃を渡された。

五十代半ばの肥った男が、家の周りを点検していた。春源には、ただの善良そうな男に見えた。良心が痛むが、〈任務〉と思えば致しかたない。背後から近づいた。

「莫財宝先生ですか?」春源は訪問客を装って、丁寧に問い掛けた。

男は眉を寄せながら、「そうだが」と怪訝《けげん》な表情で頷いた。

「あんたとはなんの因縁もないが、浮世の義理で死んでもらう」春源は豹変した。

散弾銃の引き金を引くと同時に、着陸態勢の旅客機が数百メートル上空を通り過ぎた。

莫の全身から血が迸《ほとばし》った。また罪を重ねてしまった、と春源は黙祷《もくとう》した。

ワンボックス・カーに戻ると別な車が駆けつけていて、そのなかから四人の男が現れた。

驚いたことに、なかの一人が鮑風珍だった。

〈なんで、鮑が……〉春源の思考回路は、ずたずたに切断された。

いま、この場に鮑がいる事実が、どうしても信じられない。あれだけ苦労して渡ってきた台湾海峡を、どうやって乗り越えてきたのか。今朝、劉の手下によって、この場所に連れてこられた経緯《いきさつ》は、自分ですら、知らされていなかった。鮑が、なぜ知り得たのか？

「ついに最期のときが来たようだな」獲物を胴で絞め上げる大蛇の目で、鮑が嗤った。

〈こんな卑劣《ひれつ》な男に殺られて堪るか〉と思った。つぎの瞬間には、この土壇場を、どう切り抜けるかに、頭が切り替わった。

春源は散弾銃を持ったままだが、相手は三人が猟銃を抱えている。勝ち目はない。

「散弾銃をよこしな」運転手の男が命令した。

〈そうか。接点は、この男か。ならば、黒幕は劉俊仁に違いない。目的を達成したいま、劉にとって、実行犯のオレは、邪魔な存在でしかない。謀略の締め括りは、オレの口封じ、つまり存在を抹消して、あとは、あの穏やかな紳士面に戻るのだろう〉

それにしても、なぜ、劉が鮑を知り得たのか。なにか途轍《とてつ》もなくスケールの大きな謀略組織の存在を感じた。

運転手が散弾銃ケースの口を春源に向けた。〈ここは、素直に従っておくべきだ〉覚悟をした。春源は、散弾銃を銃口から、ケースに差し込んだ。

「もう一度、車に乗れ」男の一人が猟銃で春源の背中を小突いた。

春源はワンボックス・カーのドアに手を掛け、ステップに片足を乗せて一気に身体を持ち上げた。その瞬間、上体をまえに倒し、もう一方の足を馬のように蹴り上げた。足裏に確かな手応えがあった。後ろにいた男の顔面を見事に捉えた。

即座に振り返り、もう一人の男に飛び掛かった。上段蹴りが、しっかりと顎《あご》に入った。

接近戦の場合、猟銃は『無用の長物』にすぎない。標的との距離をある程度まで置いてこそ、銃は効果がある。戦《いくさ》を理論として学んだ春源にとって、すべては計算ずくだ。しかも、カンフーの達人でもある。あとの二人を倒すのは、簡単だった。

ただ、騒ぎのあいだに、鮑風珍の姿が見えなくなった。物陰に隠れていないかあたりを探したが、見当たらない。獰猛《どうもう》ですばしっこい狼みたいな奴だ。

ギィーッと鋭い音を上げ、梅賽徳斯《メルセデス》が急停車した。なかから張大山が跳び出した。

「春源、無事だったか。早く車に乗れ」まるで鮑が化けたようなタイミングだ。

「一刻も早く、ここを離れねばならん」

張の配下が運転する車の、後部座席に乗り込んだ。

「春源、すまなかった。危うく殺されるところだった」

隣に座った張は、日本風に深々と頭を下げた。

「あんたが不審な男に連れ去られたと、楊佳が知らせに来たんじゃ。妙に胸騒ぎがして、駆けつけてみたら、このザマじゃ」

「さすがに今回は、年貢《ねんぐ》の納《おさ》め時かと思いました」春源の首筋を、だらだらと汗が滴《したた》った。

「劉の狙いは、あんたに莫財宝を殺害させて、その後、あんたを始末する。身分証明書を持たないあんたをな。下手人は誰か、これで皆目、分からなくなる」

「私を追っている中国の工作員をいま、見ましたが、なぜ、ここが分かったんでしょうね？」

「あんたを劉俊仁の屋敷に案内したとき、劉が席を外《はず》したのを、覚えているか？」

「えっ、まさか、あのときに」春源は唖然とした。もう誰を信じていいか分からない。

「劉は解放軍の中枢に連絡を取ったと思うな。工作員を呼んで、あんたが莫財宝を殺ったあと、中国人の工作員にあんたを消させる。どうじゃ、完全犯罪じゃろ」

張の車は台北市に近づいた。いくつかの細長いビルが傾いている。張の話を聞きながら、春源は鮑の突然の出現を反芻していた。

〈そういえば、会った覚えもないオイサンに、あれこれ尋ねられたと、楊佳が言っていた〉

オイサンとは鮑風珍か。でも中国籍の鮑が敵対国の台湾に、そうやすやすと入られるのか。

「私でさえ命懸けで渡ってきた台湾海峡を、鮑はどうやって渡ったんでしょうね」

「あのなあ、春源。世のなかは何によって動いていると思うね……。政治体制か、主義主張か、思想哲学か？」

「見当もつきませんね」春源は張大山ですら疑いの目で見た。

「どれもこれも違っている。残念ながら、世のなかは《カネ》で動いているんだよ。多くの台湾人が、二つの護照《パスポート》を持っているのを知っているか？」

「二重国籍は台湾じゃ当たり前なんですか」

「一つは台湾の、もう一つは中国のだ。香港に渡り、中国大使館に行けば四、五時間で造ってくれる。台湾に戻るときは、香港の旅行社に預けておくんじゃ」

「知らない者だけが、貧乏籤《びんぼうくじ》を引く？」自分の存在が虫けらのように、春源は感じた。

「東京のネオン街では、中国の高官と台湾の商人が、肩を組んでカラオケに興じている。オモテじゃ罵り合っていても、ウラじゃ《カネ》が行き交っているもんじゃ」

「劉は、そのなかの人間なんですか？」春源は、まだ半信半疑だ。

「奴の工場で作っている部品は、特殊なものだ。社会主義だろうが資本主義だろうが関係ない。売り手市場なんじゃ。当然、大物政治家や闇商人みたいな連中が絡んでくる」

「人間という存在が信じられなくなる話ですね」

春源の、首を拭っていたタオルが、濡れ雑巾のようになった。

バックミラーにちらちら目をやっていた運転手が教えてくれた。

「さきほどのワンボックスが追ってきますよ」

「突然、発砲してきやしませんかね」春源は鮑の執念に震えた。

「あまり無茶をするとアシが付く。仕掛け人が誰か、ばれてしまうだろ。心配するな、春源。こういう展開もあろうかと、あんたの逃亡は、儂《わし》がお膳立てしておいた」

台北市内を抜けると山間部に入った。山の中腹のくねくねと曲がった道を走る。ときおり、風に乗って激しい刺激臭が襲ってくる。不穏《ふおん》な空気に包まれる。

「これは、硫黄《いおう》だよ。北側に北投《ぺいとう》温泉がある」鼻を押さえながら張が呟いた。

「日本人が女を買いにくるとかいう、北投温泉ですか」

やがて海岸線に出た。東海《ひがししなかい》を見下ろす岸壁の上だ。崖は三十メートルはある。敵は執拗だった。一定の車間距離を保ちながら追跡してくる。

おそらく港で船に乗り換えるとき、春源を捕縛して山中に連れ込み、自殺を偽装して消す考えだろう。遺体が発見されても、戸籍がないから、どこの誰かも分からない。

ワニの尻尾状に海に突き出た岬が、左前方に見えてきた。

「あれが奇岩で有名な野柳《イエリョウ》風景区だよ」張が説明した。「その手前が野柳漁港だ。漁協長の白船長が段取りをつけてくれている。ここから船で琉球《りゅうきゅう》に渡ってもらう」

「地震の復旧で忙しいときに、申し訳ない」

沖縄を、台湾では琉球と呼ぶ。昔は琉球王国という歴《れっき》とした独立国だった。崖っぷちを走る道路の海側に、たった一軒だけ平屋の家が建っていた。その前で車は止まった。

「急げ、春源。家に入るんだ」張が急かした。

「ハチの巣にされるぜ」春源は、まだ、張に対する疑いを拭い切れなかった。

「押し問答なんぞしている場合じゃない。いいから、入れ」張が春源の背中を押した。

〈こんな家に入ると、周りを包囲される。捕まえてくれと言わんばかりだ〉

懸念は大きくなる一方だが、躊躇《ためら》っている場合ではない。

玄関を入ると、すぐ下りの階段があった。階段を下る。螺旋《らせん》状の階段は、下りても下りても際限がない。ようやく一階に辿り着いた。

「白先《バイシェン》」張が声を掛ける。居間のドアから五十年配の男が現れた。

「おお、待っていたぞ」白船長は肩幅の広い精悍《せいかん》な男だ。

建物を見上げて、吃驚《びっくり》した。崖っぷちの平屋に見えた家は、実は五階建てのビルだった。岸壁を垂直に削り取り、ビルを嵌め込んだ構造だ。玄関が一階と最上階に、二つある。

「張さん、ありがとう。あんたに嫌疑が掛からないか、心配だ」

「心配無用だ、春源。世のなか、どんなトラブルも、カネで解決がつく。武運長久を祈る」

岸壁に立つ張は、日本の軍人風に敬礼した。前半生、大日本帝国国民だった張の、悲しく切ない習性だった。

「追手が来ないうちに、早く逃げなされ」張が急かす。二人は、しっかり握手した。

白船長の漁船が岸壁を離れるや、五十隻以上の漁船が一斉に船出した。

崖っぷちの平屋を見張っていた鮑が、坂を下って港に入ってきた。鮑が岸壁に転がっていたジュースの空き缶を蹴っ飛ばした光景を、春源は安堵の表情を浮かべて見遣った。春源を追うにしても、どの船に乗っているのか、鮑には分からない。

＊

台湾海峡を渡るときとは打って変わって、東海《ひがししなかい》の噎《む》せ返る熱気が吹き付けてくる。

白船長の漁船は、ゆるやかに起伏する海面を切り裂くように進んだ。操舵輪を片手で操りながら、白船長が訊いた。

「兄さん、日本語は達者なんだってな。琉球は列島だから大小の島が連なっている。日本語さえできれば、島の人間は大和《やまと》からの観光客と思って、不審感なんか持つ者は、おらん」

「身分証明書がないが、大丈夫ですか」

「そんなもん持ち歩く日本人なんか、いるもんか。いったん、入ってしまえば、どこにでも行ける。おおらかなクニよ」白船長は喫《す》っていた萬事發《マイルドセブン》を海に投げ捨てた。

「飛行場のある島からは、身分証明書なしに、東京まで乗り継ぎで行けるんですね」

「まぁ、そういうこったな。ただ、いきなり東京は、よしたほうがいい。〈お上りさん〉てのが見え見えだし、警察も多いから、不審尋問《ふしんじんもん》される確率が高いぜ」

「不法入国だとばれたら、どうなりますか？」

「兄さんの場合は中国へ強制送還だな」白船長は春源の表情を盗み見た。春源の顔が強張《こわば》った。日本もまた、身を偽って生きるには、けっして甘い国でないと思い知った。

「石垣島には、漁師の顔見知りも多い。ころあいを見て、那覇に移れ。那覇は観光客の多いところだから、そうそう目立ちはしない。日本人に成りきってから東京に潜り込め」白船長が連絡を付けておいた石垣の漁師とは、洋上で会った。

「そういう事情だったら、那覇《なは》の喜屋武《きゃん》さんに預けたほうがいいな」漁師が頷いた。

「あれっ、白船長は日本語もできるんですか？」

「なにを言ってやがる。子どものときは、歴《れっき》とした大日本帝国国民だぜ」皮肉を込めて笑った。

石垣の船長の家に二晩、厄介《やっかい》になって、那覇には三日目に船で渡った。

＊

喜屋武は石垣島の出身者で極龍会の幹部だ。国際通りに近いマンションの空き部屋を、春源は宛《あて》がわれた。喜屋武がときどき四、五人の若い衆を連れて訪れたが、あるとき、「面白い男がいるが、会ってみるか？」と声を掛けた。

御堂浩輝《みどうこうき》。学生時代から夏休みになると沖縄に来て、喜屋武家に寄宿する。親は大物の極道だが、本人はいたって真面目な青年だと紹介された。

青年実業家としての御堂は爽やかな男だった。剛柔流《ごうじゅうりゅう》空手四段の猛者《もさ》ながら、少年のような目の輝きをしている。二つ年上だ。目が合ったとたん、相通じる感触があった。

事業で得た利益で、琉球諸島の土地を買い漁《あさ》りに来るのだと、御堂が語った。伊江島、宮古島、石垣島などの土地を見て歩く御堂に、春源は従《つ》いて回った。昼間は、喉がカラカラになるまで歩き、夜はオリオン・ビールと泡盛《あわもり》を、浴びるほど呑む。

この二週間は春源にとって、なによりの息抜きとなり楽しみとなった。歩き回るのが仕事だったが、珊瑚礁《さんごしょう》のあまりにも美しい浜辺に出ると、下着になって海に飛び込んだ。白っぽい砂浜に横になり、容赦《ようしゃ》ない陽射しを全身に浴びた。

「浩ちゃんは、ホントに沖縄が好きなんだな」

「初対面の人に会ったときにな、初めは遠慮がちだが、だんだん打ち解けていくとこが、沖縄の人には、あるやろ。その距離感が、なんとも言えん好きなんや」

「南国の楽園構想は、そんな親近感から生まれたんだね」

「お前には分かりにくいかも知らんが、沖縄は昔は琉球王国ゆうてな、独立した国やったんや。言葉も違うし、文化も違う。民族も違うんや」

那覇の演芸場で見た民族衣装を、春源は思い出した。世話になっている喜屋武は、本土の人間を大和人《やまとんちゅう》と呼ぶ。

「その人たちが日本の敗戦時に、米軍の攻撃に曝《さら》された。本土の防波堤になったんじゃ。沖縄に一大観光楽園を造ってな、本土から仰山《ぎょうさん》の観光客を引っ張ってきて、お返しせにゃならん。それがワシの使命じゃ」

ぎらぎらと照りつける陽射しに砂が焼け、熱気が、もわーっと顔を包んだ。息苦しくなって、春源は手を砂に潜らせた。指先になにか硬い異物が当たった。

青銅色に錆《さび》が浮いた機関銃の弾丸だった。掌《てのひら》に載った弾丸は、先っぽが拉《ひしゃ》げている。人の身体を突き抜けたに違いない。暑苦しい身体から、血の気が引いた。

「浩ちゃん、こんなもんが」

御堂が矯《た》めつ眇《すが》めつ、弾丸を見た。

「どえらいもんを見つけたのぉ、これ一つと引き換えに、人一人の命が消えとる。一人の人生の無念と悔しさが込められとるんじゃ」

御堂が砂浜に穴を掘り、弾丸を埋めて合掌した。春源は、御堂の目が潤んでいるのに気付いた。まだまだ太平洋戦争の傷跡は残っていた。

本業の合間を縫ってやってくる御堂が本土《やまと》に戻ると、春源は土地の下見をしておく。めぼしい土地を、御堂がつぎに訪れたときに案内する。そんな関係がそれから一年近くにわたって続き、やがて春源は、東京に移り住み、在日中国人のなかで、弱者から慕われる存在になった。

おりに触れ、新聞やテレビで御堂の名前に接する機会が多くなった。青年実業家としての御堂ではなく、広域暴力団の大幹部として、だ。

御堂の父は、ある名の通った組の組長だった。息子に跡を継がせたくなかった父は、御堂を東京の私立大学に入れ、普通の社会人になる道を望んだ。

卒業後、銀行に就職した御堂は銀行マンとして実績を上げ、独立して経済界に乗り出す。

南の島々に地上の楽園を造る計画を抱いていた。

意外だった。父親が〈息子は極道にはしない〉考えだと、御堂自身からも聞いていた。

組の再編が進んでいた。全国至るところで、組同士の抗争が起こった。御堂が渡世の道に進んだのは〈血は争えなかった〉からではなく、周囲が放っておかなかったからだと、想像がついた。マスコミは、大学出のインテリ・ヤクザと囃《はや》し立てた。エネルギッシュで統率力のある御堂は、すぐに頭角を現した。

第三部　日本人になった呉春源を見破った女たち

第一章　バー《クスクス》の人びと

東日本大震災は、二次災害として、福島原発の放射能漏れを招いた。日本中が放射能の恐怖に慄《おのの》いていた。二〇一一年四月十八日。世間は、まだ騒然としていた。

北千住の『石橋整形』で顔の手術を受けてから一ヵ月が経過した。〈大門吾郎〉は毎日、洗面所に立つのが嬉しくてならない。自分がまったくの他人に生まれ変わった事実が、こんなにも心地いいとは。

身支度を整えると、机の抽斗《ひきだし》から車のキーを取り上げた。ひさびさに愛車フェラーリ・スパイダーのエンジンを掛ける。深く、くぐもる音が耳に心地よい。

駐車場から国道四号線に出た赤色のスーパーカーは、暗闇の降りる都心に向かった。

千住大橋を渡り、明治通りを三ノ輪で横切って、すぐに四六二号を浅草方向に進む。

浅草の歓楽街六区近くのパーキングに車を入れた。バー《クスクス》のドアを無遠慮に開く。久しぶりだった。

《クスクス》は、歓楽街の中心をなすストリップ劇場《浅草ロック座》の近くにあった。店は雑居ビルの一階だ。妍《けん》を競うネオン街にあって、努めて目立たないよう、鳴りを潜めている。幅五十センチほどの蛍光看板が立て掛けてあるだけ。古い木製のドアは傷だらけだった。一見《いちげん》の客を拒むかたくなさが感じられる。

ドアを開いた正面にカウンター。止まり木風の高椅子が六つ並んでいる。左手奥は、ボックス席だ。二人掛けソファとテーブルのセットが三組、配されていた。

カウンターの向こうが狭い調理場だが、天井から吊《つ》るし棚《たな》が設《しつら》えてある。ボックス型の小型テレビが、店内のどの席からも観られる角度に置いてあった。壁にはなんの装飾もない。ただロック座や演芸場、映画館などのポスターが、べたべたと貼ってある。

初めは薄汚れたスナックだった。ロック座常連客の作家が、帰りに立ち寄るようになり、同僚作家、編集者、シナリオライター、演出家、役者などが出入りした。そのうちロック座のダンサーたちも顔を見せ、演劇関係者の溜まり場になった。

「いらっさ〜い」とカウンターの奥から投げやりな声がした。花子だった。

歳のころ二十六、七歳。色白だがデブだ。コアラが吃驚《びっくり》したような目に、付け睫毛《まつげ》をしているものだから、お天道様《てんとうさま》のもとで見るには、心の準備がいる。

〈大門吾郎〉はカウンター席の一番右に座った。かならず壁を背にする習性がある。

「お客さん、ウチは一見《いちげん》さんはお断りなの。悪いけど」

「常連だって、最初は一見だろうが」〈大門〉は凄んでみせた。

「オオ怖っ」花子が大袈裟なポーズを採った。

「でも、あんた、健さんみたいね。いやだぁアタシ、濡れてきちゃったわ。それにね、ホの字のカレに似ている……」

大女が猫のように、ちんまりと縮んだ。〈大門〉は内心で北叟笑《ほくそえ》んだ。呉春源《ウー・チュンユアン》として、通っていた常連であるにも拘《かか》わらず、誰も気付かない。

〈ばれていないぞ〉強面《こわもて》を保ちながらも、無性に愉快だ。

本土に渡り北千住《きたせんじゅ》に落ちいた春源は、暇な夜を持て余した。間近の歓楽街といったら浅草か上野広小路だ。映画を観たり、ストリップを見たりするには、浅草が好都合だった。なんの変哲《へんてつ》もなかった。ただ常連客の会話に耳を傾けていると、演劇論や映画論などが多い。ときには若い芸人が取っ組み合いの喧嘩《けんか》を始める場合もあった。

妙に懐かしい空気が《クスクス》にはある。

「待たせてごめんなさい」と髪を掻き上げながら、いましも碧霞《ビーシャー》がドアを入ってきそうな気がした。碧霞の想い出に浸りたくて通った店といってもいい。馴染《なじ》みの常連客に花子が気付かない。こんなに嬉しい話はない。

先客は二人だった。カウンターの左端には、六十歳くらいの小柄な男が居心地悪そうに掛けていた。公文書がインキ一辺倒だったころ、役人はインキ除けの黒い「腕抜き」を嵌めていたが、あれがピッタリだ。算盤《そろばん》でも持たせれば、定年退職した銀行員そのまんまだ。〈大門〉とのあいだは、ブランド物のネクタイをきっちり締めた四十過ぎの男だった。鼈《べっ》甲《こう》の眼鏡《めがね》を掛け、端正に髪を七三に分けている。官僚か商社マン風だが、生硬《せいこう》な印象から推測して、商社マンではないだろう。

「あんた、何にする？」声の調子を和《やわ》らげ、花子が訊いた。

「水割り」ぶっきらぼうに答える。〈キープのボトルがある〉と、つい口から出掛かった。

「さっきはごめんね。きついこと言って。あんたによく似たお客さんがいてさあ、アタシその男に惚れてんだけど、ぜんぜん構ってくれないのよ」花子が甘える顔になった。

「ほら、グラスを持つ手付き。その男に、そっくり」

〈大門〉は、慌てた。一瞬、素性がばれたと思った。掌《てのひら》を上にし、指を花弁状に立ててグラスの底を支える癖があった。身体が硬直した。

店は八時を回ってから慌ただしくなった。三十代のホステス二人がそれぞれ恰幅《かっぷく》のいい客を連れ、同伴出勤してきた。ママが最後に出勤した。地味な格好をした四十代後半の女だ。目鼻立ちのくっきりした顔に、しなやかな肢体。粋筋《いきすじ》のオーラを発散している。二十年前まで、ロック座の舞台に立っていた。

二言三言、花子と言葉を交わし、調理場とフロアを入れ替わった。紺のカーディガンを脱ぎ、流しで手を洗う。白いTシャツの下に薔薇《ばら》の彫り物が透けた。大輪の花が青かった。

「あんた、一見《いちげん》だね」いきなり〈大門〉に語り掛けた。ときどき光る目が、豹《ひょう》を連想させた。

「ほらほら、カッと来た。どうせ花子になにか言われたんでしょ」

花子が大きな身体を揺すりながら、客の一人とボックス席にしけ込んでいたが、店の奥の裏口ドアを開け、腕を組んで出ていった。裏の路地は人一人ようやく通れるほどの幅で、表通りのラブホテルの非常口に繋がっている。

「いいのよ、あんた、気にしなくったって。いまどき一見だからって、お客さん断ってたら、こんな店、やっていけないわ」ママが優しく声を掛けた。〈大門〉は、一応は頷いた。

だが〈大門〉は、まったく別の問題に気を取られていた。あまりにも無頓着《むとんちゃく》すぎる自分に気付いた。戸籍と整形手術で、他人に変身できたと喜んだ間抜けぶりに、呆れ返った。

見てくれは大門吾郎になったものの、性格や習性、癖や好みなんて、なにも知らなかった。親兄弟や家庭環境、恋人、交友関係ですら、とんと分からない。こんな体《てい》たらくで俺は、他人に成りすましたと言えるだろうか。新幹線のプラットフォームや空港の雑踏で大門の級友に突然、声を掛けられたら、自然に応対できるだろうか。

〈大門〉は落ち着きを失った。手術は上手《うま》くいって、花子やママの目は欺《あざむ》けた。しかし、危うく花子には、呉春源のクセを見抜かれそうになった。

悠木《ゆうき》マリという恋人が生きているとすれば、大門吾郎が震災に巻き込まれたと思い、懸命に探索《たんさく》しているに違いない。幸い、盲目という話だが、大門とマリとのあいだに、なにかの約束事や秘め事があったとしたら、どうだろう。

花子と違い、マリは、より鋭く盲点を突いてくると思ったほうがいい。

〈ある人間が別人に入れ替わるとは、どういうことだろうか。整形手術で顔を変えるのは、いわばハードの部分だ。肝腎《かんじん》なソフトは、どうする。大門吾郎の情報を集めなければならない。しかも大至急に、だ。こういう仕事は、小柄で几帳面《きちょうめん》な男に向いている。そうだ、明日からでも楊佳《ヤンチャ》を現地の石巻に潜入させよう〉

「あんた、大人しいわねェ。なんか気に障《さわ》ること、言ったかしら」ママが水を向けた。

「いや、そうじゃない」動揺を気付かれないように〈大門〉は言い繕《つくろ》った。

「これ、アタシが作ったお惣菜なんだけど、食べてみる？」

カウンターの上には、直径四十センチほどの伊万里《いまり》の盛り皿が、五つ並べられていた。金平牛蒡《きんぴらごぼう》、鹿尾菜《ひじき》と薩摩揚げの和《あ》え物、里芋の煮っ転がし、肉じゃが、鶏の唐揚げなどが盛り付けてある。〈大門〉は腰を浮かせ、大皿を覗いた。なんでもよかった。

〈こういう味に慣れるまで、何年が掛かっただろうか〉と思いながら、里芋を指差した。

「さすが目の付け所がいいわね。これ、アタシの自慢料理なの」嬉しそうに、ママは片目を瞑《つむ》った。「ついでに水割り、作っとくわね」

〈大門〉のグラスに残った氷を、流しに捨てた。背後の棚からダルマを取り出した。

「あっ、シーヴァスをキープしてくれる？」ぼそっと〈大門〉は呟《つぶや》いた。

「嬉しい。あんた、アタシのカオ立ててくれるのね」ママの目が少し潤《うる》んだ。

「ママと、そちらのお客さんにも水割りを」

腕抜き銀行マンが〈大門〉を正視した。

「ありがたくいただくが、どこかでお会いした気もするね」シモンはグラスを目の高さに持ち上げながら、無遠慮な視線で〈大門〉を見詰めた。

〈大門〉は絡まる視線に狼狽《うろた》えた。

「シモンさん、こちらは一見さんなのよ」ママが庇《かば》うように口添えした。

「あっ、そうか」とシモンが苦笑いした。

〈大門〉の頭の隅っこに、なにかが引っ掛かった。なんだか分からなかった。

「やっぱり演劇関係の方ですか？」シモンの素性が気になって、〈大門〉は訊いた。

「シモンさんは、ロック座の演出家だった人なんだけどね、現役を退いたいまでも、こうしてお店に来てくれるの」ママが敬《うやま》いの眼差しでシモンに目を注いだ。

ママがマジック・ペンを〈大門〉に手渡した。『大門吾郎』と大振りな文字を書き込む。『石橋整形』では、鈴木健一と偽名を書いたが、もう臆《おく》する必要はない。

「大門吾郎か。役者みたいな、いい名前だな」シモンが唸った。

「ご出身は、どちらなの」ママが、さりげなく訊いた。来たぞと〈大門〉は身構えた。

「石巻なんだけど」一呼吸を置いて、さらっと流すように答えた。

「じゃあ、たいへんだわね。ご家族の安否は」ママが驚いた。

「家族とは、まだ連絡がつかないんですよ」

「そういえば、シモンさんも、あちらじゃなかったっけ？」

「僕は、花巻だ。カネも力もない者は、知らせを待って歯軋《はぎし》りするだけだよ」

しんみりとシモンが呟いた。〈大門〉はグラスを見詰めながら、頷いた。

新しい氷で冷えた表面に、水蒸気がびっしりと付着し、曇りガラスのようになっていた。ふと気付くと、大きな親指の形が、くっきりと現れている。

ハッと思った。〈シモン→しもん→指紋〉さきほど、連鎖反応のように閃いたのは、指紋だったのだ。〈このグラスの指紋は、大門吾郎のものではない。呉春源のだ〉花子に指摘されたクセどころではなかった。指紋こそ、呉春源を特定する厳然《げんぜん》とした証しだった。

＊

翌十九日〈大門〉は楊佳に命じて、大門吾郎の情報収集に当たらせた。高画素デジタル・カメラ、標準レンズ、広角の二十八ミリ、望遠の二百ミリを買い揃え、ネットカフェから〈大門〉のパソコンに画像データを送信する方法を教え込んだ。

集める情報は、悠木マリの消息。大門吾郎の出身小学校、中学校、高校の外観や仲のよかった友人の写真。家族、親戚の写真。隣近所の主な建物や風景。それらを、できるだけ角度を変えて撮影する。

大門についての情報収集を、大門関係者に知られてはならない。人物撮影は望遠を多用する。宿泊はラブホテルを転々とする。記帳の義務がなく、顔を見られる懸念もない。飲食は特定の店は使わない、などだ。

「当面の活動資金だ。なくなったら連絡をくれ。すぐに送る」

新聞紙に包んだ二百万を、〈大門〉は楊佳に手渡した。

＊

《クスクス》から帰った翌々日一番に、〈大門〉は『石橋整形』に乗り込んだ。

「もう勘弁してくれよぉ」〈大門〉の顔を見るなり整形外科医が悲鳴を上げた。

「今度は、何しろってのよう」怯えきっている。

「指紋を消してくれ」否応をいわせぬ命令口調だ。

「指紋を消すなんて、やった経験がない」太った身体が小刻みに震えている。

情けない野郎だと〈大門〉は蔑《さげす》んだ。

「できないはずはない」

「指紋は皮膚の下から発生している。皮膚を剥がして、その下の組織を壊《こわ》さなきゃならん。神経が集中しているから、痛いなんてもんじゃないぞ」

「構わん、やってくれ」

「顔の整形だけでも違法なのに、指紋を消すとなると、犯罪だぞ」

脅す心算《つもり》なんだろうが、尻尾をケツに巻き込んで吠える犬みたいだ。

「毒を食らわば皿までって言うだろ」

「あんた、まさか犯罪に関係していないだろうね？」

〈大門〉の瞳を探るように医師は覗き込んだ。

「うるせー、やるのかやらねえのか」

「分かったよ。やるよ、やりますよ。ホント、蛇に睨《にら》まれたカエルだもんな」

＊

襖の右肩に、滲《し》み込んだ茶渋のように、黄色い波模様が浮き出ている。〈大門〉は昨夜も、とうとう眠れなかった。いや、正確に言えば眠っているのだろうが、悪夢や妄想に魘《うな》され、眠った気がしない。

ギッギッという音がして階段を人が上がってくる。襖《ふすま》を開けようとするが、建て付けが悪いのか襖が歪んでいるのか、いうことを聞かない。力任せに開いて、女が入ってきた。

「どぅお、眠れた？　バイタル測るわね」黒木桂子だ。

ベッドのそばに丸椅子を寄せ、どすんと腰を降ろす。

「三十八度七分、なかなか下がらないね」

手術は一昨日。指の表皮を剥がし、皮下組織は、酸で焼いた。術中は麻酔が効いているが、時とともに鉈《なた》で斬り落とされたような痛みがグキグキと襲う。額から脂汗《あぶらあせ》が流れる。

〈これによって呉春源の痕跡がすべて消える〉と思えば、歯を食い縛るしかない。横たわった〈大門吾郎〉のズボンの上から、桂子が性器をまさぐる。

「あっらあ、元気いいわね。もうテント張ってるの」やに下がった目で、ウインクした。

「今夜はアタイの泊まりだからね、楽しみにしていてね」

食事は、同じ町内の梅華鎮で準備したものを、若い衆が運んでくれる。

夜八時を回ってから、桂子が二階に上がってきた。〈大門〉の上に覆い被さるようにキスをする。目が大きくて色白だが、笑うと目、鼻、口のバランスが崩れる。めくれた紅い唇が、熟れた女性器を連想させた。

桂子が、スカートは穿《は》いたままで、ストッキングとショーツを脱いだ。

「お前は、あの医者と、できているんだろ」

「アイツは、ぜんぜん勃《た》たないの。ただ、私を触って、舐めるだけ」

「オレと寝る目的は、なんだ」

「あっ、勘違いしないでね。あんたに惚れたわけでもなんでもないの」

〈大門〉のズボンを強引に下げた。

「ただ、危険な男と姦《や》ってみたいだけ。これ、一回きりだかんね」

「一回ったって、亭主にばれたら、まずいだろ」

「あんただから言うけど、ウチの亭主、アッチ系なのよ」

桂子は〈大門〉の性器をこすりながら、遠くを見詰める目になった。

「新婚旅行はロサンゼルスまで行ったけれど、私の身体には指一本も触れないの。女として魅力がないのかと、そりゃ、悩んだわ」

「なぜ、同性愛者だって分かったんだ」

「下着を洗濯するとき、パンツの前が黄色になっているのに気付いたの。ウンチだったのよお、それが……。親族会議まで開いて話し合ったけど、能力的には幹部クラスまで行く男だから、瑕《きず》を付けないでおこうって。それからは、こっちも、やりたい放題」

「それ以来オトコ狂いか？」嘲《あざけ》る声で〈大門〉は訊いた。

「アタシも、もう大台なのよ。女でいられるのもあと何年かと思うと、ものすごい焦燥感に駆られる。できるだけ大勢のオトコを銜《くわ》え込んでやろうと思ってさ」

「四十《しじゅう》しまくり、五十莫蓙《ござ》掻《か》きって言うからなぁ」性器を扱《しご》く桂子の手が早まった。

「アンタ、面白いチンチンしてるのね。付け根が太くて先細りって、見たことないわ」

珍しい虫でもあしらう風で、スカートをまくって馬乗りになり、ゆっくりと腰を落とした。

〈大門〉は身動きできない。じっとしているだけ。桂子が腰を揺する、その振動が指先に伝わる。亀裂の入った漆喰《しっくい》の壁に、守宮《やもり》がへばりつき、一部始終を見ている。

ハアハアという吐息の間隔がだんだん狭まる。項《うなじ》を真っ赤にして桂子は登りつめた。

「ふうーっ。凄いわ、アンタ。根元まで入ってくるたびに、アソコがぐわぁーと押し開かれるみたいで……」

目を閉じ、鼻孔を開き、上唇を剥いて、桂子が囁《ささや》いた。閉じた目の、眉毛と睫毛のあいだがだらしなく開いている。水面に顔だけ出して眠っている河馬《かば》のようだ。

安堵したかのように、守宮がゆったりした足運びで、壁の亀裂に消えた。

＊

〈大門吾郎〉のグループは、日本人からは『中国マフィア』といって恐れられていた。だが〈大門〉自身は、いわゆるヤクザとは一線を画している。在日中国人の互助会の心算《つもり》だ。たとえば中国系の工場経営者が、不渡り手形を摑まされたとする。手形を盾《たて》に倒産会社に乗り込み、不動産を占有する。他の債権者を威圧して債権回収を諦《あきら》めさせる。不動産を転売し、債権者である中国系の工場経営者に半金を渡す手口だ。

不動産の転売金が手形額面の数十倍になる場合もある。債権者には半金返しという約束だから、この場合は丸儲《まるもう》けだ。非合法の小グループなので、警察も把握しきれていない。

中国人のあいだの取引のため、わざわざ〈大門〉グループの存在を警察にタレ込む者もいない。大切にしたのは中国人社会での〈信頼〉だ。一度でも不義理をしでかすと、足許《あしもと》から内情が漏れる。手口も荒っぽいが、表面上は互助会の地下工作部隊だ。あくまでも影の仕掛け人でなければならない。

呉春源から〈大門吾郎〉に入れ替わる偽装工作によって、日本の警察網に引っ掛かる惧れはあったが、〈大門〉の真の敵は、警察みたいな、スケールのちっちゃな組織ではなかった。

＊

逸《はや》る心を抑えながら〈大門〉は楊佳の知らせを待った。四月二十七日の朝、第一報は入った。コンピューターの画面に出たのは、一枚の画像と短いコメントだった。画像には丘に乗り上げた漁船や、ひっくり返った車などが写っている。

よく見ると、倒壊した家屋の柱の下には、老婆の頭のような物体が突き出ている。束ねてあった白髪がほどけ、素麺《そうめん》のように垂れ下がっていた。テレビなどでは決して見る機会のない画像だった。コメントは、ただ一行、「いま、一人の人間として、情報収集などは、とてもできません。救援活動を優先します。了承してください」とあった。

〈大門〉は微笑《ほほえ》んだ。〈大門〉の意を汲んで適切に行動する楊佳に、あらためて信頼を深めた。

「了解。救援を優先せよ」と〈大門〉は返信を打った。

だが妙に気持ちが落ち着かない。被災地の写真を見てから、急にそわそわし出した。

一度は行かなければならない土地だった。ならば、早いほうがいい。混乱が静まってからでは、目立ちすぎる。行動は素早い。

黒塗りのワンボックス・カーは、後部座席を取り外《はず》してあった。大型のショッピング・センターに行き、思いつくままに品物を買い込んだ。

ミネラル・ウォーター五十ケース、業務用パン二百袋、ハム・ソーセージなどの加工肉類、カップ・ラーメンなど百ケース。それから、オムツもないとテレビで言っていた。最後にノーパンクの折り畳み自転車を二台、荷物と天井の隙間《すきま》に押し込んだ。地下駐車場を出ると、あたりはもう真っ暗だった。

ふと思いついた。念のため《クスクス》に電話を入れた。花子が出た。

「あらっ、〈大門〉さん。どうしたのよ」

「シモンさん、来てるか」

本人が受話器を取った。掻いつまんで経緯を説明した。

「シモンさん、花巻出身と言ってたよね。もし同行してもらえるなら、オレとしては助かるんだが……」軽く語尾を上げて、誘い出すニュアンスを込めた。

「ずいぶん急な話だね。これから直《す》ぐにかい？」当惑した口調だ。

「行くなら、三十分以内に迎えに寄るが……」

数十秒の沈黙があった。シモンには辛酸《しんさん》を嘗《な》めてきた人間の奥深さが感じられる。彭爺さんの温かみを思い出していた。

「よし行こう。私にできる人助けは、これくらいしかない」

店に着くと、お客や店員が、ぞろぞろ出てきた。

「〈大門〉さん、あんた凄い行動力ね」とママが驚いてみせた。

「思いついたら、即座にやる性質《たち》なんだ」〈大門〉は照れ笑いした。

「なんにもないけど、これ持ってって」瓶入りの業務用ミネラル・ウォーターを二箱、持ち出して、ママが助手席の足許に重ねた。

「それから、これは皆からの義捐金《ぎえんきん》よ」三万円をママが差し出した。

出発のとき、花子が甲高い声で、「ばんざぁい」と叫んだ。小さな声で皆が唱和《しょうわ》した。

＊

ダイヤモンドをバラ撒いたような空だった。都会に比べ、星がひと回り大きい。この澄んだ空を、放射能が流れているのか。天空が壊れ、どさっと落ちてきそうだった。

東北道を一時間も走り続けている。上り勾配《こうばい》になると、エンジンがふうふうと喘《あえ》いだ。

「これだけの荷物を買い込んで、さぞかし大きな出費だっただろうに。お前さん、どんな商売をしているんだね」

助手席で腕を組んでいたシモンが、あらたまって声を掛けた。

「債権回収業っていうんですかねェ」

「ヤクザ屋さんのやる、アレかい？」シモンが〈大門〉の横顔を覗き見た。

「俺は人助けだと思っているんですが」

「あんたは、怖いほうの人じゃないのかい？」

「一人いますよ、そういう男が。友人ですけど」〈大門〉は笑い飛ばした。

沖縄で出会った御堂浩輝を、思い浮かべた。替わって〈大門〉は訊いた。

「シモンさんは、なにか切っ掛けがあって、演劇の世界に入ったんですか」

「人間って誰しも、自分のすべてを分かった心算《つもり》になってるよね。でもなんにも分かっちゃいない。他人を演じると自分が見えてくる。てぇのは屁理屈で。ただ芝居が好きなんだ」

組んだ腕の片方の掌で、シモンが顎を撫でた。

話が弾むうちに、前方に赤ランプが見えた。交通規制をしている。全国各地から集まった車、大勢の人々で、ごった返していた。警察官が近づいてきた。

「どちらに行かれますか」と訊《き》きながら、車のナンバーを控える。

「石巻市渡波町《わたのはちょう》〇丁目〇番」〈大門〉は事前に地図で確認した地名を諳《そら》んじた。

「ああ、無理です。被災地は大混乱です」

「車では入れないの?」〈大門〉は素っ頓狂《とんきょう》な声を出した。

「お気持ちは分かりますが、とても通れる状況じゃありません。県外車が救急車や消防車の活動の妨げになってます」

「救援物資を持ってきたんだけど」と〈大門〉は粘る。

「救援本部をご案内しますので、そちらでお名前を登録してください」

警察は、あくまでも事務的な対応だ。

「ノーパンク自転車も持ってきた。人間だけでも入れてくれませんか」なおも食い下がる。

「とにかく盗難事件が凄いんですよ」

「親御さんを心配して来たんだよ、大目に見ちゃもらえんだろうか」シモンが情に訴えた。

「なにか、身分を証明するものをお持ちですか」警察官が二人を品定めした。

身分証明と聞いて、一瞬〈大門〉の頭に運転免許証が閃いた。大門の免許証には石巻の住所が記載されている。警察官が免許証番号を写し取った。

「用件が終わったら、速《すみ》やかに退去してください。車は、こちらでお預かりします」

〈やったぞ〉と〈大門〉はガッツポーズを作った。

救援本部で登録し、ノーパンク自転車を組み立てた。深夜の被災地へ向け、二人はいきおいよくペダルを踏み込んだ。仙台から石巻まで、仙石線の電車でさえ一時間くらいは掛かる。石巻まで辿り着けるとは思わなかった。

「〈大門君〉、もう二時間も走っている。あとどれくらいだろうね？」シモンの息が真っ白だ。

「そうですね。一時間くらいでしょうか」

災害時に使えるノーパンク・タイヤだが、伝導効率がすこぶる悪い。空気タイヤの軽快さはない。救援物資は託したし、とにかく行けるところまで行ってみる考えだった。

仙台周辺には、大きな被害はなかった。首筋を抜ける風が冷たい。

「春は名のみの風の寒さよ」

『早春賦』の歌詞を、〈大門〉は思い出した。

サイレンを鳴らす救急車とときどきすれ違う。こんな時間でも救出作業が続いている。不安感が昂《たかぶ》る。東の空が白んできた。名勝の松島の松も、根刮《ねこそ》ぎやられている。行くさきを土手が阻《はば》んだ。自転車を押して登る。

蒼然《そうぜん》とした光景だった。あらゆる家が薙ぎ倒され、つい目と鼻のさきまで漁船が流されている。ほとんどの軽自動車が引っくり返り、乗合バスでさえ仰向けになっている。鉄筋コンクリートの建物だけが、かろうじて形を留めているが、すべての窓がぶち抜かれている。

土手の下に転んだベビーカーが、いましがたまで動いていたかのようだ。まるで地獄だ。生きとし生けるもの……人、動物、魚、昆虫などの腐臭が風に乗って吹き上げてくる。

「なんてこった。見ろ、〈大門〉君。日本は敗戦の振り出しに戻ったんだ」

シモンの発した言葉は、叫びではなく、怒りだった。〈大門〉は身体の震えが止まらなかった。低い唸るような声で、シモンが唄い出した。

♪海行かば　水漬《みづ》く屍《かばね》　山行かば　草生《くさむ》す屍……

あとが続かない。跪《ひざまず》き、両手を地面についたシモンの身体も、がたがたと震え出した。

「国家が……国家が民を見殺しにするんだよ。いつの世にも、弱い者が犠牲になるんだよ」

おんおんと泣き出した。

ペットボトル、石鹸の蓋《ふた》、大根、位牌、雨戸、トイレット・ペーパー、学習ノート、猫、注射器、海苔《のり》の佃煮《つくだに》、鍋、タイム・レコーダーのカード、割れた眼鏡《めがね》、樹脂製のプランターなど、ありとあらゆるものが、ごちゃごちゃと山積みになっている。

水を吸った紫色の物体があった。ぶよぶよだった。座布団のようなものかと〈大門〉が近寄ると、強烈な腐臭《ふしゅう》がした。人間の太腿《ふともも》だった。〈大門〉は水の怖さを思い知った。

一リットルの水が一キログラムだ。津波の圧力はキロ平米あたり一億トンで、被災面積は五百六十一平方キロだから、五百六十一億トン。ごっそりと街を削り取るほどの水の力に、恐れ慄《おのの》いた。

夜明けとともに消防団や自衛隊の人々が増えてきた。二人は作業を手伝おうとするのだが、なにをやればいいのか、分からない。

「〈大門〉君、こりゃ足手まといになるだけだ」

流れ作業で動く彼らの輪に入るのは、不可能だと思われた。

「救援物資は届けたし、ここは、いったん、引き揚げよう」

宥《なだ》めるシモンの声に、〈大門〉も頷いた。本部に戻ると、ワンボックス・カーのなかの荷物は運び出されていた。ノーパンク自転車二台も寄贈《きぞう》して、二人は仮眠を摂った。前日から一睡もしていなかった。

本部で得た情報では、シモンの故郷・花巻は、津波がなかったぶん被害も軽かったそうだ。空になったワンボックス・カーは軽快に走った。だが車内には重苦しい空気が漂っている。

「シモンさん、土手の上で《国家が民を見殺す》って言っていたでしょう。あれは、どういう意味ですか？」

「東北人にはね、《物言えば唇寒し秋の風》という処世訓《しょせいくん》があるんだよ。お上《かみ》には逆らっても無駄だ、というね。だから経済発展もインフラ整備も、一番あとになった」

「そういえば、東北の大都市って、仙台だけですね」

「そのくせ、原発はどんどん押しつけられた。文明の発展によってできる残滓《ざんし》は、なんでもかんでも《物言わぬ東北》に持ち込まれたんだ」

「その結果が、今回の震災ですか」

「一九六〇年のチリ大津波のときに、三陸のリアス式海岸では大きな被害が出た。それでも国家は、本格的に取り組もうとはしなかった。それが、このザマだよ」

吐き捨てるようにシモンは嘆いた。重い沈黙が車内を支配した。

〈そうだ。オレだって国家に見殺しにされたか、あるいは国家に抹殺されかかったのだ〉

〈大門〉の胸に、またしても激しい憤りが込み上げてきた。

＊

東京に戻ると、楊佳からのメールが二通、入っていた。

正規のボランティアに登録し、ヤン坊という愛称で仲間にも親しまれてきた。〈長期的には被災住民とのあいだに壁がなくなり、情報収集もしやすくなるのでは〉とある。

二通目は、大門が最も知りたかった情報だ。

〈悠木マリ、突き止めました。健在です。《あじさい苑》という福祉施設で働いています。色白で長髪、放っておくのがもったいない上玉ですよ。ボランティアとして近づき、いろいろ訊き出します〉

＊

東日本大震災は、地震というより、津波による放射能災害の様相を色濃くしてきた。テレビは連日、福島原発からの放射能漏れのニュースを流し続けた。放射能流出により、被災地は関東にまで及んだ。

〈大門〉はベッドに寝そべり、テレビのニュース報道に見入っていた。宮付きベッドの棚に置いてある電話が不安を煽《あお》るように鳴った。

「春源君、いや。〈大門〉君。店のほうに、お客さんが見えてるよ」

一階の梅華鎮のオーナーの村田義雄だった。村田は、三十数年前、上海の呉春源宅を訪れた村田兄弟の、兄の息子だ。古い中華料理屋を建て直すとき〈大門〉が出資した。登記は村田家だから、役所でも中国人が住んでいる事実は把握していない。

『闇の取り立て人』の存在は、中国人社会では、つとに知られていた。貸したカネの取り立てから債権回収まで、依頼人が中国人であれば、なんでも引き受けた。客を中国人に絞った理由は、同胞の利益を守るという崇高《すうこう》な使命感からではない。

幇《バン》や華僑には共通した互助意識があるから、組織の存在があからさまになりにくい。ただ、それだけの理由だ。組織の名前もメンバーの顔触れも、電話番号すら明らかにしていない。

取り立てに困った人は、口伝えに梅華鎮の名前を教えられ、あちこち訪ね歩いてやってくる。店名や内装は立派だが、梅華鎮は組織の隠れ蓑だから、本格的に中国料理をやってはいない。ラーメン、炒飯《ちゃーはん》、餃子、麻婆《まーぼ》豆腐などの定番中華料理を、村田が一人でこなし、パートの女性がテーブルに運ぶ。

〈大門〉は一階の裏口をいったん出て、梅華鎮の玄関に回った。パートさんがお客の待つ奥の個室に導いた。

男は上下揃いのベージュ色の作業着を着ていた。顎の張った実直そうな顔付きだが、目の下が黒ずみ、憔悴《しょうすい》しきった様子だ。十四年前、軍から逃亡したときの自分の姿が重なった。

日本風に丁寧にお辞儀をし、カッターシャツの胸ポケットから抜いた名刺を、両手で差し出した。〈窯業《ようぎょう》用品卸・㈱洪本興業、代表取締役・洪志明《ホンジィーミン》〉とある。

「窯業用品って、何ですか」名刺を一瞥し、〈大門〉は切り出した。

「陶磁器に使う土や釉薬《うわぐすり》、薪、ガス、ガス窯《がま》。それから、公害にうるさい最近では電気窯。

登り窯の修理もやります。陶芸ブームのころは、作家だけで二万人くらいいるといわれました」

「いろんな商売があるもんですね。で、私に用件とは？」

「債権の回収です」洪が言いにくそうに呟いた。

「なんか裏付けになる書類は、お持ちですか」

洪が色褪《いろあ》せた手提げ鞄《かばん》から、四冊の売掛け台帳を取り出した。〈大門〉は首を傾げた。

「普通、債権回収の件で来る経営者は、不渡り手形や不渡り小切手を持ってこられますが」

「そこがウチの泣きどころなんですが、なんというか、いきおいに呑み込まれて……」

握り締めた拳を膝に乗せ、肩を竦《すく》めた。悔し涙が、ぽろぽろと拳の上に落ちる。

「どういう経緯があったんですか」

「伊豆に窯を持つ佐藤英明という陶芸家なんですが、日展や日本工芸展の大賞を総舐めにした男です。集金に行くと、カネはあるとき払いだと嘯《うそぶ》いて、取り合わないんです。個展をやると、七千万から一億の売り上げがある。その数字に、ウチも目が眩《くら》んだんですわ」

「総額で、いくらです」呆れた顔で〈大門〉は訊いた。

「三年間で二千万ほどです。中国、韓国から土を輸入したり、金箔も使っていました」

恥入る風情で、ぼそぼそと呟いた。外国人のハンデを背負った身で、佐藤英明に媚《こび》を売る洪の姿が目に浮かんだ。哀れだった。

「三年、入金なしですか」

〈大門〉は、まじまじと洪の実直そうな顔を見た。中国人にもこんな男がいるのか、と。

「数十万ずつ何回か、キャッシュで貰ったことはあります。骨董屋やデパートの美術部幹部を引き連れてヨーロッパに大名旅行に行ったり、そりゃ派手な生活をしてました。放蕩《ほうとう》が祟って本人は去年、亡くなりました。蓋を開けて分かったんですが、三億くらいの負債が出てきたんですよ。台所は火の車だったんですね」

「一陶芸家が、そんな大金を動かせるもんですか」

「伊豆山中に八千坪の土地がありますからね」

「八千坪！」〈大門〉は頭のなかで広さを思い描いた。東京ドーム二個分だ。

「茶碗一個に一千万の値が付いた時代があったんです。日本人みんなが狂っていたんです」

「土地の登記簿は、どうなってますか。抵当権が付いているでしょう」

「街金《まちきん》の抵当権が、べたべた付いてますわ」

「手形か借用書があれば。まったくないと難しいかもしれませんよ。物件の現状は、どうです？」

「占有屋が三人も入ってます」と申し訳なさそうに、小声で洪は囁《ささや》いた。

洪に目をやった〈大門〉は腕を組んだ。虚空《こくう》を睨《にら》んで、裏社会の情報網を辿り始めた。

佐藤英明の物件について、〈大門〉は若い衆に調べさせた。

*

占有屋は街金が頼んだもので、これは、たいして問題はないと踏んだ。だが、街金のバックには、やはりマル暴が控えている。マル暴とは暴力団を意味する警察の符牒《ふちょう》だ。

一週間後の六月三日、洪にふたたび足を運んでもらった。口の重い洪だったが、問わず語りに、佐藤英明について話し始めた。

佐藤は備前岡山の窯元《かまもと》に生まれた。最初は備前焼の小物を造っていたが、もともと意匠力にはなみなみならぬものがあり、土味で勝負する備前では満足できなくなった。

「日本の封建時代に、本阿弥光悦《ほんあみこうえつ》という美術家がおりました。この人が京都に鷹峯《たかがみね》という一種の芸術村を作ったのをヒントに、伊豆で同じ趣旨の村をやろうと考えたんですよ」

「ホンアミコウエツ」という語感を〈大門〉の耳が憶えていた。日本人にしては変わった名前だなと、そのときは思った。だが、誰に聞いたのか、思い出せない。

「開けっぴろげの、憎めない男でね。人脈が凄かったですよ」

政財界の大物や著名な蒐集家《しゅうしゅうか》がパトロンについた。タレント性が豊かだから陶芸専門誌や『アンアン』などから頻繁に取材を受けた。有名デパートで個展をやると準備期間中に業者が「売約済み」の札を付け、オープン当日には完売。怒って帰る客も少なくなかった。

＊

大震災から三月《みつき》を経過した。電話も繋がってきた。楊佳は、新たな情報があるたびに〈大門〉に連絡を入れる。

「どうも、肩透かしを食らった感じなんですが」楊佳は〈大門〉の反応を伺いつつ話した。

〈大門〉が楊佳の話に神経を集中している様子が、手に取るように分かる。

「石巻の大門吾郎なんですがね、けっこう評判がいいんですよ」多少の揶揄《やゆ》を込めた。

「どういう意味だ？　元暴走族じゃなかったのか」と〈大門〉の問い掛けが詰問調になる。

ここであまり大門吾郎を持ち上げると〈大門〉を追い詰めかねないと、楊佳は計算した。

「確かに、半グレだったんですが、悠木マリの事故以来、暴走族を解散して、グループごと人足斡旋業《にんそくあっせんぎょう》に鞍替《くらが》えしているんですわ」楊佳は〈大門〉の苛立《いらだ》ちを躱《かわ》そうとした。

人足斡旋業すなわち手配師。安手の労働力を必要とする中小企業に代わって、日雇い労務者の頭数を合わせる。企業から日当を預かり、手数料を引いて労務者に支払う。企業がいくら出しているのか、労務者には分からない。悪どい手配師だと、日当の何倍もの手数料をふんだくる。労務者から不満が出ると力で抑えるから、暴力団の資金源になり易い。

「石巻の海産物加工会社が依頼者で、東北の農家からの出稼ぎが労務者なんですが、両方の評判がいい。吃驚《びっくり》するのは、カネに困った出稼ぎに前金を払ったりしているんですよ」

どう受け止めるべきか〈大門〉が思案している様子だ。

「縄張りを荒らされていた後藤組としちゃあ、さぞ煙たい存在だったでしょうね」

楊佳は、後藤組に対する〈大門〉の注文が正確に伝わっていなかったか、もしくは悪者になりきれない〈大門〉を後藤組が手玉に取ったかの、どちらかだと読んだ。

「悠木マリには、会ったのか」〈大門〉の口調がいくぶん強張《こわば》っている。

「ボランティアとして会いました。『あの人が死ぬはずがない』と堅く信じています」

怖気《おぞけ》に近いものを〈大門〉が感じていると、楊佳は思った。

＊

〈ホンアミコウエツ〉の由来を、〈大門〉はじきに思い出した。

焼き物好きの御堂浩輝《みどうこうき》から、昔そんな話を聞いた記憶があった。

債権回収の件で御堂の力を借りるには、いささか逡巡《しゅんじゅん》があった。御堂に接すると〈大門吾郎〉に捜査の手が伸びる惧れがあった。藪蛇《やぶへび》である。

洪志明のうらぶれた姿が思い浮かんだ。商取引の基本がお粗末すぎると言ってしまえばそれまでだが、同胞として放っておけない危なっかしさが、洪にはある。

＊

東京赤坂みすじ通り。夜の赤坂を代表する歓楽街だ。

大きな料亭やナイトクラブが犇《ひし》めき合っている。ある雑居ビルの五階でエレベーターを降りた〈大門〉は、彫刻を施した立派な木製ドアの前に立った。看板もなにもない。ここかなと躊躇《ためら》いがちにブザーを押した。静かにドアが開き、黒いスーツ姿の男三人が出迎えた。

「呉春源さまでございますか。お待ち申し上げておりました」慇懃《いんぎん》を極めた声だ。

間接照明のやわらかい灯りが心地よい。五十坪はあるだろうか、五階フロア全体を利用している。中央には、ビリヤード台が二つ。左手奥にはスタンド・バーが設けてあり、なかに年配のバーテンダー。バーのそとには、和服姿の女性が控えている。女性は五十代半ばか。地味な大島紬が、色の白さを引き立てている。

壁面に余計な装飾は見当たらない。バーの横手にダーツが掛けてあるだけだ。右奥には大型テレビ。それを取り囲むように応接セットが五組、配置されている。

ヴェルサーチのスーツに身を包んだ恰幅《かっぷく》のいい男が、ソファに身体を埋《うず》めていた。御堂だ。テレビの画面に映る被災地の様子を、じっと見詰めている。〈大門〉は、やや緊張した足取りで、御堂へ歩み寄った。和服の女性とバーテンダーが深々とお辞儀をした。

「浩《こう》ちゃんと呼んでいいのかな」

御堂の脇に立って、遠慮がちに〈大門〉は声を掛けた。戸惑った目が〈大門〉を見上げる。広域暴力団大幹部の目ではない。瑞々《みずみず》しい青年の目だ。

「あれっ、春源やろ？」きょとんとしている。

「顔を変えたんだよ。名前も変えた。〈大門吾郎〉」柄にもなく〈大門〉は恥らった。

「なんぞ、あったんやな。〈大門吾郎〉か。ええ名前やんけ」

御堂がにこやかに笑って立ち上がった。大男二人は若者に返って、がっぷりと抱き合う。

「さあさ、掛けてくれ」御堂は大幹部の目に戻って手招きをした。

「那覇で会って、何年になるのかなぁ」〈大門〉は目を細めた。

「儂《わし》も、それを考えとった。十四年くらいになるんじゃろか」

「お飲物でもいかがですか」和服の女性が割って入った。

朧《ろう》たけた立ち居振る舞いが、様になっている。

「ガチガチに冷えたオリオン・ビールも、あるで」御堂が、にたっと笑った。

「相変わらず細かいところまで気の回る人だなあ。それ、いただくよ」

バカラのビールグラスに注いだオリオンをいっきに飲み干す。沖縄の、肌に食い込む陽光と芭蕉の木陰が、鮮明に目に浮かぶ。

「浩ちゃん、大出世だなあ。あんたの噂は、ときどき耳に入ってくる」

「結局、カエルの子はカエルちゅう世の定めなのかな」御堂が苦笑いをした。

「で、今日は、なにか用件があるとか……」

「だいぶん前だが、浩ちゃんから〈ホンアミコウエツ〉という言葉を聞いた記憶がある」

「うん、本阿弥光悦な。それが、どうした？」

「その人に倣《なら》って、芸術村を造ろうとした陶芸家がいると、聞いたと思うが」

「佐藤英明先生のことか？」御堂が視線を天井に向けた。

「そうそう、その佐藤さん。佐藤英明さんだよ」

「亡くなったと聞いたがなあ。豪快な人じゃった。儂も焼物が好きで、いろんな陶芸家と付きおうたが、あんなスケールの大きな人は、もう出んじゃろな……」

御堂が左手をポケットに突っ込み、取り出した煙草に火を点けた。

「で、佐藤先生が、どないしたんじゃ」煙草の煙を虚空に向かって吐き出した。

「芸術村を造るのに、大きな負債を残したらしい」

「その回収を春源――いや、〈大門〉が頼まれた、ちゅう話やな」

テレビの画面では、ビルの屋上に乗り上げたバスを下ろす作業を進めていた。しばしのあいだがあった。なにやら思いを馳せながら、御堂が小刻みに頷いた。

「浩ちゃんの組の系列が絡んでいるらしいんだ」

御堂の横顔を伺いながら、〈大門〉は声を潜めた。

「よっしゃ、分かった。その件は、ちょっと時間をくれんか」

〈大門〉は両膝に手を突いて、深く頭を下げた。

「さあ、十四年ぶりの兄弟再会や。色気のとこ、行こ行こ」

二人は三人の用心棒を従えて、みすじ通りに出た。五人の大男が大手を振って歩くから、酔客や綺麗どころが路傍に避《よ》けた。

〈大門〉の目が、他の通行人と違った動きをする男を捉えた。「呉春源」を追ってきた中国の刺客《しかく》が、とうとう追いついたかと慌てた。だが〈臭い〉が違う。刺客ではない。公安警察でもない。存在感がまるでない。ケモノの〈臭い〉がする。影のような男だ。

大きなキャバレーに入った。用心棒は三方に散った。ホステスが二人のあいだと両側についた。あらためて、ドンペリニョンで乾杯だ。ショータイムになり、大物の歌手、相馬《そうま》清《きよし》が舞台に立った。日本を代表する演歌歌手の一人。東北出身の朴訥《ぼくとつ》な男で、漁師の演歌を歌えば右に出る者がいない。紅白歌合戦の常連メンバーでもある。

二人のあいだに座ったホステスに、御堂が耳打ちした。

「舞台が撥《は》ねたら、清っちゃんに顔を出すように伝えてんか」

ホステスが席を立った。〈大門〉は腰をずらし、御堂と肩を並べた。

「浩ちゃん。あんた、尾行が付いてるぜ」

「うん、気がついとる。ヒットマンか？」眉間《みけん》に皺《しわ》を寄せ、御堂が訊いた。

「組関係とかヒットマンとかの〈臭い〉とは、違うな」

「何者やと思う？」御堂が〈大門〉の目を覗き込んだ。

「俺の見たところ、コマンドだな」諜報機関を思い浮かべながら、〈大門〉は告げた。

「コマンドて、諜報機関のか？」

「たぶんね。いつから気がついた？」

「もう何年もまえからやな。そういや〈大門〉は、バリバリの諜報部員やったんやな」

「あの手合いは、バックが大きいと見たほうがいい」

相馬清の出番が終わり、舞台はショーガールに替わった。

化粧を落とした相馬清が、腰を折りながら、近づいてきた。デニムのパンツに、地味なTシャツ、上っ張りに掛けた黄色のカーディガンが、オーラを発散している。

ホステスがざわめく。周囲の客たちの視線が注がれる。

「御堂さん、お世話になってま〜す」揉み手をしながら、剽軽《ひょうきん》な声を出した。

「おお、清っちゃん、お疲れ。こっち座りぃな」

「こちら、初めての方かしら」舞台での男っぷりとは裏腹に、女形《おやま》の身ごなしだ。

「沖縄に通っとったころからの、儂の舎弟《しゃてい》や」

「相馬で〜す。よろしくお願いしま〜す」〈大門〉に向かって丁寧にお辞儀した。

ステージそっちのけで、御堂と相馬は話し始めた。楽団が耳障《みみざわ》りで、断片的にしか内容は聞き取れない。

「……○○浜のほうじゃが、結局、○○市長の采配でな、……四千五百で話……」

「そりゃあ、よかった……当たってみた価値、あったわね」土地売買に絡む話のようだ。

＊

翌十一日、〈大門〉は外務省に電話を入れた。

「三十年ほどまえに、上海総領事館に勤めていた河野岩男一等書記官という方がおられます。連絡先を教えていただけませんか」努めてバカ丁寧な声で訊いた。

「個人情報になりますので、お答えできかねます」困惑《こんわく》の様子で、電話交換手が断った。

「上海でお世話になった者で、ぜひお会いしたいんですが……」しばらく待たされた。

「お名前を伺っていいでしょうか」

「鈴木健一と言います」台湾でつけてもらった偽の日本人名だった。

「鈴木様のお名前を河野に伝えまして、河野よりお電話を差し上げましょうか？」

「それは、いいアイデアだ」自分でも恥ずかしいほどの明るい返事をした。

「それでは、お電話番号をどうぞ」

番号を教えると〈大門〉は胸を撫で下ろした。中国の諜報機関と外務省、どこでどう繋がっているか分からない。〈大門〉にとっては、敵の本丸に電話を入れた心地だった。

＊

二日後の六月十三日、河野から電話があった。

「上海時代の方とお聞きしたが、どちらの鈴木さんでしたかな」

親しさを装ってはいるが、探りを入れている気配も感じる。

「梅龍鎮の彭さんをご記憶ですか」神に祈る気持ちだ。

「おうおう、彭さんね。記憶もなにも……」

「彭さんの家の隣だった、呉の息子です」

「村田さん兄弟をお連れした呉さんの家に、小さな坊ちゃんがおられた。名前が変わったのは、日本に帰化されたのかな？」

「そうです、そうです。日本に来て十四年になります。一度、お会いしたいと思っておりましたが、今回、こんなにスムーズに話が進むとは、思いませんでした」

＊

梅華鎮にあった二十年物の壺入り紹興酒を手土産に、〈大門〉は河野の自宅を訪ねた。立川市の郊外に広がる田園地帯のなかの、大きな農家だった。

「定年退職してから農家を買い取り、いまは晴耕雨読《せいこううどく》の毎日です」

刈り上げた白髪と作務衣が馴染《なじ》んでいる。役人の固さは、すっかり取れていた。

「彭爺さんに、私は人生を教わったようなもんです。でも、梅龍鎮の料理長だったころの出来事は皆目、分からないんです」

縁側に座布団を敷き、二人は向かい合って座った。

文化大革命時の彭爺さんの不遇、総領事館が匿《かくま》ってからの数々のエピソードを、河野が目を細めて話した。

話題が尽きると、

「どうです、畑でも覗《のぞ》いてみますか」と、磊落《らいらく》な様子で〈大門〉を誘った。

丹念に手入れされた畑には、大根の葉が青々と伸びていた。いまどき珍しい青虫が、水分をたっぷり含んだ葉に地図を描いている。

「ときに河野さんは、外務省にお知り合いはおられますか」と雑談風に、さりげなく切り出した。河野が青虫を抓《つま》んで遠くに放り投げた。

「いなくもないが……」〈大門〉の真意を推し量るため、時間稼ぎをしているのだろうか。

「私の知り合いに、どうしようもないのがおりまして、御堂浩輝というんですが、外国の諜報機関に追われているようなんです」

「ほう、鈴木さんは、どえらい男とお知り合いなんですなぁ」河野の目がキラッと光った。

「お手数を掛けますが、ちょっと調べていただきたくて……」

「それくらいの用事なら、お安いご用ですが」

一週間が経った六月二十日に、河野から電話があった。

「定年退職したとはいえ、私にも守秘義務があるので、ご質問も今回限りにしていただけませんかな」明らかに、前回とは変わった事務的な語り口だ。

「分かりました」と、〈大門〉は姿勢を正し、受話器を持ち直した。

「御堂浩輝さんは、なにか沖縄に関係がおありですか」

「沖縄に南国の楽園を造ると言ってます」

「アメリカの国防総省《ペンタゴン》が、ひどくナーヴァスになっている。極東防衛戦略、平たく言えば在日米軍基地の敷設を妨害していると捉えているらしい。君も、この件からは手を引いたほうがいいと思うが」

恭しく〈大門〉は礼を言った。これで御堂へ借りは返せる。

「それでは、お元気で」河野の声は乾いていた。

もう電話はしてくるなよと、言外に匂わすよそよそしさだった。当然ながら、鈴木健一なる帰化中国人の在否確認くらいは取られただろうと、〈大門〉は思った。

第二章　〈大門吾郎〉を追う『中央テレビ』

七月一日。会議室には靄《もや》が立ち込めたような紫煙《しえん》。翌週の出演者を交えた企画会議は、もう四時間も続いている。鴨野の携帯電話が鳴った。苛々《いらいら》しながら受話器を耳に当てる。

「よお、カモちゃんか」プロデューサーの大川だ。

でっぷりした体躯が思い浮かぶ。腹が突き出ていてベルトではズボンを支えきれない。いつも格子模様の吊りバンドを肩に掛け、ワイシャツの腕をたくし上げている。

「相馬清が記者会見をやる。キャメラを連れて、ホテル・オオクラに回ってくれんか」

鴨野にとっては、どうでもいい芸人さんだった。

「いま、忙しいんすけどね。報道に行ってもらえませんか」

「報道から回って来たんだよ。ワイドショーのネタだって」

報道が、価値なしと判断したネタを回してきた〈蔑《さげす》み〉が、カチーンときた。

手空きのキャメラマンと助手に声を掛け、いやいやながら取材車に乗り込んだ。

どうせ芸能生活〇十周年とかの企画発表だろうと、タカを括っていた。

〈どっちみち、オレの出る幕じゃない〉

ワイドショーのディレクターをやっていながら、芸能ネタをバカにしていた。

会場に着いて、吃驚《びっくり》した。宴会場の大部屋は、各社のスタッフがスタンバイして、物々しい雰囲気だ。芸能人の記者会見に特有の、華やかなムードがまるでない。

テレビ、夕刊紙、週刊誌が顔を揃えているのはいつものケースだが、日刊紙社会部の強《こわ》面《もて》連中が、演壇の前の折り畳み椅子にふんぞり返って、足を組んでいる。

「なんだ、こりゃ？　社会部が来ているからには、刑事事件か？」

〈暴力事件を起こす歳ではない。飲酒運転をやるほど、バカでもない〉

「ねえ、なにかあったの」顔馴染《なじ》みの他社スタッフに声を掛けた。

「分からんのよ、それが。発表までは極秘みたいよ」

極秘と聞いたからには、社会部に一報を入れておかねばならない。なにかの事件に絡んでいる可能性がある。

芸能ニュースとはいえ、いまをときめく歌謡界の大御所だ。記者会見するとなれば、それなりの理由があるはず。重病か覚醒剤《シャブ》か暴力団か。いずれにしても、一級の社会部ネタには違いない。

「まさか、シャブでパクられたとかじゃないだろうな」鴨野はＡＤ《アシスタント》に指示した。「念のため、本社の報道部に状況を連絡しておいてくれ。あとで、とやかく言われたくない」

定刻になっても主役が現れない。楽屋でなにか揉めているのか。会場がざわめいてきた。発表内容を巡って、まだ調整が続いているのか。鴨野も不安になってきた。

「やるのか、やらねぇーのか、はっきりしろよぉ」

こういう記者会見では一人や二人、ガラの悪いのが混じっていて、引っ掻き回す。七分遅れで、相馬清が弁護士に伴われて登場した。顔が蒼褪《あおざ》め、まるで生気がない。

「本日は突然のご案内にも拘《かか》わらず、お集まりいただき、誠にありがとうございます」

弁護士が厳かに口火を切った。煮ても焼いても食えない報道陣に対峙《たいじ》し、威圧で乗り切ろうとする強い意志が感じられる。

「ファンの皆さまには、ひとかたならぬご声援を賜ってまいりましたが、相馬清が引退を……」

「オイ、本社報道へ連絡」鴨野は抑えた声でＡＤに命じた。

相馬本人に替わった。舞台では着物姿が多いが、今日は、地味なスーツにネクタイだ。オーラを発散する、いつものにこやかな笑顔も、消え失せていた。

「不本意ながらファンの皆さま、報道各社さまを裏切る形になりますが、私、相馬清は、一身上の都合で、引退する運びとなりました。永年のご支援を、心より感謝いたします」

きりっとした眉、彫の深い目鼻が歪み、涙で目が光った。

「ご質問がありましたら、挙手のうえで、お願いします」

司会者が広い会場を見渡した。若い女性が勢いよく手を挙げた。芸能レポーターだ。

「なにか、重篤《じゅうとく》な病気に罹《かか》られたんでしょうか？」

日ごろから飲み食いに誘われているのだろう。妙な馴れ馴れしさが感じられる。

「健康上の問題は、ございません。理由につきましては後日、お話しさせていただきます」

「ありがとうございます」と芸能レポーターは芝居がかったお辞儀した。

「それでは、これで、記者会見を終わらせていただきます」

これ以上の質問を遮《さえぎ》ろうと、司会者が高圧的に宣言した。

「ちょっと待ってくれよ」とドスの利いた声を上げて、やおら立ち上がったのは、鋭い切り口で知られる朝読《あさよみ》新聞社の記者だ。

上着を椅子の背に掛け、ワイシャツの右腕をたくし上げている。この手合いは、記者会見に足を運んだからには、クビの一つも下げて帰らなければ、治まらない。

「これだけの人間を動かしておいて、一方的に終わりはないだろう。息の掛かった芸能レポーターと連《つる》んで、見え見えの出来レースだぞ」

司会者は弁護士の顔を窺った。弁護士がしぶしぶと頷いた。

「それじゃあ、短めにどうぞ」司会者が眉間に皺を寄せて促した。

「相馬さん。貴方は過去にも何回か、暴力団との癒着《ゆちゃく》が噂になりましたよね」

太い腕を上げて相馬を指差した。まるで検事のような物言いだ。

「酒席で近くの席になればご挨拶に伺います。それを癒着と言われるなら止むを得ません」

「僕らの耳に入ってくる情報は、そんなチャチなもんじゃありませんよ。引退のホントの理由は、何ですか」朝読社記者は、ここぞと一気に切り込んだ。

「本人の言ってるとおり、そういう事実はありません」弁護士が決めつけた。

鴨野は、不思議な気がした。

〈暴力団云々を言い出したら、いまの芸能界、みんな引退しなきゃならん。これは、もっともっと根の深い問題が潜んでいるに違いない〉

朝読の記者に続いて、他社記者が二人、質問に立った。応答は堂々巡りで埒《らち》が明かない。仕舞いには怒号まで飛び交う、後味の悪い記者会見だった。

鴨野たちがドアを擦り抜けるとき、某社の記者が脇の記者に耳打ちしている声が聞こえた。

「オレは、内調《ないちょう》絡みと聞いているがな……」

正式名称は内閣官房内閣情報調査室。総理大臣直属の日本版CIAといわれるが、規模は遙かに小さい。警察庁や公安調査庁からの出向者が大半を占める。本社に戻り、鴨野はパソコンに〈七月一日、相馬清引退発表。内調絡みか?〉と打ち込んだ。

相馬引退のニュースは、その夜から全国を駆け巡った。地方公演をやると数千万円を売り上げる、超人気歌手だ。ニュース番組でマイクを向けられた市民が「ええーっ、なんでぇ」と一様に驚きの表情だ。

＊

七月二日。〈大門吾郎〉は事務所のソファに寝そべってテレビを観ていた。突然、画面に現れた相馬清のクローズアップに驚き、上体を起こした。

記者会見の内容を注意深く聞いたが、要領を得ない。暴力団幹部との癒着《ゆちゃく》というが、相手は御堂浩輝だろうか? 赤坂のナイトクラブで会ったとき、土地がどうこうと話していたが、なにか関係があるのか? 河野の話だと御堂をマークしていたのは米国防総省だと……。

〈そういえば近ごろ、蛭《ひる》みたいにオレを付け回す男がいるが、なにか繋がっているんだろうか〉

御堂に連絡しようと、手探りで携帯を探した。携帯のほうが、さきに〈大門〉を呼んだ。携帯はソファの下に落ちていた。発信者を見ると、久々の楊佳だ。

「大きな動きでも、あったかな」さりげなく訊いたが、楊佳の情報はなに一つ聞き逃せない。

「いやぁ、日が経つに連れ、被害の全容が分かってきて、みんな、右往左往です。でも、瓦礫《がれき》の整理も進んできましたので、ここいらで足を運んでいただけませんか」

「悠木マリの動向は、どうだ？」いまやマリは、〈大門〉にとって最大の関心事だ。

「オレも同じ施設に入りまして、いろいろ情報も集めてます」同じ施設とはまた、あまりにも付きすぎかなと気になった。とはいえ、虎穴に入らずんば、という故事もある。

「分かった。二、三日中に段取りをつけて、行こう」〈大門〉は気を引き締めた。

＊

カッと照りつける太陽を、楊佳は恨めしげに見上げた。七月五日の午後は、夏の陽射しが半袖の白い肌に食い込むような暑さだった。

コンクリートの護岸の内側は雑草が生い茂り、小振りの向日葵《ひまわり》が三つ、雑草に負けてなるかと肩を張っている。

地震と津波は一万八千人もの人々の命を奪った。人々の魂が向日葵の花に姿を変えて、無念を訴え掛けている。わずか四ヵ月弱まえの大惨事が嘘のようだった。

楊佳と〈大門〉は、護岸の上を歩いた。水産加工団地には、まだ堆《うずたか》く瓦礫《がれき》が積み上げてあるが、道路のみがきれいに掃き清められていた。

復興の第一歩は、道路だ。道がなければ、物資の運搬すらままならない。

水産加工団地の背後は小高い山だ。山の上は平らで、住宅団地になっている。こちらは無傷だ。地震直後に山に駆け上った人と、加工団地に留まった人とで明暗を分けた。人の運命の厳しさを、ひしひしと感じさせる光景だった。

農家が隣の畑に滑り込むように、斜めに倒れている。大きめの俎板《まないた》に足を付けた焼香台がある。野球帽を被った老人が、しゃがんで線香を上げていた。台の上にはメロンや西瓜《すいか》、バナナなどが置いてある。

写真立てに入っているのは、車椅子の少年と母親らしい女性の写真だった。ボンベらしきものが置いてある。不思議に思って、楊佳が見詰めていると、老人が振り返った。

「お孫さんですか？」楊佳は遠慮がちに尋ねた。

「足の悪い子でね。車椅子から落ちないように、いつもベルトで縛っておいた」

「すると、そのボンベは？」楊佳は息苦しさを感じながら訊いた。

「酸素ボンベじゃ。さぞ苦しかったじゃろうと思ってな。まあだ、オナゴも知らんと逝《い》ってしもうた」

「隣の女性は、お母さんですか」

「いやいや、アカの他人のヘルパーさんじゃ。逃げようと思えば、時間はいくらでもあったろうにな。孫の車椅子にしがみ付いてな。箪笥《たんす》の下から出てきた。ご自分のお嬢ちゃん二人を残して、孫に付き添ってくださった」

もう涙も出尽くしたか、老人は淡々と呟いた。楊佳と〈大門〉は合掌《がっしょう》して、そろそろとその場を離れた。

楊佳は小脇に挟んだスクラップ・ブックを開いた。

「いいですか。いま僕らが立っている場所が水産加工団地です。これが震災前の写真です」

いろんなカタログから切り抜いたのだが、開いたスクラップ・ブックに貼ったカラー写真を、楊佳は指差した。何枚もの写真が、なんらかのストーリーを物語っている。

「イメージしてみてください。大門吾郎は、ここで日雇い労働者の斡旋《あっせん》をしていました」

「これ、お前がレイアウトをしたのか？　写真を集めるだけでもたいへんだったろうに」

見開きのバランスを考えながら、割り付けている。楊佳は照れ笑いしながら頷《うなず》いた。

「こんなもんでも、けっこうな時間が掛かっているんですよ」

「凄い才能だね。お前にこんな緻密な仕事ができるとは思わなかった。進む道を誤ったな」

満足そうな〈大門〉の表情を見て楊佳は嬉しかった。

「これは○○小学校と○○中学校。つぎのこれが、家族写真。祖母の米寿《べいじゅ》の記念写真です。写真館にネガが残っていたんで焼いてもらいました。気の毒に、全員が故人です」

「これは、何だ」〈大門〉が眉を寄せて訊いた。バイクのカタログだった。

「暴走族時代の愛車です。カワサキの販売店で貰いました」スクラップは三冊に及んだ。

「ずいぶん苦労して集めてくれたんだね」〈大門〉が楊佳から目を逸らして訊いた。

こういう人あしらいの上手さが〈大門〉の魅力なんだな、と楊佳はつくづく思った。

「実家は、どこだろう？」あたりをひととおり見渡しながら〈大門〉が話題を切り替えた。

「ちょっと、さきなんですが、近所の人たちが戻ってきています。あまり近づかないほうがいいでしょう。水産加工団地と同じ状態だと思ってください」楊佳は付け加えた。

「つぎに悠木マリですが、運よく同じ施設に潜り込めたのでいろんな事情が分かってきました」

悠木マリは障害者として施設に入所したのではなく、高齢者のための特別養護老人ホームに介護者として入っていた。職員だから戸籍謄本や履歴書を提出しなければならない。

そのコピーを楊佳は〈大門〉に手渡し、ワンボックス・カーのエンジンを掛けた。

「気の毒な娘なんです」ハンドルを握りながら楊佳は、ゆっくりと語り出した。

「父親は石巻で漁師をしていたんですが、マリが三歳のとき、海難事故で亡くなっています。母一人、子一人で、貧しい幼児期を過ごし、青春期には一時グレた経歴もあったようです。その母も、今回の震災で、犠牲になりました」

自分の青春時代がダブって、楊佳の言葉が詰まった。

「大丈夫か？　なんだか、余計な心労を掛けたみたいだね」〈大門〉が気遣った。

「ホレ、さきほど行った水産加工団地。母親は、あそこで働いていました。不祥事は重なるもので、父親の海難事故のつぎは、娘のマリが交通事故に遭って失明したんです。何度も自殺未遂を繰り返すマリの、心の拠りどころになったのが、大門吾郎だったんです」

声が裏返った。楊佳は俺らしくもないと、感情の流れを切り替えた。

「お前にも辛《つら》い思いをさせたね。誰にだって重い過去はあるもんさ」〈大門〉が慰めた。

「すっかり足を洗って、堅気《かたぎ》になろうとした大門吾郎ですが、仕事がない。加工団地の人材斡旋業を世話したのが、マリの母親だったんです」

「労使双方の評判がよかったのは、そういう背景があったんだな」

助手席に座り、窓のそとを眺めていた〈大門〉が、残念そうにポツリと呟《つぶや》いた。

「それからというもの、マリは人生を前向きに考えるようになり、福祉の仕事を探したんです。でも、失明したヘルパーを雇ってくれる事業所なんか、ないですよね。一計を案じて施設に申し出た条件が、給料半額。スポーツでいう、プレイング・コーチですね」

「目が見えないのは、本人にとってはたいへんな重荷だよな。仕事ぶりは、どうなの」

「それがね、すごい娘なんですよ。百人くらいいる入居者の名前をしっかり覚え、目が見えないのに、雰囲気で個人を識別するんですわ」

「勘が鋭いんだな」〈大門〉が怯《ひる》んだ。ときに勘の鋭さは、目開《めあ》きより怖い。

「ここです。施設に着きましたよ。庭まで含めると二千坪はあります」楊佳は胸を張った。

楊佳は静かにブレーキを踏んだ。特別養護老人ホームは、欧風建築を模《かたど》った瀟洒《しょうしゃ》な鉄筋コンクリート二階建てだった。庭を大きくとってあり、一部に菜園を造っている。庭の周囲には柊《ひいらぎ》を植えて生垣《いけがき》にしてある。内部の様子がよく見渡せるところに、楊佳はワンボックス・カーを停めた。

建物の一階部分に大広間があって、テーブルが三十卓、並べてある。食事や娯楽用だ。大門吾郎は、ここを何度も訪れて、マリと時間をともにしたはずだ。

「花の好みなんかも、分かったかな」庭の花を眺めながら〈大門〉がさりげなく訊いた。

「花はワインレッドの薔薇《ばら》です。花壇の薔薇はマリが植えたものです」

「食事の好みは？　食物アレルギーの食品を勧めたりすると、他人だと即座にばれる」

「好みは魚介類ですね。アレルギーについては、機会をみて訊いておきます」

突然、庭に続く扉が開いた。車椅子のお年寄りが、介護者とともに庭に繰り出した。天気がいいから野外活動でもやるのか。最後に板状の楽器を抱えた介護師とマリが出てきた。

「ほら。あれが悠木マリです」楊佳は指差した。

〈大門〉が唖然《あぜん》とした。楊佳の耳には「ピーシャー」と呟いたように聞こえた。

マリは誰の手も借りずに一人で歩いている。焦げ茶色の地味なセーターに黒いパンツ。長い黒髪をバレッタで留めている。

「かなり美人だね。中国の知り合いに瓜二つだよ」ようやく言葉になった。

「そばに行くと、色気が匂い立ちますよ」楊佳は、ちょっと自慢してみた。

「あの大きな板は、何だい？」動揺を隠すつもりか、声色を変えて〈大門〉が尋ねた。

「あれは琴《こと》です。家は貧しかったんですが、将来は芸事でも食っていけるようにと、子どものときから母親が習わせたそうなんです」

庭に設《しつら》えた木の台に同僚が琴を横たえ、マリは絃の調律を始めた。お年寄りに馴染《なじ》みの深い懐メロを演奏した。皆に唱和するように誘い掛け、マリ自身もよく通る声で歌った。

＊

何曲か演奏したあと、〈大門〉にとって、とても懐かしいメロディーが耳に入った。〈大門〉は助手席の窓ガラスを下げた。心臓の鼓動が昂まる。日本人が歌う『早春賦』を初めて耳にし、思わず涙が零《こぼ》れた。八音盒《オルゴール》で聴く金属性のメロディーとは、一味《ひとあじ》も二味《ふたあじ》も違う。

子どものころ、上海で見た日本人観光団の、なにかおどおどとした控え目な優しさを感じた。

悠木マリの姿が、碧霞のイメージに重なる。お年寄りの荒《すさ》んだ心を慰めるため、全霊を込めて絃に向かう姿は、人の心の穢《けが》れとはまったく縁のない、碧霞そのものだ。

「老板、どうかしましたか？」楊佳が〈大門〉の異変に気付き、訊いてきた。

「いやいや、八音盒にある曲が出たんで、驚いたんだ」

楊佳に覚られないように、目を拭った。〈大門〉は不思議な感興《かんきょう》に囚《とら》われた。直接に手を下したのではないにしろ、自分が生き延びるため殺してもらった男の恋人が、いま、目の前にいる。それればかりか『早春賦』を弾いている。

人を殺すという行為に、罪悪感は覚えなかった。いや、人民のための国家を守るには、敵を倒すことに正義感すら感じてきた。その自分がいま、罪悪感に苛《さいな》まれている。

この真摯《しんし》な娘、マリになにか、してあげられないだろうか。

マリの願いは、たった一つ。行方不明の恋人、大門吾郎との再会だ。マリの願いを叶えてあげるには、大門吾郎として〈大門〉が名乗り出ればいい。しかし、そんな冒涜《ぼうとく》行為はできない。〈大門〉は本物の大門吾郎に成りすまして、のうのうと生きている。

マリはあらゆる手段を講じて、恋人・大門吾郎を探し続けるだろう。自らの人生を擲《なげう》って、捜索に全力を注ぐに違いない。たった一人ではあっても、マリの情熱は、〈大門〉を追う人民解放軍の執念を凌《しの》ぐかもしれない。悠木マリを、〈大門〉は心底、怖いと思った。

いずれマリが〈大門〉をアカの他人だと気付き、化けの皮を剥がそうと、目の前に立ちはだかるだろう。そのときのために、楊佳に命じてマリに纏《まつ》わる情報を集めさせた。

だが、マリを知れば知るほど、マリの真摯《しんし》な生き方に惹かれていく自分を、〈大門〉は自覚してもいた。「憐憫《れんびん》」に過ぎなかった関心が、いつのまにか「愛情」に膨れ上がっていく。

「老板」と、呼び掛ける楊佳の声に〈大門〉は我に返った。

「気になる件があるんですが、最近、交通違反か事故に遭っていませんか？」

「心当たりは、ないなぁ。素性がばれるから、交通違反は極力しない習慣だけどね」

「じつは、大門吾郎の安否照会を出していたマリの許に、『大門生存』の連絡があったんです。出所は宮城県警なんですが、コンピューターに誰かが入力したらしいんです」

〈大門〉は雷に打たれた思いだった。宮城県警と言われれば、あのときしかない。

「思い当たるフシが一つある。被災地にお前を行かせたあと、矢も楯も堪らない気分になって、自分で救援物資を運んだんだ」

「そんな経緯があったんですか。知らせてもらえば、迎えに行きましたのに」

「電話が繋がったのは、だいぶ経《た》ってからだよな。被災地は盗難が多いと警察官に止められたんだが、身分証明書がないから、大門吾郎の運転免許証を見せたんだ」

「それですね。老板らしくない勇み足ですね」楊佳は顔を顰《しか》めた。

「なんとか被災地に入りたい一心だった。整形手術を受けて間もないときだったから、有《う》頂天《ちょうてん》になっていたんだよな」

悔やんだところで身から出た錆《さび》だ。また一歩、マリが近づいてきた。目の前のマリが、いまにも声を掛けてきそうに思えた〈大門〉は楊佳に車を出すよう促した。

＊

鴨野純造は憂鬱《ゆううつ》だった。ワイドショーの視聴率が、近ごろは下がりっぱなしだ。これは、というネタは他局に先取りされる。このままでは、いつお払い箱になってもおかしくない。会議室の折り畳み椅子を向かい合わせに並べ、その上に足を投げ出して、天井を睨《にら》んだ。首に掛けた携帯電話が鳴った。鴨野は携帯を耳に当てた。

「仙台の悠木マリと申します」

単語を一つずつ区切って発音する。老人ホームに勤めている盲目の介護師。遙か彼方を見詰めるような眼差しが、人の心を惹きつける。

鴨野は全身に緊張が走って、座り直した。

「悠木さん。探しておられる方は、見つかったんですか？」

「それが……。生存確認は一応できたんですが、所在がまったく分からなくって」

「生存確認は、どうやってとったんですか」

「宮城県警から連絡がありました。震災直後に、救援物資を届けに来たそうです。でも、なぜ私に会いに来てくれないのか、分からないんです」

鴨野の鼻がピクピクと動いた。これは、大きなネタになる。

「マリさん、この件は他の局に話されましたか」

「いいえ。テレビ局の方は、鴨野さんしか存じ上げておりません」

「二、三日中に伺います。ウチでやらせてください」

鴨野は手応えを感じた。うまくいけば感動の再会ドラマだ。しばらく低迷してきた視聴率を覆《くつがえ》す、絶好のチャンスだと鴨野は確信した。

＊

鴨野にとって七月十日の東北出張は、大震災後、五回目だった。

幸いにも津波に襲われなかった地域は、着々と復興が進んでいるかに見えた。駅前でタクシーに乗り、悠木マリのいる特別養護老人ホームに向かった。

玄関を入ってすぐ左手の面会室に通される。悠木マリに会うのは、二度目だ。地味な紺色のTシャツに黒いパンツで現れた。ドアを開き、丁寧にお辞儀をして、鴨野の向かい側の椅子に腰掛けた。

盲目の女性が、老人ホームで働きながら、震災で行方不明になった恋人を探す。ワイドショーでは確実に視聴率が取れるネタだ。一語一語を区切って、ゆっくり話す習慣は、変わらない。高齢者の世話をするのだから、自然に身に付いたのだろうか。

「大門吾郎さんと言いましたっけ、生存確認ができて、よかったですね」

「でも、なんで吾郎は、私に会いに来てくれないんでしょうか？」

「生存確認をしたときの詳しい経緯は、やっぱり分かりませんか」

「被災者の親、兄弟、親戚、友人、ボランティアの人たちが、何万人も押し掛けてきたわけでしょう。身元確認のために、警察官が免許証の提示を求め、本人と確認したうえで、コンピューターに入力した。それだけなんです」

「そこです。なぜ、免許証なんでしょうね」鴨野は鴨野なりに、曖昧《あいまい》な点を整理していた。

「石巻市渡波町の人間だ、家族を救いに行く――と言い張れば、通してくれたでしょうに」

「検問のそばに救援本部があって、ワンボックス・カーと救援物資を預けているんです」

マリにとっては、何度も何度も反芻《はんすう》した場面なのだろう。鴨野は心が痛んだ。

「救援物資を届けに来たと言ったために、他府県の者と思われたんじゃないでしょうか」

「なるほど」鴨野は頷いた。マリが、じれったげに続けた。

「救援物資提供者の『芳名録』には、石巻市渡波町、大門吾郎と書いてあるらしいんです。黒いワンボックス・カーで、足立ナンバーなんです」

「ええーっ、足立ナンバーの黒い車。そこまで分かっているんですか」

「だから、いろんな状況を想像してしまうんです」マリが妄想《もうそう》を振りはらうように大きく首を振った。

「大震災のあとは電気も点《つ》かない、テレビも観られない。口伝えの情報が刻々と入ってきますが、沿岸部が大津波でごっそりやられたらしい、という噂だけ。目が見えれば、石巻まで飛んで行ったのに、なにもできない、もどかしさ、遣《や》る瀬《せ》なさ、情けなさ。分かっていただけます？　その夜は、とうとう、まんじりとも、できませんでした」

身を刻まれる苦悩が蘇《よみがえ》ったのか、焦点の合わない大きな目から、はらはら涙が零《こぼ》れた。

「生存確認が取れてからというもの、苦悩が和《やわ》らぐどころか、別な苦しみに囚《とら》われる毎日です。ほんとうに吾郎は、生きているのでしょうか？　生きているのなら、なぜ会いに来ないのでしょうか？　若い女に助けられ、その女と恋仲になったんじゃないでしょうか？　記憶喪失になったのかもしれない」

「生きてさえいれば、の一念ですよね」精一杯の鴨野の慰めだった。

ハンカチーフを取り出して、目を拭いながら、マリが続けた。

「津波に浚《さら》われて、鉄骨に頭をぶつけたんじゃないかとか、車に閉じ込められて、酸欠になったんじゃないかとか。ならば、こちらから探してやらなければならない。最後に、鴨野さんにお縋《すが》りしてみようと決断したんです」

ふぅーっと大きな溜息《ためいき》をついた。緊張が解け、少々投げ遣りでふしだらな姿勢になった。

「ワンボックス・カーに救援物資を積んで、わざわざ東京から来たと言うのがね、腑に落ちないですね」鴨野は顔を顰《しか》めた。

「記憶喪失だとすると、免許証の住所を頼りに駆け付けた。でも、私の存在は、すっかり忘れている……」マリの体幹がぐらっと倒れかけた。だが歯を食い縛って、姿勢を保った。

「これは一つ、参考までに聞いておいて欲しいんですが」鴨野は冷静に切り出した。

「過去の大災害のときに、こんな前例があるんです。役所の戸籍台帳が紛失しますから、アカの他人が、死者と入れ替わるんです。でもいまはできません。石巻の戸籍原本は、小高い場所にある仙台法務局石巻支局に同じものが保管されてますし、石巻市役所そのものも、ビルの二階以上にあって、ほとんど被害を受けてないんです。さらになにが起きても大丈夫なように、東日本分は大阪に、西日本分は東京に保管されています。」

遠くを眺める視線を、マリはまっすぐに鴨野に向けた。

「救援物資を運んできて、わざわざ免許証を出すなんて非常識でしょう」

悲しみが怒りに替わった。怒りをどこにぶつけていいか、分からない。

「う〜ん」と唸って、鴨野は腕を組んだ。

ひょっとしてこれは、震災とはなんの関係もない事件や、一人狂言のセンかもしれない。

「私は、吾郎はかならず生きていると、信じています。記憶喪失になっているか、まぁ、こんなケースは考えたくありませんが、新しい恋人ができたとか……」

「吾郎さんは元暴走族でしたよね。敵対グループとか地元暴力団とかと、なにかいざこざが起きていませんか」

ちょっと首を傾げてから、マリは答えた。

「吾郎は水産加工団地の、人材斡旋をやっていましたが、最近、地元の後藤組が邪魔をすると、ぼやいていましたね」

〈後藤組による、なんらかの関与の可能性はないか？〉

鴨野は手許のノート・パソコンに〈後藤組の現在状況を調べる〉と入力した。

「生きていて、なにかのワケがあって、私に会いに来られない。でなければ、自分が誰なのかが、分からない」マリは一呼吸をおいて姿勢を改めた。

「鴨野さん。吾郎の写真を、テレビの画面に流してください。かならず情報提供があると思います。警察にもお願いしたんですが、無理だの一点張りなんです。基本的に警察は、行方不明者はすでに亡くなっていると見ています」

「でも大門吾郎さんは、警察のコンピューターでは、生存者なんですよね。矛盾してますね」

警察は、事件の捜査には血道を上げるが、他人の心のなかには入っていかない。ならば、オレが一肌脱いでやる。

「ところでマリさんは、吾郎さんの写真をお持ちですか？」

「あります」マリが胸元に手を突っ込んで、ロケット・ペンダントを取り出した。

胸元の肌の白さが、鴨野の目を射すようだった。マリが器用に写真を取り出し、鴨野に手渡した。どこかの観光地で撮ったスナップ写真を切り抜いたものだった。

「ネガは保管されているんですか」

「探せば出てくると思いますが」

「しばらく、お預かりします」鴨野は老人ホームをあとにした。

第三章　鴨野ディレクター、〈大門〉の《謎》に挑む

つぎの訪問地は、『中央テレビ』の仙台支局だ。大震災後、ワイドショーの取材で全面的な協力を受けて以来だ。支局長以外は、女性事務員が、伝票の山と格闘しているだけ。約四十坪の部屋は相変わらず雑然としている。

「おお、カモちゃん、お久しぶり。お土産は？」馬鈴薯《じゃがいも》みたいな顔で、支局長は迎えた。

「お土産どころじゃないよ。ネタなくて困ってんだから」

支局長の座っている応接セットのソファは、破れた部分に粘着テープが貼ってある。

「応接セットも、いいかげんに新調したら」毒づきながら、鴨野は向かいに腰掛けた。

「お客がおカネ落としていくわけじゃないから、ガラクタでいいんだ。で、今回はなんの用なのさ」読みかけの新聞を畳んで、支局長が身体を起こした。

鴨野は悠木マリ訪問の一部始終を話した。

「それ、行けるよ。大震災も、原発問題に擦り変わってきたでしょう。毎日、暗いニュースばっかりだもんね。『感動の再会ストーリー』なんて、いいねェ」支局長が膝を叩いた。

「でも、いろいろと問題もあるんだ」鴨野は、マリから預かった写真を支局長に手渡した。

「あっら、イケメンだね」支局長は馬鈴薯の顔をさらに歪めた。

「記憶喪失じゃないかって、マリは言うんだよね」

「なおさら、いい。ドラマチックで」四十男が純な少女のような目をした。

「後藤組事件のあと、組は、どうなってますか」

「大震災後、組長が殺されたね。未解決だったよな。物証がわんさと残っているし、犯人《ホシ》はすぐ挙がると見られていたんだけど、いまだに解決してないな」

支局長がかったるそうに立ち上がり、スチール棚からスクラップ・ブックを取り出した。自社系新聞社の記事を項目別に貼り分けてある。

「まだ、こんな面倒くさい作業やってんですか。コンピューターで簡単に検索できるのに」

「うーん、そうなんだけど。オレ、コンピューターって、だめなんだ」

支局長は太った身体を縮めて、いそいそと頁《ページ》をめくった。太い蓮根《れんこん》みたいな指先を目で追いながら、鴨野は期待に胸をときめかせた。

「あったあった。いいかい、ポイントを読み上げるよ」支局長の顔が紅潮している。

「三月十五日火曜日、午前四時ごろ、福島県白河市の東北自動車道、下り阿武隈《あぶくま》ＰＡ《パーキング》内で、暴力団の抗争と思われる事件が発生した。被害に遭ったのは仙台市に根拠地を置く後藤組の後藤剛組長と組員二人。ベンツの正面から散弾銃で襲われ、三人とも即死。ＥＴＣによれば、三人は前夜、所用で出掛け、帰りに同所で仮眠を摂っていたと見られる」

支局長は、さらに数頁をめくった。

「おっ、まだ出ているぞ」子どもっぽい弾《はず》んだ声だ。

「福島県警の調べでは、後藤剛組長の乗った車は、三月十四日午後八時半、仙台南ＩＣから東北自動車道に入り、翌午前一時に首都高速に移った。また、同一時四十分に千住新橋から首都高速に戻り、東北自動車道を北上。阿武隈ＰＡで休憩中だった経緯がＥＴＣやＮシステムにより判明した。なお、車のトランクからは最近のものと思われるルミノール反応が検出された」

「ずいぶん忙しい動きをしているんだよね。八時間ちょっとで東京を往復している。しかも、大震災の直後だ」

鴨野の頭に、ある可能性が閃いた。

「大門はロボトミーの手術を受け、東京におっぽり出されたとは考えられないかな」

「脳の一部を破壊して、狂暴者を従順にするってやつね」

「カモちゃんは、後藤組事件と大門事件が関連あると見ているの？」

「なんとなく、そんな気がしているだけ」

鴨野の頭に、阿武隈ＰＡで会った福島県警白河署の神作幸一《かみさくこういち》刑事の顔が浮かんだ。携帯電話を取り出し、番号を押す。初めは面食らっていたが、

「ああ、あのときの……元気でやっているか？」と声の調子が変わった。

「捜査の進捗《しんちょく》は、いかがですか？」遠慮がちに、鴨野は訊《き》いてみた。

「捜査上の秘密があるから詳しくは言えんが、物証は山ほど出てきた。だが、この犯人は前科《まえ》がない。DNAも採れているのに、記録に残っていないんだよ」

鴨野は肩を落とした。そう簡単に後藤組事件と大門事件が繋がるとは思わなかったが、神作に丁寧に礼を告げて電話を切った。

「この行程だと目的地は都内だよね。帰りの高速入口が千住新橋だから、小菅《こすげ》の東京拘置所か」新聞記事を追っていた支局長が呟いた。

「まさか死体を乗っけて、東京拘置所はないだろ。ただね、マリの話だと、大門が救援物資を積んできた車が、足立ナンバーの黒いワンボックス・カーだってのも、気になるね。千住新橋は、足立区のド真ん中だもんな」鴨野は首を傾げた。

「カモちゃん、せっかく仙台まで来たんだから、宮城県警の暴対課長に会っていく？」

正確に言えば組織暴力対策局・暴力団対策課だ。暴対課長に、面会予約の電話を入れた。

「暴対課の鬼原《きはら》課長は口数の少ない男でね。かといって無愛想でもない。酒が入ると自慢話が止まらないクチだ」

「そういえば県警にも用事があるんだ」鴨野は後藤組の存続が気掛かりだった。

県警本部は宮城県庁の南側にある。二人は歩いて出掛けた。青葉城から吹き降ろす夏の風が噎《む》せ返るようだ。

玄関で待っていると、縦縞のダークスーツを着た大男がエレベーターで降りてきた。

坊主頭にサングラス。暴力団員かと思い、ひ弱な鴨野は脇に避けた。大男は二人の前に立ち塞がり、「どうぞ」と挨拶をした。なんのことはない。暴対の捜査員だった。

〈どうも刑事ドラマが大ヒットしたあたりからだな、マル暴の刑事がヤクザ紛《まが》いの格好をして、肩で風切って歩き始めたのは〉鴨野は苦笑した。

鬼原課長は小兵《こひょう》ながら目が鋭い。数々の武勇伝があるのだろう。

「今日は新任サンの紹介かな」と笑顔を作りながら、デスク脇の応接セットに招いた。

「本社のワイドショーを担当している鴨野君です」鴨野は恭《うやうや》しく名刺を差し出した。

さっそく鴨野は、身体を乗り出して用件を切り出す。

「大震災直後に起きた後藤組長殺害事件ですが……」

「ああ、あれねぇ。福島県警に捜査本部が立っているけど、あの手口は、やっぱり暴力団の抗争だろうね。手際《てぎわ》が緻密《ちみつ》でいながら、荒っぽい。プロの仕業だ。この種の事件は、加害者も被害者もダンマリを決め込んで、うやむやになる場合もあるんだよ」

「後藤組の周辺で、なんかトラブルでもあったんですか」

「あそこは後藤が、関西から出てきて纏《まと》めた新参の組だ。在来の組と小競り合いは、しょっちゅうだな。最近では、仙台でも中国人実業家が伸《の》してきたんだが、中国人を集めて賭《と》場《ば》を開いたりしていたんだよ」

中国では沿岸部、内陸部の所得格差が、問題になっていた。福建省あたりの低所得者層も不穏な動きを見せている。低所得者層の一部は中国の大都市に出稼ぎに出るよりも、所得が段違いに良い日本への密航の道を選んだ。

東京の新宿歌舞伎町は、あっという間に占拠され、後続者たちは地方都市に拡散した。

「後藤は気仙沼とか石巻のワルを手懐《てなず》けて組員にしたんだが、組織が固まってないから纏《まと》まりが悪い。内輪揉めも絶えないそうだ」鬼原課長は腕時計に目をやった。

「ちょっと申し訳ないが、これから会議なんだ。後藤組に詳しいのを紹介しますよ」

と、エレベーターで迎えに来た坊主頭の大男を呼んだ。

「田中君、ちょっと。こちらは『中央テレビ』さん。後藤組の内情を訊きたいそうだ」

支局長と鴨野は顔を見合わせた。紹介しながら、もう上着の袖に片腕を突っ込んでいる。

「田中樹《しげる》といいます。さきほどは、どうも」

鴨野は名刺を差し出した。慌てて田中も取り出した。巡査長とある。

意気込んだ鴨野は質問を連発する。

「後藤組の現状は、どうなってます？」

「お山の大将を掻き集めた組だから、空中分解ですわ。組事務所も人手に渡り、別なビルが建っていますよ。被災地はいま、青田刈りでね。広域暴力団の北上《ほくじょう》やら近隣からの参入で、さながら戦国時代ですかねェ」

「三月十四日の後藤剛の足取りですが、変だと思いませんか」

田中刑事が一瞬びくっと怯《ひる》むほどの勢いで、鴨野は突っ込んだ。

「変というと、捜査に見落としがある？」田中刑事がムッとして大きな身体を乗り出した。

「十四日の午後八時半に、仙台南IC《インターチェンジ》を通過して東京に向かっていますよね。裏付けは、ETCとNシステムの検索でしょう」田中の反応を確認しながら話を進める。

「翌十五日の午前一時に首都高速の料金所を潜っています。このあと首都高速の入路記録は、同日の午前一時四十分、千住新橋から東北道下りに向かっています。東京滞在、わずか四十分弱ですよ」鴨野は田中刑事を追及する口調になった。

「しかも、車のトランクからは、ルミノール反応が出ている。死人か怪我人を運んだんでしょう。千住新橋といえば小菅のそばですが、この辺に事件のカギがある気がするんですよ」鴨野は一気にまくし立てた。

支局長が心配そうに見守る。

「トランクの血液型からはすぐにDNAが検出されているが、前科《マエ》のある奴に、該当者はいない」田中刑事はソファに仰《の》け反《ぞ》り、足を組んだ。

「つまり暴力団に無関係な人物かもしれない？　僕は後藤組の残党のなかに、この事件の全貌を把握している人間がいると思うんですよ」田中の顔色を伺いながら、鴨野は訊いた。

「そう。知っていても、警察には言わない。とくに、やられた場合には組の恥だからね」

「後藤組長の懐刀《ふところがたな》というと、誰でしょうね」鴨野は探りを入れた。

わざわざ県警に足を運んだ一番の目的は、これを訊き出すことだ。

「ナンバー2は雷達《レイダー》という中国人だ。通称、ライター。なかなかの切れ者で、在日中国人相手にシノギの道をつけた。でも、若い衆には人望がない。冷酷すぎるのかな」

田中刑事はソファの肘掛けに肘をつき、手の甲で顎を支えた。じっと鴨野の目を見詰める。質問の真意を探ろうとしている目付きだ。

〈シメタッ〉と思った。外見は平静を装いながら、内心、鴨野は小躍りした。後藤組と大門吾郎になんらかの接点があるとすれば、キーパーソンは、中国人・雷達に違いない。

「その雷達はいま、なにをしているんです？」

「組員のほとんどが他の組の盃を受けているんだが、雷達だけが、なにをやっているのやら。ぶらぶらしている。本来なら、組を継ぐ男なんだがね」

「雷達に、ちょっと会ってみたいっすね」

「冗談じゃないよ。また、警察と暴力団の癒着なんて、あんたがたに叩かれるがね」

もう勘弁してくれよ、とばかりに苦笑いしながら、田中刑事は自分の席に戻っていった。

＊

東京に戻った鴨野は『特別番組・あの人はどこに？　震災で恋人を失った盲目女性の記録』の企画を組んだ。画像は山ほどある。放送作家と打ち合わせ、画像の編集を急がせた。

大門吾郎の写真は、マリのロケット・ペンダントから抜き取ったものだ。

放送開始。鴨野の握った掌に汗が滲む。

三分三十秒。助手のヘッドフォンに交換台から電話。情報提供の第一報だ。情報提供者の姓名、住所、電話番号を控え、番組終了後に局から連絡する手はずになっている。

情報提供は七通あった。なかに浅草と書いたメモがあった。千住新橋に近い。鴨野は期待しつつ、電話を入れた。

「花子でぇーす」甲高い女の声だ。鴨野は、ぶっ魂消《たまげ》た。深呼吸して切り出した。

『中央テレビ』の鴨野と申します。お電話ありがとうございます。まず、大門吾郎さんと花子さんのご関係は？」

「ご関係だなんて。単なるお客とホステスの関係よ。浅草六区のバー《クスクス》っていうの」鴨野は確かな情報だと睨んだ。ガセネタ提供者は、自分の情報は出さない。

「伺いますよ。お店は何時からですか」

「七時からなんだけど、五時に開けて待ってまぁーす」

鴨野はマリに電話をかけた。

「マリさん、早速、情報が入っています」

「信憑性の高い情報はありますか？」

「浅草、バー《クスクス》、花子、の言葉になにか心当たりがありますか」

「まったくありません」マリのがっくりする様子が、電話越しに伝わってくる。

「追ってまた連絡を入れます」受話器を置くと同時に、鴨野は局を跳び出した。

一つ引っ掛かったのは、浅草という地名だ。後藤組は千住新橋で高速を降りている。千住新橋で国道四号に移り、三ノ輪で四六二号に入れば、浅草まで一直線だ。

しかし、浅草が目的地であれば、千住新橋で降りるよりも、向島あたりで降りたほうがよさそうなものだ。後藤組の向かったさきを浅草に絞り込むのは早計だと、鴨野は戒めた。

約束の時間、鴨野は《クスクス》のドアを及び腰で開けた。

「あら、らっしゃーい。ほんとうに来たのね」待ち構えていた花子の声だ。

「『中央テレビ』の鴨野です」さっと店内を見渡す。七坪くらいだろうか。

カウンターとテーブル席に分かれている。鴨野はカウンターの椅子に浅く腰掛けた。

「ねぇ、ウチも営業中ってことで、ボトル・キープ、お願いできないかしら？」

「えーっ、ボトルですか。取材費で落とせるのかなあ。ま、一番安いのでお願いします」

「ごめんね。ダルマにしとくわね」花子はオールドとマジック・ペンを差し出した。

鴨野はラベルに『カモ』と書いた。花子が壁面のキープ棚を振り返った。

「そうそう、〈大門さん〉のボトルもあるわよ。ほら、これ」

鴨野は気色ばんだ。「ちょっと見せてもらって、いいですか」

シーヴァスリーガルには、太い字で『大門吾郎』と誇らしげに書いてある。

鴨野は奇異に感じた。いま、鴨野はオールドに『カモ』と書いた。普通、こういう店で、本名を書くだろうか。イニシャルだとか、綽名《あだな》とか、イラストにするんじゃなかろうか。よほど自己顕示欲の強い人物なのか。鴨野はシーヴァスを携帯写真に収めた。

「あら、なんの話だっけ。そうそう〈大門さん〉の話ね」

「大門さんって、いつごろからのお客さん？　ボトルをキープしているからには常連かな」

「そうねぇ、ここ四ヵ月ってとこかしら」

鴨野は、テレビで放映した大門のオリジナル写真を、花子に見せた。

「この人に間違いないですか」鴨野は期待を込めて訊いた。

「あらま、ずいぶん若いね。ちょっと違うような気もするけど、人間、顔は変わるからね」

「どこに住んでいるとか、勤め先だとか、なにか小耳に挟んだ情報はありませんか」

花子が小首を傾げていると、入口のドアが開いた。俯《うつむ》いた老人が黙って入ってきた。人生の重みを両肩で支えている足取りで、カウンターの奥に座った。

「いらっしゃい、シモンさん」早口で挨拶して、花子が鴨野に向き直った。

「鴨野さんだったっけ。あんた、運が強いわねぇ。こちら、ウチの常連さんでシモンさん。〈大門さん〉と一緒に、仙台に救援物資を届けた方よ」

「ええーっ、ホントですか」鴨野は吃驚《びっくり》して立ち上がった。

急いで名刺を取り出し、両手で差し出した。シモンの隣に陣取り、大震災から《クスクス》に至るまでの取材の経緯を話した。

「〈大門君〉の話といってもなぁ、本人の了解もなしに、喋っていいものかどうか」

いきなり話題の中心に据えられ、シモンが不機嫌になった。

「大門さんご自身にとっても、恋人の悠木マリさんにとっても、悪い話じゃないと思うんです。なんとしても僕は、二人を再会させたい」

花子が、申し訳なさそうに口を挟んだ。

「ちょっとぉ、鴨野さん。もうダルマ、空になったわよ。シーヴァスでも入れとく？」

〈ひぇーっ早い！　花子、自分で飲んだな〉

「ううう一っ。イヤだなんて言えないだろうがっ！」唸りながら、鴨野は計算した。

いままで、もっとも大きかった謎——被災した大門が、なぜ足立ナンバーの車で救援物資を届ける破目になったのか、を知る張本人に遭遇した。どきどきと心臓が大きな鼓動を打つ。

「シモンさんが乗った車は、黒いワンボックスでしたか？」

「色は覚えてないが、確かに、ワンボックスだったね」

「足立ナンバーでしたか？」鴨野の質問が早口になる。

「車のナンバーなんか、いちいち見ないものだよ」ムッとしたように、シモンが答えた。

シモンは大門とともに、被災地を往復した第一級の証人だ。怒らせてはならない。

「大門さんが運転し、シモンさんは助手席でしたね？　仙台まで四、五時間と思いますが、途中、どんな話をしました？」

「あまり話はしなかったな」しばし無言が続いた。焦るな、焦るなと鴨野は自らに言い聞かせた。感動のあまり、つい詰問調になったと、鴨野は反省した。

「シモンさんは花巻のご出身なのよ」間を取り持つように、花子が口を添えた。

「検問での様子を、聞かせてください」

「なんの用事で来たかを、まず警察官に聞かれたね。救援物資を届けに来たと〈大門君〉が答えると、すぐそばの救援本部に届けるよう指示された」

「救援本部では住所、氏名を書き込む台帳がありますよね」

「それは〈大門君〉が書き込んだ」

「大門さんがご自分で書いた……。間違いないですね」また大声になった。

シモンが不快そうに頷いた。鴨野は椅子に座り直した。

「救援物資を載せたワンボックス・カーを、救対に預けた。それから、どこに行かれた？」

「あのねえ、〈大門君〉がなんか悪事でも働いたの？　〈大門君〉は車に救援物資を満載して、わざわざ届けたんだよ」シモンの顳顬《こめかみ》に青筋が浮き出ている。

「ごめんなさい。ついつい訊問《じんもん》みたいになりました。あのですね。さきほどの経過説明では端折《はしょ》ったんですが、大門さんにはマリさんという恋人がおられるんです。その方が、懸命に大門さんの消息を追っているんです」

「会わせてあげたいわね」花子が、しおらしく囁《ささや》いた。

シモンの表情の動きを追いながら、鴨野は話を続けた。

「生存は確認できたんですが、なぜ、マリさんに会いに行かないのか。記憶喪失になったか、新しい恋人ができたか。それで、マリさんはウチの局に助けを求めてこられたんです」

「記憶喪失とかって雰囲気じゃなかったけどなあ」シモンが腕を組んで眉を寄せた。

「マリさん、盲目なんですよ」鴨野は止《とど》めを刺した。

さっと空気が固まった。花子が鼻を押さえた。

「アタシだったら、気が狂っちゃうわ」

「〈大門君〉はね、車にノーパンクの折り畳み自転車を積んでいたんだよ。〈大門君〉は、被災地に入る心算《つもり》だった。でも、警察官に呼び止められた……」

「そこなんですよ。なぜ大門さんが被災地まで行きながら、マリさんを訪ねなかったか」

思わず鴨野は叫んでしまった。

「ボランティアを装った火事場泥棒がだいぶん入っているからって、身分証明書の提示を求められたんだ」記憶の糸を手繰り寄せるように、シモンが目を瞑《つむ》って呟いた。

「そのときの大門さんは、どんな様子でした」鴨野は畳み込んだ。

「しばらく困ったような顔をしていたが、〈免許証がある〉と喜んでいたような」

「うーむ……」鴨野はカウンターに両肘を突き、頭を抱え込んだ。〈自分自身が大門吾郎だ〉と自覚している人間が、こんな局面で免許証を思い出して、喜んだりするものだろうか。記憶喪失になった者なら、自分の写真の載った免許証に気がついて、嬉しくなる。あり得ない話ではない。でも、なぜ記憶喪失になった人間が、東京なんかにいるのだ？

「その後、石巻まで行ったんですか」

「津波の押し寄せた境目あたりまではね。あまりの惨状に、驚いて引き上げたんだ」

〈おかしい〉鴨野は直感的に思った。親兄弟がまだ生きているかもしれない現場までやってきて、あまりの惨状に驚いて帰ってこられるだろうか。

鴨野だったら、どうだろう。どんなに制止されても目的地に辿り着き、夜も寝ないで捜索に当たったはずだ。やはり大門は、記憶喪失になっていたと見るほうが順当なのか。

そう考えたとき、ある閃きが電光のように走った。

〈確か、悠木マリは、後藤組が大門の仕事を邪魔するとぼやいていた。もしそうだとしたら、大門は後藤組によって、たとえばロボトミー手術を受け、記憶喪失にされた。あの夜、メルセデスのトランクに積まれ、東京足立区に、おっぽり出されたか〉

これだと、見事に辻褄《つじつま》が合う。〈いやいや、そうではない〉鴨野は思い直した。

〈後藤組に繋げるなら、これは犯罪になる。犯罪にしては筋が綺麗すぎる。人間の欲望、怨念、嫉妬、裏切りなどの、どろどろした澱《おり》が絡んでくるはずだ〉

「シモンさん、もう一つ伺いたいんですが、被災地への往復のあいだに、大門さんがマリさんを話題にしましたか？」

「そういえば、一度もなかったな」シモンが大きく頭《かぶり》を振った。

大門吾郎は大門吾郎であって、大門吾郎ではない。つまり蛻《もぬけ》の殻だった。

《犯罪には匂《にお》いがある》報道部にいたころからの、鴨野の〈取材哲学〉だ。血の匂いだったり、火薬の匂いだったり、廃油の匂いだったり、腐肉の匂いだったりした。ときには香水というケースもある。

ところがいま、ガラス一枚を隔てて身近に感じている大門吾郎には、まったく匂いがない。これは、どういう意味だ？　大門が記憶喪失になったとの仮説は、まず間違いのないセンだろう。それでもなお拭いきれない、もやもや感。これは、なんなんだ。

常識では考えられないほどの救援物資を携え、被災地に乗り込む行動力。その一方で、あまりの惨たらしさに恐れ慄《おのの》き、ひょこひょこと引き上げてくる腰の軽さ。

《贖罪《しょくざい》》という言葉が、鴨野の頭にふたたび閃いた。自分の犯した罪を贖《あがな》うことだ。救援物資の多さが、罪滅ぼしを連想させた。しかし、誰に対する贖罪なのだろうか？　考えれば考えるほど、迷路の奥に嵌り込んでいく。

自分の携帯番号を花子に教え、大門吾郎が現れたら連絡してくれるよう依頼した。鴨野は《クスクス》を出た。

小糠雨《こぬかあめ》が降っていた。煌《きら》びやかなネオンが路面に反射している。大きな収穫を得たようで、その実、具体的な情報はなにもなかった。大門吾郎がどこに住んでいるのか、どんな暮らしをしているのか、知りたいネタはなにも得られない。心にぽっかり暗渠《あんきょ》を抱えたまま、そぼ降る雨のなかを、とぼとぼと歩き出した。

＊

鴨野純造は《クスクス》で見聞きした話を、マリに電話で伝えた。電話の向こうで悠木マリの泣いている気配が伝わってくる。目が見えないだけに、想像が無限に膨らんでいくのだろう。生存の期待だけではなかったはずだ。真綿で首を絞められる夢も、一度や二度ではなかったろう。この一件は、なんとしても自分の手で解決しなければ。鴨野は肝に銘じた。

「吾郎さんがキープしたボトルのサインがあるんですが、筆跡確認するための吾郎さんの手紙なんんか、ありますか」

「手紙なんて、くれる人じゃなかったから……」

マリは、しばらくなにごとか考える風だった。どんな些細《ささい》な記憶でもと、鴨野は祈った。

「救援物資を届けたとき、救援本部の芳名録に住所、氏名を書き込んでいるんですよね」

「その筆跡は、記憶喪失後のものでしょう」鴨野は念押しした。

他人の〈成りすまし〉のセンも、まだ捨てたわけではない。鴨野は震災前の吾郎の筆跡が欲しかった。でも、この件については曖《おくび》にも出せなかった。マリの心を掻き乱すのが、あまりに忍びなかった。

「救援本部にワンボックスを預けたとき、その車のナンバーも書き込んでいるんです」

記憶を辿るように、マリが言った。

〈しまった〉鴨野は慌てた。その事実を、すっかり忘れていた。

ナンバーが分かれば、所有者の住所、氏名は陸運局で調べられる。

「うっかりしていました。すぐに当たってみます」

芳名録の欄外に、車のナンバーも控えてあるとマリは指摘した。

〈芳名録って、どこに保存してあるんだろう〉

仙台支局に応援を仰ごうと、とりあえず支局長にメールを送った。

自分のデスクに戻った。『尋ね人』の目撃情報が堆《うずたか》く積まれていた。この手の情報提供を視聴者に求めるたびに、鴨野は人間に、底知れない恐ろしさ、悍《おぞ》ましさを感じる。

とくに逃亡犯についての情報提供の場合は、人間不信になるほど酷かった。信憑性のある情報と思って訪ねると、ごく普通のサラリーマンだったり、女子大生だったりした。なんの恨みか分からないが、そこまでして人を貶《おとし》めようとする提供者の心の闇が怖かった。

〈どこそこに住む○○が怪しい〉という類《たぐ》いの情報は、まず、眉唾《まゆつば》と思ったほうがいい。

まともな情報には、自分の住所、氏名が書いてあるものだ。机の上に積んである用紙をパラパラめくっていくと、やはり中傷、悪戯《いたずら》が、これでもかこれでもかと出てくる。

なかに興味深い一枚があった。

〈この人にお会いした憶《おぼ》えがあります。その後、どうなったか気になっています。河野〉と丁寧な字で書いている。住所の下にカッコ付きで、元外務省勤務とある。

すぐに電話してみた。発信音が十回鳴っても繋《つな》がらない。数回、試みたが、不在のようだ。鴨野は、その紙を抽斗《ひきだし》にしまった。

仙台支局長からの返事は、翌十三日に来た。

「カモちゃーん、芳名録、あったよー。宮城県庁に。車のナンバーも分かった」

「ほんとですか。大門の残した、貴重な〈物証〉ですよ」

「でもなんか変なんだ。とにかく大門吾郎が書き込んだ芳名録のコピー、すぐに送るよ」

FAXがカタカタと動き始めた。手に取ってみる。

〈大門吾郎　石巻市渡波町《わたのはちょう》〇丁目〇番〉

さらに欄外に車のナンバーが、〈足立ろ〇〇〇〇〉と異なる筆跡で書いてある。係員の書き込みだろうか。どこが変なのかなぁと思いつつ、支局長の携帯番号を押す。

「分かったぁ？」いきなり大声だ。

「変なところ、ありますかね」

「いやだねぇ。『石巻《いしのまき》』の『巻《まき》』、これ、おかしいでしょ。よほどのレトロ爺さんでなければ、いまどき、こんな旧漢字は使わないよ」

「すると大門の脳は、レトロ爺さんに替わっている。なんだか、オカルトじみてきたなぁ」

「……カモちゃん、あんた迷路に嵌《は》まっちまってるね」

言われてみれば、その通りだった。沈黙を破って支局長が提案した。

「ねぇ、仙台にいらっしゃいよ。こんどは国分町あたりで派手にあそぼ。カモちゃんの悪い癖で、虫眼鏡《むしめがね》を持って取材するようなとこ、あるでしょ。付き過ぎちゃうんだよね。行き詰まったら、いったん離れて、全体を見直さなきゃダメだ」

鴨野にとっては、大門吾郎という男の実像がどうにもこうにも摑めない。まるで無機質なのだ。人間としての温もりとか、滑稽さ、惨めさ、冷酷さ、そんなものが、ぜんぜん伝わってこない。たとえて言えばロボットのような。まったく別な人格に操られているような。そんな人間ってありうるのだろうか。存在しうるのだろうか。

人は、どんなに引っ込み思案な性格であっても、他人との関わり抜きでは生きていけない。他人と関わることによって、喜びや悲しみ、楽しみや苦しみ、恋しさや憎さ、羨望や嫉妬などが、その人物の存在感を浮き彫りにする。

それが、ない。本人がそうしているのだろうか、それとも周りが、そう仕向けているのだろうか。本人の性格によるものならば、時間が解決する。だが複雑な背後関係があったり、事件絡みだったりすると、抜き差しならない事態になりかねない。

〈やはり、皆の知恵も仰いでみよう〉

「手許の仕事を片付け、明日か明後日には伺います」鴨野は電話に向かって敬礼した。

仙台に向かうまえに、済ませておかなければならない件があった。黒いワンボックス・カーの所有者確認だった。陸運局で、すぐに分かった。所有者は千住の住人。後藤組のメルセデスが首都圏で用を足し、帰路、ふたたび高速に入ったのが千住新橋の入口だった。この千住という街に、なにかある。さっそく電話を入れる。

「はーい、メイファーツェンで〜す」中年の男の声。

「突然で恐縮ですが、『中央テレビ』の鴨野と申します」取材の意図を簡潔に説明した。

「それで、ご用件は？」緊張でピリピリした空気が伝わってくる。

「お宅でワンボックスの黒い車、お持ちですよね」

「あったと思いますが」空っとぼけた声だ。

「大震災後、盗難にあったとか、誰かに貸した憶えは、ありませんか？」

「さぁ、どうでしょうか。息子が乗り回しているものですから」

「大門吾郎という名前に、お心当たりはございますか」

「さあて、聞いた覚えがありませんな」声がときどき、震えている。

なにかが隠されていると、鴨野は睨んだ。

〈やはり後藤組長殺害事件と、大門吾郎には、なんらかの接点があるのだろうか。だが、その接点が特定できない〉大門吾郎を確実に射程距離に捉えているのに、実像に焦点が合わない。〈千住に、なにかがある〉鴨野はパソコンに打ち込んだ。

＊

古木《こぼく》をふんだんに使った梁《はり》、弁柄格子《べんがらごうし》を模した座敷の仕切り、手作りの和紙提灯《ちょうちん》。それらがしっとりと落ち着いた雰囲気を醸している。仙台・国分町でも名の通った老舗《しにせ》料理屋に鴨野が着いたとき、悠木マリと支局長は世間話の穂を繋いでいた。

「カモちゃんが来るってんで、マリさんも呼んでおいた」支局長が切り出した。

「例の石巻なんだが、じつは僕、大学は中文専攻なんだ。それで恩師にも当たってみたんだけど、意外な事実が分かったよ」真面目な話になると、支局長の声にドスが効いてくる。

ここで仲居が料理を運んできた。

「港があんな惨状なもので、遠洋物ばかりになって、申し訳ありません」

仲居が、マリの手を導いて、料理の説明と食器の位置を教えた。仲居が去っていくのももどかしげに、支局長が箸袋を開いて、ウラの白地にペン先を走らす。

「普通、石巻って書くとき、『石巻』って書くよね。でも大門君は『石巻』って書いているんだ。これは、日本では新漢字と旧漢字の違いなんだよ。旧漢字は中国字ってわけ」

鴨野はマリの手を取り、掌に二つの文字を書き分けた。

「漢字の改定に反対する一部の人や、昔の人が旧漢字に拘《こだわ》るのは分かる。けれど、若い人が『石巻』って書くのは、やはり変だって」支局長は、これを手掛かりとしたい意向だ。

「マリさん、なにか心当たりはありますか」祈るような気持ちで鴨野は訊いた。

「さあ、どうでしょうか」途方に暮れた表情だ。

「ただ『巻』という字は、あくまでも日本人が造った和製漢字なので、中国人や台湾人が書くときは、誰が書いても『巻』となるはずだ。先生は、そう仰《おっしゃ》るんだ」

支局長がマリの表情を凝視した。

「大門君が中国系か台湾系という根拠は、ありませんか」

「そういう話は、聞いた記憶がありません。私の勤める施設に楊《ヤン》ちゃんという華僑《かきょう》の男性がいますが、とても気配りが細かくて信頼できる人です」マリがクックッと笑った。

〈えっ、気心の知れたマリの同僚に華僑?〉鴨野は意表を突かれた。華僑とは中国を離れて生活する人々で、広東省や福建省出身者に多い。

「楊ちゃんが、旧漢字を書くのは当たり前だとして、どんな目的があるのでしょうか。そんな手の込んだ細工をするとは思えません」

「その楊ちゃんって、マリさんのお友達?」

「いえ震災後に、ボランティアで施設に入った人です」

支局長が、ちょっと落胆の表情になった。楊ちゃんが大門の代わりに芳名録に記入した可能性はないか、鴨野は思考を巡らせた。

「楊ちゃんが、大門さんのお知り合いだとは、考えられませんか？」

「あり得ないと思いますが……」

鴨野はパソコンに〈楊、華僑〉と打ち込んだ。

「マリさん自身に、テレビ出演を願うのはどうだろう？」支局長が丁重に持ち掛けた。

「困ります。行方不明者の方が何千人もおられるのに、私だけというわけにはいきませせん」

マリが強く首を振った。マリの本心ではないと、鴨野は踏んだ。

「それは、違う」即座に支局長が反論した。

「大門君と貴女が対面する感動によって、行方不明者の家族がどれだけ希望を与えられるか、全国の視聴者が、どれだけ元気づけられるか」

沈黙が続いた。マリは背筋を伸ばしたまま微塵も動かない。なんとかマリに、踏ん切りを付けてもらいたい。もうひと押しだと鴨野は思った。

「吾郎さんは手を伸ばせば届く距離にいるんですよ。もう一歩、踏み込めばいいんですよ」

「お任せします」流れに身を委《ゆだ》ねるほかないと観念したか、マリが深々とお辞儀した。

鴨野は、わざわざ東京から足を運んだ目的が達成されたと北叟笑《ほくそえ》んだ。この美貌とハンディキャップだ。間違いなく感動と高視聴率を取れる。

「そろそろ、お暇《いとま》します」とマリが呟いた。

両肩を寄せ、恐縮を装っているが、口許に漂う喜びは隠しきれない。

三人が表に出た。支局車両部の若者が待機していて、マリを施設に送っていった。

大通りをふらふらと歩み始めた鴨野を、支局長が呼び止めた。

「おいおい、本番は、これからよ」にやけた顔で、支局長が笑っている。

「まだ仕事が残っているんすか」鴨野は、ぼやく。

路地に入る。旧い雑居ビルのエレベーターで六階に上がる。けばけばしい原色のネオンで《ラビリンス》と店名が出ている。迷宮という意味だ。

「迷宮に嵌まったカモちゃんを救わんがため、迷宮に誘《いざな》う。毒を以て毒を制す、だっ」

支局長が、なんだか訳の分からない駄洒落《だじゃれ》を口走っている。

店は二百坪ほどの広さ。三十人ほどのホステスは、腰まで切れ上がったチャイナ・ドレスだ。こんなに広い店で客は五組のみだ。一人のホステスがタンブラー二つとお搾《しぼ》り二本を持って、かったるそうに現れた。

「いらっさーい。おしぼりで、よく手を拭くよ」投げやりな態度だ。「指名しますかぁ」

「王恵文《ワン・フウイウェン》に電話してある」そっけなく支局長がホステスに告げた。〈へぇーっ。支局長にお気に入りの女がいるのか〉と、鴨野は支局長の横顔をまじまじと見た。

「雷達の女を指名してある」支局長が目の端に鴨野を捉えながら、毅然《きぜん》と言い放った。

「雷達の……女と……会うんですか？　雷達にばれませんか」鴨野は、ぎょっとした。

「元の女。いまは別れている。県警の暴対で聞いたんだ」

一人の女を伴って、恵文が女王のごとく歩いてきた。腰を突き出し、胸を反《そ》らせて歩く。最も美しい歩き方を知っている。

小柄だが、連れの女より一回り大きく見える。彫の深い顔。瞳孔の奥へ人の魂を惹き込む、蠱惑《こわく》的な目。三十過ぎだろうが、生気がない理由は目の下の隈のせいか。

「なんだって、雷達なんかに興味を持つのさ。蛇みたいに執念深い男だよ」

煙草に火を点け、恵文が鴨野の顔に煙を吹き掛けた。

「後藤組のナンバー2って聞いたが」

鴨野には、恵文の正体がよく分からない。恐るおそる訊いた。

「残忍さでは、トップだね。抗争相手の捕虜を、生きたまま解体したそうだ。シャワーのように血を浴びてね。立ち合った後藤組長さんが反吐《へど》を吐いた、って話だよ」

さきほどのホステスがドンペリを持ってきて、勝手に栓を抜いた。地獄絵を想像していた二人には、ドンペリを拒む余裕なんかなかった。

「最近の事件かい」鴨野の声は上擦《うわず》っていた。

「雷達といいま、付き合っているスケから聞いた。そんなんだから、組長が殺されたあと、雷達が二代目に就こうにも誰も従《つ》いてこない。人間の血が流れてないんだよ、雷達には」支局長があまりに静かだ。振り返ると、もう一人のホステスの太腿から股間に手を突っ込み、おっぱいにしゃぶりついていた。恵文ともう一人の女を店から連れ出した。勘定を済ませ、領収書を貰った。脇から覗くと、ゼロが五つ並んでいた。

「これ、支局の接待費で落としておくから」

「えっ、そんな芸当もできるんですか」素っ頓狂《とんきょう》な声で、鴨野は叫んだ。

「いつまで経ってもウブね、あんた」支局長が片目を瞑《つぶ》った。

「そんな裏ワザができれば、僕も出世できるんでしょうね」鴨野の精一杯の皮肉だった。

ビルから三十メートルほど離れたラブホテルに、四人はしけ込んだ。

恵文がシャワーを使っている浴室に、鴨野はずかずかと入っていった。老練なエロ事師を気取った心算だった。女が恥ずかしさに身体をくねらせた。

「歳のワリに、身体のセンが崩れているでしょう?」

「綺麗《きれい》な身体しているよ」鴨野にとって、そんな些事《さじ》は、どうでもよかった。

三年ぶりの生《なま》の女だ。立ったまま恵文の片足を持ち上げ、いきなり押し込んだ。大量の精液が迸《ほとばし》って、あっけなく終わった。

「あんた、おっそろしい早漏《そうろう》だね」蔑《さげす》みの表情で恵文が目をくれた。

「オレ、女に慣れてない」

「ま、いいわ。じっくり仕込んであげる」

古ぼけた、木製の宮付きダブルベッド。布団も、いかにもといった、けばけばしいシロモノだ。黴《かび》の臭いが漂ってくる。

恵文は素っ裸で仰向けに寝て、煙草を燻《くゆ》らせた。その横で肘枕をした鴨野は、及び腰で恵文の股間を愛撫している。

「雷達はね、蛇頭《シェートウ》という、福建省の組織のヤクザ者よ。親に捨てられた八歳から十三歳ごろの子どもの窃盗グループで育った。生きていくためには、なんでもやる。血も涙もない男さ」

恵文は腕を突き上げた。肘の内側が一部、黒ずんで痣《あざ》になっている。

「これ、なんだと思う？　……あいつ、セックスするまえに、相手の女にシャブ打つのよ。シャブとオトコなしには、生きていけない身体にしちまうのよ」

鴨野は恵文の腕を手に取ってみた。痣の部分の皮膚が硬くなっている。

「生き血を吸えるだけ吸って、カラッポになったら、使い捨てライターみたいにポイするのさ。人間の皮を被った外道《げどう》だよ」

「酷い仕打ちをするんだね」屹立《きつりつ》していた鴨野のイチモツが、あっさり萎えてしまった。

第四章　マリが叫ぶ、「あんた、だれーっ！」

七月に入って〈大門〉は、そわそわする日が多くなった。念願の戸籍を手にし、顔も変えた。さらに指紋も消した。呉春源に結びつく証《あか》しはなにもない。けれども落ち着かない。日本人・大門吾郎として、天下の公道を堂々と歩ける。こんなにも快適な気分はない。もう人民解放軍も鮑風珍も、追ってくる心配はない。来たところで、まさか〈大門吾郎〉が呉春源とは気付くまい。他人の目で見、他人の耳で聞き、他人の口でモノを言う。

いやいや、そうではない。見ることも聞くことも話すことも、以前とまったく変わらないのだが、会う相手が呉春源としてではなく〈大門吾郎〉として接してくる。まるで透明人間シートで身体をすっぽり包んだ感じだ。

いつも通っていた床屋の親父が、初対面のように畏《かしこ》まったり、メシ屋の女将《おかみ》さんがバカ丁寧にお辞儀をする。世間の目を欺くことが、こんなに小気味よいとは思わなかった。

一方で、自分をはっきりと押し出せないもどかしさもある。大門吾郎は大門吾郎であって、呉春源ではない。〈大門吾郎〉を名乗る以上、中国人・呉春源は噯《おくび》にも出してはならない。人間がアカの他人になる難しさ、しかも外国人に徹する難しさを、嚙みしめていた。

外出も億劫《おっくう》になった。長椅子に横になり、愛犬タロとジロの背中を撫でる。硬めの体毛が掌《てのひら》を心地よく滑る。テーブルに置いてある木彫りの八音盒に手を掛ける。開こうかどうかと、ちょっと躊躇《ためら》う。以前だったら、想い浮かべるのは上海の彭爺さんや碧霞だった。

蓋を開ける。『早春賦』のメロディーが流れる。南京の莫愁湖《ばくしゅうこ》を想い出す。物思いに耽る莫愁の像。湖から飛び立つツルの姿が目に浮かぶ。琴の絃を強く弾いて、そのまま腕を高く撥ね上げる――施設の庭で『早春賦』を演奏する悠木マリのイメージが重なる。

〈いかんいかん〉と自分を戒める。暴力団に頼んで殺してもらった、本物の大門吾郎の恋人だ。禁断の果実に手を付けてはいけない。彭爺さんや碧霞との楽しかった思い出にモードを切り替えるが、いつのまにかイメージは悠木マリのしなやかな身体の動きに戻っていく。

この抑えきれないときめきは、いったいなんだろう。女を知らないわけではない。いや、むしろ、女に不自由した経験はない。

いつもは暖炉の上に置いてある木彫りの八音盒を、わざわざテーブルに移したのも奇妙な行動だった。『早春賦』を聴けば、想いは悠木マリに飛ぶ。人としての良心に欠けると理解していても、自制心が効かない。

楊佳からは定期的に〈資料〉が送られてくる。楊佳は施設でマリと共同生活をしているから、マリが話す石巻の思い出話や、ちょっとしたエピソードを、こまめに書き送ってくる。

洋菓子を作るのが趣味のマリは、週に一度の休日には朝からケーキやクッキーを作る。材料の仕入れから調理まで、同僚の手を借りて、イメージどおりに洋菓子を仕上げる。生クリームを味見するとき、神妙な表情で人差し指を容器に突っ込み、ぺろりと舐める。それを同僚に冷やかされたときの、少女のような恥じらい。そんな出来事を面白おかしく、楊佳がレポートで送ってくる。

〈楊佳の奴、文がうまくなったな〉と〈大門〉は思った。レポートを読みながら、マリの人柄に、ますます愛着が深まるのを感じる。

＊

同じころ、もう一人、鬱《ふさ》ぎ込んでいる男がいた。鴨野だった。

射程距離に獲物を追い込んでいながら、姿が見えない。砂を噛むような虚しさに、頭を痛めていた。会議室の折り畳み椅子にふんぞり返り、組んだ掌で後頭部を支えていた。

「おや、カモちゃんじゃないか。どうしたんだよ」

プロデューサーだった。たまたま廊下を通り掛かったのだろう。ずかずかと会議室に入り、折り畳み椅子を二つ並べて、中央に座った。椅子一個では、尻が収まりきらない。

「あの大門吾郎、まだ、追っかけてんのか」

鴨野は手短に経緯を話した。

「悠木マリの出演はＯＫを取っているんですが、なんせ大門の所在が摑めないんっすよ」

「それ、やっぱり、千住あたりにキーがあると思うな。国道四号線沿いに、浅草から千住まで歩いてみたら？」

＊

季節外れの長雨が、止むことを忘れたかのように降り続いている。東京メトロ浅草駅から地上に出た鴨野は、ビニール傘をちょっと傾《かし》げ、どんよりした空を見上げた。《クスクス》の店頭には看板すら出ていない。昼下がりの歓楽街は、なんて索漠《さくばく》として薄汚いんだろう。

雷門《かみなりもん》から仲見世通りを経て浅草寺《せんそうじ》で左に折れる。土産物屋や食堂が犇《ひし》めき合った一角は、中国語や韓国語が飛び交い、異国ムードさえ漂う。国際通りに出て北へ向かうとすぐに言問通《ことといどお》りだ。左に折れて国道四号線に出る。

この大通りを突っ切ってすぐに〈おそれ入谷《いりや》の鬼子母神《きしぼじん》〉がある。信心深くもない鴨野だが、わざわざ寄り道した理由は、今日一日の成果を祈願するためだった。国道四号線は通称、昭和通りだ。千住までは四・五キロメートルにすぎない。昭和通りを北に進む。

東側の路地を深く入ると、吉原遊郭《よしはらゆうかく》だ。三ノ輪を越え、明治通りとの交差点、大関横丁を右に曲がる。明治通りをおよそ一キロメートル歩くと泪橋《なみだばし》交差点がある。この泪橋のすぐ北側に、小塚原《こづかっぱら》刑場があった。江戸時代の罪人処刑場だ。

刑場そのものは間口百メートルあまり、奥行五十メートルあまりの小振りな建物だったが、遺体はすぐ傍《そば》の大穴に抛《ほう》り込まれた。言い伝えによると、二十万人もの罪人が首を刎《は》ねられた。

明治通りの喧騒《けんそう》のなかに佇《たたず》み、鴨野は目を瞑《つぶ》った。見せしめのため、罪人は江戸の街を引き回された。罪人とはいえ、家族にとっては掛け替えのない親であり、夫であり、子供である。肩身の狭い思いをしながら、引き回しの後ろに従《つ》いて回る。

親や夫や子の姿を、最後に見納めできたのが泪橋だった。たとえ罪人であろうと、家族という血の絆は争えない。いつのころからか、人々は泪橋と呼んだ。いまでは川は暗渠《あんきょ》となって〈思い川〉といわれる。小塚原刑場の跡地にJR常磐線が敷設された。刑場は、あとからできた日比谷線とのあいだになるのだろうか。

通称、首切り地蔵と呼ばれる大きな石仏が、常磐線の車窓から見えるが、刑場はそのあたりだろう。東日本大震災のとき、石仏の身体の一部が落ちた。鴨野は跡地へ足を踏み入れた。

江戸時代には、遺体は大穴に捨てる一方だったので、夏場ともなると、凄まじい腐臭があたりに漂ったそうだ。鴉《からす》が腐肉を食い荒らし、さながら地獄絵だった。

雨に濡れた土塊《つちくれ》を、鴨野は掌に掬《すく》った。二十万人もの生き血を吸った土塊。長雨を吸った土の重みに、人肌の温もりを感じる。罪人の感じた恐怖と怨念《おんねん》、憤懣《ふんまん》、浮世への断ちがたい未練が放つ温もりなのであろうか。

重い足枷《あしかせ》を引き摺るように、旧日光街道をさらに北上し、ふたたび国道四号線に出た。大きな橋がある。隅田川を跨《また》ぐ千住大橋だ。もともと荒川だったのだが、蛇行《だこう》が激しく、水害が重なって、大勢の死者が出た。大正時代の初め、川口市あたりから東京湾に抜ける人工の川を掘った。その放水路が荒川となり、もとの荒川は、隅田川となった。

千住大橋を渡ると、北千住だ。千住の町を、並行して二本の道路が縦断している。大きな道路が国道四号線で、東側に寄り添うように通っているのが、旧日光街道(奥州街道)だ。鴨野は国道四号線を北に向かった。浅草界隈とさして変わりのない都会の街並みだ。

約二キロメートルで荒川放水路にぶつかる。ここにかかる橋が千住新橋だ。土手に上がると、対岸の上を首都高速が走っている。

後藤組長のメルセデスが降りたのは、正面に見える千住新橋出口だ。やや右手にそそり立つのが、現代の刑場、東京拘置所。小塚原刑場から数キロメートルと離れていない。

大関横丁から泪橋を経て、小塚原刑場跡へ寄り道したために、優に四時間を要した。〈大門吾郎〉に因《ちな》んだ新事実は、なんにも出てこなかった。

〈無駄足だったな〉と思ったとたん、ぐぅーっと腹が鳴った。昼食を摂っていなかった。

なにか得体の知れない大きな力に導かれて、帰りは旧日光街道へ迂回した。刑場の怨霊《おんりょう》が導いたのかもしれない。国道四号線と打って変わって、こちらは日光街道の面影が随所に残っている。狭い路地、軒の低い瓦屋根。仕舞屋《しもたや》風の呑み屋、駄菓子屋、呉服屋、下駄屋、もんじゃ焼き屋。いまどき、七輪で焼く煎餅屋もある。

鴨野は、嬉しくなった。〈大門吾郎〉の情報は摑めなかったが、この街並みは、別の企画に使える。わくわくしながら歩いていると、奇妙な建物が目に入った。四階建てのように見えるのに窓が三階分しかない。なんとなく謎めいている。

近づいてみて、呆然とした。《梅華鎮《メイファーツェン》》という小さな看板が掛かっている。

〈こんな奇遇って、あるのだろうか〉まるで、怨霊の仕業《しわざ》としか思えなかった。バッグを開いてノート・パソコンを取り出す。備忘録のファイルを開くと、確かに《梅華鎮》とある。

黒いワンボックス・カー〈足立ろ〇〇〇〇〉の所有者宅に電話を入れたとき、出てきた男は「メイファーツェン」と名乗った。備忘録には『千住新橋』との書き込みもある。

後藤組の組長が東北道を通って上京。蜻蛉《とんぼ》返《がえ》りで仙台に戻るときに入ったのが、紛れもない『千住新橋』だった。鴨野の立っている路地から、荒川放水路を挟んで、『千住新橋』が見渡せる。大きな感動が鴨野を包み込んだ。

鴨野は、中国語はできない。でも梅華鎮がメイファーツェンであろう、くらいの推測はできる。プロデューサーの勘は図星だった。恐るおそる鴨野は《梅華鎮》の開き戸を押す。客はいない。五十年配のウェイトレスが出てきた。挨拶もしない。休憩時間なのだろう。

「ラーメンと大盛りライス」女は蔑みの一瞥をくれて調理場に消えた。

まあ、この注文では、どこの店でも嫌われる。貧しい家庭に育った鴨野には、腹いっぱいに食えるだけで満足だった。逆に本格中華料理店などに入ると、気後《きおく》れして味わうどころではない。ラーメンは麺だけをさきに食べる。大盛りライスにラーメン汁をぶっ掛け、〈猫まんま〉にして、二品目《ふたしなめ》に箸をつける。

〈猫まんま〉を掻っ込みながら、鴨野は考えた。先日の電話の主を呼んでもらうか。それとも、いったん店を出て、周辺で聞き込みをし、情報を仕入れて出直すか。先日の〈当たり〉では、鴨野は煙たがられている様子だった。藪蛇《やぶへび》になっては元も子もない。

勘定のため、腰を上げかけたときだった。背の高い男がドアを押し開け入ってきた。『中央テレビ』で流した、そのまんまの〈大門吾郎〉だ。ジーンズに下駄、白い丸首シャツに濃緑色のカーディガンを羽織っている。いましがたまで昼寝をしていたという顔だ。

鴨野は度肝《どぎも》を抜かれた。「だっ、大門さん……」

＊

〈大門吾郎〉は身構えた。敵なら、すかさず襲い掛かってくる。

気配はない。よく見ると、相手の目が潤んでいる。

「大門さんじゃありませんか？」鴨野の目から涙が零《こぼ》れ落ちそうになっている。

〈大門〉は、来るべきときが来たと思った。〈大門〉が知らない、大門吾郎の知り合いか。

「ずいぶん永いあいだ、貴方を探しました」鴨野が名刺を取り出し、両手で差し出した。

『中央テレビ　ディレクター　鴨野純造』とある。この手の人種に会うのは初めてだ。心臓の鼓動が激しくなるが、覚《さと》られてはならない。

「まあ、お掛けください。お話を伺いましょう」

〈大門〉は手を差し伸べて、座るように促した。ウェイトレスがやってきた。

「いらっしゃいませ。なんに致しましょうか」恭《うやうや》しく〈大門〉に訊いた。

〈大門〉は鴨野が食べている丼を覗き込んだ。

「これ、面白い組み合わせですね」

「ラーメン・ライスです。好物なんっすよ」鴨野が恥ずかしそうに頭を掻いた。

「僕も同じものを」上海の父の工場を思い出した。昼飯時になると工員たちが、アルミのボウルを手に食堂に長い行列を作った。豚肉のミンチを煮込んだ汁を、ご飯に掛けてもらう。空腹を満たすだけの料理だった。

〈大門〉は、悠木マリが大門吾郎の消息を追っていると、鴨野から聞いた。

「よく、この場所が分かったもんですね」

「大震災のあと、大門さんは仙台まで救援物資を運んでいますよね。そのときの車のナンバーから、このあたりだと思ったんです」

免許証の提示が、いかに大きなミスだったか、〈大門〉は思い知った。

「なぜ、大門さんが会いに来てくれないのかと、悠木マリさんは案じているんですよ」

〈大門〉は困りきった。こういうときに多弁は禁物だ。〈問うに落ちず、語るに落ちる〉

と謂《い》うではないか。

「マリさんは、大門さんが記憶喪失になっているんじゃないかと疑っています」

しめた、と〈大門〉は思った。この手は、言い訳として使える。

「たいへん、失礼なんですが、石巻のご住所を書いていただけませんか」

鴨野がメモ用紙を取り出した。一瞬、眉を寄せたが、〈大門〉はポケットから免許証を取り出し、メモ用紙に写した。〈石巻市渡波町○丁目○番〉と書いてある。

「免許証があるから書けましたが、なかったら、書けません」〈大門〉は鷹揚《おうよう》に笑った。

「石巻の巻という字が、変ですねぇ」鴨野が水を向けた。

〈大門〉はふたたびメモを確認し答えた。「これで、いいと思いますが」

「大震災のあと、どういう理由で、どういう経路で東京に来られたんですか」

いよいよ核心の質問だ。だが答は、鴨野がすでに示唆《しさ》してくれていた。

「なにがなんだか、さっぱり分からない。僕のほうが教えてもらいたいくらいなんだ」

眉を寄せ、お手上げだとポーズを作った。

「マリさんという恋人がおられるのも?」鴨野が感情を押し殺した顔で探りを入れてきた。

「申し訳ないとは思うが」精一杯の渋面《じゅうめん》を作った。

「マリさんが、貴方に会いたがっておられる。ウチの番組に出てもいいと仰《おっしゃ》っています。ご協力お願いできませんか」

生む。

しかし大門吾郎にすり替わった以上、断る正当な理由もない。かたくなに断ると新たな疑惑を

〈大門〉は絶句した。まさか、中国の人民解放軍に追われている身だとは言えない。しか

「えっ、僕がテレビに出るの。それは……」

テレビに出れば、世間に向かって、大門吾郎の生存を公表するに等しい。親友や親戚とも顔を合わせなければならない。楊佳が努力して作った大門吾郎に関する資料も、大門の人生の一欠片《ひとかけら》にすぎない。他人の人生を追体験するなんて、とんでもない話だ。

「テレビに出なきゃいけないんですか。二人だけで会う、とかじゃ、いけないんですか」

〈大門〉は苦渋に満ちた表情になった。

「大門さん、私どもも悠木マリさんのご希望で、それなりの費用を注ぎ込んできました。マリさんと貴方が劇的な対面をすれば、『中央テレビ』の視聴者ばかりでなく、全国の人々が、感動と希望を分かち合えるんです」

「でも、ほとんどなにも覚えてないんです」

「それでいいんです。記憶喪失は時間が解決すると、マリさんは言っています」

マリの言葉に〈大門〉は、ぐらっと来た。

「しばらく時間をください」〈大門〉は絞り出すように唸った。

＊

鴨野と突然、会ってから、〈大門〉は、さらに鬱《ふさ》ぎ込んだ。

自分の所在をテレビ局に押さえられたからではない。呉春源という本名さえ出さなければ、なんの痛痒《つうよう》もない。だが、Aなる人物が、Bなる人物にすり替わる意味を、そんなに重く受け止めてはいなかった。

AがBに成りきるためには、姿形を変えるだけではなく、Bの人生をすべて踏襲《とうしゅう》する必要があった。だが、現実には、そんな絵空事など、できるはずもない。

呉春源が大門吾郎に成りすました動機は、ただただ中国人民解放軍の追跡を躱《かわ》すためだった。せっかく大門の戸籍を手に入れたにも拘《かか》わらず、やることなすこと、お粗末すぎた。救援物資を届けに行って、安易に免許証を提示したり、芳名録に記帳したり、すべきではなかった。あまりに有頂天になりすぎた。

戸籍を得た利点は計り知れない。パスポートを造り、日本人として世界中、どこにでも行ける。銀行に口座も開けるし、保険にも入れる。大門の戸籍を得た事実は、呉春源の戸籍を捨てたともいえる。今後は実の親とも会えない。そこまで覚悟のうえだったか？

いまさら悔いても仕方がない。〈大門〉に残された道は、日本人・大門吾郎に徹するのみだ。多少トンチンカンな発言や挙動があったとしても、《記憶喪失》が切り札になってくれる。〈こんな抜け道があったとは、まだまだオレは、ついている〉

鴨野の名刺を取り出し、携帯番号を押した。留守電だ。メッセージを入れた。

「〈大門吾郎〉です。テレビ出演の件だけど、ともかく出てみようと思って……。日取り決まったら、連絡ください」〈大門〉の頭に、悠木マリのイメージが、ぱぁーっと拡がった。

出演日は、二週間後の十月二日となった。生の感動を伝えようと、録画ではなく、ぶっつけ本番となった。顔の撮影は横からか、斜め後ろからにしてくれと、あらかじめ頼んでおいた。マリの連絡先は、もちろん教えてもらえない。事前の連絡は厳しく禁じられた。〈大門〉は、なにをやろうにも手に付かず、期待と不安の世界に埋もれて時を過ごした。

前日には『中央テレビ』に呼ばれ、打ち合わせをした。女性のサービス担当者が付いたが、サービスというより態のいい〈見張り番〉だった。出演承諾書にサインしても、本番まえに腰が引けてトンズラする者がいる。生放送で穴を空けると、テレビ局としては大失態だ。サービス担当とは名ばかりの、身柄拘束係だ。

十月二日のオンエア当日、本番まえに〈大門〉は、初めてスタジオを下見した。二百坪ほどの、いくつかあるスタジオの一つだ。正面の一段高い席が舞台だろう。正面の壁に通路が開けてあるが、舞台裏から〈大門〉が登場する仕掛けだ。

正面に向かって右側に、百席ほどの椅子が雛段《ひなだん》状に設けられ、視聴者参加番組の聴衆が色々と指示を受けている。左の壁面にスクリーンがあるのは、東日本大震災の記録を再現するためだろうか。舞台の反対側にはキャメラ五台が並び、リハーサルを繰り返している。

〈大門〉は舞台裏にスタンバイした。大時計が刻々と秒を刻む。

定刻。

ＣＭが流れる。続いて東日本大震災の画像がドキュメンタリー仕立てで流された。舞台暗転のなかを、司会者のモノローグが響く。

「さきの大震災は、被災地の方々ばかりでなく、日本国民全体に恐怖と深い悲しみを齎《もたら》しました、被災地の方々はいまなお大きな試練と闘っておられます」

舞台裏で〈大門〉は姿勢を正した。緊張の時間だ。

「今日は、地震と津波によって引き裂かれた、一組の恋人の数奇な物語をお届けします。ヒロインは仙台市の特別養護老人ホームで働く盲目の介護職員、悠木マリさんです」

スポットライトが暗闇のなかに悠木マリの半身を浮き上がらせた。蒼褪《あおざ》め、緊張で強張《こわば》った表情が痛々しい。石巻での二人の出会いから大震災後のマリの捜索活動まで、司会者は淡々と紹介した。涙を堪《こら》えるためにマリが歯を食い縛る様が、スタジオの聴衆の涙を誘う。

「さて、悠木マリさんと『中央テレビ』のスタッフの捜索によって、大門吾郎さんの所在が判明いたしました。残念ながら、大門さんは津波に巻き込まれて記憶喪失になっております。その大門吾郎さんを、本日、このスタジオにお招きしております」

司会者は、ここで一呼吸を入れた。スタジオ内の照明がいっせいに点灯した。

「大門吾郎さん、ご入場ください」厳《おごそ》かな声で司会者が誘った。

〈大門〉はトンネル状の通路を、ゆっくり進んだ。ハンド・キャメラが背後に続く。スタジオのライトが眩《まぶ》しく、〈大門〉は眉を寄せた。聴衆や局スタッフが暖かい拍手で迎えた。

「マリさーん、吾郎さんですよー」優しくいたわるように、司会者が囁《ささや》いた。女性スタッフがマリを導き、〈大門〉とマリの手を結ばせた。

「わぁーっ」と声を上げ、マリは〈大門〉の胸のなかで泣き崩れた。

「大震災直後から電気は点かない。電話は通じない。凄い地震とは分かっても、どれほどの規模なのか、見当もつかない。健常者でさえ恐れ慄《おのの》くのに、目の見えないマリさんには恐怖心が膨れ上がる一方だった」司会者のモノローグが続く。

「吾郎さんは、どうなったんだろう。母は、どうなったんだろう。目さえ見えれば、どんな危険を冒してでも石巻に駆け付けたものを。それができない腹立たしさ。どこにもぶつけられない苛立ち。その夜は、とうとう一睡もできなかった」

マリは〈大門〉の懐で、身体を震わせるばかりだった。〈大門〉はマリの身体をしっかり支えながらも、マリを欺《あざむ》く良心の呵責《かしゃく》に苛《さいな》まれた。

「水産加工工場にいたため、母は津波に飲み込まれた。大きな悲しみだった。だが、家族を失ったのは自分だけじゃない。独りだけ悲しみを訴えるわけにはいかない。厄介なのが、吾郎さんの消息だった。生きているか、亡くなったのか分からない宙ぶらりんな状態は、母の死より、もっと大きな苦しみだった。精神的な拠りどころを失った苦しみは、心が引き裂かれるほどだった」

大震災以来、抑えに抑えてきたマリの思いが、決壊した濁流のように流れ出したのだろう。静まり返ったスタジオのなかに、マリの泣き声だけが響き渡る。

〈大門〉は、罪悪感に苦しんだ。いまマリがしがみ付いているのは、自分ではない。大門吾郎の幻だ。もし〈大門〉が本物の大門吾郎であれば、どんなにか素晴らしかっただろう。

＊

〈大門〉は大きな山場を乗り切った。

「大門さん、マリさん、おめでとう」鴨野だった。二人の肩に両手を載せた。

「盛り上がりには、もう一つだったけれど、感動的でした。凄い視聴率が出ると思います」

「ありがとうございます」マリが深々とお辞儀した。「でも、私たちだけ幸せになって、被災地の方たちに申し訳なくって」

「これからあとの予定ですが、午後五時から報道各社の共同記者会見が入っています。七時からはお二人とウチのプロデューサー、私の四人で夕食会です。お泊りは昨夜のホテル、記者会見、夕食会も同じホテルです。四時間ありますので、お部屋で、ゆっくりお寛《くつろ》ぎください」〈大門〉にルームキーを渡しながら、鴨野がウインクした。

昨夜はそれぞれシングル部屋だったが、今日はダブルに替わった。フルーツの盛り合わせや大きな花束が、サイドテーブルに飾ってある。

マリがいったん、ベッドに腰を下ろし、そのまま横になった。

「ゴロちゃん。あんた、ホントに私のこと、覚えてないの？」

口を尖らせ、拗ねた少女の口調になって、マリが食って掛かった。

「ごめん。親兄弟の名前すら思い出せないんだ。ただなにかのイメージが閃くと、芋蔓《いもづる》式にいろいろ思い出せそうな気がするんだ」

「時間が掛かりそうね。……でも夢みたい」

〈大門〉はマリの横に横たわった。片腕をマリの首の下に差し込む。いよいよ避けて通れない儀式だ。〈大門〉は、いつになく緊張した。

性愛の手順は、カップルによって決まっている。マリと大門吾郎のあいだでも、ほぼ一定のパターンはあったはずだ。大きく逸脱しなければ、気付かれないだろう。

〈大門〉は上体をマリに被せ、唇を重ねた。思ったより薄い唇だった。

〈大門〉の舌の動きに合わせ、マリも絡ませてきた。

ブラウスのボタンを一つずつ外《はず》す。インナーを脱がせる。背中に回した指先でブラジャーのホックを外す。大きくはないが、形の整った乳房が現れる。下からゆっくりと揉み上げる。

きめ細かい、絹のような肌が、掌に吸い付くようだ。唇を耳朶《じだ》から項《うなじ》に這わせながら、スカートのホックを外す。マリは片方ずつ尻を上げて、スカートを足のほうに追いやった。〈大門〉がショーツに手を掛けると、マリは腰を浮かせた。するっと滑るように、ショーツは膝まで下りた。乳房から緩やかな起伏を辿り、掌を股間に移す。充分に潤っていた。〈大門〉の中指が、マリの溝を上から下までなぞった。

指先がぬるっと穴のなかに滑り落ちた瞬間、マリは「ふぅうーっ」と溜息を漏らした。〈大門〉は片手でベルトを解き、ズボンとブリーフを脱いだ。

マリの両膝を立て、〈大門〉はあいだに腰を入れた。マリが腰を浮かせ、迎え入れようとした。

初めは、ゆっくりと浅く、抽送《ちゅうそう》を繰り返す。

マリが大きく股を開いた。ころあい良しと見た。ぐいっと深く押し込んだ。

ところがマリが「ぐぅえーっ」と、蛙《かえる》が潰《つぶ》れたような奇妙な声を上げた。

マリの動きが停まった。表情が固まった。〈大門〉の肩に両掌を当て、ぐいと押しのけた。

「ぎゃーっ」〈大門〉の下から抜け出て、シーツを引き寄せた。身体に巻きつける。

「あ、あんた、だれーっ」顔面蒼白になり、叫んだ。壁のあちこちに身体をぶつけながら、ドアに辿り着いた。チェーン・ロックを外し、廊下に躍り出たマリは叫んだ。

「誰かぁ、助けてぇ」〈大門〉の背に、助けを求めるマリの叫びが届く。

「なぜだ？　俺はなにか粗相《そそう》をしたか」まったく理由が分からない。直感的に警察沙汰になるのは拙《まず》いと判断した。脇に抱えた衣類を身に着けながら、非常階段を下りた。

＊

第一関門は突破した。鴨野は、社屋最上階の社員食堂に入った。昼食の時間帯を外れているため、お客はミーティング中の三組だけだ。いつものように西向きの窓際に座った。天気の良い日だと、夕陽を背に浴びた富士山のシルエットがくっきりと見える。富士山の雄姿を眺めるのが、鴨野の唯一の癒《いや》しだった。窓向きのテーブルに両肘を突き、終わったばかりの番組を振り返る。

餌は撒いた。あとはなにが掛かるか、待つばかりだ。鯵《あじ》や鯖《さば》なみの大衆魚ばかりか、ときとして鰤《ぶり》や鮪《まぐろ》、めったにないが大鯨《おおくじら》とか、逆に物騒《ぶっそう》な鮫《さめ》という場合もある。

コーヒーを口に含んで、期待感に浸っていると、携帯電話が呼んだ。交換台だ。

「鴨野さん？　外線から、といっても隣のホテルの支配人からなんですけど、大至急、連絡してくれとの伝言ですが」〈いまごろ、なにごとだろう〉鴨野は嫌な予感がした。

ホテルは同じ敷地内にあり、芸能人や地方からの出演者などが、つねに出入りしている。

「鴨野さん、お宅の予約で泊まっている悠木マリさんが、たいへんです！」

支配人が興奮しきっている。

「マリさんが、裸で廊下に跳び出している？」鴨野は、ぶっ魂消《たまげ》た。

「なにぶん、御社のお客様ゆえ、こちらからは警察には連絡はしておりませんが。単なる痴話喧嘩かもしれませんしね」

鴨野は駆けつけた。マリの身体は、がたがたと震えている。傷害はなさそうだ。貧しい少女が、身包《みぐる》み剥ぎ取られたような惨めさだった。

「どうしました、マリさん。暴行されたんですか」鴨野はマリの顔を覗き込んだ。

「違います。あの男、吾郎じゃない。アカの他人です」恐怖に慄《おのの》いた目が虚空を彷徨《さまよ》う。

「間違いないですね。しっかりした証拠がありますね」

「絶対に、吾郎じゃない」

部屋に入り、トイレ、クローゼットを開くが、無人だ。階段周りも確認したが、吾郎の姿は、すでになかった。警察沙汰にしてよいか迷いながら、鴨野は一一〇番に電話した。

「こちら警視庁通信指令室。落ち着いて住所、お名前をどうぞ」

「『中央テレビ』のディレクターで鴨野と言います。番組の出演者が助けを求めています」

「傷害ですか？」

「身柄の安全は確保していますが、なにがあったか私にも把握できておりません」

「事件性は、ありますか？　民事だと、警察は、介入はできません」

「本人が助けを求めております」

「緊急を要する事態ではありませんね」

事情を伝えながら、〈これって、どんな罪になるんだ〉と、突拍子もない想念に囚われた。

嫌がる〈大門〉を強引に引っ張り出したのは鴨野だし、対面後、二人をホテルに案内したのも、鴨野だ。これが強姦罪だとすると、鴨野は強姦幇助《ほうじょ》罪とかになるのか。もしかして鴨野もなにかの罪に問われるのか。

*

五分も経たずに、パトカーが到着した。鴨野と支配人が、ホテルのロビーで出迎えた。女性一人を含む、三人の捜査員だ。警視庁の機動捜査隊員。濃紺の制服と同色の帽子を被っている。三人は警察手帳を提示し、所属、姓名を名乗った。

「私《わたくし》は警視庁刑事部捜査一課、警部補、桜田今日子です」

「警視庁機動捜査隊、巡査部長、郷弘です」

「同じく機動捜査隊、巡査長、野口衛です」

鴨野は自己紹介し、第一通報者だと告げた。事件の粗方《あらかた》を、掻い摘んで話した。

「鴨野さん、ニセ大門の画像を提供していただけますね」郷巡査部長が依頼した。

「正面からの画像はありませんが、それで良ければ――」

鴨野は携帯電話を取り出し、画像データを郷の携帯電話に転送した。

郷が携帯電話で警視庁地域部と交信する。

「……ただいま被害者《まるがい》の身柄安全を確認。緊急配備《キンパイ》を要請。被疑者《まるひ》の特徴は……」

四人は、マリの待つ部屋に急いだ。

「もとの恋人だと思ったら、まったく別人だったんですね」桜田警部補が鴨野に訊いた。

「〈大門吾郎〉は偽者だったと、マリさんは断言しています。根拠については、話してくれません」鴨野は小声で答えた。

「殴られたとか、物を盗まれたとかは、ありますか」

「それは、ないと思います」

マリの部屋には、桜田が先頭に入った。警察手帳を提示し、身分を名乗る。

マリは衣服を纏《まと》い、応接セットのソファに、蒼褪《あおざ》めた表情をして浅く座っている。

「それでは、鴨野さんは、別室で機捜《きそう》の事情聴取を受けてください」

桜田が厳かに告げた。マリと桜田が残り、事情聴取が始まった。

鴨野と機動捜査隊員は、部屋を移った。別室で隊員二人の事情聴取を受けた。

「結局、鴨野さんは本物の大門吾郎だと信じていた。だが、ベッドルームでマリさんに、偽者だと見抜かれたんですね」

郷が鴨野の顔を凝視しながら訊いた。鴨野は、すでに十数回も反芻《はんすう》した筋書きだ。

「違いないでしょう」

「偽物の大門の身体に、なにか障害でもあったのかな。腕がないとか、指がないとか」

郷が小首を傾げながら重ねて訊ねた。

「外見上は、一切ありません」鴨野は答えた。

「本物の大門吾郎は、ニセの大門に匿《かくま》われているか、消されている可能性もありますね」

野口巡査長が遠慮がちに訊いた。

「なんせ、大震災で本物の大門の痕跡が一切合財《いっさいがっさい》、流されてしまったんで、なにをもって本物の大門吾郎と判定するか。根拠がなにもないいんですよ」鴨野は愚痴《ぐち》った。

「惨《むご》い災害でしたよね」野口が相槌を打った。

「そういえば……」鴨野は上体を乗り出した。「大事なことを忘れていました。最初、ニセ大門は、記憶喪失でなんにも覚えていない、と言っていました」

「マリさんが大門本人ではないと断定した以上、記憶喪失は真っ赤なウソだったか、なにかを隠す口実になる……」郷が膝を叩き、鴨野は相槌を打った。

「その、〈なにか〉ですね、問題は」

「大門吾郎偽装事件は氷山の一角で、もっとドデカイ事件が潜んでいる可能性があるな」

郷の目が、ギラッと光った。

マリの事情聴取は難航した。さきに終わった鴨野たちは別室で待ったが、桜田は一人で戻ってきた。

「マリさんは、告訴しましたか?」

鴨野は桜田に訊いた。桜田はしっかりと頷いた。

「口頭で告訴を受け、事情聴取調書を作成して、署名捺印《なついん》をしてもらいました」

「偽・大門の素性は、しっかり抑えておきませんとね。本物との唯一の接点ですので」

「それから、本庁へ鑑識の出動を要請しました。私は、これからマリさんに同行し、専門の婦人科医の診断を受け、診断書を受理してきます」

桜田とマリが出掛けたあと、鑑識十名が派遣されてきた。事件のあった部屋は進入禁止の現場保存テープが張られた。同じ階の客がドアを開いて覗くが、物々しさに恐れ慄く。

鑑識が手際よく作業を進めた。入口や洗面所のドアノブ、洗面台、サイドテーブル、目覚まし時計、BGMのスウィッチなど、手で触りやすい部分から採取する。方法はアルミニウム系の微粉末を刷毛で塗り、浮き出た指紋をゼラチン紙に移し採る。

昔は、警察庁に所蔵された台帳と、一枚一枚照合したものだが、現在はコンピューターの導入により格段の速さで結果が出る。毎日きちんと清掃の入るホテルという場所の特殊性が手伝って、際立った成果が上がっている。

廊下から作業を見ていた鴨野のそばに、鑑識課の班長が寄ってきた。

「鴨野さん？　鑑識課の警部補、石田久《いしだひさし》です」

「遅ればせながら、鴨野です」名刺を差し出した。

「マリさんは、ビールは飲むんですか」訝《いぶか》しげな表情で鴨野に訊いた。

「飲まないと思いますが、なにか」

「応接のテーブルにビール瓶とグラスが一個、置いてあるんですが、妙なものがね……」

「なんです、妙なものって」勢い込んで、鴨野は訊いた。

「普通の指紋のほかに、指紋のない指型というのか」石田が首を傾げた。

「へぇーっ、そんなのがあるんですか？」鴨野はポカンと口を開いた。

「先天性指紋欠如といってね。遺伝子損傷なんですが、世界で四件が報告されてます。ま、指紋そのものは砥石《といし》でも削れますが、そんなのは犯罪目的の確信犯ですからね」

「ＤＮＡ鑑定もやるんですか？」

「やります。指紋、体毛、唾液、精液からも採れますから、ビールグラスの口やマリさんの身体からも、採取できます」石田は意味ありげに笑った。鴨野は淡い嫉妬を覚えた。

「ただ、消去法ですから、鴨野さんやホテルの従業員の皆さんからも採らせていただかないと。ご協力お願いしますよ」石田は急に愛想のいい笑顔になった。

「断るわけにはいきませんよね、当事者の一人なんだから」

＊

美談が一転、スキャンダルか。

〈よりによって、大門吾郎が偽者だなんて。いったいなんのために？　マリに財産があるとは思えない。マリと寝ることが目的なら、こんな手の込んだ芝居は必要ない。それとも、『中央テレビ』を攪乱しようとする、大掛かりな組織犯罪だろうか〉鴨野は思いを巡らせた。

大門吾郎に間違いない、と鴨野は太鼓判を押した。マリのペンダントから取り出した写真と同一人物だと、鴨野は信じた。けれども明らかに大門吾郎ではなかった。

悠木マリの恋人探しは振り出しに戻った。鴨野は『中央テレビ』報道部長を通じ、発表の手控え協力を警視庁の三つの記者クラブ幹事社へ申し入れた。週刊誌、スポーツ紙などの媒体には、スタッフが手分けして協力を仰いだ。

同業他社への根回しはしたものの、どこまであてになるか、分かったものではない。とくに悪質なのがインターネットだ。2チャンネラーのなかには、警察、報道関係の内部でしか知り得ないネタを握る輩《やから》が、わんさかいる。鴨野は頭を抱え込んだ。

視聴率は、この手の番組としては最高クラスだったものの、このままでは赤っ恥どころではない。減俸か、悪くいけば解雇処分だ。いったいどこで、ボタンを掛け違ったのか。

《東日本大震災・感動の再会、実は別人》面白半分の揶揄《やゆ》が、瞼のうちをちらちらする。

会議室で天井を睨んでいると、携帯電話が鳴った。緊急対策会議の招集だ。役員会議室に赴くと、上役ばかり五人が話し込んでいた。ある役員がじろっと鴨野に目をやった。

「我々は、この一件からは手を引くべきだと、合意したんだがね」

「別に私は、合意していませんよ」報道部長が嘯《うそぶ》いた。

鴨野が報道部にいたころの先輩だ。報道部長一人が鴨野を庇《かば》った。別な役員が眉を寄せた。

「もう、これ以上、局に深手は負わさないほうがいい」

プロデューサーが自らも被告の立場で、おずおずと鴨野に訊いた。

「悠木マリが〈大門〉を別人だと決めつけた根拠は、分かったのかね」

「いいえ、分かりません」エライさんの顔色を窺いつつ、鴨野は切り出した。

「悠木マリを明日、もう一度、出演させてもらえませんか。今日、あれだけ視聴率が上がったんだから、かならず悠木マリか大門吾郎に接点のある人物から、情報提供があるはずです」

鴨野はポケットから封書を取り出して、テーブルの上に置いた。『辞職願』と書いてある。

「そんなもん、軽々しく出すものじゃないよ」報道部長が不快感を満面に浮かべた。

「とにかくカモ、石巻の大門吾郎と、今日、現れた〈大門吾郎〉とのあいだに、なにか接点はないか。私は偽者《いかもの》の〈大門〉が、本物の消息をかならず握っていると確信している。それが焦点だ。犯罪に結びついたら、逆転大スクープだぞ」

鴨野は役員たちの前で、初めて涙を流した。

＊

深夜だったが、鴨野はマリの部屋を訪れた。こんこんとドアを叩くと、サービス係の女性社員が出てきた。二人はすでに寝間着になっていたが、あたりまえのごとく、鴨野はなかに入った。男と見られていない鴨野の人徳であり、情けないところでもあった。

「ちょっとだけ、お時間を」と断りながら、応接セットの片方にマリを導いた。

向かい側に掛けた鴨野は「その後、なにか思いついた件は、ありますか」そっと尋ねた。

マリが黙って首を左右に振った。かたくなに意地を張っている感じだ。

「あの男をマリさんが、別人だと断定された理由はなんでしょうね。たとえば、あるはずのない大きなイボがあった、とか、嫌いだった果物を食べた、とか？」

「いいえ、違います」たぶん面会以降、泣き続けたのだろう。瞼が酷く腫れている。

「あの男、東京から救援物資を運んで行った人と同一人物ですか」

マリが興奮の覚めやらぬ声で訊いた。

「それは、間違いないでしょうね。救援物資を運んだ車を登録してある住所で、あの男に会ったわけですから」

「であれば、救援物資を運んだ時点で、大門吾郎はすでに入れ替わっていたのかしら」

「マリさんが『別人だ』とする根拠が正しければ、記憶喪失のセンは、消えますよね」

「なにか別の目的で、私に近づいてきたのかしら？」

「僕には、どうしても引っ掛かる疑問があるんですが、今日の男も石巻を『石巻』と書くんです。旧漢字に拘る習慣が、大門吾郎さんにありませんでしたか」

「仙台でご馳走になったときにも訊かれましたよね。私の同僚の楊ちゃんくらいしか」

マリが初めて表情を和らげた。楊佳の愉快な仕種を、なにか思い出したのだろう。

「いま現在、ごくあたりまえに『巻』と書くのは、中国人と台湾人だけです。巻は、日本人が考案した文字ですから」

「吾郎から聞いた話ですが、仕事を邪魔する暴力団に悪どい中国人がいるとか……」

「雷達《ライター》でしょう。でも、雷達が吾郎さんに擦り替わるメリットなんて、なにもないでしょう」

鴨野は、雷達の元情婦、王恵文から聞いた雷達のエピソードを思い返した。

〈雷達が抗争相手の男を生きたままバラし、酸鼻《さんび》な解体現場を見ていた後藤組長が反吐《へど》を吐いた〉という内容だった。

かりに、雷達がバラした男が大門吾郎だとすると、ストーリーは、すんなり纏《まと》まるではないか。いやいや、それでは話ができすぎている。

「ところで、マリさん、今日の一件で大きなショックを受けられたと思いますが、明日の番組に、もう一度だけ、お付き合いいただけませんか。あの男は別人だ、と週刊誌や夕刊紙は書き立てるでしょう。でも、今日の視聴者のなかに、真相を知っている人間がかならず一人や二人いるはずです。……人間の善意ってヤツを、僕は、まだ信じたい」

「そんな用件だろうと思ったわ。こんな時間に女の部屋を訪ねてくるなんて、あんたも抜け目ないわね」マリは口だけで嗤《わら》った。

「でもね、どうせこのまま仙台に帰っても、泣いて暮らすだけだもの。それに、あの吾郎の偽者を、不思議に私、憎んでいないの。なんか私には、とても優しかった気がする……

儚《はかな》い夢だったけれど、いい思いをさせてもらったわ」

「じゃあ、なぜ告訴に同意したんですか」

「だって、告訴しなきゃ、ニセ吾郎には二度と会う機会はないでしょ。なぜ、のこのこ会いに来たのか、本音を訊いてみたかったのよ、ふっふ」

マリが微笑んだ。落ち着きを取り戻したと、鴨野は安堵した。

「ったく、女心って分からないな」奇妙な連帯感を感じ、鴨野も皮肉を込めた。

「断ったって、もう決まっているんでしょ。ほんと、嫌なヒトッ！」マリが口を尖らせた。

「OKって意味ですね。マリさん、感謝します」鴨野は小躍りした。「明朝、迎えに来ます」

＊

暗闇にスポットライトを当てる物々しさは控えるよう、鴨野は指示した。

出演二日目のマリが、司会者とのあいだにテーブルを挟んで向かい合った。与えられた時間は三十分。VTR録画して流すべきとの意見が圧倒的だったが、鴨野は生放送に拘った。

鴨野の脳裡に、支局勤務時代の忌まわしい記憶が蘇った。大手ゼネコンの談合をすっぱ抜いた鴨野のスクープ記事が、没にされた屈辱。

〈ここで引いたら俺は、もう一生、立ち直れない〉情報提供がかならずあると確信した。提供者から真実を引き出す。たとえクビを懸けてでも。

《感動の対面》を終えたあとの奇特な出来事を、司会者が緊張の面持ちで語った。視聴者は、三流紙の報じたニュースや無責任なネット情報で、おおむねの経緯は知っている。雪辱のためには新事実を提示するしかない。三十分間の大勝負だ。

マリが吾郎を偽者と見抜いた根拠について、司会者が真綿に包《くる》むように、しかも、手を変え品を変え、執拗に訊ねた。それをマリが、柳に風と受け流す。

持ち時間は刻々と過ぎていく。鴨野の首筋を脂汗《あぶらあせ》がしたたる。残り三分を切ったとき、鴨野のヘッドフォンに交換手の声が飛び込んできた。

「出演中の悠木さんと話したいと、外線から電話が入っています」

「よおし、僕に繋げ。……貴方、どなた？」鴨野の声に気合が入る。イチかバチか。

「それは言えないわ」中年女の間延びした声だ。雑音がひどい。

二人の受話器のあいだで、テレビの音声が交錯している。

「テレビの前で話していませんか。テレビを切るか、離れてください」雑音が消えた。

「マリさんになにを言いたいんです？」嫌がらせか、妨害か。下手をしたら、即クビだ。

「昨日の大門吾郎、アタイ知ってる」ふてぶてしい声だ。

「どういう関係です」鴨野の声が上ずった。

「一度、寝た経験がある」ポッツリと呟いた。

「そのまま待って」大鯨《おおくじら》が掛かったと、鴨野の心臓が破裂しそうだ。

視聴者がマリと話したがっている、とメモ用紙に走り書きをして、ADに渡す。ADが背を屈《かが》めて司会者に手渡し、受話器をテーブルに置いた。

「ただいま、視聴者の方から情報が入ったようです」深呼吸して司会者が受話器を取った。

「マリさんとお話しなさりたいそうですが、どんな内容でしょうか」

「昨日の男の件よ」司会者が鴨野に目配せした。鴨野もハラハラだ。目でOKした。

恐るおそる、マリが受話器を取る。「悠木マリです」

「ワケあって、アタイは名乗れない。ごめんなさい」会話は、オンエアのままだ。

「昨日の男、大門さんではないって、あんた決めつけたよね。決め手は男のアレでしょ？」

「ええーっ」マリがたじろいだ。

「人参の先っぽを切り落として丸く削ったみたいな、アソコが根太で先細りだったでしょ。根元まで入ると、ぐわっと押し拡《ひろ》げられる感じで」

プツンと音がしてCMに切り替わった。

「なんで、それを……」マリが声を荒げた。

「やっぱり、そうね」してやったりという声だ。

放送は、すでにストップしている。放送コードに引っ掛かる内容だ。が、テレビのそばを離れた女は、気付いていない。鴨野は、この女の証言に、すべてを懸けた。

「マリさん、お気の毒だけど、大門さん、もう生きていない。大門さんの遺体の顔写真を持ってきて、あの男、整形したんだ。指紋も消したけど、アレだけは取り替えできないよね」

「貴女、整形外科医ですか？」鴨野は口を挟んだ。

「それは言えない。アタイにも、いろいろと柵《しがらみ》がある」

マリが蹲《うずくま》って号泣した。

「ごめんなさいね、マリさん。力を落とさないでね。事実を教えてあげないと、あんた、死ぬまで苦しみ続けると思って」一方的に女が電話を切った。

スタジオが、底深い湖に沈んだ。マリの泣き声だけが空間に響き渡った。

〈大門吾郎、記憶喪失のセンは、完全に消えた〉

鴨野にとっては、天地が引っくり返った感じだ。《クスクス》にボトルをキープする〈大門吾郎〉も、仙台に救援物資を届けた〈大門吾郎〉も、北千住で偶然に会った〈大門吾郎〉も、皆、同一の偽者・大門吾郎だった。

なんのためにあの男は、大門吾郎に成りすまそうとしたのか。でも、鴨野には関係のない話だ。電話の女の言うとおり、本物の大門がすでに亡くなっているとすれば、鴨野の仕事は、終わった。鴨野の一存で放送コードに触れた行為も、いずれ追及される。

そのまえにプロデューサーに、辞意を申し出ておこうと考えていた矢先、交換台から電話がかかってきた。

「匿名《とくめい》の視聴者から電話ですが、お受けになりますか？」

「繫《つな》いでくれ」オレの仕事は終わった、とモードを切り替えた鴨野の声は投げやりだ。

「あんた、大門吾郎の番組の担当者か？」凄みの効いた中年男の声。

「そうですが」別な大鯨かも知れない、と鴨野は動揺した。

「震災で引き裂かれた恋人たちの再会劇にしたいんだろうが、トンチンカンも甚だしい」

抑揚を抑えた低い声が地の底から響くようだ。年齢も性格も摑めない。派手にまくし立てる輩より、こういう手合いのほうが爆弾を握っているものだ。

「テレビに出た男は、大門吾郎とはなんの関係もない。中国官憲に指名手配されている中国人だ。その中国人の依頼で殺されたのが、大門吾郎だ。震災とは関係のない殺人事件なんだよ。中国人は整形手術で顔を変え、大門吾郎に成りすましたんだ」

それだけ言って、男が電話を切った。強い訛りがあるのが引っ掛かった。

鴨野の身体がぶるぶると震えた。男は確かに〈大門〉を中国人と言った。石巻を『石巻』と書いた事実と符合する。整形手術を受けた話も頷ける。なにより、話に整合性がある。

これは大震災に託《かこつ》けた、手の込んだ殺人になる。

〈タレ込み電話の男――キーパーソンか？〉

鴨野はノート・パソコンを開き、タレ込み電話の女、タレ込み電話の男の話した内容を、こと細かに打ち込んだ。大災害が起きると、家族全員のみならず親戚、知人までもが死亡する場合がある。まったくの他人が死者にすり替わる偽装は簡単だ。殺人となると、ことは厄介《やっかい》だ。いまそれが現実に起きている。

『感動の再会ドラマ』を演出している心算《つもり》の鴨野は、自分でも気付かぬままに、殺人者の片棒を担いでいた。そればかりか、悠木マリというハンディキャップを背負った女性を犯人に提供した。テレビという媒体《ばいたい》の怖さを、これほど身に沁みて感じた経験はなかった。

＊

〈大門吾郎〉は大久保のインターネット・カフェで一夜を過ごし、昼は映画館で夜になるのを待った。都電沿いに歩けば千住方向だ、くらいの土地勘はあった。散歩を装って、漫然と歩く。人に会っても、目を合わせない。相手に印象を残さない。周囲に気を配りながら歩くなんて、諜報部員のとき以来だなと苦笑いが漏《も》れる。

〈でも、いったいなぜ、こんな破目になったのだろう〉

歩きながら考えた。悠木マリを乱暴に扱った心算《つもり》はない。それどころか腫物《はれもの》に触るほどの気遣いをした。

この日、マリが『中央テレビ』に再出演し、黒木桂子の電話で秘密が暴露《ばくろ》された事実を〈大門〉は知らない。その時間、場末の映画館の最前列で、ふんぞり返っていた。

そろそろ夜が白み始めてきた。いつのまにか〈大門〉は山谷の一角に立っていた。初めて東京に着いてから、しばらくこの街で、日雇い労務者をして生き繋いだ。妙に懐かしい。

スラム街に花が咲いたように、あちこちにペンション風の旅館が開店している。その一軒に入ってみた。驚いた。白人のバックパッカーたちが屯《たむろ》していた。

〈山谷も変わったなぁ〉洗面所に、本物の花が活けてある。北千住は目と鼻のさきだが、〈大門〉は当分のあいだ、ここに逗留《とうりゅう》しようと思った。二日分の疲れがどっと出た。深海のヘドロのような眠りに落ちた。午後も遅い時間に枕元の携帯電話が鳴った。発信者の番号には馴染《なじ》みがない。一応、耳を当てる。

「……ふっふっふ。大門さんかい。テレビを観たぜ」〈大門〉を嘲笑《あざわら》う声だ。

「雷達か」〈大門〉は眠い目を擦《こす》った。脛に貼り付いた蛭《ひる》を連想した。

「うまく化けたもんだな。さすがの俺も、大門吾郎の亡霊かと、びびったぜ」

「その話は、しない約束だろ」

「なにが約束だ。約束のカネ、まだ受け取ってないぞ」ねとっと絡みつく口振りだ。

「ブツと引き換えに五千万、耳を揃《そろ》えて後藤組長に渡した」

「その組長が襲われ、組も解散した。お前は知らんのか？」相手は筋金入りのワルだ。

「それは、気の毒だったな」〈大門〉は、しらばくれた。

「ホントに知らなかったのか。お前が噛んでいるとばかり思っていたが」

〈大門〉は今年の正月明け、仙台市のナイトクラブで、後藤剛組長と会ったときの一部始終を思い返した。債権回収で知った中国人に雷達を紹介され、雷達がお膳立てをした。

「聞いているよ。一度、清算したカネだからな。しかも組長じかにな」さらりと受け流した。

蛭《ひる》が一転、猛獣に豹変した。この手の男の執拗さは、骨身に沁み込んでいる。

「おい、聞いてんのか」凄む雷達の声で〈大門〉は我に返った。


「払う気がないなら、大門殺しの全貌をマスコミにタレ込んでもいいんだぜ」

「そんな真似をすれば、実行犯として、お前も同罪だ」

「俺が実行犯だと、誰が証明できる？」

〈なるほど、雷達を敵に回してまで証言する者はいないだろう〉

「さあ、払うのか、払わねえのか、はっきりしろ」

ここは引くべきだと〈大門〉は考えた。「払う。払うが、組長に五千万が入ったにしても、
どうせお前に渡るのは、千五百万くらいのものだろう」

「細かい屁理屈《へりくつ》を抜かすじゃないか、え、〈大門さん〉よ。じゃ、千七百万でどうだ」

「分かった。かならず払う、少し時間をくれ」

「最初から素直に、そう言やぁいいんだよ」雷達は、嘲《あざけ》るように嗤《わら》った。

「おまけに一つ情報をやろう。鮑風珍《バオ・フェンツェン》という爺さんを、お前、知っているか」

〈大門〉は血の気が引くほどに驚いた。日本に来てからは、ほとんど忘れ去った名前だ。

「それが、どうした」自分でも、声が震えるのが分かった。

「新宿の歌舞伎町から入ったネタだが、呉春源の足取りを追っているそうだ」

なんという執念。鮑風珍個人の意思か。人民解放軍の指示か？〈大門〉の全身が竦《すく》んだ。

＊

十月四日、楊佳《ヤンチャ》は寝覚めの悪い夢から覚めた心地だった。

施設の利用者や職員が、一階の大ホールでテレビの大型画面を見詰めている。受話器を胸に抱き込むように、マリは情報提供者の女とやり取りしている。会話が際どい内容になったところで画像が切れ、ＣＭになった。

楊佳は、ほっとした。大門吾郎の遺体の写真を持って、呉春源が石橋整形に乗り込んだ事実を、楊佳は知っている。番組は予定通りにＣＭに入ったのだろうか。それともスタッフによって切られたのだろうか。

ＣＭが終わると、画面は三月十一日のドキュメンタリーに替わっていた。「あー」と大きな溜息《ためいき》が施設の大ホールに響いた。マリは大門吾郎の死亡を知ったのだろうか。

『中央テレビ』から連絡があって、楊佳が仙台駅に出迎えた。新幹線を降りたマリは、痩せこけ、憔悴しきっていた。掛ける言葉がなかった。施設の車の後部座席に座ったが、沈黙が続いた。楊佳は、マリをどう慰めていいか分からず、無力感を噛みしめた。

目が見えない、逃げ場のない苦しみを、楊佳は想像してみた。

人間、どんな苦しみのなかにあっても、目さえ見えていれば心を欺く術《すべ》はある。沈みゆく夕陽に心を奪われたり、刻々と姿を変えてゆく雲に見入っていたりすると、その時間だけでも、苦しさから解放される。それができない苦しみは、どんなだろう。

思いを切り替えようともがいてはみても、苦しみの坩堝《るつぼ》にのみ、心は戻っていくのだろう。モノが見えることが、音が聞こえることが、匂いを嗅げることが、どれだけ人間を苦しみから救っているかしれない。

施設に帰り、マリを寮の個室に導いた。数日、空けただけなのに、無人だった部屋の空気は冷たく、素っ気なかった。抑え続けてきた恐怖感が一気に湧き出てきたのか、マリが冷たいベッドに身を投げ、枕を掻《か》き毟《むし》りながら泣いた。

いったん自室に戻った楊佳は、仲間と連れ立って、マリの部屋をノックした。

「マリさん、元気を出して。マリさんのように上手にはできなかったけど、みんなでシフォン・ケーキを作ってみたんだ」楊佳は努めて剽軽《ひょうきん》に声を掛けた。

腫れた瞼を擦《こす》りながら、マリがケーキ皿を受け取った。同僚たちの暖かい気遣いは、なによりも嬉しかったが、大好物のシフォン・ケーキでさえ、喉を通らなかったようだ。

ケーキを手渡したあと、楊佳はドアのそばに立ち、なかの様子を窺った。マリの泣き声は楊佳の心を掻き乱した。だが、偽の大門吾郎が自分の老板だとは、口が裂けても言えなかった。

その楊佳に、呉春源から久々の電話が入った。

「永いこと、すまないなあ。悠木マリが仙台に戻ったと思うが、どんな様子だい」

「いまも部屋に行ってみましたが、ずっと泣いていますよ。それより老板、騒ぎがだんだん大きくなっていますが、大丈夫ですか」

「それなんだが、週刊誌なんか見ているると、警察も動いているらしい。お前さん、すぐに北千住に帰ってくれないか。子分衆も右往左往しているに違いない。誰か中心になる人物がいないと、組織は崩壊してしまう。いずれ警察が捜査に入るだろうが、知らぬ存ぜぬを徹《とお》してくれ。いま、頼りになるのは、お前だけだ。それから……」

と春源は口調を変え、リラックスした話しぶりになった。楊佳は不審に思った。かつて春源が、こんな優しい声を出したことはなかった。

「事務所の四階に、カネの入った段ボールが五つあるんだが、それをフェラーリ・スパイダーのトランクに移しておいてくれ」

一番の肝腎《かんじん》な話は、誰しも最後にさりげなく出すものだ。

＊

楊佳は、玄関口に見送りに出てくれた『あじさい苑』の人々に「また、戻ってきまーす」と威勢よく挨拶をした。だが〈大門〉が偽者と分かった以上、楊佳が施設に戻る意味なんてなかった。もうマリに会う機会もない。新幹線の窓ガラスに額を当てる楊佳の心は寒々としていた。

半年ぶりのアジトでは、押し黙った部下たちの姿が痛々しい。

纏《まと》わりつくような雨がそぼ降る深夜、足音を忍ばせてダンボール箱を運び出し、ワンボックス・カーに積んだ。

ずしりとくる五十キロ強の重みが、遺体のように感じられた。これだけの札束に何万人の血と怨念が沁み込んでいるのか。無人の立体駐車場でフェラーリを出し、トランクに積み替えた。作業を終えてトランクを閉じると、回転駐車機の上で、ごとっと音がした。

誰かが見ている。楊佳は身構えた。野良猫の目が、きらっと光った。

第五章　〈大門吾郎〉の正体とは

鴨野は自分の机に着き、〈大門〉に関して分かった事実を整理した。

〈大門吾郎〉の実像が、だんだん見えてきた。情報を提供する二本の電話は、いずれも真実に近い内容だろう。前後の脈絡《みゃくらく》に矛盾がない。

〈大門〉は中国人で、中国官憲が指名手配中。〈大門〉の依頼で殺された被害者が、石巻市の大門吾郎だった。

整形手術で顔を変え、指紋まで消して大門吾郎に成りすました。

①晴れて日本人になった〈大門〉は、足立ナンバーのワンボックス・カーを運転して、シモンとともに仙台に向かった。救対本部で芳名録に本籍を書いたが、石巻が「石巻」となっていた。「巻」は現在、中国、台湾でしか使われない。
②被災地に入ろうとして警察官に職務質問され、大門吾郎の運転免許証を提示した。このため〈大門〉は東日本大震災の生存者として区分され、マリは、この情報を頼りに〈大門〉の消息を追い始める。
③マリの依頼を受け、『中央テレビ』でも「特別番組」を組む。偶然に鴨野自身が〈大門〉に遭遇し、スタジオでの《感激の対面》が実現するが、マリは〈大門〉を偽者と断定した。
この流れのなかで、分からない点が三つある。大門吾郎を名乗る中国人は、いったい誰なのか？　大門吾郎を殺した下手人は誰なのか？　大門吾郎の遺体は、どうなったのか？

またも鴨野は壁にぶつかった。鴨野にじかに電話を入れてきた《タレ込み電話の男》は、すべてを知っているに違いない。でも二度と電話をしてはこないだろう。

もう一度、疑問点を確認しようと机の抽斗《ひきだし》を開け、赤鉛筆を取り出した。Ａ４サイズの紙が目に入り、手に取ってみる。マリから大門の写真を借り、「尋ね人」の形で放映した。その折、視聴者からの情報提供として入っていた一枚だ。

〈この人にお会いした憶《おぼ》えがあります。その後、どうなったか気になっています。河野〉と書いてある。

住所・電話番号の下に、元外務省勤務と明記してあるところに信頼が持てた。何度も電話したが、繋がらない。たぶん立て続けに掛けてくるのが『中央テレビ』だと分かっていたのだろう。自分から連絡はしたものの、やはり深入りは避けたほうがよいと判断したか。鴨野は敬遠されていると感じた。情報提供者には、よくあるケースだ。

いったん通報したものの、あとから怖くなる。自分や家族に、どんな災難が及ぶか計り知れない。だが時間も経っている。鴨野は受話器を取り上げ、プッシュボタンを押した。

「『中央テレビ』です」と告げたとたん「あっりゃー」奇妙な叫び声が上がった。隠れん坊をしていた子どもが見つかったときの声みたいだった。嘘をつける人物ではない、と鴨野は確信した。情報提供のお礼を述べ、〈大門吾郎〉のその後を掻い摘んで話した。

「新聞や週刊誌にいろいろ出るもんで、ちょっと吃驚《びっくり》していたんだよ」

朴訥《ぼくとつ》な話しぶりに好感が持てた。なにより〈大門〉を気遣っている印象に、手堅さを感じた。住所は分かっている。

「一度、お宅に伺いたいんですが……」祈るような気持ちで切り出した。

「立場上、ロクな話はできんよ。それでもいいなら、いらっしゃい」

＊

ＪＲ中央線の立川駅で鴨野は降りた。地図を頼りに河野家へ向かう。途中ショッピング・センターがあった。広大な駐車場の周辺に、魚を描いた幟《のぼり》や大漁旗が風に靡《なび》いている。

旧い藁葺《わらぶき》の農家だった。玄関から声を掛けたが返事がない。広い畑に面した縁側から、「こっちこっち」と呼ばれた。庭に回ると、藍染めの作務衣《さむえ》を着た河野が手招きしている。河野は白髪を職人風に刈り上げた老人だった。

「婆さんが出掛けているから、ここでいいでしょう」座布団を二枚、縁側に並べた。

「畑をおやりですか」広い野菜畑を見遣りながら鴨野は訊ねた。

「若いころからの夢でね。ちょうど定年のとき、後継者のいない農家が畑ごと売りに出したんですよ。生き物を育てるのは、いいもんです」老人は顎《あご》を撫でながら目を細めた。

「河野さんは〈大門吾郎〉さんとお知り合いなんですね」鴨野は切り出した。

「知り合いもなにも、子どものときから知ってます。目から鼻に抜けるような子でねぇ。このあいだ、三十年ぶりに訪ねてきましたよ」

「えっ、ここに？」鴨野は高鳴る動悸を懸命に抑えた。

「いま、あんたの使っている、その座布団に座ってね」

「河野さんと〈大門〉さんは、どんなご関係ですか」

「若いころ、私は上海の総領事館に勤めていたんだよ。有名な料理店で『梅龍鎮《メイロンツェン》』というのがあって、彭《ペン》さんという方が料理長をされておった。その彭さんが文化大革命で吊し上げを食ったんだ。彭さん夫婦を総領事館に匿《かくま》ったのが、私だったんだわ」

遠い記憶を手繰り寄せるかのように、訥々《とつとつ》と老人は話した。

「ほとぼりが冷め、彭さん夫婦が移り住んだのが呉春源《ウー・チュンユァン》の家の隣だったのさ」

「えっ、いま、なんと仰いました？」急いでパソコンを出した。

「ああ、そうだね。呉春源《ごしゅんげん》と書くんだよ。彭さんがとても可愛がってね」

「ちょっと待ってください、〈大門吾郎〉すなわち呉春源なんですか？」

「そこなんだよ、私にもよく分からんのは。このあいだウチに来たときは、鈴木健一という名で日本に帰化したと言っていた。なんでまた〈大門吾郎〉なんて名を使い出したのかねぇ」

「すると、その呉さんが、中国官憲から追われているという情報提供は、河野さんではなかったんですか？」

「いやはや、まったく心当たりのない話だよ」

《タレ込み電話の男》が河野ではないかと、一縷《いちる》の望みを抱いていた鴨野は肩を落とした。

「逆にお訊きしたいが、呉春源はなにか、法に触れる事件を起こしたのかね」

「分かりません。ただ呉春源が中国官憲の追跡を逃れるために、整形して大門吾郎に成りすましたとは、考えられます」

「整形していたのか。どうも子どものときとイメージが違うなと感じたんだ」

〈河野から、これ以上の情報を得るのは無理かな〉と鴨野は思い始めた。

「ところで呉春源が私を訪ねてきたホントの理由は、なんだと思うかね？」

「彭爺さんの思い出話ではなかったんですか」

「最初はね。……あんた、御堂浩輝という男を知っているね。御堂が外国の諜報機関に尾行されている。その機関の正体を知りたいというんだ」

「御堂は先日、収監されましたよね。呉春源は、あんな大物と知り合いだったんですか？」

「どの程度の付き合いかは、私にも分からんのだがね。御堂浩輝をマークしていたのは、じつは、アメリカの国防総省だったんだ」河野が声を一オクターブ落とした。

「ほれ、相馬清という歌手が引退発表したでしょう。二人が組んで沖縄の土地を買い漁っていたらしい。それがアメリカの戦略基地構想に抵触したんだ」

「その仲間が、呉春源ですか？」なんだか話がややこしくなってきた、と鴨野は思った。

「あんた、興味あるかな」河野が意味深長《いみしんちょう》な笑みを浮かべた。

「相馬清の引退会見には僕も出ているんです」

「情報源は絶対にリークしないと、断言できるか」物柔らかな河野の目が鋭くなった。

鴨野は、しっかりと頷いた。河野が奥の部屋へ去り、二、三分後に戻ってきた。

「この人に会ってごらん。いろいろと背景が分かると思うよ」

メモ用紙に花岡丈二《はなおかじょうじ》という名と電話番号が記してあった。

「内調の方ですか？」引退会見の後、内調という言葉を小耳に挟んでいた。

「それは、私の口からは言えん」河野が、にたりと笑った。

「呉春源のご両親には、私もずいぶんお世話になっているからねえ。ずっと気になってはいるんだ。また、結果が分かったら連絡して貰えないか」馴れ馴れしい口調になった。

「それから、もう一つ。さきほど仰ったメイロンツェンですが、どんな字を書きますか」

「梅龍鎮だがね」河野は節くれだった人差し指で、廊下に字を書いた。

「やっぱり。梅華鎮という中華料理店を、呉さんが北千住でやってますよ」

「そぅお、梅龍鎮をもじってねえ。凄い時代だったよな」

報道部記者だったころから、事件の核心に迫ってくると、鴨野は神経性胃腸炎を催した。河野家を辞してすぐ、激しい差し込みがあった。

〈大門吾郎〉の正体が、上海出身の中国人、呉春源だと判明した。そのショックに神経が昂ぶったのか。駅までの途中に、ショッピング・センターがあったのを思い出した。

ベルトと臍のあいだに、握《にぎ》り拳《こぶし》を突っ込み、背を前屈みにして、小刻みに歩いた。なんとかトイレに辿り着き、下痢便を一気に放出すると、痛みは治まった。

余裕を取り戻しそとに出ようとすると、エントランスあたりになにやら人だかりができている。『マグロの解体ショー』だった。二メートルもある巨大なマグロを、法被《はっぴ》を着て鉢巻をした男たちが鮮やかな手捌きで解体していく。

最後は小分けにした切り身をお客に売る。『マグロの解体ショー』を見物するのは初めてだ。でも意識のなかで、以前どこかで見たような既視感《きしかん》があった。

〈はて、どこで見たんだろう〉

凄惨に見えるショーに目を配りながら、鴨野は記憶のなかのイメージを巻き戻した。

「凄惨な解体」というイメージから、一人の男が脳裡に浮かんだ。会った経験はない、だが現れるイメージは強烈だった。雷達の元情婦、王恵文《ワンフゥイウェン》と寝たときだ。

恵文は、こんな話をした。

「(雷達は)抗争相手の捕虜を、生きたまま解体したそうだ。シャワーのように血を浴びてね。立ち会った後藤組長さんが反吐《へど》を吐いた、って話だよ」

《抗争相手の捕虜》を大門吾郎に置き換えてみたら、どうだろう。話ができすぎている感もあるが、あり得ない話ではない。

鴨野は仮説を立ててみた。中国官憲に追われる呉春源が、自分と入れ替わる人物の物色を後藤組に依頼する。かねてから、ごたごたの絶えなかった大門吾郎を、後藤組が捕縛し、雷達が生きたまま解体した。

後藤組長は、大門吾郎のバラバラ死体を、東北道を通って北千住の呉春源に届け、折り返し仙台に戻る。後藤組長の足取りは、高速道路のＥＴＣやＮシステムが記録している。辻褄はぴったりと合うが、ウラが取れない。後藤組長亡きあと、証言する者がいない。

＊

翌十月十九日、鴨野は花岡丈二に電話をした。

声は四十半ばくらいだ。こちらから出向くという申し出を、花岡はかたくなに断った。

「あんた、西新宿の住友ビルを知っているな？　今夜七時、地下三階の駐車場で待つ。紺のセダンでナンバーは〇〇〇〇、いいかな？」

なんだか一癖も二癖もありそうな男だ。

「OK」鴨野も事務的に答えた。河野の紹介とはいえ、素性も分からない。外務省の役人にしては、どこか崩れている。かといって、スジ者ではない。

花岡が茶色いグラデーションつきの眼鏡《めがね》で現れた。駐車場自体が暗いので、表情もよく分からない。車の助手席に招かれたが、煙草の脂《やに》の臭いが沁みついている。

「名刺は、交わさないでおこう」いきなり花岡が呟いた。「情報だけが欲しい。お前さん、呉春源の情報を、かなり摑んでいるんだってな」

「分かっているのは、ごく最近の情報だけです」

「なにが知りたい？」高圧的な、頭から舐めて懸かった物言いだ。

「呉春源は、中国でなにをやらかしたんですか」

「奴はね、人民解放軍の諜報部員だったんだ。上官と元恋人を殺害した廉《かど》で指名手配されている。いまでも工作員に追われているはずだ」

マリが二度目にテレビ出演にしたあと、局にタレ込み電話を入れてきた男かとも思ったが、声色が違うし、インテリ臭い。でも、話している内容は同じだ。

「だからこそ、大門吾郎に成りすます必要があった……」

「そういう経緯《いきさつ》だな」花岡が感心したように、鴨野の横顔を見直した。

「で、貴方の知りたい情報は？」脂《やに》の臭いに閉口《へいこう》しながら、鴨野は訊いた。

「奴がいまどこに潜伏しているか、それだけだ」ぶっきら棒に呟く。

「なぜ、貴方が、呉春源の居場所を知りたがるんです？　御堂浩輝や相馬清と一緒に沖縄の土地を買い占めていると思っているんなら、とんでもない勘違いですよ」

「確かに初めは、そう思って尾行をつけた。だが、河野さんの話から、その男の名が呉春源だと分かって、ひと悶着《もんちゃく》あったんだよ」

「何ですか、そのひと悶着って」

「絶対に口外しないと、約束できるか」凄みの効いた声だ。だんだん本性を現してくる。

「約束しますよ」虚勢を張ったが、腰が引けてくる。

「破ったら、命はないぞ」本気で凄んでいるとも思えない。やはり内調かと鴨野は踏んだ。

「ゲーリー・コワルスキーというＣＩＡの職員が、北京のアメリカ大使館に勤務していたときの話だ。人民解放軍幹部と極秘裏に会食した。その席に呉春源が同席していた。その取引内容を暴露されると、米中戦争の火種にもなりかねない。呉春源を見つけしだい、即刻、処刑して欲しいと、ＣＩＡから依頼が入っているんだ」

鴨野に好感を持ったのだろうか。花岡は、すらすらと喋り出した。

「呉春源は、CIAと人民解放軍の両方から、狙われる破目になった。米中戦争の火種というのはコワルスキーの捏造《ねつぞう》にすぎないと、俺は読んでいる。コワルスキーは、ただ、天津のバー《キャロット》での行状や、愛人・李碧霞との愛欲生活を暴露《ばくろ》されないか、怖れているだけだろうよ」チェーン・スモーカーの花岡が、新しい煙草に火を点けた。

「なんですか？《キャロット》とかリー・ピーシャーとかって？」

「知らねぇよ。個人的なスキャンダルだろ、たぶん。コワルスキーには俺も手を焼いてんだ。で、呉春源の潜伏先は、どこだ」

「北千住の梅華鎮《メイファーツェン》という中華料理屋をやっていたが、いまじゃ僕も連絡が取れない」

＊

〈大門〉は相も変わらず鬱《ふさ》ぎ込んでいた。こんなはずではなかった。中国官憲の追跡は、台湾の野柳港で断ち切ったと確信していた。顔を整形したのも指紋を消したのも、完全に日本人に成りきるためだった。この世から中国人・呉春源を抹消するためだった。それが、裏目に出た。

山谷の夜はながい。ガランとした大部屋には、人っ子一人いない。人の温《ぬく》もりがまったくない。日銭を握り締めた男たちは濁酒《どぶろく》を呷《あお》りに出掛けている。テレビもなければ、ラジオもない。何ヵ月もまえの週刊誌やコミック誌が、無造作に積み上げてあるだけだ。『中央テレビ』の鴨野に乞われて生出演したが、当のマリに偽・大門だと見抜かれ、警察も動き始めた。こんな危険を冒してまで、整形する必要はなかったのではないか。

御堂浩輝《みどうこうき》との再会も藪蛇《やぶへび》だった。新冷戦構造ともいえる米中対立が、日に日に深まっている。ペンタゴン＝ＣＩＡ＝内調の情報網に引っ掛かった不運に、御堂たちも気付いていない。呉春源も御堂の一派と見なされ、ゲーリー・コワルスキーの目に止まった。いまはＣＩＡの出世街道を歩むコワルスキーにとって、天津での過去は拭い難い脛《すね》の傷だ。

〈諜報部員だったとき、北京飯店でのコワルスキーとの会談が決裂してから、歯車が狂った。でも、それは俺のせいじゃない。国家と国家の騙し合いの責任を、俺に擦り付けようとしたのだ。失敗した場合のシナリオは、初めから決まっていた。

軍は、鮑《バオ》に李碧霞《リー・ビーシャー》を殺させ、ただちに李の「元恋人・呉春源」を指名手配した。つまり俺を処刑する手段によって、米中密談そのものを隠蔽するのが目的だった。

国家の犯罪は、けっして公にはできない。もし国家の犯罪や誤りがあからさまになりそうなときには、スケープゴートをでっち上げる。いかなる手段を講じても口封じをする〉

この事実を誰かに伝えなければならない。その相手は、悠木マリを措《お》いて考えられない。日本語には自信があるが、何度も何度も書いては、破った。数日を掛けてでき上がった文面を、録音テープに吹き込み、マリ宛ての親展で送付した。

〈悠木マリ様
不躾《ぶしつけ》に、このような録音テープを差し上げる無礼を、お許しください。貴女様にとって掛け替えのない大門吾郎様に成りすまし、『中央テレビ』に出演したうえ、貴女様と一夜をともにしようとした者です。

大門吾郎様の生存を信じ、捜索に全力を挙げておられた貴女様にとって、私は決して赦《ゆる》せない犯罪者だろうと思います。しかしなんの邪心も持ってはいなかったことを、お伝えしたかったのです。鴨野様にテレビ出演を勧められたときも、ずいぶん悩みました。

私、中国籍の呉春源は、もう十四年にわたって中国官憲に追われる逃亡者です。十年一昔と申しますが、いつ処刑されるか怯えながら生き続ける恐怖を、ご推察ください。

一介の諜報部員にすぎない私は、国家が国家の陰謀を塗り潰すために「上官殺し、元恋人殺し」の罪を擦《なす》り付けられているのです。中国官憲の追跡を躱すためには、別人に成りすますしか、方法がなかったのです。

大門吾郎様には、私は一度もお目に掛かっておりません。お人柄もご性格も、まったく知りません。仙台のある非合法組織に、私に容貌の似た人を、という条件のみを付けました。したがって大門様に対して、利害関係や恨《うら》み辛《つら》みなど、毛頭《もうとう》ございません。

いま、ひたひたと、私を追い詰める乾いた足音が聞こえてまいります。意地汚くも、我が身可愛さのあまり、一人の男性を犠牲にした罪が、逆に包囲網を縮める皮肉な結果を招きました。いずれにしても私の贖罪《しょくざい》は、避けられないと感じております。

別に隠し立てをする心算《つもり》もありませんが、大震災後に悠木様の勧めておられる老人ホームに足を運びました。ちょうど悠木様が、高齢者の方々を前に琴を演奏されていました。曲目のなかに『早春賦』がありましたよね。

この曲は、若いころの私が初めて接した『ニッポン』でした。木彫りの八音盒《オルゴール》から流れる調べは、幼い心に沁《し》み込みました。子守歌として私の身体に刻み込まれた『早春賦』を、蘇らせてくださったのが、悠木様でした。身体が震えました。あの瞬間を思い出すたびに、上海で過ごした幼年期の感動に浸るのです。

いま、この文章を認《したた》めながら、運命の怖さを感じております。私が他人に成り替わろうとしなければ、貴女様にお会いする機会もなかったでしょう。しかし成り替わってしまったがゆえに味わうこの苦しみは、神の崇《たた》りというべきなのでしょうか。

自業自得という言葉の重みを実感する毎日です。

二〇一三年十月十四日　呉春源

とうてい返事は貰えないだろうと考えていた。それでも北千住の事務所に呼び戻しておいた楊佳に、〈悠木マリからの手紙は届いてないか〉と毎日のようにメールを入れた。

梅華鎮の所在地は、すでに鮑一味の耳に入っただろうし、見張り番も付いたに違いない。事務所内の動きがいつもと変わらないように、部下たちには頻繁に出入りせよと命じた。不定期的にワンボックス・カーに乗って、周辺を動き回る日課も、楊佳には促しておいた。

「そんなにあちこち動き回れと言われても、行くところがないですよ」

「いやいや、固く考える必要はない。パチンコ屋やゲーセン回ってたっていいんだ。要は事務所がいつも通り動いていると印象付けるんだ。それから、例のダンボール箱はフェラーリのトランクに移したかな？」〈大門〉は、さり気なく探りを入れた。

「それは、だいぶん前、深夜一人で済ませておきました」

フェラーリは、近くのオフィス・ビルにある立体駐車場に預けてあった。昼間は係員がいて、二十四時間いつでも出し入れできる。

*

鴨野にとって、鬱陶《うっとう》しい日が続いた。

《感動の対面》で高視聴率をとったものの、後味の悪い幕切れとなった。打ち拉《ひし》がれたマリを上野駅に見送り、当分、謹慎の処分となった。

小塚原《こづかっぱら》の刑場を思い出す。首を洗って処刑の日を待つ罪人の気分。廊下で擦れ違う同僚たちの、好奇に満ちた眼差しが、胸に突き刺さる。

日がな一日、デスクに着いて過ごす。虚を突いて机上の電話が鳴った。交換台だ。

「警視庁の桜田さんから、お電話です」

色白の美人だが、目の据わった顔を思い浮かべる。

「鴨野さん、ご機嫌いかが？」妙に落ち着き払っている。

「いい訳ないっすよ」ぶっきらぼうに答えた。

「そんな様子だろうと思ったわ。今晩、空《あ》いてらっしゃる？」

「例の一件で干されて、毎日が日曜日ですわ」鴨野は自嘲気味に答えた。

「おばちゃんがお相手だけれど、デートなんて、いかがかしら」

「婦警さんとデートですか。なんか、おっかねーな」

「じゃあ、今夜七時。お宅の隣のホテルにあるお寿司屋さんで、お会いしましょう」

＊

鴨野は早めに局を出て、外からは見えにくい奥座敷に席を取った。

桜田が、七時五分まえに現れた。ベージュ系の色でコーディネイトされたシックなスーツ姿だ。昼間とはがらりと変わった、クラブ・ママ風である。

「貴方、内調にお知り合い、いらっしゃる？」

座布団に座り込むなり、桜田が斬り込んできた。

「これって事情聴取ですか」呆《ほう》けた顔で鴨野は躱《かわ》した。

「いやぁね。だったら、警視庁までご足労いただくわよ」

「勘弁してくださいよ。それでなくても、進退問題で落ち込んでんだから」

桜田が手酌でビールを注ぎ、ぐいぐいと飲み干した。

「偽・大門事件を追っていくとね、大きな壁にぶつかるのよ。本物の大門吾郎はどうなったのかって謎なの。同じころに起きた後藤組長殺害事件がなにか関わっている気がする」

「そうですか。僕の推理した通りだ。メルセデスのトランクから出たＤＮＡの持ち主は、三月十四日午後八時以前に、仙台付近で殺害されています。後藤組長によって、偽・大門のアジトに運ばれた。遺体が大門吾郎本人である確率は極めて高いんだけど、決め手がないんですよ。その接点を、僕は探してきたんだ」鴨野は声を高めた。

「貴方、かなりの情報を握っているわね。決め手って、どういう意味？」

　桜田の目が、ぐいぐいと食い込んでくる。

「大震災で、大門吾郎のカルテはもちろん、遺体の一部、たとえば髪、汗の染みた下着、血液、精液など、あらゆる情報が流されてしまっているんですよ」

「そうなのよね。組長のいない後藤組は解散になって、建物は解体されたでしょう。大門さんの遺品はないかとマリさんに訊いても、手紙一つ呉《く》れなかったそうだし。せめて、建物だけでも残っていればね、ＤＮＡが採取されて殺人現場が特定できるのにね」

「結局、悠木マリさんの事件から、殺人事件が浮上したんですね」

「マル暴絡みの事件は、真相が表に出るケースは、あまりないのね。余計なボロが出るから警察の介入を避ける。証言しても、いずれツケが回ってくるしね」

　桜田が顔を顰《しか》めた。デートに託《かこつ》けた桜田の目的はなんだろうと、鴨野は考えた。

　皿に盛られた大トロの刺身を抓《つま》んだ。脂身の甘みがふわーっと舌の上に拡がる。こんな上等な鮪《まぐろ》なんて、食べた覚えがない。

「石巻の大門吾郎、仙台の後藤組、北千住の〈大門吾郎〉を結ぶ三角形の、全体像を把握している人間が、一人は確実にいるはずなんですよね」鴨野は推測を披露した。

「そこでお願いがあるのよ。ぜひ、捜査の協力者になって欲しいんだけど」

「こんな旨い大トロを、御馳走して貰えるんなら」

「いいわよ、これくらい」姉御肌の桜田が微笑んだ。

＊

玄関のブザーが鳴った。〈いまどき、誰だ〉楊佳は身構えた。

〈用向きの人間はかならず、表の《梅華鎮》を通してくるはずだ。この隠しアジトを、いきなり訪ねてきた者は、一人としていない〉

「どなたですか」若い衆がインターフォンに出た。

「いやいや、台湾から来た廖春草《リャオチュンサオ》という者よ。呉先《ウーシエン》に会いに来た。開けてくださらんか」

三階にいた楊佳は、連絡を受けた。

「廖春草？　おかしな名前だな」

春草とは、台湾では女性の陰毛を意味する隠語だ。首を傾げながら楊佳は降りた。

「呉は留守中ですが、どんなご用でしょうか？」

「留守中か。それは残念だな。東勢村の張大山の友人だがな」

東勢村は楊佳の出身地だ。村の長老の張大山の名が出たからには、疎《おろそ》かにはできない。子分衆が屯《たむろ》する大部屋に案内した。

色浅黒く小柄で痩せこけている。案山子《かかし》のような身体に、だぼだぼの茶色いスーツを着ているので、まるで蠊螂《ゴキブリ》みたいだ。真っ白い髪を後ろに撫でつけているが、頭頂部は地肌が剥き出しになっている。

特徴的なのは虚ろな眼差しで、ときどき獰猛《どうもう》な狼《おおかみ》の目に変わる。齢《よわい》七十前後か。廖の目がすばやく、調度品などを検分した。

「呉先は、ずいぶん豪勢な暮らしをしているようだが、どんな仕事をしているね」

ビビーッと楊の頭に電流が走った。〈あの男だ。間違いない〉

台湾大震災の少しまえだ。日本語塾を開いていた呉春源のもとへ、楊佳少年は通い詰めていた。見知らぬ老人から、呉春源について、あれこれ訊かれた。あの口調とそっくりだ。

あの直後に、呉春源は出奔《しゅっぽん》した。この男と呉春源のあいだになにがあったかは知らない。人間関係の、訳の分からない狭間《はざま》に、いきなりクビを突っ込むと、碌《ろく》な結果にはならない。

「老廖は張大山先生のお知り合いですか。私は、東勢の出ですが……」

廖が慌てた。凄味を帯びた顔から、すぐさま柔和な好々爺《こうこうや》に戻った。

喋りすぎたと気付いていて、廖の口が急に重くなってきた。対照的に、楊佳の質問は、ますます切っ先が鋭くなっていく。廖の来意を、呉春源に正確に伝えなければならない。

楊佳は台湾を出てきて、十年近くなる。親兄弟の消息も気懸かりだ。廖春草が故郷・東勢の人と聞いただけで、楊佳の胸の鼓動は昂まった。質問は楊佳の知人の消息に集中する。

「さあて、あのお人は、どうしておられるかいなぁ。儂《わし》も寄る年波には勝てず、外出もめっきり少なくなってのう」曖昧《あいまい》な返事を繰り返す。

「ところで、あんたは客家訛《なま》りがあるね」

〈なにを言っているのだ、この爺さんは〉楊佳は、気色ばんだ。東勢は、客家の村だ。長老の張大山の知人と名乗るからには、そんな常識を知らないでは済まされない。自分は東勢村の出だと、はっきり告げたはずだ。それを客家訛り云々はないだろう。

「老廖、貴方はほんとうに東勢の人ですか？」と正面から斬り込まれて、廖が狼狽《うろた》えた。

「訳あって詳しい話はできないが、張大山に助けを求めて、東勢に滞在した経験がある。儂は正真正銘の客家人じゃ」

最後の言葉は、同じ客家人である楊佳の胸に重くのし掛かった。崖っぷちに追い込まれての、廖の懸命のうっちゃりだった。

「ちょっと、ハバカリを貸していただけないか。年をとると、近くなってのう」

ウソだろう。楊は先刻承知だ。だが、断る理由がない。

「階段を上がって一番奥です」

二階から上には、随所に監視カメラが据え付けてある。配下の一人が小部屋でモニター画面を睨んでいる。楊佳は小部屋に移った。

廖がゆっくり廊下を進んだ。両側には小部屋が連なっているが、配下の連中の個室だ。

廖が小用を足す振りをした。物音でも聞こえたのか、トイレの壁に耳を当てている。

真上は二匹のシベリアン・ハスキーの小屋だ。一見《いっけん》、三階建てに見える、このビルには、偽装された四階がある。トイレを出た廖が、あちこち舐めるように見回している。四階への隠し階段を探しているのだろう。

＊

春源は、不審な老人の訪問を楊佳から知らされた。老人の怪しげな行動を、楊佳が実況中継している。モニター室から電話しているのだろう。風体から察するに、鮑に違いあるまい。台湾大地震の直前、春源の身許をあれこれ聞いてきた老人だ、という楊佳の記憶によって裏付けられた。春源は話を聞き漏らさないよう、相槌《あいづち》も打たなかった。

〈ついに、嗅ぎつけたか〉鮑風珍。プロの工作員の執念と怖さを、身に沁みて感じた。相手の腕力だとか凶暴性は問題ない。この世で最も怖いのは、人の恨みと執念である。鮑風珍の人物については、楊佳にも話していなかった。春源は掻い摘んで、鮑との腐れ縁を伝えた。

「老板の居場所をしつこく訊かれましたが、喋ってはいません。実際に知らないんだから言いようがありませんよね」わずかに皮肉を込めた。

*

「ずいぶん永かったですね」廖が戻ってくると、楊は嫌味を言った。

二階の応接セットで鮑と楊佳は向かい合った。楊佳の背後に子分衆が並んだ。

「人払いを」鮑が命じた。子分衆がてんでに散った。

「儂のバックには中国大使館が控えておる。なにもかも筒抜けじゃ」

「廖春草。またの名を鮑風珍。中国諜報機関のコマンド……。呉春源からすべて聞いたよ」

「そんな戯言《たわごと》はどうでもよい。早くこれに着がえろ」バッグのなかから女物の衣類やヘアピース、サングラス、マスクなどを取り出した。

楊佳は腕を組んだまま、もう五分も身動きしない。下手な口を利くと揚げ足を取られる。

「なぜ、黙っておる」おたがい腹の探り合いだ。

業を煮やして、鮑が鋭い語調で詰め寄る。痩せこけて窪んだ眼窩《がんか》が、哀れだった。

「老鮑は呉春源を捕まえて、いったい、どうされるお心算《つもり》ですか？　それを伺わないと」

建物のなかでは放し飼いになっているタロとジロも、聞き耳を立てている。

「そりゃ、もちろん……日本の警察に引き渡す」

鮑のこの一言で、楊は、鮑の話が口から出任せだと見抜いた。

「それなら初めから、日本の警察に任せておけばいいでしょうが」

「お前は、台湾の客家だったな。福建省も台湾も、客家の根は一緒じゃ」

客家の出自を指摘されるのが、楊はいちばん辛い。

「客家は、部族の結束を、なによりも重んじる。分かっておるな」

鮑が凄んだ。部族の結束を持ち出されても、中国と台湾じゃ、環境が違う。

「日本にも客家は、いくらでも住んでいるでしょう。なぜ、私なんですか」

「整形手術後の呉春源の顔を、儂は見ていない。新聞や雑誌に出てくるのは、若いときの大門吾郎本物のスナップ写真か、テレビ報道された後頭部だけじゃ。そのうえ、サングラスやヘアピースで変装されたら、お手上げじゃ。アカの他人を手に掛けたら、今度は儂が、日本官憲に追われる立場になる」

楊佳の頭に、妙案が閃いた。

〈鮑を泳がせておくのは危険だ。この爺さん、呉春源を見つけしだい殺すハラだ。ならば、この俺が従《つ》いて回って、もしもの場合、俺がこの爺さんを始末する〉楊佳は不敵に笑った。

「で、私は、なにをすればいいんですか」

「黒いワンボックスの車があるだろう。なかで寝泊まりできるヤツな。とりあえず、あの車を運転して、仙台に同行してもらいたい」

「出発は、いつ？」楊佳は、後藤組長殺しの指名手配も気掛かりだ。

「なにを言っておる、いま、すぐじゃ」

「なんにも支度ができていない」

「身の周りの品は、途中で調達すればよい」

二階の玄関を出かかったとき、鮑が鋭い目で振り返った。

「その二匹の犬は、呉春源の飼い犬だな。一緒に連れていこう。春源も喜ぶじゃろうて」

鮑が含み笑いをした。またなにか企んでいるなと、楊は思った。

ここは鮑に組するように見せかけ、いざというときにはオレが鮑を始末する。いずれにしても、このアジトに留まるのは危険すぎる。楊佳は部下たちに注意事項を言い含め、鮑と行動をともにする破目になった。

*

鴨野は昼下がりの社員食堂で窓際に頬杖を突き、ぼんやり富士山を眺めていた。携帯電話がけたたましく鳴った。

「《梅華鎮》の家宅捜索《がさいれ》許可が下りたのよ。明朝十時。あなたが〈大門〉を嗅ぎつけた場所。暇なんでしょ、ご一緒しましょ」桜田だった。

〈まだ、オレの顔を立ててくれる人がいる〉鴨野は涙が滲むほど嬉しかった。

「行きますよ、もちろん」後藤組長殺害事件と偽・大門事件の接点がかならず出ると、鴨野は確信した。

《梅華鎮》の周りを現場保存テープが物々しく囲んだ。ガラス窓のカーテン越しに、様子を窺っていたエプロン姿の主婦たちが出てきて、顔を見合わせながら遠巻きの輪を縮めた。

「何があったの」「人殺しかしら」「得体の知れない若い男たちが出入りしてたよね」

女たちの囁きに鴨野は耳を傾けた。こういう連中がワイドショーの視聴者なんだ。

「鴨野さん、早く入って」桜田が呼んだ。VTRキャメラを抱え、鴨野はテープを潜った。

「こちら『中央テレビ』の鴨野ディレクター。〈大門〉のアジトを最初に突き止めた方。捜査協力をお願いしました」捜査員全員に、桜田が紹介した。

桜田が、《梅華鎮》のドアをグイと押した。警察手帳と捜索差押許可状を提示した。捜査陣、鑑識課員ら十数人がぞろぞろとあとに従った。《梅華鎮》の家主、村田義雄が立ち会った。

「強姦罪の被疑者〈大門吾郎〉の家宅捜索を行います」桜田が告げた。

「えっ、〈大門〉君が強姦罪？　まさかっ」村田が頭《かぶり》を振った。

〈大門〉が強姦罪なら俺は強姦幇助罪ではないかという思いに、撮影を続けながら鴨野は捉えられた。

「貴方は？」桜田が優しげに微笑みながら畳み懸けた。

村田の声に、鴨野は聞き覚えがあった。仙台に救援物資を運んだワンボックス・カーについて、陸運局に所有者を照会したのが三月《みつき》以上まえ。電話口に出た村田は、〈大門〉という名に「聞いた覚えがない」と確かに答えた。〈大門〉とは昵懇《じっこん》の仲に違いない。

「建物のオーナーで村田義雄といいます」頭を掻きながら村田が答えた。

「〈大門吾郎〉とのご関係は?」桜田が鋭く切り込んだ。

「大家と入居者です。彼らがなにをやっているか、まったく知りません」

しどろもどろに答えた。

「全員、身分証明書を提示してください」

〈大門〉との初対面の場面を鴨野は思い出した。ウェイトレスの〈大門〉への接し方から、オーナーは〈大門〉だと分かっていた。この事実は、あとで桜田に告げなければならない。

「〈大門吾郎〉の関係者に当たりますから、指紋とDNA採取にご協力いただきます」

鮑に同行した楊佳を除く、六人の子分衆に動揺が走った。数人が逃げようとした。

「動くな! 全員の身柄確保!」桜田の甲高い声が響き渡った。

日本国籍を持つ一人を除き、不法滞在の子分五人が逮捕され、護送車に連行された。半グレの男たちにキャメラを向けながら、改めて鴨野は〈大門〉という男の人格を思わずにいられなかった。人民解放軍やCIAに付け回される一方で、半グレの若者たちに慕われるスケールの大きさを。

二、三階の捜索は、すぐに終わった。捜索の本丸は、四階だ。隠し階段が、個室の一つに填《は》め込んであった。タンスの裏板を外《はず》し、階段に繋げる仕掛けが施《ほどこ》してある。普段は使われていない部屋だ。階段上に施錠した扉がある。個人用浴室とトイレ、その隣に犬小屋が設けてある。他に小部屋はなく、大きな一つの空間になっている。

二、三階と異なる点は贅《ぜい》を尽くした調度品だ。天井と壁は赤みがかったブルーで統一し、カーペットも同系色で合わせてある。大きめのベッド、黒檀の応接セット、事務机はフランス製のロココ調だ。

形ばかりの暖炉が切ってあって、その上に、びっしりと八音盒《オルゴール》が並んでいる。金塊でも入っていないかと、捜査員の一人が一つの蓋を開くと、『早春賦』のメロディーが流れた。緊張で張り詰めた空気が、一瞬やわらいだ。鴨野はあることに気付いた。

犬小屋に犬はいない。小屋のなかを撮影していると、ステンレス製の餌《えさ》皿が画面に大写しになった。鴨野は、そばにいた村田に訊いた。

「ここ犬小屋ですよね。犬はどうしました？」

「あれっ、シベリアン・ハスキーが二頭いるはずなんですけどねぇ。どうしたのかな」

二頭のハスキー犬が、解体された人肉に食らいついているイメージが鴨野の頭に閃いた。

鴨野の身体を電流が貫《つらぬ》いた。

「桜田さん、接点は、ハスキーだっ！」鴨野は叫んだ。

『梅華鎮』地下の肉解体所を検分していた鑑識課員が、四階に上がってきた。

「肉解体所からルミノール反応が出ました」と、桜田に報告した。

「鑑識さん、ここもお願い」犬小屋を指差す桜田の顔が強張《こわば》っている。

ルミノールは血液中のヘモグロビンに反応して青く発色する。ハスキーは生肉食だからルミノール反応が出ても不思議ではない。

「人血が出ないか、科学捜査研究所に回してちょうだい」桜田が自信を持って命じた。

鴨野は、後藤組長殺しとの、決定的な証拠が出るに違いないと直感した。

第六章　フェラーリで東北へ

楊佳は鮑と仙台に向かっていた。疲れが出たのか鮑は助手席に沈み込んでいる。マナーモードにしている携帯電話が震えた。発信者は《梅華鎮》の村田だ。

「楊ちゃん、たいへんだよ。事務所が警視庁の家宅捜索を受けたんだよ。外国人登録書を持っていないからって、若い衆が五人もパクられちゃった」村田の声が震えている。

「なにか重要なモノは、見つかってませんか」努めて落ち着いた声で楊佳は訊いた。

「肉解体所と犬小屋からルミノール反応が出たとか言ってたなぁ。楊ちゃんの部屋からも、指紋やDNAを採ってたよ。この件、すぐに〈大門〉君に知らせたほうがいいんじゃないかな？」

楊佳は怯《おび》えた。阿武隈PA《パーキング》での後藤組長他二人の殺害が、すぐに思い浮かんだ。証拠隠滅には万全を期した心算《つもり》だ。だが、国道四号線脇の林に埋めたバッシューやマスクが発見されていると、オレのDNAに確実に繋がる。

事件以来、警察の取り調べは一度もなかった。他の事件さえ起こさなければ、今後とも容疑者になる心配はないとタカを括っていた。老板が起こした事件で、オレの部屋からも指紋やDNAを採られるなんて。

楊佳はスーパーの前に車を停めた。トイレに入り〈大門〉を呼び出した。

「今朝、アジトが警視庁の家宅捜索を受けました。捜査の中心は地下と四階で、徹底的に洗われました。タロとジロの小屋と、地下の肉解体所が集中的に捜索されたそうだから、大門吾郎の遺体に辿り着くでしょうね」

楊佳の口調は投げやりだった。「オレのDNAも採られたから、阿武隈PAの一件が露見するのも時間の問題でしょう。どうしたらいいんですか、老板。どこにいるんですか」

「迷惑を掛けて、すまない。居場所を教えたいが、この電話も、逆探知されている可能性がある」プツンと音がして、電話は一方的に切れた。

楊佳の脳裡に、五億円ものカネを運び出した夜の情景が蘇った。

あの五億円の行方も気になる。フェラーリに移すよう指示して、〈大門〉自身は地下に潜ったが、あのカネは、どうなるのだろうか。カネに執着する男ではなかったが、独り占めにして海外逃亡する心算《つもり》なのか。

仙台から東京へ引き上げるよう、〈大門〉が楊佳に指示した理由も判然としない。五億円をフェラーリに移すためなのか、親しくなりすぎたマリと楊佳のあいだを遠ざけるためなのか。

まさか、ハスキー犬に食わした肉汁からルミノール反応が出ようとは。

「山谷も危ない」〈大門〉は包囲網の狭まるのを実感した。早々に旅館をキャンセルし、北千住に向かう。できるだけ人に会わないように、路地ばかりを選んだ。

*

立体駐車場からフェラーリを出した。料金は月極めだから、出し入れは自由にできる。駐車場は回転式になっていて、番号を押すと、つぎつぎに車が現れる。丸椅子に胡坐を掻き、スポーツ新聞を読んでいた管理人が、どろんとした鴉《からす》のような目で〈大門〉を見遣った。目が合うと突然、雷に撃たれたように棒立ちとなり、愛想笑《あいそわら》いをした。

車に乗り込み、久々にエンジンを掛ける。深く沈んだ快適な音だ。バックにギヤを入れ、少しだけ車を動かす。ターン・テーブルが回り、車の前後が逆になった。

いったん降りて、トランクを開ける。ダンボール箱が、びっしり詰まっている。

「凄い車ですね」揉み手をしながら、管理人が脇から覗き込んだ。

「なんか、紙袋はないか」

「こんなもんで、よろしいでしょうか」デパートの手提げ袋を持ってきた。

〈大門〉の差し出した千円札を、管理人が恭しく受け取った。立体駐車場は国道四号線の上り車線に面している。国道は中央分離帯があって、とりあえず左折して都心に向かわねばならない。国道に出る前にバックミラーを覗くと、管理人が興奮の面持ちで携帯電話を耳に当てていた。

〈野郎、チクリやがったな〉〈大門〉は罵《ののし》った。

国道をしばらく走り、中央分離帯の切れ目でUターンをすると、パトカーのサイレンが聞こえた。パトカーは対向車線を走ってくる。なんと、立体駐車場の前で止まった。

〈大門〉は狼狽《うろた》えた。立体駐車場を出てから、まだ五分と経っていない。あまりの早さに動転した。この急場を逃れられるだろうか。不安がよぎる。

管理人が車の車種、色、ナンバー、都心方向へ向かったなどの目撃情報を、タレ込んだに違いない。〈大門〉はシニカルに口を歪めた。絶体絶命。袋の鼠だ。

荒川放水路にかかる千住新橋の途中から、東北道に入る側道があるが、やり過ごした。下手《へた》に東北道に入ると、蜘蛛の巣に跳び込むも同然だ。Nシステムは国道四号線にも設置されている。左手にホームセンターがあった。とりあえず車を駐車場に乗り入れる。

ふと脳裡にシモンの顔が浮かんだ。シモンなら、いいアイデアを示してくれるはずだ。トイレのそばに、鶯《うぐいす》色の公衆電話があった。GPSのチェック機能に引っ掛かる携帯は、できるだけ使いたくない。公衆電話のプッシュボタンを押す。

「シモンさんですか。〈大門〉です」心臓が、どっくんどっくんと鼓動する。

「〈大門〉君。いや、呉君か。心配していたぞ。いま、どこにいる?」

「これから、東京を離れるところです」

「元気そうで、なによりだ。世間は君の話題で持ち切りだよ」

「真相が分からないから、言いたい放題、書きたい放題でしょう?」

中国で諜報部員だったころからの経緯は、悠木マリには録音テープで知らせた。『上官殺し』の真実を、もう一人、誰かに託しておきたい。マリに送った録音の内容を、〈大門〉はシモンにも語った。じっと聞き入っていたシモンが答えた。

「日本の警察に出頭してみたら、どうだろう。釈明の機会は、与えられると思うが」

「もう、殺し屋が日本に入国しています。出くわせば、その場で処刑でしょう」

シモンが唸った。なにか考えるふうだ。〈大門〉は祈るような気持ちだった。

「権力者は、腐った林檎《りんご》……、いやいや君のことじゃないよ、林檎はできるだけ早く排除するんだ。君は自分で気付かないうちに、腐った林檎にされちまったんだよ」

「これは、僕の運命なんですか?」

「運命なんて、若い人の考える言葉じゃないよ。いいかい。国家、いや権力という化け物は、自らの誤りは、認めないものなんだよ。認めると存続が危うくなる。だから、誤りは弱いところへ擦《なす》り付ける」ここでシモンが一息入れた。

「結局、力のない者が消されるんですか」思わず抗議する口調になった。

「人間の歴史を、振り返ってごらんよ。『物言わぬ少数派《サイレント・マイノリティ》』の多くが濡れ衣を着せられ、葬り去られていった」

「大門吾郎の身代わり殺人も、実行犯は私という濡れ衣になるでしょうね」

「呉君、やっぱり君は逃げたほうがいい。逃げて逃げて逃げまくれ。逃げまくる行為が、国家に対する抵抗の証《あか》しなのかもしれない。ちょっと待ってくれよ」

シモンが、いったん電話から離れた。藁をも摑む気持ちだった。二分ほどで戻ってきた。わずか二分が、二十分にも感じられた。

「君の車に、カーナビは付いているね」

「付いておりますが」〈大門〉の声が弾む。

「これから電話番号を言うから、控えてくれないか。〇〇〇……。花巻の奥だが、私の知り合いが湯治場《とうじば》をやっている。しばらくは潜伏できるはずだ」

「シモンさん、いろいろとご協力、感謝します。お世話になりました」

「呉君、諦めるんじゃないぞ」シモンが涙声になっていた。

ホームセンターで帽子、サングラス、マスクを買い、顔を隠した。中古の携帯電話も、リサイクル・ショップで買い替えた。

「中古にしちゃあ、高いんじゃないか？」

「お客さん、身分証明書をお持ちですか」

〈大門〉は狼狽《うろた》えた。〈大門吾郎〉の運転免許証はあるが、出すわけにはいかない。

つぶさに様子を窺《うかが》っていた店員が、脂下《やにさ》がった顔で呟いた。

「浮気専用電話とかね、けっこう需要が多いんですよ」

フェラーリを乗り換えようと考えたが、身分を証明するものがなにもない。フェラーリもワンボックス・カーも《梅華鎮》のオーナー村田名義で買った。中古車売り場はいくらでもあるが、自動車検査証の登録に〈大門吾郎〉の免許証を提示はできない。

あとは車を盗むか強奪しかないが、いまは余裕がない。幸い管理人が、都心方向に向かったと証言したはずだ。Nシステムが張り巡らされた都市部は一刻も早く抜け出したい。変装をして、路地伝いに北に向かった。新しいカーナビは途中で買い換えよう。

カーナビの目的地を仙台に設定し、裏通りを選んで走った。江戸川、利根川と越えるたびに田園地帯が拡がった。田畑を突っ切る農道の、左手前方に、こんもりした林が見えた。そばを通ると中古車売り場が目に入った。乗用車ばかり七、八十台が展示されている。

こんな場所でよく営業できるなと、感心しながらスピードを落とす。無人だ。回り込んで林のなかにフェラーリを乗り入れた。入口の門扉に足を運ぶ。

〈当分のあいだ、休業いたします〉と、ビニール袋に入れたボール紙が貼ってある。

フェラーリに戻り工具を取り出して、まずフェラーリのナンバー・プレートを外し、展示場のなかの、目立たない場所にある車のプレートと付け替えた。

ときどき所有者が見廻りに来るだろうが、ナンバーが替わったとまでは気が回るまい。

＊

フロントグラスに当たったぐしゃっと潰《つぶ》れる頼りない雪だった。

降り出したのは、宇都宮を越えたあたりだった。それが那須《なす》に差し掛かると、芯のあるかたくなな雪に変わった。砂のようにへばりつくのをワイパーがざぁーっと削ぎ落とす。〈大門〉の、ささくれ立った神経を逆撫《さかな》でする音だった。

途中でカー用品の店に寄り、カーナビを買った。新品を取り付け、シモンの教えてくれた電話番号をインプットした。仙台に、嫌でも会っておかねばならない人物がいた。雷達だ。この期に及んで、新たな敵は、作っておきたくない。

仙台市内に入ると、郊外はもう真っ白に染まっていた。買い換えた携帯で、公衆電話のある場所を検索する。スーパーの入口にあった。雷達に電話する。

「呉春源だ。いま、仙台にいる。できるだけ早く会いたい」

「お前一人だろうな」猛獣が唸るような声だ。

〈大門〉は、雷達の疑い深い三白眼《さんぱくがん》を思い出した。

「広瀬川に沿って遡《さかのぼ》ってくると、霊屋橋《おたまやばし》という橋がある。橋を渡りきったところで待て。くれぐれも言っておくが、騙《だま》し討ちは、ごめんだぜ」

橋の袂で待つこと十分。足早に歩いてくる男がいる。雷達だ。身体より一回りも大きなスーツを着ている。大柄で骨ばった身体。青白い顔。剃り落とした眉毛の下に、眠ったような半開きの目。捨て身で生きていく男の凄味が、会うたびに色濃くなっていく。

「えらい豪勢な車に乗っているじゃねぇか」

フェラーリの助手席に、どかっと座り込んできて、ドスを効かせた。

「約束のシナだ」〈大門〉は足許からデパートの紙袋を引っ張り出し、雷達の膝に置いた。なかには千七百万円が入っている。

「手持ちのゼニも、底を突いたところだ。助かるぜ」にやっと笑った顔が悍《おぞ》ましい。

「これで、お前とは貸し借りなしだぞ」

「他人行儀な台詞《せりふ》を吐くじゃねぇか」

「ところで、大門吾郎を手に掛けたのは、お前自身だったのか？」

「ふっふっふ、その手には乗らんぞ。どこに盗聴器が仕掛けてあるか分からんからな」

雷達が、ぐるっと車内を見回した。

「そんな与太話より、お前、人民解放軍に追われているんだってな」

「誰に聞いた？」〈大門〉は殺気立った。

「地獄耳よ」また気色《きしょく》の悪い声で嗤った。

「鮑風珍に、俺の東京の住所を教えたのは、まさか、お前じゃあ？」

「ああ、俺だよ」しれっとした声で雷達が答えた。「お前が軍に追われようがどうなろうが、俺にはなんの関係もない。それに鮑風珍は、俺にとっては、大恩人だからな」

「どんな恩人だ」意外な結びつきに、〈大門〉は興味をそそられた。

「鮑風珍がまだ恵州で、幇の幹部をしていたころだ。俺等、八歳から十三歳くらいの孤児《みなしご》が、広東省の東莞《ドングァン》でスリや置引きをやっていた。深圳《シェンツェン》や東莞《トンクァン》に工場進出した台湾や日本の経営幹部がカモだ」柄にもなく、雷達が目を細めた。

「〈当たり〉の良いときはいいが、悪いときにはメシも食えず、農家の納屋などに忍び込んで、風雨を凌いだもんだ。見かねた鮑風珍が俺等を幇に連れていき、下働きに使ってくれた。鮑風珍がいなかったら、俺等は一人残らず餓死していただろうよ」

遠くでパトカーのサイレンが鳴った。猛スピードで近づいてくる。

「いかん、伏せろ」〈大門〉は叫んだ。一瞬、なぜだと思った。カーナビも替えたし、携帯も替え、ナンバー・プレートも替えた。やはりNシステムに引っ掛かったか。だが、パトカーはスピードを緩《ゆる》めず、そのまま過ぎ去った。

〈俺だけでなく雷達も警察にマークされているに違いない。雷達とは早く離れたほうが無難だ〉〈大門〉は考えた。

仙台ではマリに会うのが大きな目的だったが、このショックは大きかった。心理的に包囲網が縮まっているのを感じる。

マリとの再会は急ぐ必要はない。いったん仙台を離れよう。針路は、シモンが教えてくれたカーナビの電話番号が導いてくれる。

＊

車の前方に『仙台南』の道路標識が見えてきた。東北道をここで降りて市内に向かうよう、楊佳は助手席の鮑から指示を受けた。

「ここ、仙台でしょう。どこに行くんですか」楊佳にとっては縄張りみたいな街だ。

「仙台駅の正面広場で、人を一人、拾ってもらおう」

駅前のロータリーに入る。一般車の乗降場に、釣り人の格好をした大柄の男が、肩をこごめて立っている。鮑が顎を刳《しゃく》った。風体の崩れた男だ。鮑が雇った殺し屋だろうと、楊は思った。そばに車を停めると、サイドドアを勢いよく開いて男は乗り込んだ。

「なんちゅう恰好じゃ、ド阿呆が。この寒空の下で、釣りなんかに行くバカがいるか」

男は、猫のように縮こまって言い訳した。

「こいつの入れ物に困っちまって」釣竿を収納するビニール袋を示した。

「スキー板のケースだとか、ホッケーだとか、考えれば、いろいろあるじゃろ」

〈二人は、かなり気心が知れているな〉と楊佳は踏んだ。

「ところで呉春源の奴。昨日、カネの支払いに仙台に来たのか」

「カネは払ってくれました。老鮑に頼まれていたGPS発信機も奴の車に仕掛けましたよ」

「楊佳、ノート・パソコンを開いて、呉春源のあとを追え」鮑が上機嫌だ。

「こちらは、どちらさんで？」雷達が鮑に訊いた。

「呉春源の懐刀と言われた楊先生よ。儂と同じ客家の同胞だ」

「ケッ、こりゃ、とんだ呉越同舟だ」雷達が哄笑した。

「で、持ってきたブツは何だい」鮑が訊いた。

「ウィンチェスターの猟銃と付属品の照準器です」

鮑が満足そうに頷いた。

〈この二人と、最後は殺し合いになるだろう〉楊佳はハラを括った。

＊

〈大門〉の車は、北へ北へと向かった。

路地から路地へと辿ったが、なんとなく落ち着かない。雷達の言っていた盗聴器の連想から、なにか取り付けられた惧れもある。木立の陰に車を停め、念入りに調べると、座席の下にＧＰＳ発信機が忍ばせてあった。

おそらく鮑の入れ知恵だろうが、諜報のプロならこんな子どもじみた仕掛け方はしない。雪を被った農道を、好都合に砂利トラがゆっくり走ってきた。〈大門〉は発信機をトラックの荷台に投げ入れた。

このところ、しばらく続いた緊張が取れて、重い肩の荷が下りた。林道や農道をゆっくり走り、疲れたら座席を倒して微睡《まどろ》んだ。

闘い続けの人生だった。鮑一味や自分自身の運命と懸命に闘ってきた。それが真っ当な人生といえるだろうか。もし神という存在があるとすれば、いまこそ神が与えてくれた休息ではないだろうか。目の前に、茫洋《ぼうよう》と拡がる平野を縁どって、紅葉の林が連なっている。そのまた遥か奥深く、真っ白い雪を頂いた山々が横たわっていた。

神々の宿る霊峰――、その胸元にいま、我が身を預けようとしている。偉大な自然の前で、俺なんて、なんとちっぽけな存在か。しみじみと思った、目頭が熱くなった。初めての経験だった。

カーナビの指示に従い、車は岩手の農道をひたすら北西に走った。GS《ガソリンスタンド》があった。小学生のような手書き文字で、〈この先、スタンドありません〉と掲示板があり、給油することにした。

「チェーンなしだと、危険です」従業員の勧めで、スタッドレス・タイヤに交換した。

路傍の小さな手作り看板には『花巻温泉郷　右へ〇キロ』と出ている。だが、カーナビは依然《いぜん》として、直進を要求している。

〈シモンさんは、いったい、どんなところに連れていこうというんだろう〉

不安感が過《よ》ぎる。山間部《さんかんぶ》への林道に差し掛かるころには、陽はもうとっぷりと暮れていた。坂道を上るに従い、雪の嵩《かさ》が高くなる。林道を囲む広葉樹の枝に、雪が真綿のように被さっている。雪の重みで枝先が撓《しな》り、雪の洞窟になっている。

〈大門〉はヘッドライトを点け、射角をアップにした。白い洞窟のなかを光の束が突き抜ける。鼬《いたち》や狐などの小動物が、おどけた仕種で光を遮る。〈大門〉は車のエンジンを止めた。白い洞窟をタイムスリップする心地よさに身を委ねた。目を瞑《つむ》る。猿や熊も出てきて踊り出した。メルヘンの世界を漂う不思議な感覚だった。

ふたたび発進してすぐにカーナビが停止し、〈大門〉は我に戻った。道路の右手、一段と低まった河岸段丘《かがんだんきゅう》に巨大な建物が現れた。木造二階建ての建物の中央あたりに玄関がある。

飛び立たんとする鳳《おおとり》が、大きな翼を開いたその瞬間、凍《い》てついてしまった。そのまんま、こんもりと雪を被った、厳《おごそ》かな趣きに圧倒される。どこかで目にした光景だった。幼いころ、故郷の上海で見た外灘《ワイタン》の雪景色。黄浦江を見下ろす欧州建築群も、こんなふうに雪を頂いていたっけ。無性に故里が恋しくなった。

父や母は、どうしているだろうか。〈大門〉を自転車の荷台に乗っけて、上海を走り廻った彭爺さんの背中の温《ぬく》もりが、蘇《よみがえ》ってくる。

こんなに人里離れた山奥にある建物といったら、中国では宗教の修行場くらいだろうか。カーナビが停止したからには、ここが目的地なのだろう。

〈大門〉は恐る恐る車を降りた。玄関に立つ。庇《ひさし》には手の込んだ造作が施してある。看板に『鉛温泉』とある。ナマリオンセンと読むのか。ブザーを押す。着物姿の女性が迎えた。

「お泊りですか？」怪訝な眼差しで〈大門〉の顔を見直した。

「シモンさんという方に、紹介をいただきました」

「ああ」と仲居の硬い表情がとたんに砕けた。小走りに奥に行き、宿の主《あるじ》を伴って戻ってきた。初老の主は、綿入れにくるまり、ニット帽を被っている。

「やあやあ、遠いところから疲れたでしょう。シモンから連絡を貰っているよ」

旧知の客を迎えるように、相好を崩した。

「ずいぶん山深い場所なので、ちょっと不安になりました」

〈大門〉の緊張は一気にほぐれた。

「お食事になさいますか。お風呂を先にされますか？」

打ち解けた口調で、仲居が訊ねる。

「どっちにしましょうか。こういう旅館は慣れないもので」

「それなら、お風呂になさいませ。当館名物の『白猿の湯』にご案内いたします」

「温泉は初体験です」緊張気味に答えた。

宿は創業百年になる総欅《けやき》造り。黒光りする柱や廊下が歴史を滲ませる。六百年も昔、傷付いた白猿が岩穴から出てくるのを、村人が発見した。岩穴のなかに湧き出る『白猿の湯』は、建物のど真ん中にあった。

竪穴式の湯舟には、階段を伝わって降りる。岩穴は当時のまま使っているので、浴槽の深さが百二十センチもある。天井は二階半くらいの吹き抜けになっていて、周囲の廊下からは丸見えだ。ちょうど四人の若い女性が入浴中だった。

〈大門〉は、度肝を抜かれた。中国人には他人前《ひとまえ》で丸裸になる習慣はない。ましてや他人の男女が、同じ湯に浸かるなんてありえない。入浴は普通、シャワーで済ませる。

「僕は、あとで入りますから」

「あらっ、お客さま。あの方たちは、混浴が目的でお見えになっているんですよ」

仲居は、ほっほっと笑った。

「ちょっと信じられない眺めです」

部屋に戻るとお膳が据えられていた。料理そのものが、工芸品のようだ。

中華料理とは本質的に異なる。一品ずつ口に入れてみる。強い味付けではなく、あくまでも素材本来の味を活かしている。この細やかさは中華料理にはない。

主が、お銚子とぐい呑みを盆に載せてやってきた。

「お邪魔かな」ひさかたぶりに帰省した息子を、目を細めて迎える親父の口調だ。

「いえいえ、どうぞ」

主が押入れから座布団を引き出し、〈大門〉の前に、どっかと座った。〈大門〉は姿勢を正した。

「なにか訳ありのようだね。いやいや、なんも言わんでいい。人間誰しも、一つや二つ、大きな問題を抱えているもんだ。シモンが庇《かば》うほどの人物だ。儂も味方よ」

世間の荒波に揉まれて、脛《すね》に傷の一つも負った息子を労わる視線だ。〈大門〉は、ようやくハラを割って話ができると安堵した。

「シモンさんとは、どんなご関係ですか」

「新制に変わってからの、地元の高校の同級生だよ。奴は私立の演劇科に入り、新劇の役者を志した。でも、あの風体じゃあな。オーラがない。とうとう、芽が出なかった」

〈大門〉は李碧霞《リー・ビーシャー》を思い出していた。

「やりたいと思った仕事の才能が、自分にないと分かったときって、辛いですよね」

床の間《ま》の掛け軸に目をやりながら、〈大門〉は想いを廻らした。絵は淡い墨で描いた山水画だった。白地を雪に見立てた心温まる絵だ。力強い中国の水墨画とは、明らかに異なる。

「ところで、鉛温泉という名前は、温泉には馴染《なじ》まないと思いますが」

遠慮がちに、〈大門〉は訊いてみた。

「そうなんだよ。昔、この周辺では金《きん》が採れた。あるとき、この地にも、金が出たそうな。お上に知られると大騒動になる。そこで村人は金を鉛と呼んでカムフラージュしたそうだ」

「いまなら堂々と、黄金温泉と名乗れるんでしょうがね」

ぐっすり眠って翌朝九時すぎに起きた。

障子のそとが、やけに明るい。目を擦りながら廊下に出て、驚いた。白一色の雪景色だ。建物のある段からさらに低いところを、川が流れている。雪がせせらぎに迫《せ》り出して細く見えるが、雪の部分を除くと、けっこう広い川だ。

昨夜の仲居が、まさかという目で春源を見た。

「結局、お風呂には入られなかったんですか」

「僕、実は中国人なんです。他人前《ひとまえ》で裸になる習慣がないんですよ」

「まぁ」仲居は〈大門〉の頭から爪先まであらためて見た。

右手で拳を作り、満面の笑みを浮かべて、左手の掌《たなごころ》をポンと叩いた。

「水泳パンツって、どうでしょうね。夏場には、岩魚《いわな》釣りのお客さまが見えるんですが、忘れていかれる方がいるんですよ」

「いいんですか、そんな恰好をして」

「深夜に入浴される方は、おられません」仲居は、また、ほっほっと笑った。

宿の上の県道は、雪が降れば役所が除雪車を出してくれる。だが、宿の庭まではやってくれない。玄関先から駐車場まで、従業員が総出で雪掻きとなる。長靴を履き、腕まくりをして、春源も雪掻きに加わった。

「お客さま、除雪は従業員の仕事ですから」揉み手をしながら番頭が小走りにやってきた。

「いい運動になります。動かないでいると身体が鈍《なま》ります」

＊

楊佳は、ＧＰＳに導かれて、黙々とワンボックス・カーを運転した。車は福島県の中通《なかどおり》を経由して、なんと、いわき市郊外の工事現場に到着した。広大な斜面を埋立している現場のド真ん中に佇んで、三人は途方に暮れた。

「春源に謀られた」鮑は唇を嚙んで悔しがった。

考えれば、春源が捜査の厳しい都心部に向かう可能性はゼロに等しい。ここはいったん、仙台に戻ることにした。鮑と楊佳は、雷達の勧めで霊屋橋《おたまやばし》のビジネスホテルに投宿した。

深夜、鮑の携帯電話が鳴った。重い足取りで鮑は部屋を出ていった。翌朝、楊佳は鮑の目覚めるのを待った。鮑は漬けすぎた糠漬けの態で、ベッドから立ち上がった。

鮑が、よれよれの背広の内ポケットから、四つ折りにしたＡ４用紙二枚を取り出した。応接セットのテーブルに拡げる。

「本来は機密文書なんだが」と鮑が口を開いた。「背に腹は代えられん。読んでみなされ」

楊佳は一枚目を取り上げた。字画を減らした簡体字だが、なんとか読める。

【通達（一行が墨ベタで伏字になっている。コードネーム、発信者名、日付などと思われる）日本国警視庁公安部外事二課より依頼のあった〈大門吾郎〉こと呉春源に関する調査結果を知らせる。

呉春源は人民解放軍総参謀部に所属していたが、一九九七年、天津市において、元恋人・李碧霞を刃物で殺害、また同日、北京市において総参謀部第二部の上官・粘国強を拳銃にて殺害。現在なお指名手配中。

現在は日本に潜伏中と見られるが、総参謀部第二部に調査以来をしたところ、〈大門吾郎〉の偽名で岩手県花巻市の鉛温泉に滞在している可能性が高いとの返事があった。

ちなみに情報は、総参謀部第二部に所属する、採用二年目の女性職員が、ブログ検索のうえ、発見した。しかるべく措置を取られよう希望する。

参考までにブログを添付する】

楊佳は二枚目に目を移した。

【私たちアホバカOL四人組、行ってきました花巻温泉。といっても、秘湯に近い鉛温泉デース。山のなかの一軒宿で、とおーっても素敵だったヨ。

念願の混浴も初体験。深夜一時、もうスケベ爺いはいないだろうと覗いてみたら、イケメンのお兄さんが一人で入ってた。宿の中央に、半地下式の天然岩風呂があって、階段を下りていくんだけど、周囲からは丸見え。なんとお兄さん、水着を穿《は》いてんのよお。

「変態だよ、きっと」とか噂しながら、ともかく降りていくと、

「アッ、すぐ出ますから。ちょっと待ってください」って、出ていこうとすんのね。

こんなウブな獲物、逃がしてなるものか。

「遠慮しないでください。私たち一回、混浴してみたかったんだ」

「じつは僕、中国人なんだけど、中国は混浴の習慣がないんです」だって。

なんだか、こっちが悪さしちゃったみたい。この人、お金持ちらしくて、フェラーリなんか乗り回しているの。宿の周辺のスキー場を案内してもらった。また、お会いした〜い】

読み終わって、楊佳は顔を上げた。「こんな経緯《いきさつ》があったんですか」

鮑は憤懣《ふんまん》遣る方ない面持ちだ。

「腹が立つのはな、もう十四年も呉春源を追い続けてきたプロの儂《わし》が、大卒の小娘にしてやられた悔しさなんじゃや。どうか、儂の顔を立ててくれんか」

〈苦節十四年、叩き上げの諜報魂が、最新鋭機器に踏み躙《にじ》られた。砂浜からたった一つの真珠を探すのが鮑の仕事なら、女性職員の仕事は、ゴビ沙漠からパチンコ玉一つを探し当てるに等しい。人生を注ぎ込んだ十四年の怨念が、一気に噴き上げたのだろう〉

楊佳は鮑を憐憫に思った。

「大使館の情報では、ＣＩＡの回し者も呉春源を追っているらしい」鮑が複雑な顔で呟いた。

＊

〈大門〉には早速やらなければならない懸案があった。トランクのなかの五億円だ。五つのダンボール箱の角をガムテープで補強し、宛名は『あじさい苑』内・楊様とした。下手《へた》に悠木マリ宛てにすると警察の検品に懸かる。楊が東京のアジトに戻っているのも好都合だ。なかに「悠木マリ様」とメモを忍ばせておいた。発送人は張大山の名を借り、中身は書籍と書いた。

番頭さんが花巻駅までお客を迎えに行くと言うので、宅配便での発送を頼んだ。

夕刻、帳場に下りていくと、仲居が居合わせた。カウンターの上の公衆電話を指差し、

「電話をかけたいんですが、手をお借りできませんか」

仲居が、にっこり笑って立ち上がった。〈大門〉はメモを渡した。

「あらっ、女性ね。恋人かしら？」

「僕の名前でかけると拙《まず》いんです。仲居さんのお名前で悠木さんを呼んで欲しいんです」

「貴方、やるわね。いいわよ」上目で〈大門〉を睨んだ。

マリが出た。仲居は気を使って、板場に移った。

「呉春源です。この電話は、逆探知されています。要点だけ話します。現金の入ったダンボール箱を、楊佳宛てに送りました。楊佳宛て、は偽装です。受取人は、あなたです」

「どういう意味ですか。楊ちゃんと貴方、お知り合いなの」厳しく問い質す声だ。

「申し訳ない。マリさんのすべてを知りたかった。楊は私の仲間です」

「私に、どうしろと言うの」自らの感情を制御しかねている声だ。

「ダンボール箱に五億円の現金が入っています。信頼できる人にチェックしてもらってく

ださい。マリさんにお願いしたいのは、ただ一つ。水産加工団地の裏手に、小高い山があります。そこに、大門記念という冠《かんむり》のついた福祉施設を造っていただきたい」

マリの声が消えた。〈俺の真意を測り兼ねているのだろう〉と〈大門〉は思った。

「呉さん。貴方、死ぬお心算《つもり》ね」マリの声からトゲが取れた。

「バカな。僕は軍人ですよ。軍人の自殺は、敵前逃亡と同じです」

「これから、どこへ行くんですか」

「それは、マリさんでも言えません。ほとぼりが冷めたら、伺います。いい施設を見たいですね」と〈大門〉は快活に笑った。

「お元気でね」蚊の啼くような、か細い声だった。

＊

鴨野は一人ぽつねんと遅い昼食を摂っていた。局の最上階にある社員食堂の〈定席〉だ。空気が澄んでいると、真正面に豆粒ほどの富士山が望める。雲一つない青空の下、今日も富士山は真っ白な雪を頂いて神々しく輝いていた。

〈あと何日、富士山を拝めるかな〉感慨深かった。『中央テレビ』で働いてきた思い出の一コマ一コマが、脳裡を駆け巡る。

〈大門吾郎〉が偽者と暴《あば》かれ、〈大門〉を知るという女から、タレ込み電話のあった日の視聴率は、十一％を突破した。にも拘らず、オンエアされた女の発言が放送コードに触れるとあって、鴨野は詰め腹を切らされる破目になった。

〈大門吾郎事件は、俺の人生で記憶に残る出来事になるだろうな〉

思ったとたんに、ぽろっと涙が頬を伝わった。それが悔し涙だったか、感傷にすぎなかったか、鴨野自身にも分からなかった。

ぐぅーっと腹が鳴った。コロッケ饂飩《うどん》の香りが鼻をついた。箸を取り、コロッケにぶすと穴を空けツユのなかに沈める。醤油の香りに油の香りが交わった。

饂飩のほうから食べ始めると、とんとんと肩を叩く者がいる。目だけで見上げた。桜田警部補が若い刑事を伴って立っている。

「お食事中、御免なさい。こちら、高木刑事よ」桜田が紹介した。

「高木豊巡査長です」高木は警察手帳を提示した。今風のイケメンだ。

「鴨野さん、ずいぶん遅いお昼ね」桜田が揶揄《からか》う。

「おや、コロッケ饂飩ですね。自分も好きですよ、それ」

痩せぎすの、にこやかな男だ。刑事に多い、ぎすぎすした感じがない。

「高校の学食に、コロッケ饂飩がありましてね。当時は不味《まず》くて食えねぇなんて思いましたが、卒業すると、妙に懐かしくってね。お付き合いしますよ。警部補もいかがですか?」

「わたしはいいわ。これ以上、太ると、嫁に行けなくなる」

高木はコロッケ饂飩を自分で運び、鴨野の隣に座った。鴨野は、偽・大門との運命的な出会いを思い返した。

「捜査の進展は、いかがですか？」さりげなく探りを入れる。

「それが、とんでもない結果が出たのよ」大袈裟に、桜田が目を剥く。

「《梅華鎮》地下の肉解体所から、ルミノール反応が出たのは知っているわね。科捜研に持ち込んだＤＮＡから、それが人間の血液と特定されたの。しかも、後藤組長の車のトランクから発見されたＤＮＡと一致したのよ……」

鑑定結果は、これに留まらなかった。北千住のアジト家宅捜索《がさいれ》は思わぬ副産物を齎《もたら》した。

「それからもう一つ。後藤組長殺害事件の犯人が残した遺留品から、ＤＮＡが検出されたのも覚えているわよね。〈大門〉のアジトで、子分衆の個室から採ったＤＮＡと一致したのよ、それが。大家や子分衆の証言から、〈大門〉の片腕の台湾人・楊佳《ヤンチャ》のＤＮＡと特定されたってわけ」鴨野の表情の変化を見守りながら、桜田が声を殺して囁いた。

「二つの事件が完全に結びついたんですね。つまり〈大門〉は他人にすり替わろうとして後藤組に殺人を依頼し、後藤は遺体をアジトに運んだ。〈大門〉は口封じのため、楊佳に後藤を追わせて阿武隈ＰＡで殺害した。〈大門〉は大門吾郎の遺体をシベリアン・ハスキーに食わせて処分した。時間もぴったり一致しますね」

鴨野はしてやったりという顔になった。

「家宅捜索に同行してもらって、ホントに良かった。恩に着るわ。楊佳を指名手配する一方で、大門殺しの実行犯としては、すでにマリの強姦犯人として指名手配済みの〈大門〉を、重要参考人としてしょっぴいて絞め上げる。捜査方針が決まったのよ」

「まだ、大門殺しの実行犯は確定できないでしょう」

「それに〈大門〉の実体がね、どうにも摑めなくってね。実際に会っている鴨野さんに、感触を訊き出したくて」桜田が媚《こび》を売る目付きになった。

「僕の印象では、〈大門〉って、そんな悪い男じゃないって気がするんですよ」

鴨野は饂飩を平らげた。残ったツユのなかに、ふやけたコロッケがいまにも崩れそうに浮いている。箸の先で搔き回す。丼を両手で支えて飲み干した。

「同じ食べ方をするんですね。ツユに溶けたコロッケが、また旨くってね」

高木が感心した。呆れた顔で桜田が二人を見た。

「桜田さん。〈大門〉という男を僕は、男として、むしろ好感を抱いているくらいなんだ。だから、僕が〈大門〉を告発するような形は、採りたくない」

〈大門吾郎〉が本名・呉春源という中国人である事実は、河野一等書記官から聞いていた。また中国官憲から追われている経緯も、《謎の男》のタレ込みによって知っている。

ほんとうに中国官憲に追われているのであれば、逮捕と同時に処刑の可能性も、ありうる。ならば日本警察の手に委ねるのも、救済方法の一つではないか。少なくとも日本では釈明の場は与えられる。

鴨野は正面に目を向けた。ビル群の凹凸の彼方に、富士山がダイヤモンドのように燦然《さんぜん》と輝いて見えた。判断を、鴨野は富士山に仰いだ。富士山が、こっくりと頷いた。

「桜田さん。偽・大門吾郎はね、じつは、呉春源という中国人なんですよ」

「ホントなの」桜田が目を皿にした。

「視聴者からの情報なので、詳しい素性は分かりません。複数の情報が一致しているので、本名に間違いないでしょう」手帳の一頁を破り、呉春源と書いて桜田に渡した。

「なぜ、日本人に成りすます必要が、あったんでしょうね」高木が訊いた。初対面のにこやかさは、微塵《みじん》もない。

「内調も、なにか摑んでいるようです。警察庁から内調への出向者は多いでしょ」

「恩に着るわ、鴨野さん。捜査本部に電話を入れるわね」

携帯電話を取り出し、桜田が電話をした。

「偽の大門吾郎の身元が、割れました。本名・呉春源。中国人です。呉は呉越同舟の呉、春分の春、源は源平合戦の源です。外事二課に照会を願います。それから、内調に情報がありそうです」

高木の丼に、コロッケだけが浮いていた。

＊

科学捜査研究所および鑑識の報告を受け、警視庁、福島県警、宮城県警による『後藤組長殺害事件特別合同捜査本部』が、福島県警の白河署に設置された。

同県警の刑事部長、藤村明警視正が合同捜査本部長に就任し、福島県警記者クラブで会見した。家宅捜索を行なってから九日後の十一月八日だった。

鴨野はスタッフとは別行動で記者会見に出席した。

後藤組長殺害事件の容疑者として、〈大門〉の腹心である台湾人・楊佳を指名手配した件、また大門吾郎本人のＤＮＡが不明である理由から、〈大門吾郎〉こと中国人・呉春源を重要参考人として足取りを追うとの捜査方針が発表された。

『遺体なき殺人——大門さん、すでに死亡か？』

『後藤組長殺害事件との関連濃厚に』

『カギ握る中華料理店主を重要参考人に』

記者会見の翌朝、朝刊各紙の社会面には派手な見出しが躍った。

＊

「お客さまは東京の方でしたよね。足立ナンバーの黒いワンボックス・カーに、お心当たりは、ございませんか」小首を傾げ、仲居が語り掛けた。

〈まさか〉と〈大門〉は浮き足立った。

「その車が、どうかしましたか？」

「いえね、ウチのそばの県道を、五十メートルも上《かみ》に上がった林のなかに、停まっているんですよ」

〈俺の車に違いあるまい。でも、いったい誰が、なんのために？〉

〈大門〉は努めて心の動揺を鎮めようとした。まず潜伏先がなぜ漏れた？　誰が漏らした？　姿の見えない敵と戦うのは怖い。敵の力量が分からないからだ。敵を特定しなければ。

まず考えられるのは警察だ。マリにかけた電話を逆探知されたか。「重要参考人」を、警察がいっときも泳がせておくはずがない。だが、警察がわざわざ〈大門〉の車を持ってきて、なんの意味がある？　明らかに知っているのは、当の鉛温泉の人々とシモンだが、この選択肢は消しておくべきだ。頭に思い浮かべただけでも、忌まわしい。

足立ナンバーの黒いワンボックス・カーだが、奇怪だった。車のキーは〈大門〉と楊佳が一つずつ持っている。誰かが楊佳から奪ったのか、それとも楊佳が貸したか。

いずれにしても楊佳自身ではあるまい。楊佳だったら、なにを差し置いても〈大門〉に会いに来るだろう。可能性としてもっとも高いのは、鮑の一味が楊佳から強奪したセンだ。

携帯で楊佳に確認するのが手っ取り早い。〈大門〉は携帯を手にしたが、ダイヤルするのを躊躇《ちゅうちょ》した。もし楊佳が鮑一味に囚われているとすれば藪蛇《やぶへび》になる。

〈大門〉は帳場に降りていった。主が胡座《あぐら》を掻いて眉間に皺を寄せていた。

「やっぱり、あんただったか」

〈大門〉は笑顔を作って宿代の清算を申し出た。

「長々とお世話になりました。お蔭で、体力も気力も万全になりました」

「惜しい男だよなぁ。追っているのは、警察か？」

「あるいは、中国の公安関係。でも、濡れ衣です。すぐにでも出発します」

主が、眩《まぶ》しいものを見る目になって頷いた。

「あんた、フェラーリは手放したくないか。雪原に赤いフェラーリは目立ちすぎる」

「いまとなっては、お荷物ですね」

「ポンコツじゃが、白のレジェンドを裏山に放置してある。整備はきちんとやっているから、走行に問題はない」

「それじゃあ、お宅に迷惑が掛かります」

「盗まれたと言い張ればいい」

いったん、部屋に戻って荷物を纏《まと》めていると、障子が開いた。

「儂《わし》じゃ。防寒着に防寒靴を持ってきた。これは、ピーナッツとビーフ・ジャーキーだ。酒のつまみじゃが、寒い夜は身体が温まる。あと、これがキーだ。……月並みな言葉じゃが、武運長久《ぶうんちょうきゅう》を祈る」

「御恩は一生、忘れません」

強張《こわば》った顔で、〈大門〉は深く腰を折った。旅館の裏手を回ってレジェンドに辿り着いた。

キーを入れて回転するとエンジンが唸りを上げた。GS《ガソリンスタンド》を越え、北に針路をとる。かなり後方をパトカーのサイレンが通過した。

冬なのに、背中を冷や汗が垂れた。ほんの二十分の差だった。

〈まだまだ天はオレの味方だ〉

*

「鮑さん、エンジンの音が聞こえるよ」

助手席の鮑を、運転席の楊佳は起こした。老人が目いっぱい倒したリクライニング・シートに、蒟蒻《こんにゃく》のように沈み込んでいた。

「敵が動いたのか」のっそりと鮑が起き上がる。

楊佳はただちにエンジンを掛ける。

「慌てなくてよい、距離を置いて走ってくれ」

動き出した獲物を、射程に捉えた虎の落ち着きで、鮑が呟いた。

「雷達。アレを」と鮑が後ろを振り返って命じた。

「なんですか、アレって」

楊佳はウィンチェスターかと考えた。銃なら、それなりの走り方がある。狙いを定めた瞬間に、急ブレーキを掛けてやるとか……。

「パソコンだよ、フェラーリがいくら速かろうと、これがあれば、地獄の底まで追い詰められるからな」

鮑が嘯《うそぶ》き、意味ありげに嗤《わら》った。夜のうちに、フェラーリにGPS発信器を取り付けたのだろう。楊佳は、この老人の執念に、あらためて怖気を振るった。

ところが、GS《ガソリンスタンド》に至っても、フェラーリは見当たらない。

「鮑さん、どっちでしょうね」楊佳は訊いた。

「GPSを点けてみろ」鮑がふんぞり返って答えた。

「後方に停まったままです」

「ナニーッ。車を換えやがったな」

「さっき角を左に折れた、白い車だよ」後ろで雷達がせせら笑った。

白い車に倣って左に折れたところに、猛スピードで四台のパトカーが駆け付け、GS《ガソリンスタンド》の前で徐行した。どちらを追うか。二台ずつに分かれ、一方が黒いワンボックスを追い、もう一方が鉛温泉に向かった。

＊

鴨野は『中央テレビ』報道部長からの電話連絡を受けた。

「カモちゃん、呉春源は花巻の鉛温泉にいるらしい。人民解放軍総参謀部から在日中国大使館への暗号をCIAが傍受したらしい。警視庁公安部に情報が飛び、岩手県警の警備部と公安機動捜査隊が急行しているそうだ」

「花巻ですかあ？」大仰な声を鴨野は上げた。

「警視庁の記者クラブじゃ、皆、騒然としている。ウチもヘリを飛ばすが、お前さんもどうだい？」報道部長は、この期に及んでも、鴨野に花を持たせようとしている。

「羽田の整備場ですね。感謝します」鴨野は胸が熱くなった。桜田の動きが、気になった。

「桜田さんはいま、どこです？」携帯で呼び出してみた。

「いいところ突いてくるわね、貴方。海のそばよ」

警視庁のヘリは、警視庁屋上のほか、立川と新木場のヘリポートだ。

「白銀のランデヴーですね？」

「ふふ、甘く見ないほうがいいわよ」

鴨野はキャメラマンと助手二人を従え、局のバンに跳び乗った。

首都高速の浜崎橋ジャンクションから、レインボウ・ブリッジを見遣りながら、鴨野は思いついた。悠木マリを抱き込んだら、どうだろう。すぐに鴨野はマリの携帯に電話した。

昭和歌謡のメロディーが背後に流れている。施設のＢＧＭだ。

「そんなわけで、呉春源の潜伏先が分かった。花巻の鉛温泉だ。海外の殺し屋に追われていて、いま、東北方面を逃走中だ」

「あたしに、なにをしろと？」

「僕はいま、羽田空港の整備場に向かっている。これから社のヘリで現地に向かうところだ。マリさんに同行してもらいたい」

「無茶を言わないで。気持ちの整理も、まだ付いていないのに」

「呉春源を救えるのは、君しかいない」しばらく無言が続いた。恋しさと憎しみの間《はざま》を揺れ動く、盲目の女の遣る瀬なさを、鴨野は思った。

「……分かったわ」

鴨野を始め『中央テレビ』のスタッフを乗せたヘリが、仙台空港に着いたとき、マリは、ベージュのブルゾンを着込み、長い髪をバレッタで留め、不安そうに待っていた。

護衛の刑事が付き添っていた。

「行かせるわけにはいかない」頑として聞かない。

「マリさんが望んでいるんですよ。そうでしょ、マリさん」鴨野はマリの肩に手を掛けた。

「私の意志です」しっかりとマリが頷いた。

＊

呉春源のレジェンドは県道を左に折れた。花巻の市街地方向だ。緩やかな坂をどんどん下ると、交差点に出た。

どこに行くという当てがあったわけではない。ただ南に向かうと、警察の捜査網に引っ掛かりやすい不安があり、交差点を左に向かった。

カーナビを見ると、東北道、国道四号線が並行して走っている。好都合だった。追っ手に気付けば、高速に逃げ込めばよい。フェラーリからレジェンドに乗り換えた偽装工作が、追っ手にばれるまで一時間は稼げるだろう。

あたりがだんだんと暮れなずむ。前方、雪化粧した大きな山が、薄墨のなかに沈んでいく。たおやかな稜線が、悠木マリのしなやかな肢体に重なる。

やがて雲間から、沈みゆく太陽が顔を覗かせると、山の頂が、さっと赤く染まった。刻々と太陽が沈むに連れ、赤い部分が山頂に絞り込まれていく。若いマリの乳首のようだ。見事な光景だった。中国にも山は、いくらでもある。天に突き刺さるような鋭い山、なだらかな丘のような山。だが、火山列島といわれる日本には、熔岩や火山灰が形づくる裾野の長い端麗な山がある。この自然が、日本人の繊細な感性を育《はぐく》んできたのだろうか。

神の山か、魔の山か、いまは分からない。だが〈大門〉の人生になにか結論を出してくれそうな気がした。

追ってくる車の気配があった。バックミラーを覗く。七、八十メートル後方に、黒いワンボックス・カーが走っている。春源の車に違いあるまい。よくは見えないが、人が三、四人は乗っている。春源は一気にアクセルを踏み込んで、並行に走る東北道に逃げ込んだ。

呉春源は、東北道が安代IC《あしろインターチェンジ》で、八戸《はちのへ》自動車道と二股に分かれるのを知らなかった。東北道は弘前《ひろさき》を回って青森に至る。いっぽう八戸道は東に迂回して恐山《おそれざん》方面に向かう。

春源は、針路を東北道に取った。ところが安代ICを越えたあたりから《終点まで○キロ》という表示が出るようになった。春源は慌てた。春源は、東北道から青函《せいかん》トンネルを経て、北海道に渡れると信じきっていた。青函トンネルは貨物列車専用だった。迂闊《うかつ》だった。北海道まで逃げおおせれば、隠遁《いんとん》生活の方法はいくらでもある。ゴビ砂漠やチョモランマで受けた軍のサヴァイヴァル訓練を、いまこそ活かすときだ。狩りや農業をやっても生きていく自信はあった。

そんな甘い考えが脆《もろ》くも崩れ去った。一刻も早く代案を考えなくてはならない。このまま終点に突っ込めば、間違いなくお縄を掛けられるだろう。

＊

鴨野は自社のヘリから下界を見下ろした。下界は真っ白い原野だった。白いシーツを裁《た》ち鋏《ばさみ》の切っ先で切り裂くように、高速道路が南北に走る。

夕刻が迫っている。白いシーツがピンクに染まる。ヘリコプターは安代ＩＣ《インターチェンジ》に差し掛かった。双眼鏡で高速道路を追っていた助手が叫ぶ。

「フェラーリの確認はできませんが、黒のワンボックスが走っております」

乗員みんなが、下界を覗き込む。白いレジェンドの後ろに黒いワンボックス・カーが従っている。追っている感じではない。七、八十メートルの距離を保ちながら、追走している様子だ。

呉春源が仙台に救援物資を届けたときの車が、黒いワンボックス・カーだった。

楊佳は五、六機のヘリが遙か後方から追ってくるのに気付いた。警察のヘリに違いないだろう。一機のヘリが、いったん後方に下がり、低空飛行に移った。

「なにしやがるんだ、コンチクショー」雷達が怒鳴った。

雷達はワンボックス・カーの後部座席に陣取っている。バタバタと音を立ててヘリが突進してくる。鮑風珍も、雷達も震え上がった。

「いったい、どこのどいつだ。我々を攻撃してくるなんて」鮑が毒づいた。

「車のナンバーを読んだんじゃないですか？」楊佳は落ち着き払っていた。

東北道は大鰐弘前《おおわにひろさき》ＩＣの直前で大きくカーブする。さきほどのヘリに気を取られ、気付いたときにはレジェンドは、視界に存在しなかった。

「忌々しい奴らだ。おかげで呉春源を逃がしちまった」鮑が悔しがった。

＊

〈それにしても、あのヘリコプターはなんだったんだろう〉春源は胸を撫で下ろした。〈タイミングよく現れたお蔭で、俺はワンボックス・カーの追跡から、逃れられた。だが、ヘリコプターなんぞを動かせる組織といったら、警察くらいのもんだろう〉

東北道は除雪されているのに、一般道の雪は手強かった。レジェンドは、固まって氷になった根雪のヤマに乗り上げると、玩具《おもちゃ》の車のように、タイヤだけがフル回転した。

春源は防寒服と防寒靴を身に着けた。運転座席の下からデイパックを引っ張り出した。五、六百万の札束と模造拳銃の『ギンダラ』が入っている。宿の主から貰ったピーナッツとビーフ・ジャーキーを目いっぱい口に詰め込んだ。

ドアを開けると、思った以上に冷たい風が吹き込んでくる。これを《しばれる》と表現するのだろうか。先方に雑貨屋みたいな瓦屋根が見えた。デイパックを背負い歩き出した。歩を進めるたびに、ずぼっずぼっと膝上まで雪に浸かる。雑貨屋の引き戸を開けると、なかは蒸し風呂の暑さだ。蛍光灯が一本だけ点き、大きな座布団に、腰の曲がった老婆がぴょこたんと座っていた。テレビの音が、やけに大きい。

「おめえー、これから山さ行ぐのが？」老婆がゆっくりと近づいてきた。

懐中電灯、百円ライター、蝋燭《ろうそく》など細々《こまごま》した品を差し出しながら、春源は曖昧《あいまい》に頷いた。

「二千五百円」と商品を確認もしないで、老婆が催促した。

目が見えてないんじゃないかと春源は思った。一万円札を握らせた。

「これ、たいした銭《じえん》こだべ」老婆が、何度も掌でこすった。

「お釣は要らないよ。その代わり、表の路肩に、白い車が停めてある。それを、しばらく預かってもらえないか」

「んだ。孫が戻ってきたら、裏の庭さ置いでおげば、いいんでねが」老婆が膝を突き出した。大きく弯曲した背中を仰け反らして、春源の頭から爪先までゆっくりと眺めた。

〈なんだ、この婆さん。目が見えてるじゃないか〉春源は唖然とした。

「おめえー、そんな恰好《ふんじゃま》で山さ入るんだか。雪さ嵌まって、死ぬべ」

老婆は、店の奥に消え去った。木で編んだ大きな草履の形をした装具を持ってきた。

「樏《かんじき》さ履いでけ。黒文字《くろもじ》の木で作ってあっから、油さあって、雪さ弾《はじ》くんだ」

黒文字は、樹皮の一部を残した爪楊枝《つまようじ》で、料亭などで使われる。

「それ、いくらです？」

「使い古しだし、一万円、貰っておぐべかなぁ」

＊

楊佳はレジェンドを見失って安堵した。鮑風珍に慌てた様子はなかった。つぎのＩＣで降り、反対車線の入口に回って東北道の上りに入るよう、楊佳に指示した。

「奴が高速を出たのは、一つ前のＩＣだろう」

コマンドとしての永年の執念は微塵《みじん》も衰えていない。大鰐弘前ＩＣで降り、レジェンドの轍《わだち》の跡を辿《たど》った。こんな場所を走る車はほとんどない。まもなく行く手に白いレジェンドを発見した。雷達がウィンチェスターを構えた。

「やめとけ。二時間も経っている。もうとっくに山んなかに入っているはずだ」

鮑が楊佳を伴って車を降りた。レジェンドのすぐ脇に雑貨屋の明かりが灯っていた。鮑に続いて楊は店に入っていった。

「お婆ちゃん。そこの白い車の持ち主が、この店に寄らなかったかい？」

鮑の客家語を、楊は日本語に直した。鮑が努めて丁寧な言葉遣いをしている。

「一時間も前だったか、車を預けて山に入ったべ。おめえがた、仲間だか。おめえがたも、山さ行ぐのが」苦渋に満ちた表情を作って老婆が唸った。「おめえだぢ、冬山の怖さを知らねべ。何人で山さ行ぐのさ」

「三人ですよ」

「塩梅《あんべ》よく、樏《かんじき》さ三組残ってるべ」

と呟いて老婆が、そそくさと奥に行った。三人分の樏を抱えて戻ってきた。

「そんな恰好《ふんじゃま》で山さ行ぐど、身体が雪さ埋まっで凍え死ぬどお」

「いくらですか」

「一組一万円で三万円だぁー」

「ひぇーっ」楊は大袈裟に驚いた。

「おめえー、雪が滲み込んでまるよぉ。水気で腐らねように、黒文字の枝さ使ってるんだ」

口を尖らして楊は鮑に伝えた。鮑が目を剥いて、いやいやながら三万円を支払った。

車に戻って、鮑が後部座席に乗り込んだ。

シベリアン・ハスキーのタロとジロが不安そうな目で鮑を見詰めた。鮑が鞄《かばん》から何やら取り出して、タロとジロの首輪に取り付けた。見守っていた雷達が、鮑に尋ねた。

「何やってんですか」

「ふふふ」鮑が含み笑いをした。車のドアを開け、二匹の犬を追い立てた。

終章　白神山地に死す

呉春源は山の怖さを知っていた。所属していた軍では、チョモランマの北辺で遭難しかかった経験もある。

目の前に拡がる白神山地《しらかみさんち》は、たとえば岩手山のような峻厳《しゅんげん》な山ではなかった。緩やかな小山の連なりに思われた。樏《かんじき》を履いて、一歩一歩、足を進める。

山はおおむね広葉樹に覆《おお》われて、枝先が雪の上に突き出ていた。暗闇のなかを、懐中電灯を頼りにもくもくと歩く。

追っ手の鮑一味が迫《せま》っている。一キロでも二キロでも間隔を空けておきたい。雪に慣れない鮑の足では、さほどピッチが上がるとは思えなかった。しばらく身を潜める場所さえ確保すれば、年老いた鮑は諦めるかもしれない。

地図のうえでは四、五十キロで日本海へ抜けられる見込みだった。ところが小山を一つ越えるとつぎの山が現れ、それを越えるとまた一つという具合で、つぎつぎと小山が現れる。区切りというものがない。

しかも奥に入れば入るほど、雪は深まっていく。いま、自分がどのあたりにいるのか見当がつかない。精神的に大きな圧迫感となる。

獣《けだもの》の棲《す》み処《か》だったのだろうか、山肌に祠《ほこら》のような窪みが見つかった。雪が自らの重みで垂れ下がって、入口の上半分は天然の庇《ひさし》になっている。春源はそのなかに忍び込んだ。奥行き、幅ともに二メートル足らずだ。庇の下に周囲の雪を掻き集め、下から積み上げて雪の壁を築いた。これで寒さを凌げる。通気孔として直径十五センチほどの穴を残しておいた。

どっと疲れが溢れる。蝋燭に火を点け、壁面の小穴に立てた。ちょうど大熊一頭がすっぽり収まるほどのスペースだ。獣の臭いがする。

掌で穴の底を掬うと、抜け毛や乾いた糞に触れた。人心地ついた。ここなら何日間か身を潜められるだろう。安堵感に浸るとともに、ぐぅーっと腹が鳴った。デイパックからピーナッツの袋を取り出し、一粒ずつ口に入れる。宿の主の笑顔が瞼《まぶた》に浮かぶ。

いったいどれくらいの時間が過ぎ去ったのか。通気孔から白い光が射し込んでいる。遠くのほうでパタパタと音がする。春源は氷を摑み口に入れた。氷が溶け、口の粘膜を刺すような痛みが走った。

一瞬のうちに緊張が昂まる。耳を澄ますと、パタパタという音は、いろんな方角から複数、聞こえてくる。デイパックに手を突っ込み、『ギンダラ』を取り出した。

昨日、安代ＩＣで急接近してきたヘリに違いないだろう。しかし、ヘリは一機ではない。十数機が飛んでいる感じだ。敵か味方かの区別もつかない。警察、鮑一味のほかに、何者が追ってくるのだろうか。

複数のヘリが、交互に近づいたり離れたりした。編隊を組んで捜索している様子ではない。ばらばらに飛び交っている感じだ。これは、なにを意味するのか。

昨日のヘリは、たぶん日本の警察だ。今日になって数が増えたのは報道関係のヘリか。

「ゴォ・シュンゲンさーん」

近くでハンドマイクの声がした。春源を呼んでいる。太い男の声だ。

「呉春源さん、安心して出てきてください。我々は日本警察です。貴方を保護しに来ました。地上からは警視庁山岳救助レンジャー部隊が、貴方を救出に向かっております。敵ではありません」

空からの呼び掛けを、春源は注意深く聞いた。それにしても、寒い。立て続けにピーナッツやビーフ・ジャーキーを口に入れてはいるが、じっとしているだけで体温を外気に抜き取られていく。なにか熱い食べ物が欲しい。意識がだんだん遠のいていく。

突然、正体不明の獣が、通気孔をガリガリと引っ掻き始めた。もともと棲んでいた獣が戻ってきたのか。獣はいまにも飛び込んできそうだ。狼だったら命が危ない。

春源は両手で『ギンダラ』を構えた。恐怖のあまり指の力が勝ちすぎた。『ギンダラ』

が暴発した。バーンという音とともに獣の頭半分がふっ飛んだ。いったん胸を撫で下ろして、通気孔からそとを覗いた。

シベリアン・ハスキーだった。血の気が引いた。なんということだ。狼だと思って撃ち殺したのは、春源が我が子のように可愛がってきたジロだった。

なぜ、なぜだ。ジロがなぜこんな所にいる。誰が、なんのために、ジロを連れてきたのだ。頭が錯乱する。ものごとを筋道立てて考えられない。

ジロの打ち砕かれた頭から血と脳漿《のうしょう》がまっ白い雪の上に飛び散っている。銃声に慄《おのの》いて身を翻《ひるがえ》したタロが、ジロのもとに戻ってきた。鼻先をジロの喉元に突きつけてクンクンと鳴いた。我が子を殺した衝撃に、全身がぶるぶると震えた。

名をそっと呼んで手招きすると、タロが近づいてきた。通気孔を押し広げるかのように、タロは身体を捩《よじ》って洞に入った。春源はタロを抱き締め、ウオーッと雄叫《おたけ》びを上げた。

タロの頭を抱いたとき、首輪に異物があるのに気付いた。ＧＰＳだ。すべてが読めた。

〈チクショウ、鮑の仕業だな。タロとジロを連れてきたのは、俺の居所を探索するためだったのか。なんという卑劣な奴だ〉

鮑が仕掛けた策略とも知らず、俺に会いたいがため、雪のなかを一途に走り続けてきたタロとジロが、不憫でならない。二匹の犬は、ただただ俺に会いたかっただけだ。その気持ちを逆手に取った鮑が憎い。

春源は通気孔からそとの様子を窺った。人気《ひとけ》はない。遥か彼方でパタパタとヘリのプロペラ音だけが聞こえた。雪に慣れたシベリアン・ハスキーの足とは違い、鮑の足では、ここに着くまでに、まだまだ時間を要するだろう。

春源は悲哀に満ちた眼差しをジロの遺骸に注ぎながら、鮑一味を迎え撃つ態勢を採った。

＊

「こりゃ、どえらいところに入り込んだぞ」と楊佳はぼやいたが、鮑が余裕綽々《よゆうしゃくしゃく》と制した。

「心配には及ばない。呉春源の隠れ場所は、すでに分かっておる。ハスキー犬の動きが止まった。あと五、六キロにすぎない」

楊佳はハッとした。鮑がなんのためにタロとジロを連れてきたか？　久しく会っていない飼い主に合わせようという仏心を、鮑が持っているはずはない。春源とタロ、ジロはいわば親子だ。親子の情を逆手にとって、春源の逃走路を導かせた。

〈なんという卑劣な男だ〉楊佳は激しい殺意を鮑に抱いた。

「さすが老鮑だ。飼い犬にＧＰＳを仕掛けて飼い主を追わせるなんて、天才的なコマンドだな」雷達が媚《こ》びるように鮑を褒め称えた。

〈雷達もまたウジ虫みたいな野郎だ。こいつもオレが処刑してやる〉

三番目を歩きながら、楊佳は憎悪の籠《こも》った目で二人を見た。

「なかなか見つかりませんねぇ」鴨野は、無限に続く雪原を見渡しながら呟いた。

「これは、ローラー作戦みたいに、端から虱潰《しらみつぶ》しでいくしかないですね」

パイロットが頷いた。

「時間が掛かるが、その方法しかないのかなぁ。それにしても同業他社のヘリは、なんとかならんのかね。空中で取材合戦やってんだから、危なっかしくてしょうがねぇ」

「ありゃ人間ですか」鴨野は叫んだ。

遥か彼方の雪原に、十五、六人の完全装備した一団が望めた。

「警視庁の山岳救助レンジャー部隊だろうね。足跡を追っているんだろうが、一降《ひとふ》り来たら足跡は消えるからなぁ」パイロットが呟いた。

＊

呉春源は悔やんだ。なんというバカげた失態をしでかしたんだろう。たとえどんな理由があったにせよ、我が子を、自らの手で死なせた罪は消えない。自分を責めた。

遠い記憶のなかに、これに似た情景が浮かんだ。総参謀部第二部の上官だった粘を、誤射した場面だ。あのときも同じだった。決して粘を殺す心算《つもり》はなかった。

安全装置のない『ギンダラ』が暴発したにすぎない。言い訳は、どうにでも立つ。

拳銃が暴発したとはいえ、粘という一人の人間が死んだ事実の重みは、消えはしない。

粘には両親もいただろうし、妻子もいたに違いない。人一人の命を奪った罪は拭《ぬぐ》えない。

春源は「拳銃の暴発」という口実で、この事実に目を瞑《つぶ》ってきた。自分はまだ上官殺しの落とし前を付けてはいない。

〈ただひたすら俺を追う鮑も、任務に忠実なだけではないか。ほんとうに処罰を受けなければならないのは、俺なのかもしれない〉

愛犬ジロを殺してしまった自責が、春源をいつになく弱気にした。

＊

「もう、このあたりのはずじゃ」

峠の天辺《てっぺん》で、鮑が仁王立ちになった。野戦に臨む武将のような闘志と冷静さだ。

「老鮑、血飛沫《ちしぶき》みたいなものが見えるぜ」と雷達が指差した。斜面に動物が転がっている。

楊佳を振り返って、「呉春源はなにか武器を持っているか」と鮑が訊いた。

「『ギンダラ』という、トカレフの模造拳銃を……」楊佳は胸騒ぎがした。

「血迷ったな、春源。飼い犬を殺しおったか」鮑が冷笑した。

「下手《へた》に踏み込むと、返り討ちに遭いますよ」楊佳はクギを刺した。

左手前方に針葉樹の群生があった。鮑が「しばらく様子を見る」と顎《あご》を刳《しゃく》った。

「ともかく、林のなかに隠れよう」

針葉樹の林から犬の死骸までは、ほぼ八十メートルくらいだろうか。ときおり遥か遠いところでヘリの音が幾重にも聞こえるが、人の動きはまったくない。

犬の死骸のやや上の雪面に、小さな穴が見えた。

〈たぶん春源はあのなかに潜んでいるのだろう〉と楊佳は思った。

強硬にその穴を攻めるのは容易《たやす》い。が、無理に近づけば春源からは恰好の標的となる。

無防備な鮑一味は、さあ撃ってくれと言わんばかりだ。

とんがり帽子のような針葉樹が立ち並ぶあいだに雪洞を掘り、成り行きを見守ることにした。楊佳たち三人は、呉春源が動き出すのをじっと待つほかなかった。

＊

呉春源は体力の消耗に加え、愛犬ジロを殺した自己嫌悪と脱力感から、動く気力さえなくなっていた。タロを抱きかかえたままビーフ・ジャーキーを与え、自らもピーナッツを口に押しこんだ。

このまま死んでなるものかと力むのだが、身体の衰弱は、どうにもならない。鮑一味はもう間近に来ているはずだ。

〈たぶん俺が動けなくなるのを待っていることだろう〉

体力の消耗とともに気力が萎《な》え、意識もだんだんと薄れてきた。筋道立てた思考ができなくなってくる。いまなぜ、こんなところに潜り込んでいるのか、それすら分からない。

いきなりバタバタバタというヘリの音が襲ってきた。春源の洞の真上あたりで空中停止《ホバリング》した。

＊

「カモさん、あそこに血痕が散っている」報道部の記者が叫んだ。

全員が身を乗り出す。シベリアン・ハスキーが頭の半分を撃ち抜かれ、横たわっている。

記者はハンドマイクを手に取った。

「呉春源さん、出てきてください。貴方を救助に来たのです。洞にいるなら、出てきてください」

「僕が替わろう」と鴨野はハンドマイクを受け取った。

「呉さん、『中央テレビ』の鴨野です。安心してください。このままでは、貴方は凍死してしまいます。どうか、僕たちを信用して出てきてください」

＊

〈いよいよだな〉楊佳はポケットに手を突っ込み、ナイフの柄《つか》を握り締めた。〈鮑か雷達が呉春源を狙うなら、奴らを刺し殺さねばならない。老板を殺させてなるものか。奴らの狙いを封じるために、俺はわざわざ、こんなところまで従《つ》いてきたんだ〉

春源の投降を呼びかけるハンドマイクの声が山間《やまあい》に木霊《こだま》する。

〈射撃手は雷達だろう。銃を構えると同時に、背後から心臓を突き刺し、ナイフの切っ先をグルグルと捩じ込む。ダメージを確認して鮑に向き直り、喉を掻き切る〉

手順を頭でシミュレーションしながら、二人との距離感を掴む。しくじったらオレが殺られる。ふと複雑な気持ちに囚われる。血族の結束を第一義とせよという客家の掟。だが殺らなければ殺られる。

＊

「呉さん、マリさんも貴方を心配して来ています。いまマリさんに替わります」

鴨野は、ハンドマイクをマリに握らせた。

「呉さん、私です。悠木マリです。私は赦《ゆる》します。貴方を赦します。こちらからの発砲は、私がさせません。貴方を赦しまーす。どうか出てきてください」

＊

朦朧《もうろう》とした意識のなかで、呉春源は、はっきりとマリの声を聞いた。信じられなかった。まさかマリが、こんなところにまで来てくれるとは。確かに「赦《ゆる》す」と聞こえた。大門吾郎の殺害を依頼した罪を、「赦してくれる」というのだろうか。

真上にマリが来ている。動こうとするが、身体の節々が痛む。何度か身体を揺さぶってみた。洞の通気孔が窮屈《きゅうくつ》で通れない。『ギンダラ』のグリップで、通気孔の周囲の氷を砕き、両肘で這いながら、なんとか洞を抜け出した。二、三十メートル上空をヘリが旋回している。もの凄い風が吹きつけてくる。

風に逆らって、春源は立ち上がろうとした。膝を突いたまま上体を持ち上げた。まだ、こんなに力が残っていようとは信じられなかった。見上げると、ヘリのドアからマリが手を振っている。洞のなかからタロがよちよちとした足取りで出てきた。

＊

鮑が色めき立った。

「雷達、撃て」

「断る」静かだが、キッパリとした口調だ。

「なぜだ？　儂《わし》の頼みが聞けないと言うのか」

「俺が呉春源を殺る理由がない。ヤツには、ツケも返してもらったからな」

「貴様、恩を忘れたか」

「日本の法律では、もう一人殺すと死刑になる。アンタのために死刑になるのは真っ平だ」

「この裏切り者が！」

重苦しい沈黙があたりを支配し、楊佳は呆然とした。自らの耳を疑った。確かに雷達は、〈日本の法律では、人を二人殺すと死刑になる〉と叫んだ。ほんとうだろうか？

後藤組長をはじめ三人を、すでにオレは手掛けている。老板の命令だった。俺にとってはなんの関係も怨みもない三人だ。老板が〈大門吾郎〉に成り替わった犯罪の証拠隠滅のために三人も殺した。その責任をオレがとる？　そんなバカなっ！

例の五億円はどうなる？　マリの心を奪うために、そっくりマリに渡す気か？　オレの死刑と引き換えに、呉春源はマリとともに逃げ延びる魂胆《こんたん》だろうか？

静寂を引き裂くように、楊佳は、

「俺が殺る」と叫んだ。

咄嗟《とっさ》の行動だった。抑制できない強い衝動が、楊佳の背中をグイと押し込んだ。

釣竿の袋からウィンチェスターを抜き取り、楊佳は照準器を装着した。

針葉樹の枝に銃身《じゅうしん》を預け、呼吸を整える。春源の頭に照準が合った。静かに引き金を絞った。弾丸は春源の顔の下半分をブチ抜いた。ドンと春源の身体が三メートルも吹っ飛んだ。

楊佳は我に返った。急な悪寒に襲われた。歯がガチガチと音を立てて震えた。振り返ると、鮑と雷達が呆然と立っている。呉春源を楊自身が手に掛けた事実の意味合いを、楊佳は覚《さと》った。鮑と雷達に対する激しい憎しみが蘇った。雷達、鮑の順に、楊佳は射殺した。

＊

顔面に鉄棒をブチ込まれたような衝撃を、春源は感じた。焼きつくような痛さだった。全身の筋肉が硬直し、呼吸を妨げる。脳から血液が引き、酸素が回らなくなる。なにがなんだか分からない。半ば開いた目の視界が白く霞んでいく。焦点が合わなくなる。

懐かしい『早春賦』のメロディーが聞こえてきた。

♪春は名のみの風の寒さや
谷の鶯 歌は思えど
ときにあらずと 声も立てず
ときにあらずと 声も立てず

あたりは真っ白になった……なぜか暖かい春の風に包まれた……ふと気付く……足許に菫《すみれ》やパンジーや蒲公英《たんぽぽ》が咲き乱れている……花畑がどんどん拡がっていく……一面に春の花が咲き乱れる……あんなに寒かったのに……春の暖かさが身に沁みる……誰かが呼んでいる……李碧霞がおいでおいでをしている……鬼ごっこでもしているんだろうか……春源もあとを追った……やがて川が見えてきた……碧霞はなおも走っていく……浅瀬の水があったかい……顔を上げると彭爺さんがいる……両親や親戚の人がいる……大門吾郎がいる……タロとジロがいる……シモンさんがにこやかに笑っている……思いがけない人物が手招きをしている……悠木マリだった……憂いを湛《たた》えた悲しげな笑みを浮かべていた……

「赦します。呉さん、赦します」マリが呼んだ……春源は小走りに川を渡った。

＊

「誰ーっ。誰が撃ったのっ」

マリが悲鳴を上げた。誰かが春源を撃ったに違いない。ヘリのなかの全員が騒然となった。たがいに顔を見合わせる。銃声はヘリの下から聞こえた。

「誰、誰っ。誰が撃ったんですかーっ」

警察が重要参考人を撃つはずがない。

「私、降りる。誰か降ろしてください」

マリはドアから飛び降りようとした。鴨野は辛うじてマリの身体を押さえた。

鴨野は携帯電話を取り出し、桜田にかけた。

「呉春源らしい人物が撃たれた。当機、現在地は西目屋《にしめや》村、女坂温泉付近です」

桜田を通じて呉春源の居場所が警察機に伝えられ、警察のヘリ五機がすぐにやってきた。

二人の特殊部隊《SAT》隊員がライフルを背負ってロープ伝いに降りた。銃を構え広い雪原を見渡しているが、狙撃者を確認できないでいる。ＳＡＴ隊員に続いて、合同捜査本部の一人が降りてくる。全員が遺体に駆け寄った。

鴨野は桜田から電話を受けた。

「現場からの連絡で、遺体を発見したけれど、呉春源かどうか確認できないっていうのよ。貴方、協力してくれない？」

鴨野は雪原に降り立ち、春源の顔を見て震え上がった。

鼻から顎にかけて肉の塊が吹っ飛び、剥き出しの白い骨に鮮血が纏《まつ》わり付いている。喉もとに吹き上がる血が、ごぼごぼと泡立っていた。

「鴨野さん、呉春源と認定できますか？」と背後から刑事の一人が声を掛けた。

「この顔では、断定はできません」鴨野の声は震えていた。

「指紋はどうですか？」と刑事がかさねて訊いた。鴨野は春源の掌を見詰めた。

消えゆく命の仄かな温もりが伝わってくる。指先はツルツルだった。

「指紋は、ありません」

「皮肉だな」刑事が呟いた。「自分のアイデンティティを消し去ろうとして身を削る苦しみを味わったのに。結局は指紋がない事実が、呉春源のアイデンティティになったんだな」

＊

楊佳は茫然自失になった。頭のなかが真っ白だった。

春源を殺した理由は自覚している。急に襲ってきた春源に対する不信感。発作的な憎悪に、ハンドマイクから流れるマリの叫びが重なった。

〈私は許します。貴方を許します〉という言葉に、マリを奪われたと思った。

鮑と雷達まで殺す必要はなかった。これで六人。雷達の言葉が正しければ死刑は免れない。

楊佳は一部始終を見届けていた不審な男に気付いていた。呉春源が撃たれた瞬間、自分の手を汚す必要がなくなった男は、楊佳ににんまりと笑いを投げ掛けて、その場を去った。CIAの工作員だと楊佳は思った。

楊佳はウィンチェスター銃を足許に投げ捨てた。焼けた銃身が雪を溶かし、ジューと音を立てた。SAT隊員二名が、ライフル銃を腰に構え近づいてくる。数人の刑事が跡を追ってくる。SAT隊員が鮑と雷達の失血死亡を確認した。

追いついた刑事の一人が警察手帳を提示して名乗った。

「福島県警刑事部『後藤剛他二名殺人事件合同捜査本部』所属、坂本鷹也巡査長だ。台湾人・楊佳か？　お前が殺したのは中国人・呉春源、鮑風珍、雷達に間違いないな。現行犯逮捕する」

楊佳は両手を揃えて差し出した。

＊

取調室は、意外に明るかった。対照的に、白河署刑事課の神作幸一《かみさくこういち》巡査長と警視庁の桜田今日子警部補の眼光は、氷のように冷たかった。

「お前、前科《まえ》があるな。阿武隈PA《パーキング》の後藤組長殺害事件だ。うまく偽装した心算《つもり》だろうが、阿武隈の山中に埋めた軍手やマスク、バッシューなどから、DNAが検出されている。北千住のお前の部屋から出たDNAが、ぴったり一致しているぞ。この事件の犯行は認めるな」

楊佳は、やむを得ず頷いた。

「だが刑事さん。後藤組のほうは呉春源の命令で殺っただけだ。後藤とはなんの因縁もねえ」

「後藤組の三人を殺ったのは、あくまでも呉春源の指示だと主張するんだな」

楊佳への訊問は、拘置期限いっぱいの四十八時間に及んだ。

鉄格子のなかで、悶々とした夜を過ごした。碌《ろく》な人生ではなかった。貧しい家庭に生まれ、まともな教育は受けられなかった。颯爽と現れた呉春源に憧れ、日本にまで従《つ》いてはきたが、師と仰ぐ春源すら殺す破目になった。

後藤組の三人、鮑風珍、雷達。これら、楊佳が殺した五人は皆、楊佳と同じ境遇だった。貧しく育ったために、親の愛情を受けられず、非行の道に流れる。同じ境遇の者同士が憎しみ合い、傷つけ合う。人間という衆生《しゅじょう》の、なんという不条理か。

呉春源殺害に至る経緯を、楊佳は淡々と語った。

「だいたいの経過は分かった。問題は動機なんだよなぁ」

鉛筆の端で鼻のアタマを掻きながら、神作が呟いた。

「お前、呉春源にはえらい世話になったんだろ。いわば恩人だよな。そのお前が呉春源を殺した、ホントの動機が分からん。いったい何があったんだ」

明るい部屋を静寂が支配した。楊佳は両手の拳をテーブルに突き、頭《こうべ》を垂れた。

「刑事さん、オレは呉春源に命令されて、半年以上、悠木マリに付き合ってきたんだよ。最初は仕事の心算《つもり》だったんだが、そのうちに、悠木マリが心を許してくれるようになった。なんでもオレに相談してくれるようになったんだよ。いつの間《ま》にか、オレは……」

ズルズルと音を立て、楊佳は洟水《はなみず》を啜《すす》り上げた。

「オレ、マリに惚《ほ》れちまったんだよ。呉春源は毛並みもいいし超エリートだし、オレなんかが、どう引っくり返っても敵《かな》いっこないんだよ。その呉春源が、九回裏に現れて油揚げを掻《か》っ攫《さら》おうとした。

ヘリコプターのなかから、マリが呉春源に『許す』と叫んだとき、オレは、マリを呉春源に奪われると思ったんだ。オレは呉春源を守ろうと鮑に随行した。『許す』と叫ぶ声が聞こえた瞬間に、オレの魂が狂っちまったんだよ」

「ちょっと待ってよ、それは違うわよ」

桜田が、もどかしそうに口を挟んだ。

「呉春源が五億円の現ナマを送り付けてきたとき、マリさんは、春源が自分を強奪する心算《つもり》なら、それでもいいと思ったそうよ。〈死の道行き〉に連れ添ってもいいとね。でも、春源はカネだけ残して、そそくさと白神山地の雪のなかに消えていった。

白神山地でマリさんが春源に『赦す』と叫んだのは、大門吾郎の殺人依頼をした罪を『赦す』と言ったんで、春源を受け入れるという意味の『許す』じゃなかったのよ」

話の意外な展開に、楊佳は背筋を伸ばした。

「マリさんはね、あの小さな身体で、波乱の人生を歩んできたのよね」

宥めるように桜田が囁《ささや》いた。

「慎《つつ》ましやかでいい、平凡で暖かい家庭を、楊ちゃんと築いていきたかったたって証言しているんですよ」

楊佳は突然、激しい悪寒に襲われた。大粒の涙を流し、男泣きに泣いた。

＊

二年後――

「オイ、待ってくれーっ」

成田空港出発ターミナルの天井に、男の声が響き渡った。『中央テレビ』の仙台支局長だった。肩で大きく息をしている。

「カモちゃん、マリさん、おめでとう。『春源の里』のオープン式典には忙しくて出席できなかったから、今日は、どうしてもと思って」

呉春源の五億円は、証拠品として警察に押収された。春源は税金を納付していない。税金分を国税庁が差し押さえ、残りは全額を福祉に寄付するとの春源の遺志が認められた。

テレビ業界という、欲望、カネ、妬み、陰謀の逆巻く世界は、鴨野の柔な神経には耐えがたかった。殺人、傷害、恐喝、詐欺など人間の裏面をメシの種にするほどの図太さは、自分にはない。そう結論付ける心の操作は辛かった。

幸い退職処分にはならなかったが、校閲室という閑職に回された。ときどきマリから電話を受けた。年に二、三度、仙台に足を運んだ。面倒な行政上の手続きを手伝ううち、高齢者や障害者の生活を支える仕事に魅力を感じ始めた。

「鴨野さん、私の仕事を手伝ってくれませんか？」躊躇《ためら》いがちにマリが囁いた。

思い切って鴨野はプロポーズした。

「うわぁ、嬉しい」盲目のマリの目から涙が溢れた。

『大門記念・春源の里』は発足した。悠木マリが理事長に、『中央テレビ』を退職した鴨野は副理事長に就任した。開業式典後、二人は内輪に挙式した。

マリは大きな花束を、鴨野は布で包んだ箱を、首から胸に吊るしている。

「カモちゃん、それは？」

鴨野が胸に抱きかかえた白い箱を、支局長が指差した。

「呉春源さんの御遺骨です。上海では、ご両親にお会いして、日本での出来事をお伝えする心算です」

見送り客は百人を超えていた。

「マリさん、お幸せにね」

『あじさい苑』の同僚から声が掛かった。

マリが、見えないはずの視線を宙に投げ掛けるのに、鴨野は気付いた。

「最後のチャンスですもの、今度こそ、この幸せを手放しません」

二人は手に手を取って、上海行きの飛行機に乗り込んだ。


【おわり】

〈著者紹介〉

出口臥龍（でぐち　がりゅう）

昭和22年（1947）、下関市に生まれる。立命館大学一部文学部史学科日本史専攻中退。新聞記者、雑誌記者、フリーランサーを経て、平成3年（1991）に自転車関連の出版社を設立。平成16年（2004）、台湾取材中に高速道で事故に遭い頸椎損傷に。以後、療養生活を続けながら文筆活動に専念。『今ひとたびの旅立ち』『ワラをも摑め!!』『疵（きず）』『霧笛海峡（前編）』（以上ブックコム）、『溺れ谷心中』（龍書房、葉山修平主宰同人誌「雲」第203号―第205号に連載）、『魯山人になりたかった陶芸家一番浦史郎の光と影』『台湾点描』（いずれも未完）『グラバーの暗号』（2018年、幻冬舎ルネッサンス新社）などの著作がある。日本歴史学会会員。

指紋《しもん》のない男《おとこ》

2019年5月28日　第1刷発行

著　者　出口臥龍
発行人　久保田貴幸

発行元　株式会社 幻冬舎メディアコンサルティング
〒151-0051　東京都渋谷区千駄ヶ谷4-9-7
電話 03-5411-6440（編集）

発売元　株式会社 幻冬舎
〒151-0051　東京都渋谷区千駄ヶ谷4-9-7
電話 03-5411-6222（営業）

印刷・製本　中央精版印刷株式会社

装　丁　齋田隼哉

検印廃止

ISBN 978-4-344-92267-9　C0093
幻冬舎メディアコンサルティング HP
http://www.gentosha-mc.com/